AF759662

तलहटी

(कहानी-संग्रह)

तलहटी

शशिप्रभा शास्त्री

वाणी प्रकाशन ग्रुप
भारतीय ज्ञानपीठ
वाणी प्रकाशन : भारतीय ज्ञानपीठ की पुस्तकों के एकमात्र प्रकाशक एवं वितरक

लोकोदय ग्रन्थमाला : ग्रन्थांक 684

पहला संस्करण : 2002
दूसरा संस्करण : 2022
तीसरा संस्करण : 2025

वाणी प्रकाशन ग्रुप | भारतीय ज्ञानपीठ

वाणी प्रकाशन : भारतीय ज्ञानपीठ की पुस्तकों के एकमात्र प्रकाशक एवं वितरक

वाणी प्रकाशन
4695, 21-ए, दरियागंज, नयी दिल्ली-110 002
दूरभाष : 011-23273167, 23275710
ईमेल : sales@vaniprakashan.in
www.vaniprakashan.com

ISBN : 978-93-7112-796-7

मूल्य : ₹ 500

तलहटी
(कहानी-संग्रह)
शशिप्रभा शास्त्री

© भारतीय ज्ञानपीठ

TALAHATEE
(Short-Stories)
by Shashiprabha Shastri

आवरण : अमिताभ राय
मुद्रक : आर. टेक ऑफ़सेट प्रिंटर्स, दिल्ली-110 032

ये नौ कहानियाँ

ये नौ कहानियाँ ज़िन्दगी से जुड़ी हैं। जी हाँ, मेरी अपनी ज़िन्दगी से ग्रथित, इसलिए मानव-मन से भी ग्रथित; क्योंकि लेखक एक सामाजिक प्राणी है। एक सामाजिक प्राणी की संवेदनाओं से अभिभूत हर घटना, हर सामान्य प्राणी की तरह, उसका भी स्पर्श करती चलती है। प्रभावित होकर लेखक रिएक्ट करता है, क्योंकि हर वह घटना जो उसकी संवेदना का स्पर्श करती है, उसके प्रति रिएक्ट करना उसकी प्रवृत्ति होती है। सामान्य व्यक्ति सामान्य ढंग से रिएक्ट करके ही रह जाता है, जबकि कलाकार अपनी कला के माध्यम से अपने रिएक्शन को प्रस्तुत करता है।

कहानीकार रिएक्ट करता है। क्योंकि कहानी तनाव की देन है, रिएक्ट करने पर ही वह उस तनाव से मुक्त होता है, जिससे मुक्ति पाये बिना वह सामान्य नहीं हो पाता। सामान्य बनकर ही वह सामान्य सामाजिक प्राणी के समान कर्म करता है और समाज में एक स्वस्थ नॉर्मल प्राणी की तरह जी सकता है। जब तक कोई घटना रूप नहीं लेती, यानी जब तक वह कथा नहीं बनती, वह स्थिति/समय लेखक के लिए अत्यन्त कठिन, दारुण होता है। लेखक बेचैन रहता है। उसका कहानी-रूप में निःसृत होना ज़रूरी होता है, यानी उसका रूप ले लेना। कोई भी घटना रूप लेकर अत्यन्त मासूम हो जाती है। पाठक नहीं जान पाता कि उसको रूप देने के लिए लेखक ने कितना संघर्ष किया है, अपने अनजाने ही कितना सहा है।

सहा है और नहीं भी सहा है, क्योंकि कई बार कोई कहानी बेहद शान्त, सरल ढंग से जन्म ले लेती है; बहुत बड़ी बात कह जाती है। नितान्त श्रम-विहीन तरीक़े से उगकर भी वह समाज के सामाजिक, राजनीतिक परिप्रेक्ष्य से बहुत गहराई से जुड़ी होती है। और कभी कोई कहानी बेहद श्रम-साध्य बनकर जन्म लेने पर भी, देश के सामाजिक मूल्यों-मुद्दों से जुड़ी होने पर भी, जीवन से बहुत अधिक नहीं जुड़ पाती। वह सामयिक होती है, बस समय के एक छोटे से खण्ड के लिए। कालजयी तो वह तभी बनती है, जब वह मानव-संवेदन से ग्रथित होती है।

मानव-संवेदन प्रायः शाश्वत होता है। सामाजिक मूल्यों में परिवर्तन हो जाने पर भी मानव-संवेदन के परिवर्तित होने में समय लगता है; क्योंकि रोना, गाना, हँसना, द्रवित होना सामान्यतः समान स्थितियों पर निर्भर करता है। उसकी हार्दिकता तभी समाप्त होती है, जब कहानी में कही जानेवाली बात असंगत हो जाए, उसका संवेदन अपना प्रभाव खो बैठे या उसके वर्णित होने का ढंग रोचक न रहे। यह सबकुछ स्वतः होता है। निष्कर्ष यह कि कहानी का सृजन प्रयत्नतः होना आवश्यक नहीं।

बात कृत्रिम ढंग से कहना, पढ़ना लेखक व पाठक दोनों को ही नहीं रुचता। मेरी कलम ने बनावटी बात लिखने में हमेशा कोताही बरती है। जिस बात या घटना को मैंने अपनी आँखों से देखा है, जिसकी ऊष्मा को भीतर तक महसूस किया है, जिसको रचे बिना (रचना यानी घटना की सच्चाई को अक्षुण्ण रखते हुए, कल्पना और अनुभूति का संस्पर्श देते हुए, उसे पुनर्जीवित किये जाना) मैंने आद्योपान्त बेचैनी अनुभव की है; तब ही उसे कहानी-रूप में प्रस्तुत किया है।

यह बात दूसरी है कि किसी दूर के या किसी दूसरे के अनुभव को भी लेखक अपनी भावात्मक और सृजनात्मक कल्पना के बल पर प्रभावी व विश्वसनीय रूप दे दे। लेखक घटना को मात्र उपस्थित नहीं करता, वह उसका सम्पूर्ण जायज़ा लेता है, उतने ही अघोषित रूप से, जिससे वह खुद को भी सन्तुलित रख सके और उसके स्वरूप को भी अकृत्रिम रूप दे सके।

—ये नौ कहानियाँ मेरी समय-समय की इसी बेचैनी को प्रमाणित करती हैं। मात्र कल्पना और रोमाण्टिसिज़्म पर आधारित न होते हुए भी इन कहानियों ने ज़िन्दगी की सच्चाइयों को उकेरा है, और समय-समय पर देश की प्रतिष्ठित पत्रिकाओं में प्रकाशित होकर प्रतिष्ठा और प्रशंसा अर्जित की है।

—शशिप्रभा शास्त्री

78, समाचार अपार्टमेण्ट्स
मयूर विहार-I, (विस्तार)
दिल्ली-110 091

4 मार्च, 1999

अनुक्रम

सी-सॉ

वसुधाजी के मुँह से वह सब सुनकर परिवार के सदस्यों को हैरानी थी, पर वे कह रही थीं, "वे लोग लखपती होंगे तो ठीक है, पर अपने भी कुछ सिद्धान्त हैं और उन सिद्धान्तों को अपनाये रखना मैं ज़रूरी समझती हूँ।"

"पर माँ, यह सब वे अपनी ख़ुशी से करना चाहते हैं; हम लोग कहाँ कह रहे हैं कि हमारे लिए यह करो, हमें इतना दो, हमारे सम्बन्धियों, नाते-रिश्तेदारों को इस तरह समझो, हमारे बारातियों की ख़ातिर-तवाज़ो के लिए...।"

"मुझे मालूम है, पर कहा न कि तुम तीनों बहनों की शादियाँ मुझे भले ही अपने सिद्धान्तों से हटकर करनी पड़ीं, वह बात दूसरी है; क्योंकि तब मामला दूसरों के हाथों में अटका हुआ था। पर अब जब तुम्हारे भाई की शादी है, तब तो मैं जिस तरह चाहे निर्णय ले सकती हूँ। अब तो मामला हमारे अख़्तियार में है।"

"हाँ, एक ही लड़का हुआ तो क्या," वसुधाजी ने अपनी बात पूरी करने के लिए लम्बी साँस ली, "सिद्धान्त और निश्चय क्या एक लड़के की वजह से ही तोड़ डालूँगी मैं? रेवा, मेरी बच्ची, तुम अपनी माँ की बात को समझने की कोशिश तो करो।"

"हाँ, तब हम लोगों को कुछ नहीं कहना चाहिए, यही न!" रेवा ख़ामोश हो गयी, चन्दा ने भी बहन को संकेत किया कि माँ के आगे बहस करना बेकार है।

वसुधाजी की इच्छा और आदेश के अनुसार ही मुकुल का विवाह अत्यन्त सादग़ी से सम्पन्न हो गया। वधू ने अपनी देह पर धारण किये हुए परिधान लहँगा-चुन्नी मात्र के साथ ही घर की दहलीज में प्रवेश किया, किन्तु वसुधाजी ने अपने एकमात्र अफ़सर पुत्र और उसकी रूपवती सुशिक्षित वधू के स्वागत में कोई कसर नहीं छोड़ी थी।

वसुधा अपने शहर के एक बड़े संस्थान की उच्च पदाधिकारी महिला थीं। उस बड़े नगर में रहते उन्हें बरसों बीत गये थे। परिचय और सम्पर्क उसी हिसाब से

फले-फूले थे। भोज के अवसर पर संस्था के बड़े हाल में पैर रखने तक की जगह नहीं रह गयी थी, लोग फिर भी आ रहे थे। इधर-उधर फुसफुसाहटें चल रही थीं—

"ऐसी महिला नहीं देखी!"

"हाँ, गज़ब की हिम्मतवर ज़िन्दादिल औरत है।"

"और क्या, पति के मरने पर एक दिन निढाल होकर नहीं बैठी! चारों बच्चे छोटे थे, ख़ुद नौकरी ढूँढ़ी, परवरिश की। पति बड़ी पोस्ट पर थे, तब तो नौकरी करने की ज़रूरत ही नहीं थी। पति अजयमोहन फिर भी कितने ही क़र्ज़ ओढ़े हुए था, उन्हें निबटाया...!"

"उस हालत में इस महिला ने ही न पूरी गृहस्थी सँभाली।"

"और अब कमाल की बात तो यह है कि लड़कीवालों के सम्पन्न होने के बावजूद उसने उनसे कुछ भी तो नहीं लिया, नहीं तो लोग दहेज के नाम पर कितना-कुछ डकार जाते हैं।" बेयरे ने अचानक ट्रे सामने की, तो बातों का सूत्र टूट गया।

"बताइए काजू की बर्फ़ी और आलू के गुलाब-जमनिया चॉप्स!"

"सिर्फ़ इतना ही नहीं, थोड़ी देर में आप दूसरी ट्रे भी देखेंगे।"

दूसरी ट्रे भी जल्दी ही आ गयी, मठरियाँ और रसगुल्ले और उस सबके साथ कॉफ़ी और चाय।

"और इसके बाद खाना भी होगा।"

"सब कुछ कितने बड़े पैमाने पर।"

मेहमानों का आना-जाना बदस्तूर चल रहा था। बच्चों के झुण्ड-के-झुण्ड, फ़ैशनेबल औरतों के ठट्ठ-के-ठट्ठ, मुख्य-द्वार पर शहनाई और नफ़ीरी के स्वर—रिकॉर्ड नहीं, बाक़ायदा नामी वादकों के हाथों और होठों पर वाद्य। वसुधाजी घूम-घूमकर ख़ुद एक-एक का स्वागत कर रही थीं।

तारीफ़ों का सिलसिला चलता रहा था, तभी दूसरे सिरे पर महिलाओं के झुण्ड में कुछ खलबली मची, दृष्टि ने दौड़कर सिरे को पकड़ा, तो पता चला वसुधाजी की तीसरी लड़की सीमा तभी पहुँची थी।

"वसुधाजी की यह बेटी उनकी तीनों बेटियों में सबसे सुन्दर और शान्त है।"

"और मधुर भी, बोली सुनो तो...!"

"सचमुच!"

"पूरी मेनका या तिलोत्तमा दिखती है।"

"सो तो है, पर भाग्य वैसा नहीं है न!"

"कैसे?"

"पति कहाँ है उसका, शादी के तीसरे दिन ही ख़बर आयी थी कि इंजीनियर पति को उसके ओवरसियरों ने तिकड़मों से मार डाला था। अब यह तो जो है...।"

"अरे-अरे बेचारी!" संवेदना के ज्वार ने बात को पूरी नहीं होने दिया।

"पर यह अब आयी है जब विवाह-कारज सब निपट गया?"

"होगी कोई वजह।"

वजह भी सरकती हुई इस कोने तक आ पहुँची थी, "सीमा के ससुरजी शहर से बाहर हैं, अगर सीमा आ जाती, तो बीमार सास अकेली रह जातीं।"

"पर चेहरे पर एक़ शिकन नहीं कि उसके एकमात्र भाई की शादी थी और वह मौक़े पर नहीं पहुँच सकी, सिर्फ़ अपने ससुर की सनक के कारण।"

"सनक?"

ख़ुलासा अगले दिन दफ़्तर में ख़ुद वसुधाजी ने ही किया, "ज़बसे बेटा मरा है, सदानन्द बाबू ने ख़ुद को सामाजिक कार्यों में ही झोंक दिया है। कोई दूसरा होता तो ग़म को कलेज़े से लगाकर बैठ जाता और हर पल बुढ़ापे और श्मशान की ओर बढ़ता जाता; पर सीमा के ससुर सदानन्द बाबू गज़ब के जीवटवाले शख़्स हैं। एक दिन सिर पकड़कर नहीं बैठे। अन्त्येष्टि-क्रिया ख़त्म करके लौटे तो लड़कियों, पत्नी और पुत्रवधू सबको पास बैठाकर बोले, 'हम पर भयानक दुःख पड़ा है, इससे बड़ा दुःख और क्या हो सकता है कि माता-पिता के जीवित रहते, पत्नी का आधार, बहनों की आँखों का तारा सरीख़ा भाई यों जंगली लोगों के चंगुल में फँसकर ख़त्म हो जाए; पर अब ईश्वर की रज़ा में ही हम सबको भी अपनी रज़ा मिलानी होगी। सीमा बेटी से मेरी यह दरख़्वास्त है।' इतने बुज़ुर्ग और वह भी ससुर के मुँह से 'दरख़्वास्त' शब्द सुनते ही हमारी बेटी ने आँसुओं से सूजी अपनी पलकें उठाकर ससुर की तरफ़ निरीह भाव से देखा था, (मैं तो तब वहीं थी और सब देख-सुन रही थी) पर सदानन्द बाबू कहते रहे थे—'सीमा बेटी से मेरी दरख़्वास्त है कि वह अपने लिए अब नयी राह का चुनाव कर ले। मैं जानता हूँ, यह सब तुरन्त नहीं हो सकेगा, इसके सोच-विचार में और कार्यान्वियन में समय लगेगा; सो अभी तो हम लोगों को धीरज रखना होगा। बेहतर हो कि हम अपने-अपने कामों में लगे रहें।'

इस अपने छोटे से वक्तव्य के साथ ही बाबूजी उठ खड़े हुए थे। सबको उन्होंने भारी मन से लेकिन ससम्मान विदा किया था और ख़ुद अपने रोज़ाना के कामों में फिर से लग गये थे। अपने काम में उन्होंने पत्नी को भी जोड़ा। उनका अपना काम वह छोटी-सी दूकान थी, मरहूम इंजीनियर पुत्र ने अपने पद पर नियुक्ति के साथ ही जिसे पिता से बन्द कर देने के लिए प्रस्तावित किया था। पर अब जब बेटा ही नहीं रहा था, तो उसकी बनायी योजनाएँ भी धराशायी हो गयी थीं। अब तो उन्होंने अपनी दिनचर्या ऐसी बना ली है, जिसमें दुःख मनाने के लिए रत्ती-भर गुंज़ाइश नहीं है।

बेटे के चले जाने के बाद उन्होंने अपनी बेटियों की शादियाँ कीं, शादी तो ख़ैर वे हमारी बेटी सीमा की भी करवा कर ही माने हैं; पर दिलीप और सीमा बाबूजी

से अब भी जुड़े हैं। अब हुआ यों कि दिलीप तो टूर पर है, इसलिए बाबूजी के साथ ही सीमा को इधर आना था। इन्हीं दिनों बाबूजी को भी अपनी मुस्लिम बेटी के विवाह में जाना पड़ गया, सीमा अकेली आ जाती, पर उधर उसकी सास यानी बाबूजी की पत्नी बीमार थीं, तो उनको छोड़कर आना भी मुश्किल था। बाबूजी अब लौटे हैं और सास भी पहले की निस्बत अब कुछ बेहतर हैं, तो ये लोग आये हैं। दो-एक दिन की अलबत्ता देर हो गयी, विवाह में वह शामिल नहीं हो पायी, पर फिर भी 'ऐट होम' में तो ये लोग आ ही गये। मेरे लिए इतना ही बहुत है।"

"पर बाबूजी की मुस्लिम बेटी का विवाह?" सुननेवालों को यह कहने की फ़ुरसत ही नहीं मिली कि बेटी तो आपकी भी धन्य है, जो इस तरह निभा रही है। बात ही कुछ ऐसी निकल आयी थी।

"हाँ, अपनी बेटियों के अलावा भी अब बाबूजी की दूसरी बेटियाँ हैं और बेटियाँ ही क्यों, ज़रूरतमन्द कोई भी जन उनके पास आता रहता है। ज़रूरतमन्द व्यक्ति के पास वे ख़ुद जाते रहते हैं।"

"पर वह मुस्लिम बेटी?"

"उसी बात पर आ रही हूँ मैं। उस लड़की से बाबूजी की मुलाक़ात उसके अब्बा के साथ ट्रेन में हुई थी, बातों-बातों में ही पता चला कि तीस साल की हो जाने पर भी लड़की की शादी नहीं हो पायी थी। लड़की किसी दफ़्तर में ऊँचे पद पर है। भाई भी हैं, पर किसी को उसके बारे में सोचने की फ़ुरसत ही नहीं थी। बूढ़े बाप के बस का कुछ था नहीं। कुछ उम्र का तकाज़ा, कुछ पैसे की मजबूरी, कुछ सूझबूझ का नापैद होना—बस वह मिशन बाबूजी ने सँभाल लिया, जहाँ-तहाँ उसके लायक़ लड़का ढूँढ़ते फिरे। पैसे की तंगी बाबूजी के पास भी कम नहीं है। घूमने-फिरने और ख़त-किताबत के लिए आख़िर पैसा तो चाहिए होता है। कुछ लड़की ने ख़ुद जुटाया, कुछ के लिए बाबूजी ने अपनी जमापूँजी को सामने रखा और आख़िर एक दिन मुस्लिम बेटी की शादी हो गयी। बस उसी के विवाह में...!"

"तब तो बाबूजी इनसान नहीं देवता हैं।"

"सो तो है, किसी का काम होगा, दुःख-दर्द होगा, दौड़े चले जाएँगे। मुहल्ले में कहीं से शादी का बुलावा आएगा, तो दो-चार दिन पहले से ही जाना शुरू कर देंगे। काम में हाथ बटाएँगे, सलाह देंगे और आख़िर-दम तक लगे रहेंगे; और यह सब करेंगे वे अपने काम की क़ीमत पर। उन दिनों उनकी पत्नी उनका कारोबार सँभालेगी, वे नदारत रहेंगे। पत्नी कुछ कहेगी तो हँसकर कहेंगे, 'तुम हमारी आदत जानती तो हो और हम तुम्हारी। हमें मालूम है, तुम किसी तरह का नुक़सान नहीं होने दोगी, पर दूकान के मुड्ढ के दूकान पर न होने से जो नुक़सान होता है, वह होता ही है।'"

सुननेवाले अभी तक तो वसुधाजी की कार-गुज़ारियों पर ही फ़िदा थे, अब उन्हें बाबूजी के कारनामों ने हैरत में डाल दिया था।

दो-चार दिन पहले वसुधाजी अपनी बेटी के ससुर का ब्यौरा प्रस्तुत करते नहीं अघा रही थीं, पर सातवें-आठवें दिन वे ख़ुद जिस प्रकार की मुसीबत में मुब्तिला हो गयीं, उसकी तो किसी ने कल्पना भी नहीं की थी। वसुधाजी की छुट्टी की अर्ज़ी संस्थान-भवन में पहुँची तो सब हैरान। छुट्टी लेना तो वसुधाजी के शैड्यूल में कहीं था ही नहीं, वे तो दूसरों को छुट्टी न लेने का सबक़ पढ़ाती रहती थीं। छुट्टी उन्होंने बेटी-बेटे के विवाह तक में नहीं ली थी! उन्होंने अपनी ड्यूटी को कभी नज़रन्दाज़ नहीं किया था। संस्था के प्रति उनके कर्तव्य में नाक़ाबिल आदमी को नियुक्त न करना भी शामिल था, सो बड़ी सिफ़ारिशों के बावजूद उन्होंने यह ग़लत काम भी कभी नहीं किया था।

वसुधाजी के हितचिन्तकों ने उन्हें कई बार सतर्क रहने की सलाह दी थी, समझाया था, "वसुधाजी, ये मिनिस्टर लोग और तथाकथित बड़ी पहुँचवाले शख़्स बड़े काइयाँ होते हैं। ऊपर-ऊपर से ये सफ़ेदपोश लोग आपके न्यायिक पक्षपात रहित कामों की तारीफ़ करेंगे, पर भीतर-ही-भीतर वे वह चाल भिड़ाएँगे कि आपको पता भी नहीं चलने पाएगा कि कब आपका पत्ता साफ़ हो चुका है।"

वसुधाजी का जवाब होता, "वह मैं जानती हूँ, पर अयोग्य व्यक्ति को लेकर मैं संस्था का बण्टाधार नहीं करना चाहती। मैं तो चाहती हूँ, संस्था में अच्छे योग्य आदमियों की ही नियुक्ति हो, इन सिफ़ारिशी टट्टुओं में से एक भी संस्था में न घुसने पाये। मैं अपनी चिन्ता नहीं करती। अपने से ज़्यादा चिन्ता मुझे अपने इस संस्थान की है, जहाँ मैं काम कर रही हूँ।"

काम में मेहनती, ईमानदार, न्यायप्रिय वसुधाजी की छुट्टी की अर्ज़ी उस दिन शायद पहली बार ही आयी थी।

ज़रूर कोई बड़ी बात होगी। संस्थान के विभागीय व्यक्तियों में चिन्ता थी।

"हाँ, बड़ी बात ही है, वसुधाजी के समधी का मोटर दुर्घटना में देहान्त हो गया है।" वसुधाजी की अर्ज़ी लेनेवाले व्यक्ति ने ही ख़ुलासा किया।

"ओह माय गॉड! उसी लड़की के पिता की न, जो उनके एकमात्र पुत्र की वधू है, जिस सुन्दर नाज़ुक-सी लड़की को हमने उस दिन उनके 'ऐट होम' में देखा था?"

"जी हाँ, बिलकुल वही। बहू को लेकर वे उसके घर गयी हैं।"

"ओह, यह तो बहुत बुरा हुआ।"

"बुरा! अरे बुरे से भी बुरा हुआ। बहू के घर में उसकी माँ के अलावा एक भाई और बहन भी है, लड़का अभी पढ़ ही रहा है।"

"उन सबका ठिकाना क्या होगा अब?"
प्रश्न उस दिन प्रश्न ही रह गया था।

लौटकर कार्यालय में आने पर वसुधाजी ने कुछ नहीं बताया था, सिर्फ़ उस दर्दनाक मौत का ही ब्यौरा देती रही थीं वे। बाद में बहू की बहन की शहर के किसी दफ़्तर में नियुक्ति हो जाने पर ही पता चला था कि वह नियुक्ति वसुधाजी ने ही करवायी थी। भाई और बहन दोनों वसुधाजी के ही साथ थे। दोनों की ज़िम्मेदारी निभाने का बूता अब वसुधाजी में ही था, अपनी समधिन को उनकी बेटी के साथ उन्होंने उन्हें अपने बेटे के ज़िम्मे कर दिया था। बेटे को समझाया था, "बेटे मुकुल, पद्मा की माँ अब पूरी तरह तुम्हारी भी माँ हैं। उनकी देखभाल करना, उनको सुख-आराम पहुँचाना अब तुम्हारा फ़र्ज़ है। तुम मेरी अवहेलना कर सकते हो, पर पद्मा की माँ का तुमने कभी रत्ती-भर दिल दुःखाया, तो मेरे लिए डूब मरने की बात होगी। जिस दिन मैं सुनूँगी तुमने उनकी उपेक्षा की है, उस दिन मैं भी तुम्हारी माँ नहीं रहूँगी।"

सुननेवाले सुन-सुनकर चमत्कृत होते थे—कैसी महिला है यह।

समय के पहियों पर ज़िन्दगी तेज़ी से लुढ़कती चली जा रही थी। उसी क्रम में पद्मा ने नन्हे मुकुल को जन्म दिया, बच्चे के आगमन की ख़ुशी ने नानी की व्यस्तता के साथ-साथ घर के दूसरे सदस्यों को भी व्यस्त बना दिया था। उस व्यस्तता में दादी को एक छोटी-सी सूचना देने के बाद वे भूल ही गये थे कि वसुधा नाम की भी कोई महिला है, जिसने अपनी खुशियों को बटोरकर एकमुश्त किसी दूसरे की झोली में डाल दिया है। मुकुल ने माँ के कहे का अक्षरशः पालन किया था, पद्मा की माँ निरन्तर उसके साथ रहती थीं।

उधर वसुधाजी भी अपने धर्म का निर्वाह करने में संलग्न थीं। पद्मा के भाई की अपेक्षित तैयारी करवा देने के उपरान्त उसे वे आई.आई.टी. संस्थान, कानपुर में भेजने के लिए चिन्ताग्रस्त थीं। बहन उमा दफ़्तर में अर्जन कर ही रही थी। उसके लिए उन्होंने सुयोग्य वर की तलाश शुरू कर दी थी। यह सब कुछ इतना सरल और संक्षिप्त नहीं था, जितना ऊपर से दिखता था। इसके लिए वसुधाजी को अपनी दैनिकचर्या में आमूल परिवर्तन करना पड़ा था। पहले अकेली रहने के कारण न इतना ख़र्च था, न इतना व्यस्तता-भार। दो अतिरिक्त प्राणियों के भरण-पोषण और उनके जीवन-आचरण की ज़िम्मेदारी का निर्वाह आसान नहीं था, पर वसुधाजी के चेहरे पर किसी तरह के मलाल की एक छोटी-सी शिकन भी नहीं दीख पड़ती थी। किन्तु कभी-कभी एक छोटे-से कारण को लेकर घर में रह रहे बच्चों के मुँह बन जाते, कभी उसके समय से घर न पहुँचने पर वसुधाजी चिन्तित हो उठतीं। चिन्ता में डूबी वे इधर-उधर फ़ोन करके पता लगाने की कोशिश करतीं। उमा से सुनने को मिलता,

"आप हमें बच्चा क्यों समझती हैं आण्टी? अपनी ज़िम्मेदारी हम खुद समझते हैं, लोगों के घर फ़ोन कर-करके आप हमें ज़लील न किया कीजिए।"

"ज़लील?" वसुधाजी अचकचाकर पूछतीं।

"और क्या, लोग तब यही तो समझते हैं कि हम आपको बिना बताये वहाँ पहुँचे हैं या हम आपकी हुकुमुदूली कर रहे हैं। यों इस पूछताछ से आपकी भी कम हेठी नहीं होती।"

"हेठी कैसी?"

"आप चाहती हैं कि लोगों को पता लगे कि हम आपकी उपेक्षा कर रहे हैं।"

"ओह!" ठठाकर हँसने के अतिरिक्त वसुधाजी के पास और कोई चारा नहीं रह गया था।

सीमा ने माँ को बताया था कि उसके पूर्व ससुर बाबू सदानन्दजी भी उसी तरह के जंजाल में गले-गले तक फँसे बैठे हैं। "बाबूजी की ज़िम्मेदारी के सामने माँ आप देखो, आपकी ज़िम्मेदारी तो कुछ भी नहीं है। वे अपनी भानजी के एक मानसिक रूप से शिथिल बेटे को ले आये हैं, वह और किसी के वश में आता ही नहीं।"

"उनके वश में आ गया है?" वसुधाजी ने पूछा था।

"अब यह तो नहीं कहा जा सकता, पर बाबूजी की कोशिश जारी है। बाबूजी को किसी भी व्यसन से क्या मतलब, पर लड़के के लिए वे खुद सिगरेट के पैकेट ला-लाकर देते हैं। लड़का खड़े-खड़े ही कमरे में पेशाब कर देता है, कभी थूक देता है, पर मजाल है बाबूजी कभी किसी बात पर भी अपनी नाखुशी का इज़हार कर दें; जबकि सफ़ाई के मामले में वे खुद कितने सतर्क रहते हैं, इसे हर कोई जानता है। पर अब उनका मानना है कि किसी ग़लत राह पर जाते व्यक्ति को सही करने के लिए उसकी क्रियाओं का अनुमोदन ही करना चाहिए। सन्दीप जब-जब थाली में ढेर जूठा खाना छोड़ता है, तो अम्माजी किलसती हैं, पर बाबूजी उन्हें इशारे से घुड़क देते हैं।"

"नहीं, तुम्हारे चेहरे पर मैल बिलकुल नहीं आना चाहिए। ये दिन भी हमेशा नहीं रहेंगे। लड़का एक दिन ठीक होकर अपने घर चला जाएगा, तो हमें अपने कर्तव्य से मुक्ति मिलेगी।"

"पर वह दिन कब आएगा भगवान!" अम्माजी मिसमिसाकर कहती हैं तो बाबूजी एक बड़ा ठहाका लगाकर कहते हैं, "इन्तज़ार और सब्र का फल मीठा होता है। ईश्वर ने इन दोनों गुणों का उपयोग करने का तुम्हें मौक़ा दिया है, तुम्हें उसका शुक्रगुज़ार होना चाहिए।"

"सब्र और इन्तज़ारी का वह मीठा फल कब मिलेगा?" अम्माजी ठीक ही तो कहती हैं। वसुधाजी ने एक लम्बी आह भरकर उस दिन सीमा की सास का समर्थन किया था।

"आप ठीक कहती हैं माँ, पर बाबूजी के सामने किसकी चली है भला।"

वसुधाजी सोचकर दंग रह जातीं। सोचतीं—सचमुच बाबूजी के सामने तो उनका दुःख और ज़िम्मेदारी पासंग-भर भी नहीं है। सीमा से वे कहतीं, "अबके जाना तो बाबूजी को समझाना कि अगर लड़के का कष्ट असाध्य है, तो उसे उस प्रकार के अस्पताल में दाख़िल करवा दें।"

"अस्पताल क्या माँ, अपनी करतूतों के कारण वह तो जेल तक में भी रहकर आ चुका है। उस पर किसी ढब भी असर नहीं हुआ है। असर कुछ दीख रहा है तो बाबूजी के उपचार से ही, यानी उनके स्नेह और सद्भाव से।"

"ओह!" वसुधाजी बात का पटाक्षेप कर देती हैं। बाबूजी के कार्यक्रम और उनकी सेवा-साधना के बारे में वे फिर भी सोचती रहती हैं।

अगली सर्दियों में सीमा माँ के पास आयी तो पन्द्रह दिन के लिए ही थी, पर उन्हीं दिनों कभी की पुरानी बीमारी ने उस पर जो हमला किया तो उसे वसुधाजी ने अपने पास ही रोक लिया, "तुम्हारे घर में दिलीपजी को छोड़कर दूसरा कोई करने-करानेवाला नहीं है और तुम बाबूजी और अम्माजी पर बोझ बनो, यह कुछ जमता नहीं। बेचारे वैसे ही बहुत व्यस्त रहते हैं।"

वसुधाजी ने ज़िम्मेदारी अपने ऊपर ले तो ली, पर उधर जवानी की नसैनी पर चढ़ते दो उत्पाती युवा, इधर एक विवाहिता लड़की की बीमारी की अवस्था, पति दिलीप भी उन दिनों कुग्रहों से आक्रान्त अपनी किसी बेमालूम-सी लापरवाही के कारण सस्पेन्शन पर थे, जिसके कारण वसुधाजी भी चिन्ताग्रस्त थीं। उधर आमदनी का स्रोत शिथिल हो जाने के परिणामस्वरूप बेटी की बीमारी का लगभग पूरा दायित्व वसुधाजी पर आन पड़ा था। तीमारदारी में वे तन-मन-धन से संलग्न भी थीं, पर उम्र के तहत झुरती देह प्रायः असहयोग कर बैठती। नौकर-मेहरी के होते हुए बहुत से काम उनके हिस्से भी आते, होठ तब न चाहते हुए भी बुदबुदा उठते—

"कौन से पाप-कर्म उदय हुए हैं, जो कोल्हू के बैल की तरह पिसते रहना पड़ रहा है। भगवान मेरे ये फन्द न जाने कब कटेंगे।" सीमा के पानी या दवा माँगने पर वे कभी कह उठतीं, "देखो बिटिया, अब इतना-सा काम तो तुम ख़ुद भी कर सकती हो। एकदम रामलला बनी बैठी रहोगी तो बीमारी जल्दी पिण्ड नहीं छोड़ेगी। अब कुछ सँभल गयी हो, तो थोड़ा ख़ुद से उठो-बैठो...।" ढेर सन्दर्भ, उक्तियाँ और कहावतें। सीमा अशक्त थी, पर बाबू सदानन्द के सान्निध्य से ही सम्भवतः उसमें भी उनकी कुछ ख़ूबियाँ संक्रमित हुई थीं। मुस्कराते हुए बोली—

"पानी की बात छोड़ो माँ, तुम्हारी थकान और मजबूरी की बात भी मैं समझती

हूँ; पर एक बात ज़रूर कहूँगी—एक दिन तुम भी समझोगी कि बाबूजी के साथ तौल में कोई पासंग पर भी नहीं बैठेगा।"

"इस बात में तुम्हारे बाबूजी कहाँ से आ गये।" बेटी के व्यंग्य ने वसुधाजी को साला। बोली, "मर्दों को तो सिर्फ़ ज़बान चलानी आती है, हाथ-पैर चलाना उनके बस की बात नहीं। जिस आदमी को चौबीसों घण्टे हाथ-पैर चलाने होंगे, उसके हाड़ दुःखेंगे ही और जिसके हाड़ दुःखेंगे, उसके मुँह से कभी-कभार कुछ निकलेगा ही।"

सीमा सोचने लगी—इतनी पढ़ी-लिखी समझदार मेरी माँ घरू औरतों की शब्दावली में कब से और कैसे बोलने लग पड़ी हैं। ज़रूर यह मेरे ही कारण हुआ है। माँ को अब छुट्टी दे ही देनी चाहिए...। माँ की अनुपस्थिति में उसने दिलीप को पत्र लिखकर नौकर से डाक में भिजवा दिया।

अभी दिलीप को उधर काम ही क्या था। पत्नी की चिट्ठी पाकर वह दो-तीन दिन बाद ही आ पहुँचा, बातों-ही-बातों में बोला, "हमारे बाबूजी पर आजकल जो बीत रही है, उसे कोई नहीं समझ सकता।"

बाबूजी—बाबूजी—बाबूजी!—ये कल के आये भी बाबूजी के मुरीद बन गये! वसुधाजी मन-ही-मन खौंखियायीं। ऊपर से सहज बनकर बोलीं, "क्या हुआ तुम्हारे बाबूजी को?"

"आपको यह तो मालूम ही है कि बाबूजी के पास टँगरू नाम का एक नौकर रहता था, जो घर-बाहर दोनों जगहों के काम सँभालता था, उसकी एक दिन ट्रक से कुचले जाकर मौत हो गयी थी। यह भी जानती होंगी आप कि बाबूजी ने ही उस ट्रक का नम्बर मालूम कर उसके मालिक पर मुक़दमा दायर किया था। उस मुक़दमे की पेशी के लिए अब बाबूजी को जब-तब जाते रहना होता है। ख़र्च अलग होता है। अब उस टँगरू का एकमात्र बेटा मटरू, जो गाँव में रहता था, उसे बुलाकर बाबूजी ने अपने पास रख छोड़ा है। मटरू को घर के बच्चे की तरह वे स्कूल भेजते हैं। सवेरे नाश्ता करके वह स्कूल जाता है। नाश्ता-खाना ख़ुद माँजी को बनाना होता है, सवेरे मटरू नहाने-धोने बस्ता सँगवाने में व्यस्त रहता है, हाँ स्कूल से लौटकर आने के बाद वह अलबत्ता घर के कामों में मदद करता है। दूकान पर बाबूजी के ग्राहकों के साथ भी लेन-देन कर लेता है, पर बाबूजी के ऊपर कितनी ज़िम्मेदारियाँ आ गयी हैं, देखकर मैं तो हैरान रह जाता हूँ।"

"तुम तो हैरान होगे ही। तुम्हें कहाँ सूझेगा कि इधर भी एक महिला है, जो अपनी बढ़ती उम्र में ढेरों ज़िम्मेदारियाँ निभा रही हैं, जिसने तुम्हारी पत्नी के ख़ातिर दिन को दिन और रात को रात नहीं समझा है...।" मन-ही-मन वसुधाजी फिर तिलमिलायीं। ऊपर से स्वर में नाटकीय भाव लाते हुए कहा, "ओह, सचमुच तुम्हारे बाबूजी इनसान नहीं देवता हैं, उनके सामने तो हम-जैसे लोग मक्खी-भुनगे की तरह हैं।"

"ख़ैर आप ऐसा भी नहीं कह सकतीं। आप भी इतना कुछ कर रही हैं, लोग-बाग आपकी ज़िम्मेदारियाँ देखकर आपको भी इनसान से ऊपर की पदवी दिये बिना नहीं रहेंगे।"

वसुधाजी को लगा, दिलीप की बात पर वे खिलखिलाकर हँस दें और कहें कि इन बातों से हम बहल नहीं सकते। तुम्हें तुम्हारे बाबूजी मुबारक हों, हम ऐसे ही भले; पर ऊपर से 'अरे छोड़ो इन बातों को' कहते हुए उन्होंने संवाद का पटाक्षेप ही कर दिया। सीमा अब पहले से काफ़ी बेहतर तो थी ही, उसने माँ के सामने लौट जाने का प्रस्ताव रखा और दिलीप ने पत्नी को साथ ले जाने की बात कही, तो वसुधाजी राज़ी हो गयीं।

आगरा से सीमा ने माँ को अपनी सकुशल पहुँच की सूचना देते हुए लिखा था, "अब आप चिन्ता न करें। दिलीप ने आपको तब नहीं बताया, अब यहाँ आकर पता चला है कि अपनी नौकरी पर वे फिर से बहाल कर दिये गये हैं। यह सब बाबूजी की मेहनत से ही हुआ है। अगर वे दौड़धूप न करते तो यह नामुमकिन था।"

फिर बाबूजी! बाबूजी न हो गये भगवान हो गये।

बहुत मानती थीं वसुधाजी बाबू सदानन्द को, पर इधर क़दम-क़दम पर उनका बखान सुनते-सुनते उनके कान पक गये थे। एक आदमी की अति तारीफ़ भी दूसरे आदमी को खिजा देती है, उसे सब कुछ असली न लगकर बनावटी लगने लगता है। "आये चलकर तुम्हारे बाबूजी कहीं से, हमने भी बहुत देखा है लोगों को, कि कैसे अपनी नामवरी के लिए वे अपनी जान को भी जोखिम में डालने से नहीं कतराते।" चलते-फिरते वसुधाजी भुनभुनाती रहीं।

कुछ दिन बाद सुनने में आया कि दिलीप की बहाली इसी शर्त पर हुई थी कि उसे दूसरे शहर में स्थानान्तरित कर दिया जाएगा।

अब हुई न बात! अब बाबूजी से कहके ट्रांसफ़र क्यों नहीं रुकवा लेते? वसुधाजी चिट्ठी हाथ में थामे-थामे ही बुड़बुड़ायीं, आगे लिखा था, कि सीमा भी दिलीप के साथ उदयपुर जाएगी, तबादला वहीं हुआ था, तब बाबूजी उधर अकेले रह जाएँगे। इसी की चिन्ता है...।

चिन्ता काहे की, बाबूजी के लग्गे-भग्गे तो उधर बहुत होंगे, वही उन्हें सँभालेंगे, वे सबके भगवान जो ठहरे, भगवान भी कभी अकेले होते हैं। वसुधाजी ने बुदबुदाकर फिर अपनी जीभ काटी, "क्या हो गया है उन्हें, बाबूजी के नाम से इतनी चिढ़ क्यों? आख़िर बाबूजी ही तो हैं, जिन्होंने तुम्हारी लड़की की ज़िन्दगी बनायी है, नहीं तो अपना बेटा मर जाने पर कौन दूसरे की परवाह करता है।" फिर भी अनजाने ही बाबू सदानन्द के प्रति उदासीनता, तटस्थता और अलगावपन उनके दिमाग़ पर बराबर तारी रहा। अपने इस बदलाव पर उन्हें ख़ुद आश्चर्य होता था।

इस बार वसुधाजी संस्थान के काम से आगरा गयीं तो बाबूजी से मिलने की

बात उनके मन में आयी ही नहीं। बेटी उधर होती तो शायद वे मिल ही आतीं—संयोग से बाबू सदानन्द को पता लगा कि वसुधाजी उनके शहर में आयी थीं, पर उनसे बिना मिले ही लौट गयीं तो हृदय में हल्का-सा क्षोभ जगा ज़रूर। मगर मन की सतह से उसे उन्होंने किसी से बिना कुछ कहे ही चुपचाप पोंछ दिया।

समय का सरकस यों खिलवाड़ रचता हुआ आगे बढ़ा चला जा रहा था। हर कोई काल के प्रवाह में बहता हुआ व्यस्त-त्रस्त!...सदानन्द बाबू और उनकी पत्नी दोनों की देहें भी काल की धार में झुराती जा रही थीं। गठिया रोग ने उनकी पत्नी की देह की हड्डियों को मोड़ना-तोड़ना शुरू कर दिया था, इतना-इतना कि घर के सामान्य से कामों को करने में वे अशक्त हो गयी थीं। आर्थिक चिन्ता और अपनी सामाजिक सेवा के साथ-साथ सदानन्द बाबू पर अब पत्नी का दायित्व भी आन पड़ा था, तो वे चुपचाप उसी में तत्पर हो गये।

धीरे-धीरे सामाजिक सेवा की भागदौड़ और धार्मिक क्षेत्र की धकापेल से भी बर्ख़ास्तगी ले लेनी पड़ी, आख़िर पत्नी ने आद्योपान्त सहधर्मिणी का कर्तव्य निभाया है, तो अब उनकी बारी है कि वे सहचर का धर्म निभाएँ। अपनी रुचियों और दूसरी व्यस्तताओं को तिलांजलि दे अब वे पूरी तरह अपने व्रत के निर्वाह में तत्पर हुए। आर्थिक जुगाड़ तो ज़रूरी ही था, सो घर के कामों के साथ-साथ दूकान के प्रति समर्पण भी आवश्यक था, जिसमें पत्नी का सहयोग अब शून्य हो गया था।

जीवन की गाड़ी यूँ खिसकती चली जा रही थी, तभी उदयपुर से सीमा का पत्र पाकर वे चौंके। लिखा था, "माँ दफ़्तर जाते हुए सीढ़ियों पर से फिसलकर गिर गयी हैं। दिलीप तो नहीं जा सकेंगे, अभी नया-नया काम ज्वाइन किया है, पर मैं पहुँच रही हूँ।"

"पहुँचना तो हमें भी चाहिए।" पत्र पढ़कर बाबू सदानन्द ने पत्नी से कहा, "देख आना कभी जाकर, तुम्हारे चले जाने से मेरे कामों की बात तो छोड़ो, पर दूकान का काफ़ी हर्ज़ा हो जाएगा।"

सोचते रहे थे सदानन्द बाबू कुछ देर, फिर बोले, "जाना तो होगा ही और तुरन्त जाना चाहिए, उधर भी कोई नहीं है। जो अपने हैं वे दूर-दूर हैं और वे बच्चे हैं। यह देखना हमारा फ़र्ज़ बनता है कि जाकर देखें कि फ्रैक्चर वग़ैरह तो नहीं है। और अगर है तो क्या इन्तज़ाम हुआ है। सब इन्तज़ाम करवाकर मैं जल्द ही वापस लौट आऊँगा, आगरा से जयपुर कोई ख़ास दूर नहीं है।"

"अब दूरी का तो तुम जानो, मैं क्या कर सकती हूँ; पर पीछे दूकान का क्या हिसाब होगा, यह सोच लो।"

"वह इन्तज़ाम भी सोच लिया है, मटरू मेरे पीछे दूकान का काम सँभालेगा।"

"और उसकी पढ़ाई?"

"वह मैं स्कूल के हेडमास्टर से अभी जाकर बात करता हूँ कि मटरू को कुछ दिनों की छुट्टी दे दें। उसकी पढ़ाई लौटकर मैं पूरी करवाऊँगा, उसकी पढ़ाई के नुक़सान की मुझे चिन्ता है।"

पत्नी निरुत्तर हो गयी थीं। जानती थीं कि उनके पति को रोकना अब मुश्किल ही होगा।

और सदानन्द बाबू हेडमास्टर से मिलकर उसी शाम ट्रेन से निकल गये थे। यथासमय वे पहले घर और फिर अस्पताल पहुँचे तो सीमा अभी तक नहीं पहुँची थी। वसुधाजी बाबू सदानन्द को देखकर हैरान रह गयीं—"आऽऽ प !!"

"वह सब छोड़िए, अब आप यह बताइए कि यहाँ अस्पताल में डॉक्टर लोग क्या कर रहे हैं? क्या इन्तज़ाम हुआ है?"

"सब-कुछ हुआ है बाबूजी, मेरे परिचितजनों ने ही मुझे अस्पताल में दाख़िल करवाया। डॉक्टरों से अच्छे से अच्छे इलाज़ के लिए ताक़ीद भी की है, पर अब वह जो एक महीने के लिए प्लास्टर चढ़ गया है, वही फ़िक्र लग रही है कि घर की ज़िम्मेदारी का क्या होगा? घर को कौन देखेगा। हो सकता है, डॉक्टर लोग मुझे घर जाने की छुट्टी दे दें, पर उस हालत में तो और भी मुश्किल है। उधर सिर्फ़ उमा है, बहू पद्मा की बहन, जिसे अपने भाई और मुझे दोनों को देखना होगा; लेकिन मैं नहीं सोचती कि वह अपने दफ़्तर से इतना समय निकाल पाएगी। रही सीमा की बात। उसके बस का भी अब ज़्यादा कुछ नहीं है। वे कहती रहीं, 'भगवान ने उन लोगों को इतने दिन बाद ख़ुशी का मौक़ा दिया है तो'...।"

सीमा ने उसी समय कमरे में प्रवेश किया, "मुझे तो गाड़ी लेट हो जाने के कारण देर हो गयी।" बाबूजी को देखकर वह भी हैरान थी, "बाबूजी आऽऽप !!" उसने सदानन्द बाबू के पैर छुए, बोली, "आपको तो मैंने ऐसे ही लिख दिया था।"

"हाँ बेटी, हमें तो अब ऐसे ही लिखा जाया करेगा, क्यों?" सीमा की बात को मज़ाकिया ढंग से लेते हुए सदानन्द बाबू मुस्कराते हुए बोले।

"वसुधा बहन, अब आप निश्चिन्त रहें, मैंने सोच लिया है, मैं इधर आपके पास रहूँगा। फ्रैक्चर के दिनों में बड़ी सावधानी की ज़रूरत है। ज़रा-सी भी भूल-चूक प्लास्टर को गड़बड़ा सकती है। मैं इधर रहा तो अपने बाबूजी के इधर होने के कारण सीमा बेटी भी निश्चिन्त रहेगी।"

सीमा ने सुना तो हिलककर बोली, "माँ, आपने देखा, मैंने कहा था न कि मैं अपने बाबूजी को पहचानती हूँ।"

"नहीं, तुम नहीं पहचानती हो बेटी। यह मैं वसुधा बहन के लिए नहीं अपने लिए कर रहा हूँ, अपनी सुख-शान्ति के लिए। यही तो मेरी ज़िन्दगी का सम्बल है, पाथेय...।"

और अब वसुधाजी की बारी थी। आँखों-ही-आँखों में बेटी से वे पूछ रही थीं, "देखा तुमने सीमा, बहुत बखानती थीं कि बाबूजी दूसरों के लिए इतना करते हैं, पर इस सबके मूल में...।" बाबूजी की कमज़ोर नस पकड़कर बेटी को दिखाने में उन्हें आनन्द आ रहा था।

"माँ कमाल करती हैं आप भी! आपने यह तो नहीं देखा कि जिन बाबूजी से आप मेरे आगरा में न होने के कारण मिलने तक नहीं गयीं, आपने यह मुझे खुद बताया था या इसलिए कि आपको बाबूजी से अब वितृष्णा हो गयी है। कारण कुछ भी हो और मैंने आपसे कहा था कि बाबूजी को यह मालूम हो जाएगा। मालूम उन्हें हो भी गया, फिर भी वे बिना किसी बात की परवाह किये हुए आपकी सहायता के लिए दौड़कर चले आये—यह सब तो आपने नहीं सोचा, आप तो बाबूजी के शब्दों की ऊपरी सतह को पकड़कर बैठ गयीं। उन शब्दों के नीचे छिपे दर्द को आपने नहीं पहचाना, बस उनकी ईमानदारी और सौजन्य को छोटा करके देखने लगीं। क्यों? क्योंकि सी-सॉ के खेल में आप बाबूजी से हार चुकी हैं...।" माँ की ओर दृष्टि गड़ाये सीमा कुछ पलों में ही उतना कुछ सोच गयी थी। वही सब-कुछ वह माँ से चीख़-चीख़कर बता देना चाहती थी, पर फिर वही सोच—कि वैसा करने से माँ बाबूजी की आँखों से गिर जाएँगी—शब्द उसके होठों से निकले ही नहीं थे और तब इस समय अपनी खुद की आँखों में खुद को ही गिरा देखने की बारी थी खुद उसकी।

पठार

बलबीर को दरवाज़े पर देख अतिमा चौंक उठी। वह एकदम पस्त नज़र आ रहा था, जैसे वह बरसों का बीमार हो।

"आख़िर तुम्हें हुआ क्या? आराम से बैठो।" अतिमा ने सोफ़े के आगे मूढ़ा रख दिया, जिससे बलबीर अपनी टाँगों को टिका सके, "पानी लाऊँ?"

"अभी कुछ नहीं।" बलबीर ने साँस को साधते हुए कहा।

अतिमा सामने ही कुर्सी पर बैठ गयी थी। बलबीर की कभी तेज़ और कभी धीमी हो जाती साँसों को वह साफ़ सुन रही थी, फिर भी वह इन्तज़ार कर रही थी कि बलबीर कुछ कहे।

"आप नीलिमा को तो जानती हैं न?"

बलबीर ने इतनी देर में बात करने के लिए अपने को प्रयत्नपूर्वक स्वस्थ बना लिया था।

"नीलिमा, कौन नीलिमा? ओह, अच्छा याद आया, वह तपेश्वरी जी की बेटी, जो उनके पास ही रहती है!"

"उनके पास ही रहती है, उनके साथ नहीं रहती। माँ से उसकी कोई बोलचाल नहीं है। उन्होंने भी अपने कैम्पस में बने उस बड़े आउटहाउस में रहने की जगह उसे अलबत्ता दे दी है, बाक़ी उनका उससे कोई सरोकार नहीं है।"

"ताज़्जुब! पर चलो यह बात बाद में, फ़िलहाल अपनी बात कहो।"

"उसी नीलिमा के कारण यह सब हुआ।"

"कैसे, तुम उसके पास कैसे पहुँचे?"

"पहुँचा तो किसी काम से था। समता क्लब की मीटिंग की सूचना देनी थी उसे, उसी सिलसिले में। पर आने के कुछ ही देर बाद उसने एकाएक मुझे अपने बैडरूम में खींच लिया और..."

"और..." के बाद की कल्पना नहीं कर पायी, बोली, "तब क्या?"

"तब क्या," पहल उसने ही की। उसने कहा, "तुम नाकारा हो, तुमने पहल क्यों नहीं की? मेरी पहल का इन्तज़ार क्यों करते रहे?"

"मैंने कभी किसी तरह का इन्तज़ार नहीं किया। मैंने कभी उस तरह की बात सोची ही नहीं। अगर कभी सोचता भी तो उस तरह की हिम्मत मैं कभी नहीं कर सकता था—एक पुरुष का नारी पर आक्रमण उसकी इच्छा के बिना करना मुमकिन नहीं हुआ करता।" मैंने जवाब दिया।

"गोया आप में मेरी इच्छा पढ़ने की तमीज़ भी नहीं? मैं तुम्हारे लिए कब से मर रही हूँ, कब से तुम्हें पाना चाहती थी, तुम यह समझे ही नहीं।" उस समय तक नीलिमा ने कपड़े पहन लिये थे।

अतिमा के सामने तस्वीर अब साफ़ हुई, एकाएक वह समझ ही नहीं पायी, वह क्या कहे।

"मेरी बीमारी यही है। कल शाम अचानक जो यह हादसा घटा उसने मुझे पागल बना दिया। यह क्या हो गया—यही सोच मुझे अब तक खाये जा रही है।"

"प्रेम में बड़ी ताक़त होती है, पर उस तरह का प्रेम...।" अतिमा वाक्य पूरा नहीं कर पायी और उठकर उसने पानी का गिलास बलबीर के सामने लाकर रख दिया, जिसे वह धीरे-धीरे सिप करके पीने लगा था।

अतिमा ट्रे में चाय सजाकर लायी, तब तक बलबीर पानी का गिलास ख़ाली कर चुका था।

अतिमा ने पूछा, "नीलिमा के बच्चे भी हैं?"

"बच्चे? बच्चे हैं बड़े-बड़े, दोनों लड़के, बड़े की तो शादी भी हो गयी है, उसके भी बच्चा है।"

"यानी वह दादी भी बन चुकी है।"

"बन चुकी है, पर ज़रा नहीं लगता कि वह उतनी बड़ी है। उम्र का अल्हड़पन उसमें अब भी बरकरार है। बातें भी वह अल्हड़ उम्र की किसी किशोरी की ही तरह की लच्छेदार ढंग से करती है, करतब भी उसके वैसे ही हैं।"

"लगता है, तुम तो पहली भेंट में ही उसके मुरीद बन गये हो!"

"भाभी, बात दरअसल कुछ ऐसी ही है, उसकी शख़्सियत ही ऐसी है, कि कोई भी उस पर फ़िदा हो सकता है।"

"चलो ठीक है!"

अतिमा ने बात वहीं ख़त्म कर दी थी। नहीं समझ पा रही थी, उन बातों को वह आगे कैसे बढ़ाए या उनको एकबारगी तन्मयता से कैसे सुनती रहे। नीलिमा को उसने दो-एक बार देखा था। कभी रास्ते में, कभी किसी समारोह में या कभी पत्र-पत्रिकाओं के स्टाल पर। वह ऊँचे क़द और उजले रंग की एक भद्र महिला दिखी थी, जिसे ढंग से साड़ी पहनना आता था, रंगों का चुनाव करने में जिसे महारत हासिल

थी, क्योंकि उसके परिधान में उसने न कभी शोख़ी देखी थी, न एकदम वैराग़ीपन। उससे दो-चार वाक्यों का जो आदान-प्रदान हुआ था, उसमें भी वह शिष्ट और सम्भ्रान्त ही नज़र आयी थी, किन्तु आकृष्ट उसने उसे कभी नहीं किया था—उसके मोटे भारी गाल और चौड़ा चकला चेहरा, उसे दर्शनीय प्रतीत नहीं हुए थे। शायद 'मोह न नारि नारि के रूपा' वाली उक्ति ही उस जुगुप्सा की वजह हो। पुरुषों को शायद हर वह स्त्री जो उनके प्रति लच जाए, पसन्द पड़ जाती है...अतिमा ने सोचा।

उस शाम बलबीर अतिमा के घर से परितृप्त-सा ही होकर गया था। अतिमा ने महसूस किया कि उसके घर में प्रवेश करते समय बलबीर की देह में जो निचुड़ापन था, वह सुँतकर उसमें बहुत अंशों में करारपन आ समाया था। चेहरे के बुझेपन ने भी एक ख़ास चमक ओढ़ ली थी, क्षणांश को अतिमा के हृदय की किसी दरार में दर्द की एक फाँक उगी थी, जैसी कि अपने से भिन्न व्यक्ति के द्वारा कोई विशिष्ट उपलब्धि पा लेने पर उगती है, फिर दूसरे ही पल कुछ करार भी आ गया, कि वह एक चिथड़े बने व्यक्ति के किसी अंश में स्फूर्ति और सन्तोष को रचने में समर्थ हुई है।

बलबीर के चले जाने पर उसने मेज़ पर पड़े चाय के बर्तन समेटे, तो बलबीर की बहुत दिनों पहले की एक तस्वीर मस्तिष्क में सहसा ही रेंग आयी : वह एक धुमैले रंगवाला ख़फ़ीफ़-से व्यक्तित्व का स्वामी, एक विद्यार्थी हुआ करता था, जब उसने उसके घर आना शुरू किया था। हर कठिनाई में अपना सिर गड़ा देनेवाले और आनन्दी प्रकृति के उस युवक ने घर के प्रायः हर सदस्य पर अपनी छाप डाली थी, छाप यानी मोहिनी, बच्चे उससे बात-बात पर भिड़ जाते। वह ख़ुद बच्चों में बच्चा बनकर बैठ जाता, उन्हें तरह-तरह की पहेलियाँ, कहावतें, कहानियाँ और संगीत सुनाता, बच्चों को उलझाने में वह माहिर था। कहीं से उसने एक कैमरा हथिया लिया था, तो बच्चों के अनगढ़ हाथों में उसे थमाकर और ख़ुद थामकर वह उनके साथ चुहलबाज़ी में उनसे फ़ोटो खिंचवाकर और उनकी खींचकर वह उनका कण्ठहार बनता चला था।

बड़ों को मुग्ध करने के उसके दूसरे तरीक़े थे, उनकी हर बात को ध्यान से सुनना, उनकी कठिनाई का हल प्रस्तुत करना, ख़ुद भी उसमें सहयोग देना उसकी प्रकृति में शामिल था। धीरे-धीरे वह घरवालों से खुलता चला था और घरवाले उससे। उस छोटी-सी उम्र में ही उसने पति और पिता दोनों के खिताब ओढ़ रखे हैं, उस परिवार के सदस्यों के सामने यह राज़ भी धीरे-धीरे ही खुला। और यह भी, कि जिस वर्ग की वह इकाई था, उस वर्ग की स्थायी जीविका चनों और मूँगफलियों को भूनकर उन्हें विक्रय करने से सम्बद्ध है। उस भाड़ में से निकला हुआ वह एक अनगढ़ हीरा था, जो शिक्षा और संगति के बल पर ख़ुद को तराशने में जुटा था। अपनी

पत्नी से उसका मेल न बैठता था—मोटे नाक-नक़्श की, उजले रंग किन्तु भारी शरीर की महिला, जिसकी बोली-बानी और क्रिया-कलाप में अपनी जाति का भदेसपन पूरी तरह भिदा हुआ था। बलबीर की पत्नी तारो भी अतिमा के घर आती रहती। अपना दुःखड़ा सुनाकर वह भी उस घर की सहानुभूति बटोरने की कोशिश करती। वह जानती थी, उसका पति इस घर का चहेता है; तो उस घर के लोग उस पर प्रभाव डालकर उसे उसके साथ बने रहने में सहयोग दे सकते हैं।

पत्नी बलबीर की माँ के साथ अपने उस जीर्ण-शीर्ण घर में दिन काट रही थी, जिसका किराया उन दिनों पाँच रुपये था। पाँच रुपये किराया और बच्चों के साथ घर-ख़र्च पचास रुपये—पूरे पचपन रुपये जुटा लेना उन दिनों आसान नहीं था। उन्हीं दिनों बलबीर ने अतिमा और जयन्त को कुछ लड़कियों के फ़ोटो दिखाये, जिनमें से किसी एक का चयन वह अपनी जीवन-संगिनी के रूप में कर लेना चाहता था। यह हवा उड़कर उसकी पत्नी के पास पहुँची, तो वह भयभीत हो उठी थी। इतनी दूर की कल्पना उसने नहीं की थी। वह अतिमा के सामने रिरियाती थी, "मुझे बचा लो भाभ्भीजी, मुझे और इन मासूम बच्चियों को, जिनकी जिनगानी रोजीना बरबाद होती जा रही है।"

उसके चले जाने पर अतिमा और उसके इंजीनियर पति जयन्त आपस में चर्चा करते, कि लगता है दोनों के ही बुरे दिन आ गये हैं। दूसरी शादी हो जाने पर पहली पत्नी और बच्चियाँ तो बरबाद होंगी ही, बलबीर की ज़िन्दगी भी तबाह हो जाएगी। नयी आयी लड़की के सुख-सहालगों का इन्तज़ाम करने की ताब है इसमें? और कौन माँ-बाप उसे अपनी बेटी दे देगा, सभी फ़ोटो तो सवर्ण लड़कियों के हैं। पूरी कैफ़ियत दे देने से इसकी गोटी वैसे भी फ़िट नहीं बैठ सकती। बलबीर को भी उन्होंने समझाया था और बात दब गयी-सी लगती थी।

अतिमा ने न जाने कुछ कितना मथा था। फिर वह अपने काम में लीन हो गयी थी और बलबीर के बारे में काफ़ी-कुछ भूल गयी थी, कि तभी उस शाम बलबीर ने घर में फिर प्रवेश किया।

"आओ भई, कहाँ रहे इतने दिन?" अतिमा ने पूछा।

"बस ऐसे ही कुछ दफ़्तर के काम और कुछ अपनी निज की पाबन्दियाँ।"

"निज की पाबन्दियाँ, मतलब?"

"अजी अब रोज़ उधर अपनी मिस्ट्रेस के यहाँ सिज़दा करने जो जाना पड़ता है।"

"तो वह बन गयी तुम्हारी मिस्ट्रेस?"

"मिस्ट्रेस छोड़ वह तो अब सच्चे अर्थ में अपनी अर्धांगिनी ही बन गयी है, किसी दिन भी छुट्टी नहीं मिलती। काफ़ी आवभगत करती है और फिर काम चालू...।"

"आवभगत कैसे करती है?" इस बार अतिमा अपनी सब्ज़ी की टोकरी और चाकू लेकर पास ही बैठ गयी थी।

"नीलिमा को आपने देखा तो है, कितनी सुन्दर-समझदार और सम्भ्रान्त दिखती है।"

"दिखती है, है नहीं क्या?" अतिमा मुस्करायी थी।

"हाँ, है भी। वह कविता रचती है। उसमें शालीनता है, बात करने का तरीक़ा बहुत शिष्ट और मधुर है। उसमें प्रभावित करने की शक्ति है, आदर-सत्कार करने में वह बेहद पटु है, उसकी कलात्मक प्रकृति..."

"बहुत, बहुत हो गया है देवरजी!" इस बार अतिमा ने सामने बैठे बलबीर को सम्बन्ध से सम्बोधित किया। "पर यह तो बताओ, इतनी गुणी महिला अपने पति को कैसे छोड़ आयी?"

"पति सचमुच उसके लायक़ नहीं है भाभी, उसने उसे अपमानित किया, उसे मारा-पीटा, उसके मूल्य को वह नहीं आँक सका, उसके बच्चों से उसे उसने जुदा कर दिया है–इतने लम्बे समय उसने किसी तरह उसे झेला, पर बात फिर भी नहीं बनी। अब वह किसी तरह अपने को बचाकर ले आयी है, तो कहीं-न-कहीं तो उसे संरक्षण चाहिए ही था।"

"वह माँ ने दिया है।"

"बस संरक्षण दिया है, प्यार नहीं। उसने मुझे अपनी पूरी कहानी सुनायी है। दरअसल माँ भी उसे नहीं समझती है, पति के घर से चले आने को वह उसकी ग़लती मानती है।"

"हाँ तो आवभगत कैसे करती है वह तुम्हारी?" अतिमा अपने पुराने सवाल पर फिर लौट आयी थी।

"बड़ी सलीक़ेदार है वह भाभी, नौकरानी के खाना बना लेने के बाद वह खुद किचन में जाती है। अपने सामने प्लेटें लगवाती है। चटनी-अचार-सब्ज़ियाँ, दाल-चावल सभी कुछ तो होता है–सब चीज़ों के डोंगे साथ होते हैं, जिससे मनपसन्द ढंग से मनचाही चीज़ खुद भी परोसी जा सके। फुल्के नौकरानी साथ-साथ सेंककर देती जाती है, बाद में स्वीटडिश भी सर्व की जाती है।"

"इतना रोज़ाना किया जाता है?"

"रोज़ाना नहीं, दिन में दोनों समय, जब भी मैं वहाँ जाता हूँ।"

"तो क्या तुम उधर अब दोनों समय जाने लगे हो?"

"कभी दोनों समय भी हो जाता है।"

"तुम खुद जाते हो या वह बुलाती है?"

"दोनों ही बातें हैं, बाक़ी दिन तो कोई ख़ाली नहीं जाता।"

"गोया जाना नहीं टलता, यही ना?"

"जाना तो नहीं ही टलता, उस तरह का उद्यम भी रोज़ करना होता है।"

"हे भगवान, क्या उम्र होगी उसकी?"

"यही पैंतालीस-पचास के क़रीब होगी, लगभग अपने बराबर ही, पर ताक़त उसमें इतनी है कि..."

अतिमा सब्ज़ी लेकर उठ खड़ी हुई। उस तरह की बातें उतने खुलकर वह झेल नहीं पा रही थी।

"अच्छा तो चलता हूँ।" और बलवीर उठकर चला गया था।

अतिमा सोच में फिर लीन हो गयी थी। बलबीर ने अपनी पढ़ाई ख़त्म कर ली, तो जयन्त ने ही उसकी नौकरी का जुगाड़ भी कर दिया। ज़िन्दगी के साथ-साथ घर में भी स्थायित्व आ गया। बच्चियाँ बड़ी हो रही थीं और स्कूल में बड़ी कक्षाओं में पढ़ने लगी थीं, पत्नी ने भी अपना चोला बदला था। बोलीबानी में परिवर्तन करना तो मुश्किल था—सदियों के संस्कार। वेशभूषा में निखार लाने की उसने अलबत्ता कोशिश की थी। घर में पैसा आने लगा, तो रहन-सहन में भी सुधार हुआ, पर शिक्षा के अभाव में रुचि-परिष्कार होना सम्भव नहीं था। वह भड़काऊ और सस्ते क़िस्म की साड़ियाँ ख़रीद लाती, उसकी भारी मोटी कलाइयाँ रंग-बिरंगी चूड़ियों से मण्डित रहने लगी। बालों को वह तरुणियों की तरह कभी खोलकर रखती, कभी पोनी टेल बना लेती और कभी जूड़ा बनाकर उस पर मोती या गोटे का चमकीला फूल जड़ लेती। कुल मिलाकर जो छवि उसकी उभरकर आती, वह किसी सस्ते क़िस्म की औरत की ही बन पाती।

वह सब-कुछ बलबीर को रिझाने के लिए ही किया जाता, पर बलबीर ने उन दिनों लिखने-पढ़ने का एक नया शौक़ पाल लिया था और वह अपने दफ़्तर के काम से सम्बन्धित विषयों का अध्ययन करके, उन पर क़लम चलाने लगा था, जो उसकी अतिरिक्त आय का साधन भी बनती चली जा रही थी। घर की रौनक़ बढ़ी थी और स्तर भी उठा था, एक नये क़िस्म की चमक-दमकवाला। परिचय का भी विस्तार हुआ और लोगों का आना-जाना भी बढ़ा था।

बलबीर उन दिनों अपने काम में बुरी तरह डूब गया था, उसने अपने लिए स्थायी प्रकाशक भी तैयार कर लिया था, जो उसके लिखे को हाथों-हाथ लेता, लिखे का प्रचार भी करता और बलबीर की मुट्ठी भी गरम रखता। बलबीर का परिचय तब शहर के नामी-गिरामी लोगों से होने लगा था। उन्हीं लोगों के कहने से उसने कुछ संगठनों और क्लबों की सदस्यता भी ली थी। व्यक्तित्व उसका काफ़ी-कुछ निखर आया था। पत्नी को भी उसने शैक्षिक दृष्टि से उठाने का यत्न किया था। प्राइमरी स्कूल की एक अध्यापिका उसे पढ़ाने घर आने लगी थी, पर तारो ने तो दो-चार

शब्दों को छोड़ अपने को आगे न बढ़ने देने की मानो क़सम खा रखी हो। कभी वह अपनी व्यस्तता का बहाना लेती, कभी अध्यापिका के नियमित न आने पर पैसा ज़ाया जाने की दुहाई देती। नतीज़तन बलबीर ने भी फिर कुछ कहना बन्द कर दिया, सोचा व्यक्ति शिक्षा से कम, संगति से ज़्यादा निखरता है; सो वह उसे अपने साथ सभा-सोसायटियों में और क्लब के जलसों में ले जाने लगा।

पर जल्दी ही उसे मालूम हो गया, पत्नी का वहाँ ले जाना भी उस दिशा में कुछ कारगर सिद्ध नहीं होगा। पत्नी के मुँह खोलते ही उसकी कलई खुलकर सामने आ जाती। उसके सौन्दर्य और सुरुचिबोध का स्तर, उसका पारिवारिक स्तर और उसके वंशानुगत संस्कार—दूसरी महिलाएँ मुँह छिपाकर मुस्कराने लगतीं। एक-दूसरे की तरफ़ आँखें तरेरतीं और तब बलबीर का भाग्य भी तरस खाने लायक़ बन जाता। शिक्षा-श्रम और सम्पर्क से कमाई पूरी मेहनत ही गारत होने लगती। घर लौटकर वह पत्नी को फटकारता, पढ़ने-लिखने में रुचि न लेने के कारण उभरी उसकी अपरिष्कृतता पर लानत-मलामत देता, तो वह बजाय शर्मिन्दा होने या असहाय दिखने के बुलन्द स्वर में कहती, "इब तम छोड़ो भी ये बातें, हमें पता है कोई कुछ नहीं कहता। तम ही हो, जो खरी-खोटी सुनाते रहते हो, हम तो हर किसी से खुल के बात कर लेवे हैं।"

"यही तो मुश्किल है कि तुझे अपने ओछेपन का गुमान ही नहीं है। अपनी कमियाँ तेरी समझ में ही नहीं आतीं, इसलिए अपना मुँह बन्द रखा कर, कौए और कोयल मुँह खोलते ही पहचान लिये जाते हैं, आइन्दा चुपचाप गयी और चुपचाप लौट आयी, समझी।"

"तम भी कमाल करते हो जी, यो क्यूँकर होगा? चार जनी से मिलो-भेंटो और बोलो मती ना, तो लोग तुम्हें ही नाम धरेंगे कि फलाँ की बीवी या तो गूँगी है या घमण्डन।"

"तू नहीं समझेगी।" बलबीर शान्त हो गया था। एक मन हुआ था, आगे से उसे कहीं नहीं ले जाएगा; पर तारो को तो क्लब में जाने का जैसे चस्का पड़ गया हो, जहाँ शनिवार की शाम बलबीर को तैयार होते देखा, वहाँ चट्ट से पूछ बैठती, "क्या कलब जा रहे हो?"

"नहीं।" बलबीर तड़ाक से नकार देता और अपनी मोटरसाइकिल पर बैठकर फुर्र से उड़ जाता।

नीलिमा खिलन्दड़ी बहिर्मुखी प्रकृति की महिला थी। अपने घर की खोह में दिन-भर पड़ी-पड़ी वह ऊब जाती थी। सुबह-शाम घर के आसपास बने लॉन और बाग़ीचे में घूमने के सिवा उसके पास कोई दूसरा शगल नहीं था। क्लब की सदस्या बन

जाने के बाद उसे मानो एक नयी दुनिया मिली। बकौल बलबीर के सुन्दर-सुडौल देहयष्टि के साथ-साथ उसके पास अनगिनत साड़ियाँ थीं और बेशुमार सैण्डिलें, जिन पर मचकती हुई जब वह मुख्य हॉल में प्रविष्ट होती, तो लोगों की नज़रें उससे चिपककर रह जातीं। लेकिन वह प्रायः बलबीर के साथ ही चिपटी-सटी रहती। बड़े-बड़े लोग धनपति और उद्योगपति बग़लें झाँकते, कि न हुआ वैसा माल उनकी बग़ल में।

वह सब-कुछ उस दिन बलबीर ने ही आकर बताया था। अतिमा तो अपने घर में ही घुसी रहती थी, बाहर की चीमागोइयों से उसे मतलब ही क्या था—जबसे पति जयन्त का तबादला उस शहर से हटकर दूसरे नगर में हो गया था, तबसे तो उसकी अलहदगी और अधिक उभरकर सामने आयी थी। उस दिन बलबीर घर की दहलीज़ पर चढ़ा तो उदास था।

अतिमा ने पूछा, "क्यों आज कोई ख़ास बात है? कैसी छन रही है नीलिमा से?"

"नीलिमा से तो अच्छी ही छन रही है भाभी, पर घर में अब जीना मुहाल होता जा रहा है।"

"क्यों, क्या तारो को मालूम हो गया?"

"मालूम, उसने तो घर सिर पर उठा रखा है।"

"उसे मालूम ही कैसे पड़ा?"

"राधिका के स्कूल तो वह जाती ही रहती है, वहीं की वफ़ादार चपरासिनों ने उसे सुराग़ दे दिया, कि तुम्हारे साहब की मोटरसाइकिल तो अब अक़सर इधर सामने वाले बँगले की मेमसाब के कम्पाउण्ड में देखती हैं हम। अपने साब को बचा सकती हो, तो बचा लो, नहीं तो हाथ मलती रह जाओगी, नीलिमा उधर ही तो रहती है। उन्होंने तो उसे वे क़िस्से भी सुना डाले, जो उनके सामने मुझसे पहले घटित हुए थे।"

"कैसे क़िस्से?"

बलबीर सैटी पर तकिये की धोक लगाकर बैठ गया था, "आपको नहीं मालूम भाभी, मुझे भी बाद में ही पता चला कि नीलिमा एक आदमी से जुड़कर रहनेवाली औरत नहीं है, मुझसे पहले भी उसके कई यार-दोस्त रहे हैं, जिन्हें उसने अपना मतलब साधने के बाद धता बताकर छोड़ दिया था।"

"कैसा मतलब? कौन यार दोस्त?"

अतिमा शायद दिन-भर के रुटीन से थकी थी और सामने की ईज़ी चेयर पर जम गयी थी।

"मतलब तो उसका एक ही रहा है, आदमी से उसकी अस्मत लूट लेना।"

अतिमा खिलखिलाकर हँसी थी, "अस्मत औरतों की लूटी जाती थी अभी तक,

यहाँ एक ऐसी औरत भी पैदा हो गयी है, जो मर्दों की अस्मत लूटने पर आमादा है। ख़ैर, वह तुम्हारी फाख़्ता कहती क्या है?"

"भाभी उस फाख़्ता ने मुझे खुद बताया है, कि वे लोग कौन हैं, जिनके पीछे वह रही है। उसकी दैहिक भूख इतनी प्रबल है कि हर रोज़ एक मरद का गोश्त उसे चाहिए ही चाहिए।"

"तो? छोड़ो परे ऐसी शैतान की आँत को, तुम्हें भी वह गटककर छोड़ेगी।"

"गटककर नहीं, निगलकर कहो। वह रोज़-ब-रोज़ मुझे निगल रही है और मैं खुशी-खुशी अपने को निगलवा रहा हूँ। मुझे अब उसके बिना चैन नहीं है। ख़ून मेरे मुँह से भी लग चुका है अब।"

"भुगतोगे एक दिन, जब वह तुम्हें समूचा निगल लेगी।"

"ख़ैर तब तो अपन ही देखने के लिए नहीं रह जाएँगे, पर अब तो एक दूसरा ही क़िस्सा शुरू हो चुका है।"

"कैसा क़िस्सा?"

"उस फाख़्ता ने हमें एक नयी धमकी दे डाली है। कहती है, अपना घर छोड़ दो, अपनी उस मुटल्ली बीवी को भी और अलग घर लेकर रहो।"

"अलग घर और मुटल्ली बीवी! उसकी यह हिम्मत कि तुम्हारे मुँह पर ही...।"

"हाँ, अपने साथ तो वह मुझे रख नहीं सकती, लोगों का कुछ तो डर है ही, सो अलग रहने से उसे जब चाहे आने-जाने की छूट मिल जाएगी और मैं भी बिना किसी हीले-हवाले के उसके यहाँ पहुँच सकूँगा। अब तो मैं कभी-कभार घर के कामों और बीवी का बहाना भी बना लेता हूँ।"

"ओह!"

"एक बात और भी है भाभी!"

"हुँ!" अतिमा ने प्रश्नवाचक दृष्टि गड़ायी।

"उसका कहना है कि मैं अपने घर से ख़लास होकर उसके पास पहुँचता हूँ और तब उसको देने के लिए मेरे पास कुछ बचा ही नहीं रहता।"

बलबीर जिस धड़ल्ले और निस्संकोच भाव से हर बात का खुलासा करता चल रहा था, उससे अतिमा को आश्चर्य हुआ था। उसने अपनी दृष्टि को जानबूझकर सामने दीवार पर लटके कैलेण्डर की तारीख़ों के बीच उलझा लिया था, स्वाभाविक स्वर में ही उचारा था, "आज क्या तारीख़ है?" मानो बलबीर के उस खुलासे ने उसे राईरत्ती तितर-बितर नहीं किया था और वह एक बहुत मामूली बात थी, सामान्य।

"अब बताओ इसका जवाब उसे क्या दिया जा सकता है और उसे कैसे समझाया जा सकता है कि..."

"कि सालों-साल के दाम्पत्य जीवन में ये बातें रात-दिन का हलुआ-माँडा नहीं

हुआ करतीं, भूले-भटके ही इसकी नौबत आती है।" अतिमा ने बलबीर का बचा हुआ वाक्य अपनी समझ में मन-ही-मन पूरा किया। बलबीर उसके तारीख़वाले प्रश्न से निरपेक्ष ही रहा था। अपनी तरफ़ से अतिमा भी निरपेक्ष ही रही थी बल्कि बातों के उस मलीदे से हटकर उसने एक नया प्रश्न रखा, "चाय पिओगे?"

"चलो ले आओ, एक कप!"

अतिमा को हटने का मौक़ा मिल गया था, दरअसल उस तरह का उतना खुलापन इतनी देर से उसकी नसों को बौखलाता चल रहा था, पर चाय के लिए पानी गैस पर रखा था, तो बलबीर पीछे-पीछे आ गया था।

"अब तो तारो भी जान नहीं छोड़ रही, उसे जबसे इन बातों का सुराग़ मिला है, तबसे मुझसे ही खोद-खोदकर पूछती रहती है। कहीं भी जाता हूँ तो शक़ की निगाह से देखती है," हरदम उसका सवाल रहता है, "कहाँ गये थे?" अब तो उसके इस सवाल से मुझे झूँझल छूटने लगी है। झुँझलाहट में ही मैं चीख़कर कहता हूँ, "वहीं गया था, जहाँ तू समझ रही है, उसके साथ सोने गया था।"

वह पहले सकपका जाती थी, सहमकर थोड़ी डर जाती थी, पर अब तो वह शेरनी की तरह दहाड़ती है, "तू मेरा आदमी है। होर किसी का नहीं हो सकता, कह दिया मैंने और सुन भी ले कि मैं जिब तोलों देख रही हूँ देख रही हूँ, जिस बेरी मुझे गुस्सा चढ़ जाएगा न, तो अपनी उस सौत के काड़जे का ख़ून पी डालूँगी और साथ ही तेरा भी।"

"तू-तड़ाक से बात करती है तारो?"

"हाँ गुस्से में होती है, तो इसी तरह दहाड़ती है और मैं सच कहता हूँ भाभी, वो है भी ऐसी शेरनी, जिस दिन उसका दाँव लगेगा, वो उसे सचमुच छोड़ेगी नहीं। इसलिए अब तो मैं क्लब की मीटिंगों का उसे सुराग़ भी नहीं लगने देता। पूछती है, 'इस बार बलाय टैम हो गया, किलब की मीटिंग को, तम उधर जाते हो कि नीं?' तो मैं कह देता हूँ, मैंने वहाँ जाना अब छोड़ दिया है।"

"उसे सन्तोष हो जाता है?" चाय तैयार हो चुकी थी और ट्रे में टी-पॉट और प्याले रख अतिमा बिस्किट का पैकेट खोलने लगी थी।

"भाभी तारो को अब क्लब ले जाना मुश्किल ही हो गया है।" बलबीर ने फिर शुरू किया था।

"क्यों?"

"अब नीलिमा वहाँ नियमित आने लगी है।" बलबीर ने चाय का प्याला उठाते हुए कहा, "तो दोनों के बीच मुझे कुश्ती थोड़ी करवानी है। दोनों एक-दूसरे की जानी-दुश्मन हो गयी हैं।"

"वह भी?"

"वह तो पक्की। तारो से उसे हद की जलन है, सो उसकी देह पर न जाने

कैसी-कैसी टिप्पणियाँ दाग़ती रहती है, कभी उसे टुनटुन कहती है, कभी दारासिंह, कभी उजड्ड-गँवार-फूहड़—क्या-क्या तो उसके पास नाम हैं और तारो तो उसके नाम से उसे बुलाती ही नहीं, ग़ाली से ही श्रीगणेश करती है।"

"कैसे?"

"उस चुड़ैल के इब के हालचाल हैं? मर गयी कि ज़िन्दी है? मिले है कदी?" वह क्या जाने कि दूसरी तरफ़ से तो बेनागा ही दीदार होता है। मैं भी कभी उसे भूले से भी टोह नहीं लगने देता, अभी मैं मरना नहीं चाहता न! और तो और दो-चार बार तो उधर रात को भी रहना हुआ।

"हे भगवान, यह नाव किस किनारे लगेगी!" अतिमा सोचने लगी थी फिर पूछा, "रात को भी?"

"और क्या, नीलिमा का प्रस्ताव था, मानना पड़ा।"

"हाँ, अपने घर नहीं सोये, उधर सो गये!"

"अजी सोना किसका नाम!"

"तब?" अतिमा एक अबूझ की तरह तक रही थी बलबीर के चेहरे को—जिस पर कुछ अवसाद, कुछ आह्लाद और कुछ शर्म की झाइयाँ पुरी थीं—प्रेम के रंग निराले। बलबीर बताने लगा था, "आधी रात एक-दूसरे के रूठने-मनाने में गुज़रती है और बाक़ी की आधी रात एक-दूसरे को गुदगुदाने, तंग करने में।"

अतिमा की ओर से उसकी टिप्पणी पर टिकना नहीं हुआ, तो बलबीर ने ही दुहराया था, "और फिर दिन चढ़े तक सोना।"

"नौकरानी कब आती थी?"

"आ जाती थी, यही कोई नौ बजे तक। चाय वही देती थी।"

"वह कुछ नहीं समझती?"

"सब-कुछ समझती है, उससे कुछ छिपा थोड़ी है।"

"तब? पूरती होगी वह सबमें दूर-दूर तक।"

"नहीं वह ऐसी औरत नहीं है।"

बात उस दिन वहीं ख़त्म हो गयी थी, बलबीर उठकर चला गया था। अतिमा सोचती बैठी रही थी : एक अनपढ़, गँवार, बेसहूर औरत के साथ बँधा रहा इतने दिन। वह जैसा कच्चा-पक्का खिलाती रही, लीलता रहा। अब एकाएक झाबा भर प्यार मिला है, हुस्न और ज़ायकेदार मिठाई-नमकीन—तो कैसे छोड़ दे! बावला बन गया है अब तो, और बावला बनाया है इस अर्थ-सुविधा ने। पैसे की तरफ़ से निश्चिन्तता हो गयी है तो अब इन बातों की ओर तो ध्यान जाएगा ही। रोटी-कपड़ा-मकान की समस्याओं से उबरने के बाद ही प्यार और सेक्स में उलझता है आदमी। बलबीर

के साथ भी यही हो रहा है, पाँच रुपये किरायेवाला मकान तब अपना हो गया था, नीचे की मंज़िल तो क्या बदलना, वह बदली ही नहीं जा सकती थी, ऊपरवाली मंज़िल में अलबत्ता बदलाव लाये गये।

तारो में बलबीर की दिलचस्पी कम होती जा रही थी। तारो कहाँ जानती थी कि उसके ख़सम की कितनी रातें और कितने दिन उस सुन्दरी के नग्न उरोज़, नितम्ब और मांसविहीन कटि का अवलोकन और आस्वादन कर सौन्दर्य के नये मानदण्डों से परिचित हो चुके हैं—एक नवल सुरुचिबोध ने जन्म ले लिया है उसके भीतर, उसके समक्ष तारो का वह स्वरूप कितना भोंडा, अपरिष्कृत और जुगुप्सामय हो उठा है, फिर भी अपना वर्चस्व बनाये रखने के लिए तारो बमकी थी, "तुम्हें तो इब म्हारी हर बात में नुक्स ही नज़र आने लग पड़ा है। उस कुतिया ने ही जादू कर दिया दिक्खे है तुम्हारी अक्कल पे।"

"चुप्प! ख़बरदार जो उसके बारे में एक भी ग़लत लब्ज़ मुँह से निकाला तो!"

"अच्छा इब वो तुम्हारी इत्ती लाड़ली हो गयी है! उसका लड़ैतपन तो मैं निकालूँगी। न उसका भुस बनाया तो म्हारा नाम भी तारो नहीं, कल ही पहुँचूँगी उसका चुट्टा उखाड़ने।"

सहमने की बारी अब बलबीर की थी। तारो के जल्लादपन को वह जानता था पर न जाने किस झोंक में वह उस तरह का वाक्य बना बैठा था। तारो तो अब सचमुच ही पहुँच जाएगी उधर और सचमुच ही नीलिमा को घसीटकर कम्पाउण्ड में ला पटकेगी, तब?

तब क्या हाल बनेगा उसका और क्या पत रह जाएगी नीलिमा की और ख़ुद उसकी भी, जिसके साथ जोड़कर उसे घसीटा जाएगा। भीतर-ही-भीतर तल तक चूलें हिल उठी थीं बलबीर की। पर तुरन्त ही उसने अपने को सँभाल लिया था, अकड़ैल आदेशात्मक स्वर में ही कहा था, "ख़बरदार जो कुछ ऊटपटाँग किया तो, शहर में तुझे मेरा जनाज़ा निकलवाना है? वैसा करना है तो अभी बता दे, तू सँभाल अपने इस घर टब्बर को, मैं तो चला, मुझे कमी नहीं है किसी बात की।"

तारो जानती थी, उसके आदमी को अब किसी बात की कमी नहीं है, कमी है तो उसे ही, जिसे बात-बात पर डपटा-लताड़ा जाता है, उसके हर काम में खुड़पेंच निकाली जाती है। तारो उसके पीछे के कारण को जानती थी, उस दिन मौक़ा मिल गया था, सो उसने लपक ही लिया। डरते-सहमते भी उसने खुलकर सुना डाली थीं लताड़ें, अपने उस गदूमे रंगवाले आदमी को। माँ के यानी तारो की सास के वर्षों बाद अपने भूले-भटके मायके और लड़कियों के पढ़ने चले जाने के कारण घर ख़ाली हो गया था—उस सूने घर-आँगन में उस दिन काफ़ी तूफ़ान मचा था—प्याले में तूफ़ान, एक तनिक-सी बात का बतंगड़।

कहाँ बर्रों के छत्ते में हाथ डाल बैठा था मैं भी...बलबीर सचमुच दुःखी था, दुःख, पश्चात्ताप, कष्ट-पीड़ित मन से उस दिन उसने अपनी पूरी शाम अतिमा भाभी के पास गुज़ारी थी और अपने को उलीचा था, जितना गहराई से उलीच सकता था। अतिमा ने भी उस दिन के पूरे कोहराम की बात दत्तचित्त हो पूरी सहानुभूति से सुनी थी और उसे सान्त्वना दी थी।

"तुम बताओ न उसे कि उसके कारनामों ने तुम्हारी ज़िन्दगी तबाह कर दी है। घर की सुख-शान्ति में फलीता लगा दिया है उसने।"

"वह तो सुनकर खुश होगी भाभी, वह यही तो चाहती है कि मैं तंग आकर इस घर को छोड़ दूँ और पूरी तरह उसकी गिरफ़्त में रहूँ।"

"ओह तो यह बात है।"

बलबीर के जाने के बाद अतिमा का मस्तिष्क फिर चक्री बन गया। अभी तक तो बात घर की घर में ही थी, अब वही बात सड़क की चर्चा बन गयी। नीलिमा अपनी ज़ोर-ज़बर्दस्ती के बीच बलबीर को सिर्फ़ अपने कमरे की चारदीवारी में ही जकड़कर नहीं रखती थी, बाहर भी बलबीर को इर्द-गिर्द से क़ैद रखती थी यानी उसकी कोशिश रहती थी कि भरे समाज में जो सड़क सभा-सोसायटियों में होकर जाती, वहाँ की हर जगह पर वह बलबीर की बाँह में हनीमून मनाते जोड़े की तरह हाथ में हाथ डालकर चले। बलबीर की ओर से ख़ैर उतनी छूट तो नहीं मिल पायी थी। छूट तो ख़ैर उतनी भी नहीं मिल पायी थी, जितनी उसने खुद-ब-खुद हथिया ली थी—खुद बलबीर ने ही बताया था अतिमा को सब-कुछ—

"वह हर जगह मुझसे सटकर चलती है। लोगों के सामने फुसफुसाकर बात करती है, कभी सबके सामने ही मुझे घसीटकर दूर अलग ले जाती है, देखनेवाले हम लोगों की अंतरंगता पर हँसते भी हैं और कुढ़ते भी हैं। मन-ही-मन में सोचते होंगे चमेली के फुलेल की शीशी इस बन्दर के हाथ में कहाँ से आ गयी। पर ख़ैर उस सबकी तो उसे चिन्ता नहीं है, लगता है, उसके वे कृत्य दूसरों को जलाने के लिए ही किये जाते हैं, पर लोगों को जलाने की बात तो बाद की है, सबसे पहले तो उसकी कोशिश तारो पर ही अंगारे डालकर झुलसाने की रहती है। वह तो ऐसा नाट्य करती है, जैसे मेरी असली पत्नी वही है।"

"तारो भी अब एक विषैला नाग बन बैठी है।" बलबीर ने एक लम्बी साँस लेकर कहा, "उसकी आँखों से अब कुछ छिपा नहीं रह गया है, यह भी नहीं कि मेरे अब उसे क्लब ले जाने के लिए आनाकानी करने का राज़ क्या है—पहले तो वह यही समझती थी कि पढ़े-लिखों की उस सम्भ्रान्त सोसायटी में वह खप नहीं पा रही है, पर अब उसे पता चल गया है कि मेरे मन से तो वह एकदम ही उतर गयी है, क्योंकि वहाँ एक दूसरी नागिन चढ़ बैठी है मेरे तन-मन दोनों पर। इतनी लम्बी ज़िन्दगी के मध्य वह अन्दाज़ा ही नहीं लगा पायी, कि अपने आदमी के मन

पर वह कभी चढ़ी ही नहीं थी। वह तो उसे अभी तक ढो-भर रहा है—अभी तक तो वह उस दूसरी औरत को ग़ाली से ही पूजती थी, पर अब तो उसने खुल्लमखुल्ला उस पर सौत का ख़िताब भी उढ़ा दिया है। और तो और भाभी, उस दूसरी औरत ने भी उसे अपनी सपत्नी करार दे रखा है। यह सब तारो नहीं जानती, यह भी नहीं कि जिस तरह की फ़ाश ग़ालियों का टोकरा उसके पास है, उससे दुगुनी फ़ाश-से-फ़ाश ग़ालियाँ परसने में वह दूसरी भी सिद्धहस्त है।"

"भाभी, वह तो टोने-टोटके करनेवाले के पास तक जा पहुँची। मुझे वह खुद उस दिन उस सबका खुलासा कर रही थी। उसने बताया कि कौड़ियों, साँप की केंचुली और तरह-तरह के गुरियोंवाली माला पहने, तहमद लपेटे हुए उस नटवेशधारी के सामने पहुँचकर वह ज़मीन पर ही फसक्का मारकर बैठ गयी थी।

'माई, बोरी ले लो तब सुनाओ तुम अपनी दास्तान कि तुम्हारा जी क्यों किलेस में है? कौन-सा दुःख तुम्हारी देह को खोखला किये डाल रहा है?'

'जिस तरियों महराज, मेरी देही देखकर तुमने उसके खोखलेपन का अन्दाज़ा लगा लिया है उसी तरियों मेरे दुःख का अन्दाज़ा भी लगा लो। कौन-सा दुःख एक औरत के लिए सबसे भारी होता है, तुम खुद से सोचो, वही दुःख मुझे मिला हुआ है। उसी का इलाज़ कर दो, मेरी तो तमसे एक यहीं अरदास है।'

'तुम्हारे पति के दिल को किसी औरत ने जकड़ा हुआ है उससे पीछा छुड़ना चाहती है माई?'

'छुड़ाना नहीं छुड़वाना। तम तो महराज अन्तरजामी हो। तमसे कुछ छिपा नहीं है। मैं ये ही चाहती हूँ कि तम उस चामुण्डी को बीच चौराहे पर मार गेरो, जिस भी तरियों की गन्दी-गन्दी बेमारियाँ इस दुनिया में होती हैं, वो सब उसे लग जाएँ, बस वो ज़िन्दी नहीं बचनी चाहिए।'

'ऐसा ही होगा, तुम निसाख़ातिर रहो, बस तुम्हें मैं जैसा बताऊँ वैसा ही करते रहना होगा।'

'ठीक है महराज, आप मुझे जो कुछ जैसा बताएँगे, मुझे सब क़बूल है। बोलो क्या बताते हो आप, मैं खरचूँगी भी जितना जैसा कहोगे।'

"भाभी तारो ने मुझे पूरे-पूरे संवाद बताये हैं। अब आप ही देखो उसने अगले को आश्वस्त भी कर दिया कि उसका केस उस टोना करनेवाले महाराज के लिए कितनी बड़ी आमदनी का सौदा बन सकता है।"

छोटे गायदुम तकिये को घसीटकर बलबीर ने अपनी गोद में रख लिया था और नये सिरे से अपने मन को अतिमा के आगे फिर खोलने लगा था, "भाभी, मैं जानता हूँ, ये सब मन के विकार हैं, पर इन अनपढ़ औरतों का क्या किया जाए, जिनके दिमाग़ इन फज़ीतों और फ़तवेबाज़ियों में ही उलझे रहते हैं। मैं तो सच पूछो बुरी तरह आजिज़ आ गया हूँ।" बलबीर का स्वर एकाएक भर्रा उठा, अतिमा ने

मन-ही-मन चुबलाया—प्यार की शोशेबाज़ियाँ देख लीं तुमने। ऊपर से बोली, "जी हलकान क्यों करते हो? सबर रखो, सब ठीक हो जाएगा। समझ आ जाएगी देर-सबेर दोनों को।"

"मैं अन्दाज़ा लगा सकता हूँ, तारो ने कितना रुपया फूँका होगा अपने इन क्रियाकर्मों पर।" अतिमा की बात को नज़रअन्दाज़ करते हुए वह कहता रहा, "भाभी, फ़िलहाल तो मैं दो पाटों के बीच घुन की तरह पिस रहा हूँ, आपको नहीं पता नीलिमा ने मेरी देह की चूल-चूल हिलाकर रख दी है और जब-तब मुझे नामर्दगी का फ़तबा उढ़ाती रहती है, कि उसे सन्तुष्ट करने की मुझमें ताक़त नहीं है।"

"तुझे ताक़त नहीं दिख रही, तो अपने घर में बैठ, काहे को पीछे पड़ी है! एक अच्छे-भले इनसान को तबाह करने पर तुली है और मुझे तो यह ताज्जुब हो रहा है कि उसमें हथनी सरीख़ी ताक़त कहाँ से आ समायी है कि इस उम्र में भी उस पर मस्ती छा रही है?"

"मस्ती तो छाएगी ही। मैंने तो उसे एक दिन सुना दिया कि थकता तो राही है, रस्ते का क्या जाता है।" तो हँस पड़ी। बोली, "तुम भी कैसी बातें करते हो!"

अतिमा को बलबीर का यह मुहावरा समझने में कुछ समय लगा। पर बलबीर बेलाग कहता जा रहा था, "कितनी तो स्वर्णभस्में और रसायन फूँक डाले मैंने। रुपयों का चूरा होता जा रहा है सो अलग। आपको सुनकर ताज्जुब होगा, क़रीब पच्चीस हज़ार रुपयों के नीचे आ गया हूँ मैं।"

"क्याऽऽ पच्चीस हज़ार रुपये!! दवाएँ क्या सचमुच इतनी महँगी हो गयी हैं?"

"नहीं भाभी, सिर्फ़ दवाएँ नहीं, वक़्तन फवक़्तन उसे उपहार भी तो दिये जाते रहे हैं, कितनी साड़ियाँ, कितने असली-नक़ली ज़ेवर, जो उसने पसन्द किये। कितनी बार हम लोग रेस्तराँ और होटलों में बैठते रहे हैं, कभी उसका जन्मदिन तो कभी मेरा..." साँस फूलने लगी थी बलबीर की।

"यह सब एकतरफ़ा रहा या...?"

"उसने तो मुझे सिर्फ़ दो सूट दिये हैं और एक इम्पोर्टेड शर्टपीस—बस्स। और कहती है, जितना तुमने मुझे दिया है, उससे कहीं ज़्यादा मैं तुम्हें बख़्श चुकी हूँ।"

"तो प्रेम-प्यार में इस टुच्चे ढंग से हिसाब-किताब भी किये जाते हैं। प्रेम तो समर्पण का ही नाम हुआ करता है।"

"उस तरह की औरत वह नहीं है, न जाने किस मिट्टी की बनी है जो कि सिर्फ़ लेना ही लेना जानती है। लगता है, मेरी देह की भस्मी बनाकर छोड़ेगी वह।"

"क्या उस पर कुछ नहीं बीतता, वह वैसी-की-वैसी साँडनी बनी बैठी है?" उस दिन अतिमा ने पहली बार खुलकर प्रश्न किये थे और बलबीर की पत्नी की बोली-बानी का ही सहारा लिया था।

"मैंने देख लिया है कि वह ख़ुद भी खोखली हो चुकी है, कुछ नहीं बचा है

उसके पास भी। बाहर जाने पर बस लीपा-पोती करके अपने को चुस्त-दुरुस्त दिखाने की बेकार-सी कोशिश में लगी रहती है। वह सोचती है लोग उस पर मरते हैं और वह उनको मारने के क़ाबिल है अब भी।"

"तुम तो मर ही रहे हो, औरों की तो मैं जानती नहीं! अभी तक अच्छे-ख़ासे जी रहे थे, अब तुम्हें अपना घर-परिवार काटने को दौड़ता है।"

"सच, पता नहीं क्या हो गया है मुझे, पूरी तरह टूट चुका हूँ मैं। नहीं समझ पा रहा कि दोनों को कैसे सन्तुष्ट करूँ, ये दोनों ही रीछनियाँ मुझे नोच-नोचकर खा लेंगी।"

"अपने को क़ाबू करो बलबीर, इस तरह हिरासा नहीं हुआ करते। तुम यह तो सोचो, कि तुमने जो इतनी उन्नति की है, इतने आगे बढ़े हो वह तारो की वजह से ही। न तारो इतनी गँवार जट्ट होती, न तुम्हें दूसरी दिशा में यानी अपने पढ़ने-लिखने की दिशा में झुकने की प्रेरणा मिलती—एक ओर से दिवालिया होकर ही व्यक्ति दूसरी दिशा की ओर लपकता है।" बलबीर के आगे रखी थाली को सरकाकर अतिमा ने पानी का नया गिलास उसके सामने रख दिया था, "पानी पिओ दो-चार घूँट। और रोना-बिलखना बन्द करो। तुम तो एकदम बच्चा बन गये हो।" बलबीर की पीठ पर अतिमा ने हाथ रखा, तो बलबीर अतिमा के कन्धे पर झुक गया और सचमुच बिलख-बिलखकर रोने लगा।

"अब तो लगता है, अपने को सही रास्ते पर लाने का तुम्हारे पास एक ही रास्ता है।"

बलबीर ने पैण्ट की जेब से रूमाल निकालकर आँखें पोंछीं और उत्सुकता से दृष्टि अतिमा के चेहरे पर जमा दी।

"एक ही उपाय कि तुम अब इस औरत से हटकर किसी दूसरी औरत को तलाशो, जो उस रूप में भले नहीं, पर उसकी जगह कुछ अंशों में लेने में समर्थ हो।"

"हुँ! पर कैसे?" बलबीर ने गला साफ़ करते हुए धीमी मुर्दनी आवाज़ में पूछा, "अब कहाँ मिल सकती है मुझे ऐसी औरत?"

"यानी साथिन जो तुम्हें अकेला महसूस न होने दे। लगता है तुम्हारी शारीरिक भूख अब इस उम्र में उतनी नहीं है, जितनी भावात्मक भूख।"

"आप सच कह रही हैं, मैं अपने अकेलेपन से घबरा गया हूँ बुरी तरह। डर लगने लगा है मुझे अपने-आप से, पर अब ऐसी साथिन मुझे नहीं मिल सकती, मेरा रूप-सरूप, मेरा वर्ग, मेरा वर्ण, मेरी तहज़ीब...कौन बन सकता है मेरा साथी?"

"साथी नहीं साथिन, तुम्हें इस उम्र में एक महिला मित्र की ज़रूरत है, पुरुष मित्र तो तुम्हारे होंगे ही।"

बलबीर मुस्कराया, भीतर-ही-भीतर सन्तुष्टि की एक लहर रेंगी कि इतनी बड़ी दुनिया में कोई तो है, जो उसकी भूख को और उसको समझ पा रहा है।

"बलबीर, हो सकता है, वह मित्र जिसकी तुम्हें तलाश है या ज़रूरत है, वह तुम्हें मिल ही चुका हो और उस ओर तुम्हारी नज़र ही न जा रही हो।"

"कौन हो सकता है वह?" बलबीर की मुद्राएँ गहरे सोच में ढल गयी थीं।

"हो सकता है वह तुम्हारे सामने ही हो।" अतिमा के स्वर में अब चुहल आ बसी थी, किसी ज़रूरतमन्द को उपकृत करने की एक विचित्र तालाबेली-जैसी।

"ओह भाभी!" अचानक बलबीर ठहाका मारकर हँस पड़ा इतनी ज़ोर से, इतनी ज़ोर से कि लगता था, कमरे की छत जहाँ वे दोनों बैठे थे, अपनी धमनियों से छूटकर नीचे आ गिरेगी। अतिमा ने अपनी घण्टीनुमा खिलखिल से उस छतफाड़ हँसी को सन्तुलित किया। दोनों की आँखों में एक विचित्र चमक थी, सन्तोष की—एक लम्बा मरुस्थल पार करने के बाद जैसे सुस्ताने के लिए एक रेशमी हरियाबल जगह पा ली हो, किसी थके हारे राही ने।

उस शाम बलबीर उठा तो अतिमा के मन से टनों बोझवाली भारी सिल हट गयी थी। बेचारा कितने दिनों से लथड़ रहा था। पत्नी तो अब बदल नहीं सकती, जो जन्मजात संस्कार पड़ गये हैं वह पड़ गये हैं। वह घर की रानी बनी रहे, जैसी भी है, उसकी आत्मिक-मानसिक भूख मिटाने का, उसे सन्तुलित रखने का ज़िम्मा अब अतिमा उठाएगी...क्या-क्या सोचती-गुँथती रही थी वह दिन के धुँधलाने तक।

अगले तीन दिन वह बलबीर का लगातार इन्तज़ार करती रही, पर वह नहीं आया, तो नहीं आया। क्या हुआ आख़िर? उसे अब राहत मिल गयी है; लगता है अब बार-बार भागकर आने की ज़रूरत नहीं है, जब जी घबराएगा, कोई परेशानी महसूस करेगा, तभी पहुँच जाएगा। पूरे हफ़्ते-भर बलबीर ने शक्ल नहीं दिखाई तो अतिमा घबरायी : आख़िर यह क्या हो रहा है, सब्र-सन्तोष क्या व्यक्ति को इस क़दर लद्धड़ बना देता है। सब-कुछ जाँचने-परखने के लिए वह उस दुपहर घर से निकल ही तो पड़ी। पहुँची तो तारो ही थी घर में, बरामदे में छोटी खटुलिया पर पंखा डुलाती पड़ी थी।

"आज गर्मी बहुत है?" अतिमा ने कहा और खटोली के पास रखी कुर्सी पर बैठ गयी थी।

बात करते-करते तारो पानी का गिलास ले आयी थी। गिलास को होठों से लगाते हुए अतिमा ने शुरू किया, "और बलबीर कहाँ है, अब तो घर में शान्ति है? गये कहाँ हैं इत्ती दुपहरी में?"

"अब आते ही होंगे, किसी दोस्त के यहाँ गये कहिए। बाक़ी इब उधर को तो मुँह भी नीं करते, उसे तो अब उन्होंने पूरी तरह थूक दी है।"

"थूक दी! चलो अच्छा हुआ, एक दौर था वह निकल गया, अब शान्ति से

रहो।" मन में मथा। तभी तुम शान्ति और सन्तोष से लेटी पड़ी हो।

"मेरे काड़जे को तो इब सचमुच में ठण्डक पड़ गयी है भाभ्भी जी! जो बीत गयी सो बीत गयी, तुम सच्ची कहो हो बहुत बुरा टेम बीता वो। छिनाल कहियों की, पीछा छुट्टा पर फेंको उसे इब। कुछ और बात करो।"

"तारो, मुझे तो सचमुच ख़ुशी हो रही है, पुराने दिन अब फिर लौट आएँगे। आराम से रहो अब बच्चों और पति के साथ, पर एक बात मैं तुम्हें ज़रूर समझाऊँगी, अब तुम्हें अपने मरद को थामकर रखना है।"

"कोई चुड़ैल उन्हें फेर के चिमट जाएगी के? यो मतलब है तुम्हारा?"

"नहीं, नहीं वह नहीं। मैं वो बात नहीं कह रही हूँ।" अतिमा ने अपने स्वर को ऊँचा किया और एक मास्टरनी के-से सधे लहज़े में समझाने लगी, "मेरा मतलब है, ये अभी-अभी एक औरत के जाल से निकले हैं—तो बहुत ख़ाली महसूस कर रहे होंगे। उन्हें अब प्यार की यानी बहुत गहरी देखभाल की ज़रूरत है, जैसी एक लम्बी बीमारी के बाद उठे आदमी को होती है। सो अब यह तुम्हारी ड्यूटी है कि जो पति तुम्हें एक तरह से दुबारा मिला है, उसे तुम उसके मन का खिलाओ, उसकी पूरी देखभाल करो, कोई ऐसी बात न करो, जो उसके दिल को दुःखाए। बाज़ी औरतों की आदत होती है, कि वे अपने पति के ग़लत रास्ते पर जाने के बाद लौट आने पर भी कड़वी कसैली बातें सुनाती रहती हैं, तुम ऐसा मत करना।"

"वो मैं सब जानूँ हूँ भाभ्भी जी। तुम कहोगी, अपनी तारीफ़ कर रही हूँ, लोग तो मेरी बनायी चीज़ें चाट-चाटकर खाते हैं।"

"मैंने क्या कभी खाया नहीं है। बाहरवालों को तो ख़ुश करने की तरकीबें तुम्हें मालूम ही हैं, अब घर के मरद को ख़ुश करने की बात है, बस वो ही कह रही हूँ। बाक़ी तुम होशियार ही हो।"

बलबीर का न मिलना अतिमा को अच्छा नहीं लगा था, पर उसने वह कुछ दिखाया नहीं, खड़ी होती हुई बोली, "तो मैं अब चल रही हूँ, ये लौटें तो कह देना, मैं आयी थी।"

"वह तो कही ही जाएगी, पर चाय तो पिओ एक प्याला।"

"इतनी गर्मी में।" कहकर उसने जान छुड़ायी। दरअसल बलबीर होता तो वह पी भी लेती, पर अकेले चाय पीने के लिए रुकना उसे सिर्फ़ समय नष्ट करना ही प्रतीत हो रहा था।

"चल रही हूँ।" कहती हुई इस बार अतिमा सचमुच दरवाज़े से बाहर आ गयी। गली पार करते ही बलबीर दिख गया, अपनी मोटरसाइकिल पर वह धड़धड़ाता चला आ रहा था। अतिमा को देखते ही उसने मोटरसाइकिल रोक दी, बोला, "चलिए घर।"

"अभी आ रही हूँ वहीं से, अब तो तुम अपनी मोटरसाइकिल से मुझे मेरे घर छोड़ आओ, अभी तो तारो यही जान रही है कि तुम बाहर हो। हाँ, और गये कहाँ

थे?" अतिमा बात करते-करते बलबीर के पीछे बैठ गयी थी।

अतिमा का घर दस मिनट में ही आ गया, बलबीर मोटरसाइकिल में ताला लगाकर भीतर ड्राइंगरूम में सोफ़े पर बैठकर अधलेटा-सा हो गया।

"पानी लाऊँ?"

"नहीं, कुछ नहीं, सब खा-पी लिया है?"

"कहाँ?"

बलबीर एक कुटिल मुस्कान मुस्कराया, "भाभी, मुल्ला की दौड़ मस्ज़िद तक। वहीं नीलिमा के यहाँ खाकर आ रहा हूँ, बहुत लजीज़ खाना था, बहुत दिनों से अच्छा खाना नहीं खाया था।"

"इधर नहीं आ सकते थे तुम? अभी मैं तारो को समझाकर आ रही हूँ, इसी सबके बारे में।"

"भाभी, तुम चाहे उसे कितना ही समझा लो, वह नहीं बदलेगी। उसे कुछ आता ही नहीं, वैसे भी उसे कुछ सीखने की न इच्छा है न ताक़त।"

"तो तुम खाने के लिए नीलिमा के यहाँ ही दौड़ते रहोगे?"

"नहीं भाभी नहीं, भूत उतरते-उतरते ही उतरेगा, पर उतर जाएगा, आप यक़ीन रखो। उस तरह का और कुछ आज बिलकुल नहीं, बस खाना खाया, दो-चार गप्पें मारीं और फिर वापस।"

"उसने कुछ नहीं कहा?"

"ताने तनाज़े कस रही थी, पर मैंने अब उसकी चिन्ता करना छोड़ दिया है।"

"बेचारी तारो समझ रही है, तुमने उधर से संन्यास ले लिया है। बड़े भोलेपन से बता रही थी कि तुमने उसे अब पूरी तरह थूक दी है, उसे क्या मालूम, तुम अब तक उसी कुन्दे से लटक रहे हो।"

"सच थूक दी है भाभी, आज के दिन के लिए मुझे माफ़ी दे दो। कभी-कभी तड़प उठती है मन में, एकदम से तो कोई चीज़ छोड़ी नहीं जाती, समय लगता है उसमें।"

"सही कह रहे हो तुम, पर अब ज़्यादा समय मत लो बाबू, समय रहते अपने को सुधार लो।"

"आप ठीक कह रही हैं, मैं आपको निराश नहीं करूँगा।"

उस दिन बलबीर जल्दी में था। वह चला गया। अतिमा कपड़े बदलने लगी और सोचती रही : औरतें भी कितनी भोली होती हैं और आदमी कितना प्यासा।

अगली शाम को अतिमा ने बलबीर का इन्तज़ार किया, पर बलबीर नहीं आया। अतिमा ने समझ लिया, उसने आज भी अपनी गाड़ी उसी दिशा की तरफ़ मोड़ दी होगी,

पर यह उसका भ्रम था, अगले दिन शाम को वह आया तो उदास था।

"क्यों क्या हुआ, बड़े ढीले दिख रहे हो!"

"आप उसे खाने के बारे में समझाकर आयी थीं न, पर परसों मेरा एक बहुत गहरा दोस्त आया, हमारे यहाँ ठहरा था, पर मैंने आपसे कहा न कि तारो को न तो समझ है, न उसे कुछ आता है, उसने वही सादी दाल-रोटी बनायी जैसी मातमी दिनों में बनायी जाती है। मैंने कहा तो लड़ने पर तुल गयी, कि तुम तो मुझे बेवक़ूफ़ समझते हो। तब से जो झगड़ा और रोना-पिटना मचा है, तो कुछ पूछो मत...अब तो घर में लड़ाई ही लड़ाई रह गयी है।"

"मुँह वह काहे को फुलाये रहती है, अब तो वह जान रही है कि उस ओर से तुम्हारा पीछा छूट गया है?"

"अब उसकी शिकायत यह रहती है, कि मैं उससे बोलता नहीं। अपने-आप उसे कहीं घुमाने नहीं ले जाता और ख़ुद जाता रहता हूँ। अब आप ही बताइए, मैं उसे कहाँ ले जाऊँ? जहाँ उसे ले जाकर खड़ा करूँगा, वहीं अपना अनपढ़, गँवारपन दिखलाकर मेरी भद्द पिटवा देगी, सच भाभी कभी-कभी तो शरम से गर्दन नीची हो जाती है।"

अतिमा बलबीर के लिए चाय बनाने उठ गयी। उसे लगा, उसका सिर घूम जाएगा। क्या होता रहता है इस घर में। मामूली-सी बातें हैं। सहन कर ले एक-दूसरा एक-दूसरे को, पर अक्ल शायद दोनों में ही नहीं है। अरे कभी कहीं ले जाए एकाध घण्टे के लिए, बलबीर का दिमाग़ भी सही नहीं रहता। पिछले सत्रह-अठारह सालों से इसी घर में इसी औरत के साथ आख़िर रह ही रहा था।

"रह रहा था भाभी!" प्रश्न बलबीर के सामने रखे जाने पर चाय सिप करते हुए और नमकीन मूँगफली का दाना टूँगते हुए वह बोला, "उस समय मेरे सामने तुलना के लिए कुछ नहीं था, अब उस औरत की नज़ाकत-नफासत को मैंने देख लिया है, तो इसका गँवारपन और औघड़पन और ज़्यादा उजागर होकर सामने आ जाता है। अब यह नहीं कि घर में बढ़िया प्लेटें हैं नहीं, हमारे यहाँ एक-से-एक लासानी चीज़ मौजूद है, मैं ख़ुद लाया हूँ सब कुछ, पर उनका उपयोग करना, उन चीज़ों से घर सजाना, आये-गयों का ढंग से सम्मान करना—इसे कुछ नहीं आता।"

बलबीर की उन सब बातों का कोई जवाब नहीं था। नाश्ता करने के बाद बलबीर चला गया था और अतिमा फिर घुलने लगी थी : क्या से क्या हो गया है इस घर को, एक दिन था रुपये-पैसे की कितनी तंगी थी, माँग-ताँगकर गुज़ारा होता था और आज पैसे की कमी नहीं है, पर सुख-शान्ति चैन जैसे सब होम हो गया है।

अगले दिन शाम को बलबीर आया तो कुछ-कुछ मज़ाकिया मूड में था। आते ही बोला, "भाभी, अब मैं भक्त बनने जा रहा हूँ, साधक।"

"वह तो तुम हो ही।"

"नहीं, बाक़ायदा दीक्षा लेकर और कण्ठीधारी बनकर। तारो का हुक्म है कि जिस बाबा की वह चेली है, मैं उस जमात में शामिल हो जाऊँ। भला बताइए यह क्यों कर हो सकता है, इन भगवे लोगों में मेरी आस्था वैसे भी नहीं है, तो मैं क्यों लूँगा दीक्षा? मैंने मज़ाक़ में उससे कहा—जानती है दीक्षा लेकर मैं तेरा धर्म भाई बन जाऊँगा और तू मेरी धर्म बहन।"

"तो?"

"तो इठलाकर कहती है, तम तो ऐसे ही मज़ाक़ करते हो। जबकि मैं मज़ाक नहीं कर रहा था। अब वह मुझसे इसी बात पर नाराज़ है और मैंने सोच लिया है कि मैं कभी भूलकर भी इन बाबा लोगों के चक्कर में नहीं पड़ूँगा। हाँ, आप कहें तो..."

"क्या बात करते हो बलबीर, मैं कहूँगी, मुझे तो ख़ुद इस तरह के ठठकरमों से चिढ़ है...यह काला जादू है, जो मनुष्यों की सब इन्द्रियों को लक़वा मार देता है। तुम उससे कह दो कि जबरन दीक्षा लेने से न धर्म में प्रेम जगता है, न उसके प्रति आस्था होती है। तुम समझा दो, वह समझ जाएगी।"

बलबीर ने उस दिन ज़्यादा बातें नहीं कीं, एक कप चाय पीकर वह बाहर निकल गया।

अगले एक हफ़्ते तक बलबीर नहीं आया, तो अतिमा फिर चिन्ता करने लगी। अभी तक चाहे दस मिनट के लिए ही सही, वह आता ज़रूर था। इधर पिछले कुछ दिनों से तो प्रायः दूसरे-तीसरे दिन ही आने लगा था। इतने दिनों नहीं आया, तो अतिमा अगले दिन सवेरे उठकर बलबीर के घर की तरफ़ निकल गयी। रास्ते में सोचने लगी, पता नहीं, कैसे गुज़र रही होगी उधर...बलबीर से तो वह अर्से से नहीं मिली है और तारो से मिले तो उसे पूरे दो महीने हो गये हैं...।

बलबीर बाहर आँगन के नल पर वाशबेसिन के साथ जुड़ा हुआ शेव करता हुआ मिल गया, तो उसे ख़ुशी हुई, शीतर के कमरे में तारो सजी-सी बैठी थी, शायद मन्दिर से आयी हो, पर अतिमा को देखकर वह नमस्कार की मुद्रा में झुकी और फिर टुसुर-टुसुर रोने लगी।

"अरे यह क्या हुआ? सुना था तुम्हारी तबीयत ठीक नहीं है, मैं तो तुम्हें देखने ही आयी हूँ।" अतिमा पलँग पर तारो के साथ ही उसे चपेटती हुई-सी बैठ गयी।

"भाभ्भी जी, अब जिन्नगी में कुछ नहीं रखा है, हमारी हारी बेमारी की किसे फ़िकिर है, रात-भर कराहती हूँ, पर मज़ाल है, कोई पास फटक जाए।"

"कोई कौन, बलबीर ही न!"

"क्यों बलबीर, तुम्हें तारो की बिलकुल फ़िक्र नहीं है?" अतिमा ने बलबीर से जवाब-तलब किया, शेव करने के बाद वह पास आकर बैठ गया।

"इन्हें तो मेरी रत्ती-भर फ़िकिर नहीं है। ये क्या बोलेंगे, मैं इनकी होती ही

कौन हूँ।" तारो ने सामने गुमसुम बैठे बलबीर को संकेतित किया। बलबीर गुमसुम रहा और तारो फिर रोने लगी। "हाय राम मेरी क़िस्मत फूटी है, भगवान मुझे उठा ले, अब नहीं ज़िन्दी रहना चाहती हूँ मैं।"

"क्यों भला? हम तुम्हें अभी कैसे जाने देंगे, हमें तो तुम्हारी बहुत ज़रूरत है।"

"तुम्हें होगी और किसी को नहीं है। इन्होंने साँड़ की तरियों इधर-उधर मुँह मारा था, मैं तो अपने सत पर टिकी रही। पूछ लो इनसे सामने बैठे हैं जो मैंने कभी कोई ग़लत काम किया हो, किसी पराये मरद की तरफ़ आँख उठाकर देखी हो तो..."

अतिमा मन-ही-मन हँसी : तुम्हारे पातिव्रत्य की यहाँ परवाह किसको है, तुम चाहो तो दसियों के पास चली जाओ... अतिमा सोच रही थी और उधर तारो का सारा आक्रोश बलबीर पर उतर रहा था।

"मुझे ये किस-किस तरियों रुलाते हैं, मैं ही जानती हूँ। रात-दिन बाहर भागते रहते हैं, रात को भी नौ-नौ बजे लौटते हैं, आके कह देते हैं फलानी जग्गा गया था, फलानी जग्गा गया था, अब मैं के जानूँ ये कहाँ जाते हैं, मुझे तो न लेके जाते, न कह के जाते, साम को तो मजाल है जो कभी घर में बैठ जाएँ।"

"अरे काम से ही जाते होंगे कहीं, तुम्हारे लिए ही कमा रहे हैं और तुम्हीं इतना बोल रही हो, चिल्ला-पुकार मचा रही हो, वह तो भले को लड़कियाँ ऊपर पढ़ रही हैं, नहीं तो वे क्या कहतीं?"

"वे सब जाने हैं इनकी करतूतें।" तारो और बिलख उठी, "और मैं तो यूँ कहूँ कि मेरे लिए तुम मती ना कमाओ, मैं तो ग़रीबी में ही खुस थी, अब तो इनके मुँह में मेरे लिए दही जम गया है, न मुँह खोले न सिर खेले।"

"अब तुझे क्या दुःख है तारो, अब तो वह औरत भी ज़िन्दगी से निकल गयी है, अब इन्हें उससे कोई मतलब गरज़ भी नहीं रही है, अब तुम हँसती-खेलती ख़ुश रहो।"

"कैसे खुस रहूँ, वो इनकी ज़िन्नगी से निकल गयी है, तो भाभ्भीजी मैं भी तो इनकी ज़िन्नगी से निकड़ गयी हूँ, इन्होंने निकाल दी है मुझे, इन्होंने।"

तारो बलबीर को इस बार ठेंगे से संकेतित करती हुई किचकिचा उठी और एकाएक वह बेतरह चीख़-चीख़कर रोने लगी, "तुम नहीं समझोगी भाभ्भीजी, तुम कुछ नहीं जानो हो, हमारे बीच तो औरत मरद का रिस्ता भी..."

अतिमा ने बलबीर की ओर प्रश्नात्मक नज़र डाली—बलबीर का चेहरा एकदम सुता-निचुड़ा-सा दिख रहा था, उसकी आभा जैसे कोई जड़मूल से नोच कर ले गया हो।

"बलबीर!!" अपने स्थान से ही अतिमा ने बलबीर को सम्बोधित किया। वह अब तक उठकर बरामदे में चला गया था।

बलबीर ने प्रत्युत्तर में उचटी, किन्तु बेहद दयनीय नज़र से उसे देखते हुए अपनी हथेलियों को इस तरह लहराया, जैसे उसके बूते का सचमुच अब कुछ न रह गया हो और तारो जो कुछ कह रही हो, वह शत-प्रतिशत सही हो।

तारो अब भी टुसुर-टुसुर रो रही थी, अतिमा ने उसकी पीठ को चुपचाप सहलाया। मन में कहा—तेरा दुःख मैं समझती हूँ, आख़िर मैं भी औरत हूँ, पर तू भी तो आदमी के दुःख को समझने की कोशिश कर तारो, उस आदमी के बारे में भी तो सोच, तेरी ऊलजुलूल हरकतों से जिसका किसी से जुड़ सकनेवाला मन अब पूरी तरह नीलाम हो चुका है। अब देख रही है तू पठार ही पठार फैला पड़ा है, यहाँ से वहाँ तक...बहुत-कुछ खुलकर सुनाना चाहती थी अतिमा, पर बिना कुछ उचारे घर के आँगन को पार करती हुई उस आँसू-भरे दम्पती के बीच से वह चुपचाप उठकर चली आयी।

महानगर का यात्री

महेश बाबू अपनी गुलाब-सी पत्नी शारदा और खिलन्दड़े नन्हे-से बेटे अजयबिहारी के साथ मलीहाबाद से दिल्ली आये तो उनके पिता गगनबिहारी, माता दमयन्ती और भाई-बहन—सभी ख़ुशी से आपूर भर उठे। शारदा ने आते ही घर का पूरा काम अपने ज़िम्मे ले लिया। छोटे बच्चे के साथ उतना काम सँभालना आसान नहीं था; पर महेश बाबू ने सीख दी, "हर काम के लिए एक समय बाँधो और हर चीज़ के लिए एक जगह। तब तुम्हारा हर काम आसान होगा।" पति के निर्देशानुसार शारदा ने काम करना शुरू किया और घर के दूसरे सदस्यों ने ख़ुशी-ख़ुशी उसकी सहायता की तो सचमुच घर का काम मुश्किल नहीं रहा।

उधर पिता गगनबिहारी ने महेश बाबू को समझाया, "तुम्हें मलीहाबाद से दिल्ली इसीलिए बुलाया गया है कि तुम हमारे काम में लगो। पन्द्रह रुपये की पेशकारी की तुम्हारी तनख़्वाह में तो उधर तुम्हारी गृहस्थी चलनी मुश्किल ही होती, अब भूल जाओ मलीहाबादी आम और मलीहाबादी हवा-पानी।"

"वह तो वहाँ से प्रस्थान करते समय ही हम सब-कुछ भूल गये हैं।" महेश बाबू ने आश्वस्त किया और वे खिलखिलाकर हँस पड़े, अट्ठाईस बरस के युवक की उमंग और उत्साह से लबरेज हँसी, साथ ही उन्होंने पूछा, "पापा, आप हमें काम तो बताइए?" गगनबिहारी को अपने बच्चों से अपने लिए यही सम्बोधन प्रिय था।

"देख नहीं रहे हो, सामने लकड़ी की ये पेटियाँ, बोतलें, ये इतने ढेर लेबल और लेई वग़ैरह।"

महेश बाबू ने लेबल उठाकर पढ़ा, अँग्रेज़ी में छपा था—'डिस्टिल्ड वाटर'।

"डिस्टिल्ड वाटर!"

"हाँ, इन बोतलों में तुम्हें नल का शुद्ध पानी भरना है, वही नल का पानी, जो तुम पीते हो। क्योंकि यह पानी साफ़ और छना हुआ होता है। इन बोतलों में वही भरकर उन पर यह लेबल चिपकाना होगा, तब बाहर के ग्राहकों को पेटियों में

माल पैक करवाकर ट्रेन से भेजना होगा, लोकल ग्राहकों को 'बाय हैण्ड' पहुँचाया जा सकता है।"

महेश बाबू ने सुना, समझा और अगले ही दिन से अपनी समय-सारणी को काम के अनुसार ढाल लिया। सवेरे उठते ही छत पर जाकर वे दण्ड-बैठक लगाते और फिर लगन और उल्लास के साथ काम में जुट जाते। पेटियों की ठोंका-पीटी दिन-भर चलती, नौकर भीकू भी महेश बाबू के साथ लगा रहता। डिस्टिल्ड वाटर भरने में वह भी मदद करता और लेबल लगाने जैसे दूसरे कामों में भी। जब भीकू घर के काम निबटाकर खुद खाना खाने के लिए घर चला जाता तो महेश बाबू पिता के साथ थोड़ी गप्पबाज़ी और आराम करते और उसके बाद तीसरे पहर से ढलती शाम तक फिर वही काम।

महेश बाबू, यानी एक व्यक्ति के सहायक के रूप में आ जाने से काम काफ़ी अच्छा चल निकला था। पिता के साथ महेश बाबू तैयार माल का ऑर्डर लेने के लिए शहर की दूकानों और शहर से बाहर की दूकानों में भी ख़ूब घूमे-फिरे और पिता की तरह ही तजुर्बेकार बनते चले। नैनीताल, हल्द्वानी, काठगोदाम, बरेली, मुरादाबाद, बदायूँ, शाहजहाँपुर को महेश बाबू ने पिता के साथ देख डाला।

लौटकर आते तो पिता-पुत्र दोनों में एक नयी ताज़गी होती, काम करने का एक नया उल्लास। गगनबिहारी ऑर्डरों की सूची को देखते, पुत्र महेश बाबू को बताते-समझाते और नौकर की मदद से महेश बाबू माल तैयार करवाने में फिर जुट जाते।

वे दिन शान्त और व्यवस्थित थे। हिन्दुस्तान-पाकिस्तान का विभाजन अभी नहीं हुआ था, पर महेश बाबू के घर में एक दूसरा तूफ़ान उठ खड़ा हुआ था। जिस बड़े मकान (हवेली) में ये लोग रहा करते थे, उसका एक हिस्सा गगनबिहारी ने बहुत पहले किराये पर उठा दिया था। उस किरायेदार को यों रहते तो कई वर्ष बीत चुके थे, पर उसके दिमाग़ में फ़ितूर इन्हीं दिनों उपजा था। पिता-पुत्र की साझी कमाई पर उसे ईर्ष्या जगी। अगर इन लोगों को इस मकान से निकाल दिया जाए, तो इनका कारोबार ज़रूर ठप्प हो जाएगा, उसने सोचा।

इतना बड़ा तिमंज़िला मकान, जिसमें ऊपरी रिहायशी मंज़िलों के अलावा निचली तिजारती मंज़िल तथा तलघर भी था—मिलना मुश्किल था। बस, उसने यह उपाय सोचा था कि किसी तरह ऐसे बानक बनाये जाएँ कि गगनबिहारी का पूरा परिवार निकलता ही नज़र आए।

योजना के अनुसार एक शाम उसने घर में गुण्डे घुसा दिये। गुण्डे ऐसे-वैसे नहीं थे, मारधाड़ के अलावा वे तोड़-फोड़ में भी माहिर थे। फाटक के खुलने पर

घर में आकर उन्होंने डिस्टिल्ड वाटर की भरी-भरायी बोतलों को तोड़ना शुरू कर दिया, उस घर के भूगोल-इतिहास से उन्हें पहले ही परिचित करवा दिया गया था। महेश बाबू और दूसरे जन उस दिन तो किसी प्रकार बच ही गये।

परिवार में गगनबिहारी, उनकी पत्नी, महेश बाबू और उनका परिवार, महेश बाबू की दो छोटी बहनें और एक छोटा भाई सर्वेशबिहारी था। दुनियादारी की बातों से अनजान गगनबिहारी समझदार थे, पर दुनिया के हेरफेर से वे भी पूरी तरह वाक़िफ़ नहीं थे। ऐसी हालत में महेश बाबू को ही सब-कुछ सँभालना था। इन्हीं दिनों महेश बाबू 'राष्ट्रीय स्वयंसेवक संघ' में शामिल हुए। स्वयंसेवकों की दिलेरी, अन्याय को जड़मूल से ख़त्म कर देने की उनकी अभिलाषा और अन्यायी को भरपूर दण्ड देने की स्वयंसेवकों की कूबत उन्हें पसन्द आयी। दण्ड-बैठकें तो वे निकालते ही थे, अब वे नित्यप्रति 'शाखा' में भी जाने लगे।

राष्ट्रीय स्वयंसेवक संघ यानी उनके मित्रों की टोली बढ़ने लगी। कारण मुख्य रूप से यही था कि राष्ट्रीय स्वयंसेवक संघ के इन सदस्यों ने ही दंगे-फ़साद के दिनों में इस परिवार की भरपूर मदद की थी। हालाँकि दुश्मन की योजना इस दृष्टि से काफ़ी सफल रही कि महेश बाबू के परिवारजनों को उस घर से उसने बेदख़ल करके ही माना। महेश बाबू के पिता गगनबिहारी ने बेहद अफ़सोस किया कि सम्पूर्ण हवेली को किराये पर ले लेने पर उन्होंने एक हिस्सा उस काइयाँ शख़्स को किराये पर क्यों उठा दिया था? वे उस हवेली के ख़ुद-मुख़्तार थे, परिवार की सदस्य-संख्या भी कम नहीं थी, उस घर में फैल-फूटकर खुद रहते; पर उस समय उनकी अक़्ल पर न जाने क्यों पत्थर पड़ गये थे।

जिस दूसरे मकान में वे लोग गये, वह हवेलीनुमा उस पहले मकान के मुक़ाबले एकदम छोटा था। दोनों मक़ानों के बीच दरअसल तुलना का कोई प्रश्न ही नहीं था; पर उस मकान में पहुँचकर कम-से-कम रात-दिन की काकातूली से तो पीछा छूटा। वहाँ तो परिवार के हर सदस्य का हलक डर से सूखा ही जा रहा था। लड़कियाँ पढ़ने के लिए अपने स्कूल और कॉलेज जाने से कतरातीं। कहीं कोई गुण्डा उन्हें रास्ते में न धर पकड़े। दुश्मनी आदमी को क्या-क्या करने पर बाध्य नहीं करती। फिर दुश्मन तो यों भी चोटीला नाग होता है।

बहरहाल, घर की लड़कियों की सुरक्षा की दृष्टि से ही वह बड़ा मकान छोड़ देना पड़ा था, नहीं तो महेश बाबू के मित्र, वही राष्ट्रीय स्वयंसेवक संघ के सदस्य, तो उनसे उसी मकान में टिके रहने के लिए इसरार कर रहे थे। वे लोग शत्रुपक्ष को दण्डित करने के लिए तैयार थे, पर महेश बाबू और उनके पिता ने ही जब समर्पण कर दिया तो महेश बाबू के मित्रों को पीछे हटना पड़ा। महेश बाबू और उनके मित्रों के बीच दोस्ती फिर भी बरकरार रही; बल्कि मित्रता का तो उसके बाद यह आलम रहा कि उस नये घर में डेरा जमा लेने के बाद दोस्ती और अधिक परवान चढ़ी।

वह सब हुआ इस प्रकार कि नये टूटे-फूटे खँडहरनुमा उस घर में अपने चले आते कारोबार को नये सिरे से जमा लेने के बाद इतनी जगह भी न बच पायी कि उस मकान में महेश बाबू की गृहस्थी भी अट पाती। छूटी हवेली में एक छोड़ तीन-तीन गृहस्थियाँ समा सकती थीं; पर इस मकान में तो नाम के सिर्फ़ तीन कमरे थे, जिनमें से एक को रसोईघर का रूप दे देने के बाद सिर्फ़ दो कमरे ही बचते थे; जिनमें परिवार के बच्चों, गगनबिहारी, उनकी पत्नी; यानी बच्चों की माँ के रहने के बाद एक छोटी खाट बिछा लेने की जगह भी नहीं थी। जीविकोपार्जन या कारोबार का काम कमरों के आगे के बरामदे और आँगन में होने लगा था। बरसात के दिनों में सब चीज़ों के रखे जाने के सन्दर्भ में जो लेहालाट मचती थी, वह देखने लायक़ होती थी। इसलिए महेश बाबू और उनके परिवार के लिए किसी शुभचिन्तक से कहकर अलग मकान का जुगाड़ किया गया।

यह नया मकान एक तिमंज़िले मकान की बरसाती थी और उसके आगे एक छत—इसी में धींगामुश्ती रिहायशी डौल बैठाया गया। बस यहीं से महेश बाबू की नयी दोस्ती और राष्ट्रीय स्वयंसेवक संघ के प्रति उनकी पूर्ण निष्ठा की भावना की शुरुआत हुई। या यह कहना अधिक उचित होगा कि शुरुआत तो पहले ही हो चुकी थी, अब वह नींव और अधिक पक्की होने की राह पर चल निकली थी।

महेश बाबू का मन अब कारोबार में कम ही लगता—सुबह उनका 'शाखा' में सम्मिलित होने जाना अनिवार्य था। गर्मी-सर्दी-बरसात के विकराल-से-विकराल मौसम में भी महेश बाबू यथास्थान ज़रूर मौजूद रहते। फिर सुबह ही दिन-भर के लिए शाखा के दूसरे कार्यक्रम भी निश्चित हो जाते; जिनमें दूसरों के साथ महेश बाबू का खपना भी अनिवार्य था। तब डिस्टिल्ड वाटर भरने से लेकर पैकिंग तक के काम में गगनबिहारी को ही लगना पड़ता। आख़िर रोटी का डौल बैठाने के लिए काम तो करना ही था।

नया दूसरा मकान कुछ दूरी पर स्थित होने के कारण महेश बाबू को अब इच्छानुसार ग़ायब होने की पूरी छूट मिल जाती थी। संघ के कामों से निवृत्त होने के बाद वे पिता के पास पहुँचते और अपनी मजबूरी दिखाकर यानी किसी अपरिहार्य काम से छुटकारा न मिल पाने और उस काम के अनिवार्य होने की लाचारी दिखाते हुए वे अगले दिन समय पर आकर कारोबार का सारा काम व्यवस्थित कर सँभाल लेने के वायदों के साथ उस दिन के लिए अवकाश ग्रहण कर लेते। आख़िर आदमी की शक्ति की भी एक सीमा होती है, उसे जहाँ चाहे लगा दो। महेश बाबू अपनी शक्ति का अधिकांश भाग राष्ट्रीय स्वयंसेवक संघ की ज़िम्मेदारी उठाने में क्षय करके आते। संघ के प्रति उनका यह आकर्षण जुनून की हद तक पहुँच चुका था। गगनबिहारी और पत्नी, बेटे महेश बाबू को लानत-मलामत भेजते, "आख़िर तुम्हारी अपनी पूरी गृहस्थी है। (तब तक महेश बाबू एक पुत्र के अलावा दो बेटियों के पिता और बन चुके थे) तुम अकेले तो नहीं हो कि छड़े हो, चलो जहाँ चाहे पड़ लिये, जहाँ चाहा

खा लिया।" महेश बाबू की पत्नी से महेश बाबू के माता-पिता को बेटे की आवारागर्दी की पूरी-पूरी सूचना मिलती रहती थी।

"अब बेचारी बहू भी क्या करे!" दोनों का वक्तव्य ज़ारी रहता, "तीन-तीन बच्चे और घर में भूँजी भाँग नहीं। बोलो, क्या कहते हो तुम? तुम हमारी फ़िक्र छोड़ो, हम किसी तरह अपने खाने-भर को जुटा लेंगे; पर तुम अगर ऐसे ही घूमते रहे, परसेवाओं में अपने को खपाये रहे तो तुम्हारी और तुम्हारी गृहस्थी की सेवा कौन करेगा? बहू का क्या कुसूर है, बोलो...?"

माता-पिता की लतरानियाँ सुनकर महेश बाबू चुपचाप खड़े रहते, नहीं कह पाते कि उनकी प्रकृति तो हर बात, हर क्षेत्र में जुनून तक पहुँच जाने की ही रही है, वे अपनी प्रकृति से मजबूर हैं। उनके बन्द होठ इतना ही फुसफुसा पाते कि अगले दिन से वे उधर, यानी पिता के काम में लगने के लिए वक़्त से पहुँच जाएँगे।

"काम सिर्फ़ हमारा ही नहीं है, बल्कि पूरी तरह अब तुम्हारा ही है।" पिता गगनबिहारी बड़बड़ाते, जैसे बेटे के हृदय की बात उन्होंने उसके बिना कहे ही पढ़ ली हो। "अब हमें तो छुट्टी दो, तुम घर के बच्चों में सबसे बड़े हो तो अपनी ज़िम्मेदारी समझो। बहनें अब तुम्हारी बड़ी हो रही हैं, उनके हाथ पीले करने हैं। तब तक तुम्हारे अपने बच्चे बड़े हो जाएँगे, उनकी पढ़ाई-लिखाई, शादी-ब्याह, सब-कुछ तो तुम पर ही है...।" गगनबिहारी कहते रहते।

महेश बाबू उस दिन घर वापस आकर सुन्न-मुन्न से खटिया पर पड़ गये थे। पत्नी शारदा आकर खटिया के पास पड़ी मुढ़िया पर बैठ गयी। पति से पूछा, "कहाँ से आ रहे हो? कैसा जी है?"

"वहीं से आ रहे हैं, जहाँ तुमने हमारी नेकनामी पहुँचायी है।" महेश बाबू ने बुदबुदाते हुए करवट ले ली।

"अपने माँ-बाप से अपना दर्द कहना क्या नेकनामी पहुँचाना होता है? तुम्हीं सोचो कि बच्चे अभी उतना कुछ नहीं समझते; पर जब वे देखते हैं कि उनका बाप दो-दो दिन घर में नहीं घुसता, तो सोच सकते हो, वे मुझसे कितने और क्या-क्या सवाल पूछते होंगे? हम यह नहीं कहतीं कि तुम कोई ग़लत काम कर रहे हो या किन्हीं उलटे-सीधे धन्धों में फँसे हो; पर अपनी ज़िम्मेदारी से भागना भी तो एक तरह का अधरम ही है।" शारदा पति के बालों में उँगलियाँ फिराती हुई समझाने लगी थी।

"फिर हम खुद अम्माजी के पास थोड़ी जाती हैं, बच्चों को छोड़कर या बच्चों को लेकर उधर जाना, दोनों ही काम हमारे लिए मुश्किल हैं। वे तो खुद अम्माजी ही आयी थीं परसों, तो सब-कुछ पूछ-गछ भी गयीं और अपनी आँखों से देख-सुन भी गयी थीं। मुन्ना बाबू यानी हमारे अजय भइया, कहीं किसी बच्चे को चॉकलेट खाते देख आये होंगे, तो वो मचल रहे थे। जब हमने बताया कि घर में राशन तक

नहीं हैं, दो दिन से खाना भी नहीं बना है तो अम्माजी ने साठ रुपये भिजवाये थे, उन्हीं रुपयों का राशन-पानी आया और भइया के लिए चॉकलेट भी।"

महेश बाबू पत्नी की सदाशयता और सरलता को पहचानते थे। वे उसे दोषी नहीं मानते थे, पर खुद को दोषी मानना भी उनके लिए मुश्किल था। पत्नी की उँगलियों को बालों से हटाकर, वे अपने में ही गुम हो गये, अपने में, अपने अतीत में।

इलाहाबाद में बाबा के पास रहकर पढ़ रहे थे तो इसी तरह पढ़ाई में भी गुम हो गये थे। रात-रात, दिन-दिन मेहनत करते, खाने-पीने की सुध न रहती। अँग्रेज़ी के बड़े-से-बड़े शब्दों की स्पेलिंग, उच्चारण और व्याकरण को समझने और उसे याद करने में अपने को भूल जाते। यह दूसरी बात थी कि उनकी वह मेहनत और हिम्मत परीक्षा में कोई अच्छा रंग न दिखा पाती; पर अँग्रेज़ी भाषा की उनकी जड़ें मज़बूत होती चली थीं। इतनी कि दसवीं क्लास में ही वे फर्राटे की अँग्रेज़ी बोलने और लिखने लगे थे। लिखाई इतनी साफ़ और अक्षर इतने परिपक्व कि लगता, किसी विद्यार्थी ने नहीं, अपनी सुथरी-सुलझी विचारावलि में वे मोती किसी अँग्रेज़ अफ़सर ने पिरोये हैं; बल्कि अँग्रेज़ अफ़सर का लेख भी कीड़े-मकोड़ों की टाँगों के समान हो सकता है, पर महेश बाबू तो अपने मिशन के लिए जैसे तुल गये हों—डिक्शनरी में अँग्रेज़ी शब्दों के हिज्जे और उच्चारण देखना और फिर अपनी नोटबुक में क्रमबद्ध तरीक़ों से टाँकना और फिर उन्हें रटना और अपने जहन में हमेशा-हमेशा के लिए लिपिबद्ध कर लेना उनकी आदत में शुमार हो गया था।

उनकी रुचि, मेहनत और लगन को देखकर ही बाबा ने उर्दू और फ़ारसी ज़बान में भी पोते को पढ़ाने-लिखाने में रुचि ली थी। अब यह दूसरी बात थी कि अँग्रेज़ी-उर्दू दोनों ज़बानों में आलिम फाजिल होकर भी महेश बाबू की पहली नौकरी मलीहाबाद में पन्द्रह रुपये की पेशकारी की ही लगी; पर उन दिनों पन्द्रह रुपये भी कम नहीं थे। एक-एक पैसे की क़ीमत होती थी तब। वह तो पिता ने ही उनके भविष्य को बेहतर बनाने की कामना से उन्हें दिल्ली बुलाया था। जो भी हो, किसी भी काम में खुद को खपा लेने की महेश बाबू की वह शुरू की आदत थी, अब अपनी उस प्रकृति को वे उठाकर कहाँ ले जाएँ?

अब उनकी लगन राष्ट्रीय स्वयंसेवक संघ के माध्यम से समाज और देश-सुधार की ओर लग गयी है तो...। तो क्या करें वे, कहाँ ले जाएँ खुद को? खुद के बाल नोचने का मन हुआ उनका, फिर उन्होंने अपने को साध लिया। पत्नी थाली परोसकर ले आयी थी, "उठो, कुछ खा लो।" शारदा ने उन्हें जगाया था, पर वे सो ही कहाँ रहे थे। उठे और चारपाई पर बैठे-बैठे ही उन्होंने थाली थाम ली, "सिर में दर्द है।" वे बुदबुदाये थे।

"वक़्त से खाओगे नहीं, पिओगे नहीं तो ऐसा ही होगा।" पत्नी पास बैठकर पंखा झलने लगी थी।

"तुम नहीं समझोगी।" उन्होंने रोटी का पहला निवाला तोड़ा था। पत्नी सुनकर ख़ामोश रही थी। अब जब पति की ओर से उसे नासमझी का ख़िताब ओढ़ा ही दिया गया है, तो वह क्या कहे। पत्नी की यही समर्पित शान्त मुद्राएँ महेश बाबू को प्रिय थीं, ग्रास चबाते हुए उन्होंने जोड़ा, "तुम समझती हो, यह सब हमें अच्छा लगता है। तुम्हें दुःखी बनाना, बच्चों को भूखे रखना—पर हम भी अपनी आदत से लाचार हैं। जो चीज़ या जो काम हमें अच्छा लगता है या जिसे हम सोचते हैं, देश और समाज के लिए ज़रूरी है, उसमें भिड़ जाना हम अपना कर्तव्य समझते हैं। हम उसे अपने घर के मुद्दों से भी ज़्यादा तरजीह देते हैं। तुम्हें इसमें हमारा साथ देना होगा, सच्चा पत्नी-धर्म यही है।"

"पर साथ कैसे? तीन-तीन बच्चे हमारी राह के रोड़े बने बैठे हैं, चौथा फिर आने को है...। तुम्हारी तरह हम भी लापरवाह हो जाएँ तो बच्चे किसके होकर रहेंगे?"

महेश बाबू ख़ामोश हो गये थे। उन्हें लगा था, अगर वे और अधिक बोलेंगे तो उनके आँसू निकल पड़ेंगे। बच्चे उन्हें जान से ज़्यादा प्यारे थे। घर-परिवार के प्रति वे अपने दाय को कैसे पूरा करें, वे नहीं समझ पा रहे थे। अपने जुनून में वे न जाने क्या-क्या कह गये थे, जो सचमुच सम्भव नहीं था।

खाना खाकर वे घर से बाहर निकल गये। लोग प्रायः खाना खाने के बाद पान-सिगरेट की तलब के साथ पान की दूकान की तरफ़ लपकते हैं। महेश बाबू इस तरह की लतों से दूर थे। उनका मन आज ठीक नहीं था और इसीलिए वे अपने किसी मित्र की तलाश में थे, जिसके आगे वे अपनी पीड़ा को उँड़ेल सकें। उनकी पीड़ा उनके अन्तर्द्वन्द्व से जुड़ी थी। उनके सामने एक तरफ़ घर था, माता-पिता थे और दूसरी तरफ़ राष्ट्रीय स्वयंसेवक संघ के साथ जुड़े होने के कारण समाज और देश की समस्याएँ थीं। व्यक्ति और समाज इन दोनों के बीच तालमेल बैठाने की समस्या उनके सामने सबसे अहम थी।

"तालमेल बैठाने के लिए और कुछ नहीं, खुद पर थोड़ा नियन्त्रण रखने की ज़रूरत है।" मित्र ब्रजकिशोर उस दिन उन्हें कुछ क़दम पर ही मिल गये थे, जैसे दोनों ही एक-दूसरे की तलाश में हों।

"नियन्त्रण?"

"हाँ, ख़ुद पर अनुशासन; यानी भावुकता के ज्वार में बहने से खुद को रोकना।" ब्रजकिशोर समझाने लगा था।

"तुम रखते हो ख़ुद पर उस तरह का अनुशासन?"

"रखता हूँ, आख़िर मेरे बूढ़े माँ-बाप हैं, परिवार है। मुझे उन्हें भी सँभालना है, उनकी इच्छाओं को भी देखना है।"

"हुँ!" बहुत गम्भीरता से हुंकारा भरा था महेश बाबू ने; जैसे ब्रजकिशोर का मुद्दा भी उनके सोच का विषय हो या वह मुद्दा उनके तईं एकदम सरल हो और

वे किसी दूसरी ही समस्या से त्रस्त हों या उन्होंने ब्रजकिशोर की बात को अक्षरशः समझ लिया हो; लेकिन घर पहुँचते-पहुँचते वे मानो एकदम किसी दूसरे लोक में पहुँच गये थे। उन्होंने माँ-बाप की खुशियों को तो न जाने कब से भुला रखा है। जिस कारण को लेकर उन्हें मलीहाबाद से दिल्ली बुलाया गया था, उस कारण को भी उन्होंने दरकिनार कर दिया है। पिता के यहाँ यानी दूसरे घर वे जाते, ज़रूर थे, पर उनका मन उनके साथ नहीं जाता था। जाती थी सिर्फ़ देह, जो मशीनवत् कुछ घण्टे काम करके वापस लौट आती थी।

माता-पिता की वह जगह उनके लिए सिर्फ़ दफ़्तर थी और दफ़्तर में वहाँ का कर्मचारी जिस निर्लिप्त ढंग से काम करके वापस लौट आता है, उसी ढंग से वे भी लौट आते थे। काम के प्रति उनकी पहले-जैसी लगन-तत्परता कभी की मिट चुकी थी। बहनों की शादियों की फ़िक्र सिर्फ़ पिता गगनबिहारी को थी। बेटे को समझाना उन्होंने कब का छोड़ दिया था। उसकी मनःस्थिति वे जान रहे थे और उस मनःस्थिति को कोई नया मोड़ देना वे मुश्किल समझते थे। लड़कियों की शादियाँ गगनबिहारी ने खुद ही निबटा दी थीं। बड़े बेटे होने के नाते महेश बाबू को सूचना और निमन्त्रण-पत्र उस अवसर पर मिलते ज़रूर थे। इसलिए उन आयोजनों में शरीक होना भी उनके लिए ज़रूरी ही होता था और वे होते भी थे; पर उसके आगे कुछ नहीं। बच्चे अब बड़े हो गये थे।

देश उन दिनों विभाजन के क़गार पर था। साम्प्रदायिकता का ज़हर समूचे उत्तर भारत में बुरी तरह फैल चुका था। चारों ओर लड़ाई, मार-काट। रात-रात न हिन्दू सोता था, न मुसलमान; दोनों फिरकों के लोग अपनी-अपनी छतों पर डण्डे-ईंटें और पत्थर-जैसी चीज़ें इकट्ठी कर बैठे रहते थे। कई जगह मिट्टी के तेल के डिब्बे भी रखे होते। मौक़ा पाने पर दोनों वर्ग एक-दूसरे को जला डालने तक के लिए तैयार रहते। स्थिति इस सीमा तक पहुँच गयी थी कि दोनों वर्ग एक-दूसरे के मोहल्लों से अपने-अपने घरों को औने-पौने बेचकर भागने लगे थे। गगनबिहारी के मकान के पास जो अहाता था, वह पूरी तरह ख़ाली हो चुका था, उस अहाते में ज़्यादातर मुसलमान ही थे। मुसलमानों के चले जाने पर सिन्धी उन घरों पर कब्ज़ा करने या मिट्टी के भाव ख़रीदने में लगे थे।

"महेश बाबू, तुम भी अपने लिए एक मकान इधर ले लो, उधर तुम छत की उस छोटी-सी बरसाती में कब तक टँगे रहोगे?" पिता ने उस दिन महेश बाबू को समझाने की कोशिश की थी।

"लेने की बात मैं भी सोच रहा हूँ, पर पैसे...।" महेश बाबू कुछ अटक गये थे।

"बरख़ुरदार, वही तो हम तुमसे आज तक कहते रहे हैं कि ऊटपटाँग कामों में उलझे रहना छोड़ धन्धे की तरफ़ ध्यान दो; पर तुमने कभी हमारी बात नहीं सुनी। हम भी तुम्हारी मदद कहाँ तक कर सकते हैं! जो थोड़ी-बहुत जमा-जथा थी, कुछ तुम्हारी बहनों की शादियों में ख़र्च हो चुकी है, बची-खुची तुम्हारे भाई की पढ़ाई में लग रही है, लगेगी।"

"सही है पापा, हम सब समझते हैं।" महेश बाबू का गुम जवाब था।

उधर घर पहुँचने पर शारदा भी रोयी, "आज हाथ में रक़म होती तो हम भी किसी अच्छे मकान के मालिक होते।"

"क्यों चिन्ता करती हो, हमें आज भी किस बात की कमी है? हमारे इस छोटे से घर में कोई असुविधा हो, ऐसा मैं नहीं मानता।"

"घर में मेहमान की तरह दाख़िल हो रोटी खा लेने और धर्मशाला की तरह रात को आकर सो जानेवाला आदमी घर की दिक़्क़तों को भला कैसे समझ सकता है!"

महेश बाबू ने पत्नी की बात सुनी, समझी चाहे नहीं; पर बात उनके कलेजे को ज़रूर चीर गयी—ये लोग सही कहते हैं। मुझ जैसे एक अकेले इनसान ने अपने फ़ितूर में अनेक लोगों की ज़िन्दगियों को ख़्वार करके रख दिया है। नहीं, ऐसे नहीं चलेगा। हमें अपने जुनून को अब अलविदा कहना होगा। आख़िर हमारी बच्चियाँ भी अब बड़ी हो रही हैं, इनका ज़िम्मा तो हमारे ऊपर ही है। अजयबिहारी भी अब बड़े दर्ज़े में आ गये हैं। अपनी तरह उन्हें इण्टर फेल नहीं रखना है। उनकी इच्छा के मुताबिक उन्हें इंजीनियर बनाना है और इंजीनियर की पढ़ाई पैसा माँगती है...।

इन विचारों से दो-चार होते ही महेश बाबू ने सिद्धेश संगल की उस नौकरी को स्वीकार लिया, जिसकी तरफ़ उन्होंने अब तक ध्यान ही नहीं दिया था। बेटे की नौकरी लगने पर पिता गगनबिहारी और माँ दोनों दुःखी भी हुए और सुखी भी। दुःखी होने का कारण था कि उनके निजी कारोबार में बेटे की सहायता मिलने की जो आख़िरी उम्मीद थी, अब वह भी ख़त्म हो चुकी थी; और सुखी शायद वे इसलिए हुए कि जैसा कुछ भी हो, अब कम-से-कम महेश बाबू अपनी अलग गृहस्थी को अपने-आप चला पाएँगे। इस बीच उन्होंने इतना किया कि महेश बाबू के लिए उसी अहाते में (जहाँ से मुसलमान भाग रहे थे) किनारे का एक मकान किराये पर ले लिया, जहाँ वे रहने भी लगे। शारदा की खुशी का तो ठिकाना नहीं था, पति की अब दो सौ रुपये की निजी आमदनी होगी, नौकरी के कारण उनकी दिनचर्या में भी स्थायित्व आएगा। और दिन-भर की घुमक्कड़ी से छुटकारा मिलेगा। बाबूजी (ससुर) के कारोबार में भी जितनी मदद वे कर सकेंगे, कर देंगे।

सचमुच हुआ भी वही। महेश बाबू ने अपने मन को दूसरी खुराफ़ातों से हटाकर अपना पूरा ध्यान अब अपनी नौकरी में लगाया। जैसी कि महेश बाबू की प्रवृत्ति थी, अपने इच्छित काम में जुट जाने की, अपनी नौकरी के प्रति भी वे समर्पित भाव से जुट गये थे। मालिक सिद्धेश संगल ने इससे पहले इतना वफ़ादार-समर्पित व्यक्तित्व नहीं देखा था; न मित्र के रूप में, न नौकर के रूप में। महेश बाबू को नौकर मानना उन्होंने छोड़ दिया था। वे उनके सलाहकार बन गये थे, घर के एक सदस्य सरीखे। महेश बाबू को भी सुकून मिला था। अपनी नयी नौकरी में आर्थिक स्थायित्व के साथ-साथ उन्हें भी एक दोस्त और परामर्शदाता मिल गया था। अपने अब तक के जुनून से उबरना उन्हें घाटे का सौदा नहीं लगा।

सबसे बड़ी बात थी कि अब तक वे अपने पिता के साथ जिस प्रकार के काम को करते आये थे, सिद्धेश संगल का काम भी लगभग वैसा ही था—काम मोबिल ऑयल और मोटर पार्ट्स बेचने का था। मोटर पार्ट्स बेचने का काम दूसरा नौकर देखता था और मोबिल ऑयल का काम महेश बाबू। कुछ दूसरे नौकर भी थे। इतना बड़ा कारोबार एक अकेले आदमी के कन्धे पर नहीं चलाया जा सकता था, पर सिद्धेश संगल के लिए जो महेश बाबू थे, वे दूसरे नहीं थे। महेश बाबू के अँग्रेज़ी भाषा में माहिर होने के कारण भी उनका तालमेल महेश बाबू के साथ अधिक बैठता था। संगल फ़र्म के बहुत-से विदेशी कम्पनियों के साथ सम्बन्ध महेश बाबू की इसी प्रतिभा के कारण सम्भव हो पाये थे। महेश बाबू भी अपने बेटे का इंजीनियरिंग में दाख़िला संगल साहब की मदद से ही करवा पाये थे; जिसके लिए वे उनके शुक्रगुज़ार थे।

सब-कुछ ठीक-ठाक ही चल रहा था कि पिता गगनबिहारी की आकस्मिक मृत्यु ने महेश बाबू की कई योजनाओं पर पानी फेर दिया। घर का कारोबार पिता की ज़िन्दगी में ही ठप्प होने लगा था। एक कारण था, काम का महेश बाबू की मदद से महरूम हो जाना और दूसरा कारण था, छोटे भाई के डॉक्टर बन जाने के बाद, उसके लिए काम की अहमियत का ख़त्म हो जाना। पिता के निधन के बाद माँ छोटे भाई के पास उसके नये मकान में जाकर रहने लगी थीं। महेश बाबू ने भी अब अपना बरसातीवाला मकान छोड़कर पिता द्वारा लिये गये मकान में जाकर डेरा जमाया। पिता को उन्होंने धन्यवाद दिया कि अपने जीते-जी वे उनके रहने का इन्तज़ाम कर गये थे। पिता के चले जाने का सबसे ज़्यादा दुःख महेश बाबू और शारदा को हुआ; क्योंकि परिवार के एकमात्र वही सदस्य ऐसे थे, जिन्हें अपने पोते अजयबिहारी के इंजीनियर बन जाने का बेताबी से इन्तज़ार था। पर अजयबिहारी बाबा के चले जाने के दो बरस बाद इंजीनियर बन पाये।

इस बीच एक नयी बात यह हुई कि अजयबिहारी के इंजीनियर बनने के पहले ही महेश बाबू के पिता द्वारा लिया गया मकान, जिसे उन्होंने रिहायश के तौर पर अपना लिया था, उन्हें इसलिए छोड़ना पड़ा, क्योंकि उसमें न धूप थी, न नल। पानी

घर के बाहर के नल से भरकर लाना पड़ता था। घर निचली मंज़िल में था, सलिए उसके चारों तरफ़ कुछ गन्दगी भी थी। दूसरे मकानों की औरतें जब सर्दियों के दिनों में धूप के लिए और गर्मियों में हवा के लिए अपने-अपने मकान के आगे बान की खाटें डाल-डालकर बैठतीं, तो महेश बाबू और शारदा बच्चों सहित मकान के भीतर ही रहते। कारण, अभी तक चाहे वे किसी भी स्थिति में रहे हों, अपना स्तर अपने आसपास रहनेवालों के मुक़ाबले वे ऊँचा ही मानते थे। किन्तु घर के भीतर घुसे रहना स्वास्थ्य के लिए नुक़सानदेह था। बच्चियों का इधर-उधर खेलना भी माता-पिता दोनों को नागवार गुज़रता।

ऐसी हालत में कुछ दूर चलकर एक दूसरा मकान किन्हीं यादव बाबू का मिला तो उन्होंने तुरन्त ले लिया। मकानों की क़िल्लत उन दिनों शुरू हो गयी थी और सस्ता मकान मिलना तो और भी मुश्किल था। नया मकान वहाँ भी भले ही कई किरायेदारों के बीच तिमंज़िले पर था, पर था स्वतन्त्र। यही बात महेश बाबू को इस मकान की पसन्द आयी थी। दूसरी असुविधाओं को उन्होंने दरकिनार कर दिया था। इस मकान के साथ-साथ ढेर दूसरा सामान रखने की दृष्टि से पुराना मकान भी रखा गया। पिता के जमाने के सामान (भले ही वह अंगड़-खंगड़ हो) के प्रति महेश बाबू का एक अतिरिक्त लगाव था। अपने किन्हीं फ़ुरसत के क्षणों में बैठकर वे इस सामान की छँटनी करना चाहते थे और जब तक छँटनी न हो, तब तक उसकी सुरक्षा।

स्थिति में एक तब्दीली इन दिनों यह आयी कि पिता गगनबिहारी के चले जाने से महेश बाबू के मन में एक ऐसा ख़ालीपन व्याप गया था, जिसे भरने के लिए उन्हें अपने को नौकरी के अलावा किसी दूसरी व्यस्तता से जुड़ना भी ज़रूरी हो गया था, सो इस बार वे आर्यसमाज की तरफ़ ढुल गये थे। आर्यसमाज के सिद्धान्तों और विचारधारा ने उन्हें कहीं गहरे में प्रभावित किया था, सो वे नित्यप्रति आर्यसमाज मन्दिर जाने लगे थे। बड़ी बेटी गरिमा की शादी भी उन्होंने इन्हीं दिनों कर डाली थी। तीन बेटियाँ और एकमात्र पुत्र अजयबिहारी की पढ़ाई पूरी करवाने और उन्हें व्यवस्थित करने की ज़िम्मेदारी उन पर अब भी शेष थी; पर ज़िन्दगी की गाड़ी ढर्रे पर चल ही निकली थी।

आर्यसमाज मन्दिर में भी सवेरे का कार्यक्रम चलता और महेश बाबू अपने शाखा के दिनों की तरह, यहाँ के कार्यक्रमों में भी नियमित रूप से सम्मिलित होते। रविवार के दिन यह कार्यक्रम कुछ अधिक ही लम्बा खिंच जाता था, सो वे ख़ुद तो पहुँचते ही, उस दिन शारदा को भी साथ चलने का निर्देश देते, "आज इतवार की छुट्टी है, आज तुम्हें चलने में कोई एतराज़ नहीं होना चाहिए।"

"ठीक है, आज लड़कियों की छुट्टी है; पर आज के दिन कितने काम फट

पड़ते हैं, तुम नहीं जानते। छहों दिन पढ़ाई के लिए भागते-भागते लड़कियाँ भी एक दिन आराम चाहती हैं, अपने छूटे काम निबटाना चाहती हैं। उन्हें भी आज के दिन सिर और कपड़े धोने होते हैं, फिर मेहमान भी उसी दिन आते हैं। बोलो, हमारे पास रविवार को आर्यसमाज मन्दिर चलने का टाइम है?" पत्नी पूछती।

महेश बाबू सुनते, कठिनाई को समझते भी थे; पर उनके सामने धर्म-कर्म की अहमियत इन सब कामों से ज़्यादा थी। वे कहते, "जब आदमी ज़िन्दगी के दूसरे कामों के लिए समय निकाल लेता है, तो धर्म के लिए क्यों नहीं?" पत्नी को वे जबरन आर्यसमाज मन्दिर ले जाते, तब पत्नी शारदा की देह आर्यसमाज मन्दिर के हाल में बैठे श्रोतागण के बीच होती, पर मन घर के कामों की ओर रहता।

बहरहाल, पति का मानसिक सन्तुलन ठीक बनाये रखने के लिए शारदा को यह तपस्या भारी लगकर भी भारी न लगती। शारदा की तरह यहाँ भी समाज के सदस्य सामाजिक सुधार की दिशा में कुछ-न-कुछ करते रहते। महेश बाबू उनमें अग्रणी होते। उनका इतना लगन-श्रम और उत्साह देखकर आर्यसमाज के कार्यकारिणी के सदस्यों ने उनका एकमत से मन्त्री पद पर चयन कर लिया था। इससे उनकी ज़िम्मेदारियों में और इजाफ़ा हुआ था; पर यह सब महेश बाबू के मानसिक खाद्य के लिए ज़रूरी था। संगल साहब की नौकरी के तईं भी वे उसी प्रकार ईमानदार बने रहने की कोशिश करते। इंजीनियरिंग ख़त्म करते ही अजयबिहारी की नौकरी लग गयी, तो घर-भर में ख़ुशी की लहर दौड़ गयी। शारदा ने अनाथालय के बच्चों को बुलाकर खाना खिलाया और समाज में दान दिया।

गोरखपुर के पास किसी अन्दरूनी स्थान पर बनते बाँध के निरीक्षण के लिए अजयबिहारी को इंज़ीनियर के पद पर नियुक्त कर उधर भेज दिया गया था। अजयबिहारी पिता-जैसा था। ईमानदारी, परिश्रम और सच्चाई जैसे पिता की विशेषताएँ उसकी ज़िन्दगी में भी संक्रान्त हुई थीं। रिश्वत लेना वह पाप समझता था। दो-एक बार उसने अपने साहब को सीख देने की कोशिश की। अजयबिहारी अनुभवविहीन युवक था। ओवरसियरों की काली करतूतों से वह सिर्फ़ दूर ही नहीं रहना चाहता था, अपने मातहतों को भी ईमानदारी का सबक सिखाना अपना कर्तव्य मानता था; पर मातहत थे कि उसे चैन ही नहीं लेने दे रहे थे।

जिस उत्साह से उसने अपना नया काम सँभाला था, उसका वह उत्साह दिन-पर-दिन कमज़ोर पड़ता चला जा रहा था। वह निर्बल और श्रीहीन होता जा रहा था। एकाकीपन और किंकर्तव्यविमूढ़ता उसे रात-दिन परेशान रखती। उस वीराने में न उसका कोई मित्र था, न सलाहकार, अन्ततः पिता को पत्र लिखते हुए उसने किन्हीं पंक्तियों में जोड़ा, "आइ ऐम एक्च्युअली सराउण्डेड बाई वल्चर्स।" इस वाक्य ने महेश बाबू को पुत्र की भयानक और दयनीय स्थिति की नहीं, दुष्टजनों के प्रति उसकी मानसिक वितृष्णा का ही भान करवाया। वे अपने नित्य-नैमित्तिक कार्यों में व्यस्त

रहते रहे। शारदा को बेटे का पत्र पढ़कर सुनाते तो शायद वह कुछ सलाह देती, उन्हें बेटे को जाकर देखने के लिए बाध्य करती; पर बाध्य महेश बाबू स्वयं तभी गये, जब अजयबिहारी के चारों ओर मँडराते उन गिद्धों ने उसे अपना प्राणान्त करने के लिए मजबूर कर दिया।

खुदकुशी करके अजयबिहारी की इस संसार से विदा लेने की सूचना जब तार द्वारा महेश बाबू को मिली, तो वे अपने अगले दिन के कार्यक्रम की योजना बनाते हुए आसमान में छिटके सितारों की ओर आँखें गड़ाये थे। वे आग बरसाती गर्मी के दिन थे। एकबारगी तो महेश बाबू आग उगलनेवाले उस तार की भाषा समझे ही नहीं, समझे तो उनके मस्तिष्क की सारी नसें झनझना उठीं। पत्नी को जगाकर ब्रह्ममुहूर्त में जब उन्होंने इस हादसे की सूचना दी तो वह बिल्लाकर रो उठी। माँ के साथ तीनों लड़कियाँ भी बिल्लायीं। महेश बाबू अपने स्वर को साधकर बोले, "सुनो, लोग अभी सो रहे हैं, तुम पर गाज गिर पड़ी है, माना; पर इसका मतलब यह तो नहीं कि तुम दूसरों की नींद हराम कर दो। समझ से काम लो, हैव सम सिविक सेन्स!" महेश बाबू समझा रहे थे। उनका स्वर बेहद संजीदा था। बाप होकर भी उनकी आँखें सूनी-सूखी थीं। पत्नी और बेटियों ने उनकी ओर देखा और न जाने क्या था उनके चेहरे पर कि सबने अपने आँसुओं के घूँट को हलक में ही लील लिया और दीवार से टिकी वे दीवार बनकर बैठी रहीं।

"हवाई जहाज़ से चलकर ही मुकाम पर पहुँचा जा सकता है।" कुछ देर के मन्थन के बाद महेश बाबू ने पत्नी से प्रस्तावित किया।

"पर हवाई जहाज़ का किराया!" आर्थिक बोझ ऐसे समय भी मन पर हावी हो उठा।

"कुछ किया ही जाएगा।" महेश बाबू जैसे अपने सिद्धान्तों को नाप-जोख रहे हों।

पौ फट चुकी थी और महेश बाबू रुपये के लिए इधर-उधर भाग-दौड़ कर रहे थे। आर्यसमाज के सदस्यों ने मन्त्रीजी के लिए हवाई जहाज़ की दो सीटें आनन-फानन आरक्षित करवा दीं और महेश बाबू सबको धन्यवाद दे, अपने भाई सर्वेशबिहारी को सूचना दे देने की प्रार्थना करते हुए अपने मृतक पुत्र की लाश की एक झलक देखने के लिए मुकाम पर पहुँचे, तो पता चला कि जिस लाश को जिस तामझाम से श्मशान-भूमि ले जाने की तैयारी की जा रही थी, उस तामझाम के नीचे तो बन्दूक़ के छर्रों से खील-खील हुई देह के चन्द चीथड़े मात्र थे। शरीरान्त के उपरान्त जिस शव के साथ जो धार्मिक क्रियाएँ की जा रही थीं, वह महज औपचारिकता थी।

घर लौटे तो भाई का परिवार और माँ सभी आ चुके थे। पर महेश बाबू और पत्नी तो दोनों अब एक बदले हुए इनसान थे। आर्त्तनाद करती हुई बेटियाँ माता-पिता के गले से झूल गयीं और चीख़-चीख़कर रोती रहीं बहुत देर तक। उस समय न उन्हें महेश बाबू ने टोका, न शान्त हो जाने के लिए कोई भाषण दिया। बस, ख़ुद

पर चुप्पी और सन्नाटे की एक चादर डाल ली। गुम प्रशान्त रहते हुए ही वे संवेदना प्रकट करने आनेवाले लोगों का अभिवादन करते, पुत्र के सम्बन्ध में कुछ न कहकर। उस सम्बन्ध में वे स्वयं भी कुछ नहीं जानते थे। उनके होठ सिर्फ़ 'परमात्मा की ऐसी ही मर्ज़ी थी' शब्द उचारते।

आने-जानेवाले लोगों का ताँता भी बस एक निश्चित अवधि पर समाप्त हो गया, तो सब ने अपने-अपने काम पर जाना शुरू किया—महेश बाबू ने दूकान और लड़कियों ने अपने-अपने अध्ययन-स्थल पर। दूसरी बेटी माधवी उस समय तक एम.ए. कर चुकी थी। उसने पिता को आश्वस्त किया, "पिताजी, (यह सम्बोधन महेश बाबू को आर्यसमाज की देन था) मैं आपकी बेटी नहीं, बेटा हूँ। भइया की जगह अब मैंने ले ली है, आप आश्वस्त रहें।" सुनकर शारदा का जी भर आया, आँखों से आँसू बेपनाह बहने लगे। भरभराते स्वर में कहा, "बेटी, अब तुम तीनों ही हमारी बेटियाँ नहीं, बेटे हो। तुम्हीं हमारा सहारा हो, ईश्वर तुम सबको लम्बी उम्र दे।"

पिता महेश बाबू ने सब-कुछ सुनकर भी अपनी कोई टिप्पणी नहीं दी। बस, अपने जीवन की दैनिक सारणी को उन्होंने और कस लिया, सामाजिक और धार्मिक कृत्य उनके जीवन के आधार बनते चले। जहाँ कहीं वे किसी का दुःख-कष्ट सुनते-देखते, तुरन्त उसकी सहायता के लिए कूद पड़ते। पागल सरीखे, तब वे अपने निज के काम भी भूल जाते। कभी-कभी निज की नौकरी का समय भी उनके स्मृति-पटल से ढुलक जाता। शारदा याद दिलाती, "तुम जान रहे हो, यह नौकरी तुम्हें कितनी मुश्किल से मिली है; और अब तो इसके सिवा दूसरा कोई सहारा भी नहीं है। अगर तुम इसकी तरफ़ से बेध्यान हो जाओगे तो कैसे काम चलेगा? कोई भी मालिक, चाहे वह कितना ही रहमदिल हो, अपना दाय तो पूरा माँगता है। एक-दो दिन की बात को तो कोई सहन भी कर ले, पर अगर वह गफ़लत हर दूसरे-तीसरे दिन होने लगेगी; तो कोई कहाँ तक बर्दाश्त करेगा!"

महेश बाबू ने पत्नी की बात स्वीकार की और निश्चय किया कि आगे से वे कम-से-कम अपनी नौकरी के प्रति ढीलमढाल नहीं करेंगे। पर तभी शारदा की बहन के बड़े बेटे की शादी का निमन्त्रण-पत्र आ पहुँचा।

"छोड़ो शादी-वादी, हमारा मन अब बुझ चुका है। शादी-ब्याह अब हमें नहीं सुहाते।" शारदा ने ही मुँह बिदुराया।

"शारदा, तुम्हें यह सब-कुछ सोच-समझकर कहना चाहिए; बल्कि अब तो हमें और ज़्यादा समझदार होने की ज़रूरत है। हमारे आगे लड़कियाँ हैं और लड़कियाँ न भी हों तो भी अगर हम इस मौक़े पर नहीं जाते, तो तुम्हारी बहन ही कहेंगी—'शारदा को अब दूसरों के लड़के क्यों अच्छे लगेंगे।' कुछ समझ रही हो, हम क्या कह रहे हैं? और इस सबको भी छोड़ दिया जाए तो भी हमें अब अपना मन बड़ा बनाना है। अभी तक हमारे सिर्फ़ एक बेटा था, अब सबके बेटे हमारे बेटे हैं...।"

शारदा की आँखें झरने लगीं, "कैसे समझ लें, यह हमारा अपना तो हमारे प्राण खींचकर ही ले गया। जीते-जी ही हमें मुरदा बना गया है।"

"बस, अब ज़्यादा कुछ नहीं। तुम तैयारी करो, मैं संगल साहब से बात करके आता हूँ और कुछ रुपये का इन्तज़ाम भी देखूँगा।"

"लड़कियों को अकेले छोड़ जाएँगे?"

"लड़कियाँ अब बड़ी हो गयी हैं। दो-चार दिन रह ही लेंगी। और फिर ये लड़कियाँ अपने को अब हमारी लड़कियाँ नहीं, लड़के मानती हैं। क्यों, हम ठीक कह रहे हैं न, माधवी बिटिया?" और कहते-कहते महेश बाबू ठठाकर हँस पड़े। महेश बाबू ने कहीं पढ़ा था कि हँसी, ख़ासकर ठठाकर हँसना, आदमी की उम्र और तन्दुरुस्ती दोनों में इजाफ़ा करती है। महेश बाबू को अब दोनों की ही दरकार थी। उन्होंने निश्चय किया, अपने दुःख के दिन वे रो-रोकर नहीं काटेंगे, उन्हें अब एक नया इनसान बनना है; और नया इनसान परमात्मा की इच्छा को अब सिर-आँखों पर लेकर चलेगा। पत्नी को भी वे अब यही सिखाना चाहते थे और बेटियों को भी।

उस दिन महेश बाबू संगल साहब के यहाँ से लौटे तो बहुत खुश थे। उन्होंने उन्हें खुशी से छुट्टी दे दी थी और उनका वेतन भी। कहाँ जानते थे वे कि वह ख़ुशी सिर्फ़ उनको छुट्टी देने की नहीं, हमेशा के लिए उनसे फारख़्ती ले लेने की थी। वह राज शादी से लौटकर आने पर ही खुला, "आप शादी में जा रहे थे, उस वक़्त हम आपके मन में कोई रंजिश पैदा नहीं करना चाहते थे। पर हमें पहले की तरह आपका पूर्ण समर्पण चाहिए, अब तो आपका काम में मन ही नहीं लगता।"

महेश बाबू हैरान हो गये थे। कहीं सिद्धेश संगल में उनके पिता की आत्मा ही तो नहीं विराज गयी है। वे भी कहा करते थे, "अब तुम्हारा काम में मन ही नहीं लगता।"

"तब?"

काम के लिए चिरौरी करना और ठीए पर समय पर निरन्तर आ जाने का वायदा करना—दोनों ही बातें महेश बाबू को नहीं सुहाती थीं—बिना कुछ कहे-सुने वे घर लौट आये। शारदा से एकाएक काम छूटने की बात कहना उन्हें अपनी हेठी प्रतीत हुई। धीरे-धीरे ही उन्होंने बात खोली तो शारदा खौंखिया उठी, "साहब, तुम मस्त रहो।" मस्ती में आकर वह पति को साहब कह दिया करती थी, "अगर संगल साहब ने तुम्हारी मदद और ख़ूबियों को एक दिन में ही मटियामेट करके रख दिया है, तो उनकी मर्ज़ी; पर परमात्मा हर किसी का रखवाला होता है। वह न किसी को भूखा सुलाता, न भूखा उठाता है। सोचेंगे तो कोई राह निकल ही आएगी। तुमने उनके लिए क्या नहीं किया, उनके बेटे को पढ़ाया, फ्री में। अँग्रेज़ी की ट्यूशन की फ़ीस क्या होती है, क्या वे नहीं जानते? सिर्फ़ इतना ही नहीं, तुमने उनके दूसरे कामों में भी मदद की—सब भूल गये वे!"

"दुनिया में ऐसा ही होता है, शारदा। पर हमने सोच लिया है, नीचे के पापावाले मकान में हम अपना निज का काम शुरू करेंगे।"

"कैसा काम?" शारदा के मन में उल्लास की एक छोटी-सी लहर रींग आयी थी।

"यही मोबिल ऑयल का काम, जिसका हमें तजुर्बा है। बस, चिन्ता है तो एक ही बात की कि काम शुरू करने के पहले उसमें इन्वेस्ट करना ज़रूरी होता है।"

"इन्वेस्ट?"

"पहले काम में रुपया लगाना पड़ता है, तब न वह फल देता है। रुपया कहाँ से आएगा, समस्या यही है।"

दोनों पति-पत्नी सूखे-से हो आये थे, असली मुहिम तो वही थी।

"यह तो अच्छा है कि काम शुरू करने के लिए हमारे पास जगह है। पापा ने अच्छा ही किया कि इस जगह का जुगाड़ कर गये, नहीं तो हम लोग क्या करते?"

"सर्वेश भइया से भी कुछ नहीं कहा जा सकता। उनके पास तो रोज़ाना कितना-कुछ आता होगा, डॉक्टरों की चल जाए तो पैसे का कोई ओर-छोर रहता है क्या!" शारदा का संकेत देवर की तरफ़ था।

"नहीं-नहीं, जो कुछ करना है, हम अपने बलबूते पर ही करेंगे।" महेश बाबू ने बात आगे नहीं बढ़ने दी।

इस मौक़े पर भी महेश बाबू के आर्यसमाजी साथी पाल बनकर छा गये, "मन्त्रीजी, आप फ़िक्र क्यों करते हैं? हम आपके मित्र किस दिन के लिए हैं? आप हमसे पैसा लीजिए और काम शुरू कीजिए। आपके काम में हम खुद भी आपके साझीदार बनने के लिए तैयार हैं।" आर्यसमाज के प्रधानमन्त्री जी ने प्रस्तुत किया, "हम यात्री हमारा बेटा।" उन्होंने आगे स्पष्ट किया। महेश बाबू जानते थे, प्रधानजी सेठ आदमी हैं। उनकी खुद की बड़ी फ़र्म है, मकान हैं, दूकानें हैं और उनके सब बेटे-पोते कहीं-न-कहीं लगे हुए हैं।

महेश बाबू ने पत्नी से परामर्श किया तो उसने राय दी, "ना बाबा ना, साझेदारी किसी की नहीं। पैसा अलबत्ता ले लो, पर करो सब-कुछ अपने बूते पर ही। पैसा तो हम सबका लौटा देंगे। मैं कहती हूँ, साझेदारी कभी-कभी बहुत महँगी पड़ जाती है।"

"ओह, अब तो तुम हमारे भी कान काटने लगी हो, व्यापार की इतनी समझ तुम्हें कहाँ से आ गयी?" महेश बाबू मुस्कराये।

"आ कहाँ से जाएगी, खुद अपने घर में नहीं देखा है? पापा ने तुम्हारी साझेदारी में काम किया तो गच्चा नहीं खा गये। तुम उनके साझीदार, काम कहाँ करते थे।

और आदमी काम न करे, पैसे-रुपये से ही मदद कर दे, वह भी तुमसे नहीं हुआ, तब?"

"हाँ, तुम ठीक कहती हो, साझीदार भी दो तरह के होते हैं—स्लीपिंग पार्टनर और ऐक्टिव पार्टनर। हम तो किसी गिनती में नहीं आते थे।"

"अब तुम्हारी बात तो तुम ही जानो, बाक़ी हमें अपने काम में साझीदार किसी को नहीं बनाना है।"

"ठीक, मान गये जी आपको!"

इन्हीं दिनों माधवी का जिस स्कूल में चयन हुआ था, वहाँ से उसको छुट्टी मिल गयी। कारण था, स्कूल में उसके विषय में छात्राओं का अभाव। स्कूल किसी देहात में था और माधवी ने काम इसलिए स्वीकार लिया था कि काम करना उसकी मजबूरी थी। स्कूल तो चलता ही रहा था, पर उस विषय यानी भूगोल को ख़त्म कर दिया गया था और नियमानुसार उस विषय की अध्यापिका को तीन महीने का वेतन देकर उसे मुक्त कर दिया गया था।

बेटी के माध्यम से प्राप्त वह इकट्ठी धनराशि शारदा को उन दिनों वरदान लगी। व्यापार में लगाने के लिए अतिरिक्त धन बैठे-ठाले आ गया था। कुछ रुपया प्रधानजी ने दिया, कुछ रुपया माधवी के पास से आ गया तो काम चल निकला। एक हफ़्ते के भीतर ही बोर्ड टँग गया—'मोबिल ऑयल : थोक व परचून।'

लोगों को पता चला कि एक सज्जन-शिष्ट-ईमानदार इनसान ने वह धन्धा शुरू किया है, तो लोग आने लगे और आमदनी में दिन-दूनी बढ़त होने लगी। महेश बाबू माल का जुगाड़ करते और दूकान पर भी बैठते। एक तरह से दूकान के साथ वे बँध गये थे। कुछ दिन महेश बाबू का मन उचटा-उचटा ही रहा, ज़िन्दगी उन्हें बोरियत प्रतीत होने लगी। दरअसल अपने नित्य के कामों के अलावा वे सामाजिक कार्यों में भी लगना चाहते थे। कमाई के कर्म को वे अपनी मौलिक आवश्यकताओं को पूरा करने का साधन मानते थे, तो सामाजिक और धार्मिक कार्यों को अपने मानसिक खाद्य का जरिया। सुबह के समय आर्यसमाज जाना तो उनका बदस्तूर ज़ारी था, पर कभी आवश्यकता पड़ने पर वे दूकान पर किसी पड़ोस के आदमी को बैठाकर दुपहर को भी निकल जाते। शारदा को पता चलता तो वह दुःखी होती, "ऐसे कैसे होगा, दूकान का काम तो अपना पूरा समय माँगता है, इस तरह तो दूकान चलने से रही।"

शारदा ने पति से बात की तो दोनों इस निष्कर्ष पर पहुँचे कि दूकान पर एक अतिरिक्त आदमी की सख़्त ज़रूरत है। किसी दूकान का कार्यभार देखने के लिए भी सहायक अनिवार्य है—सहायक की अनिवार्यता तब और बढ़ गयी, जब अगले दिन ही बस से गिरकर महेश बाबू की कोहनी की हड्डी टूट गयी। डॉक्टर ने न सिर्फ़ पाँच हफ़्ते का प्लास्टर चढ़ा दिया, बल्कि कोहनी में स्टील रॉड डाले जाने का फ़ैसला

भी सुना दिया। यह क्या हुआ, सिर मुँड़ाते ही ओले कैसे पड़े? शारदा और बेटियाँ सन्न रह गयीं, पर हाथ को दुरुस्त और सीधा करने के लिए उस तरह का उपचार ज़रूरी था।

जिन दो हफ़्ते महेश बाबू अस्पताल में रहे, शारदा ने उन दिनों दूकान में बैठना शुरू किया था। उन दिनों औरतों के दूकान में बैठने का चलन नहीं था, महेश बाबू क्षुब्ध हुए, पत्नी से उन्होंने नानू नाम के उस नौकर को काम सौंपने के लिए कहा।

"नानू पर काम सौंपना हमसे नहीं होगा। अभी जुम्मा-जुम्मा आठ दिन उसे इधर आये हुए हैं, वह क्या जाने ग्राहकी और रुपये-पैसे का काम!" शारदा ने पति की बात को हवा में उड़ा दिया। महेश बाबू लाचार थे, खुद कुछ कर नहीं सकते थे, पत्नी की बात को टाल देना उनके वश का नहीं था। उन्हें दो हफ़्ते रहकर घर लौटना था, पर घर तो नाम को ही घर था, घर-जैसी सहूलियतें एक बीमार इनसान के लिए वहाँ कहाँ थीं। घर के दो कमरे, बीच के खन में रसोई और गुसलख़ाना सबसे ऊपर। पाखाना सबसे नीचे—एक स्वस्थ व्यक्ति तक के लिए इस व्यवस्था के साथ तालमेल बैठाना मुश्किल था, तो अस्वस्थ आदमी के लिए तो और भी कठिन था। संगल साहब को पता चला तो उन्होंने अपनी ख़ाली पड़ी बड़ी कोठी का एक कमरा खुलवा दिया, जिसमें बाथरूम और खाना बनाने की सुविधा भी संलग्न थी। संगल साहब को शायद महेश बाबू के उपकार स्मरण हो आये होंगे और तब उनके एक अंश से ही सही, उऋण होने की भावना ने ज़ोर मारा होगा। महेश बाबू ने भी संगल साहब के उपकार को स्वीकार कर लिया। ईर्ष्या-द्वेष को सँजोना उन्होंने कब का छोड़ दिया था। संगल साहब के साथ तब उनका नौकर-मालिक का रिश्ता रह भी कहाँ गया था। संगल साहब ने भी उन्हें अब अपना मित्र मान लिया था।

प्लास्टर कटने और रॉड फिट हो जाने के बाद यानी पाँच हफ़्ते में महेश बाबू स्वस्थ हो गये थे और साथ ही उनकी सामाजिक कार्यों में जुटने की इच्छा भी स्वस्थ होकर और अधिक बलवती हो उठी थी। इस दौरान शारदा भी दूकान की ज़िम्मेदारी सँभालने में प्रवीण हो गयी। महेश बाबू ने पत्नी में दूकान सँभालने की दक्षता देखी तो वे और निश्चिन्त हो गये। दिन में अब वे दो-दो घण्टों के लिए ग़ायब रहने लगे। शारदा रोकती तो जवाब मिलता, "अगर तुम हमें कुछ समय की छुट्टी नहीं दोगी तो हम स्वस्थ नहीं रह पाएँगे।"

पुत्र को भुलाये रखने के लिए पत्नी सहित घर का हर प्राणी प्रयत्न करता कि सब काम महेश बाबू की इच्छानुसार ही हों। महेश बाबू इसका नाजायज़ फ़ायदा उठाते। जब-तब वे बिना कहे ही किसी आर्यसमाजी संस्था के पण्डित या सुधारक को घर लेकर चले आते और घर में उपस्थित बेटियों को बेतुके समय पर खाना बनाने का आदेश देते। आख़िर लड़कियों के भी अपने काम थे। माँ के सामने वे

रोतीं, झींकतीं; पर पिता के सामने वे थरथर काँपतीं। उनकी आज्ञा का उल्लंघन करना उनके बूते की बात नहीं थी।

महेश बाबू कभी ख़ुद ही किसी अपने मनपसन्द मित्र के यहाँ चले जाते और वहाँ घण्टों बिताकर लौटते। पूछने पर उत्तर मिलता, "आर्यसमाज के वार्षिक अधिवेशन के कार्यक्रम पर विचार किया जा रहा था।"

"हाँ, पूरे अधिवेशन का ज़िम्मा अब तुम्हीं तो उठाओगे।"

"क्यों, हम अकेले क्यों उठाएँगे, समाज के दूसरे सदस्य भी तो वहाँ मौजूद थे।"

"भला तुम्हारा समाज और तुम!" पत्नी मन-ही-मन बुदबुदाती। पति के सामने ज़बान चलाने की उसकी भी हिम्मत नहीं थी, यों बुदबुदाकर वह अपनी बात कह-भर देती थी और अब तो दूकान का नियमित काम उसके मनोरंजन और व्यस्तता का साधन भी बनता जा रहा था। उतने नियम-बन्धन से शारदा को भी ख़ुद को भूलने में मदद की थी, फिर उस पर तो लड़कियों की देखभाल की ज़िम्मेदारी भी थी। माधवी को दुबारा शहर में ही नौकरी मिल गयी थी। उससे छोटी कान्ति को भी दफ़्तर में क्लर्क की नौकरी मिली तो माता-पिता दोनों ने ही एतराज़ किया, "लड़कियों का दफ़्तर में काम करना ठीक नहीं है, वहाँ मर्द भी तो होंगे।"

"मर्द क्या हमें खा जाएँगे?" लड़कियों का जवाब था और बहनों की शह पाकर ही कान्ति ने दफ़्तर में काम करना शुरू कर दिया। तीसरी बहन सुजाता को एम. ए. प्राइवेट कर लेने के बाद महेश बाबू की जुगत से ही जब एक दूसरे स्कूल में नौकरी मिल गयी, तो आमदनी में और इजाफ़ा हुआ। लड़कियों की सालिम डेढ़ तनख़्वाह बैंक में जमा की जाने लगी। शेष डेढ़ वेतन को घर-ख़र्च के लिए नियत किया गया। दूकान का पूरा लाभ दूकान में ही लगने लगा तो दूकान और चमचमा उठी, दूकान से अधिक लाभ की आशा और बनी।

पत्नी और बेटियों की समझदारी ने महेश बाबू को अपनी रुचि के कामों में और अधिक व्यस्त कर दिया। अब जहाँ वे अपनी ज़रूरत महसूस करते, वहीं जुट जाते। सबसे पहला ज़िम्मा उन्होंने अपनी मकान मालकिन की लड़की का लिया, जो अपने अयोग्य और दुराचारी पति से छुटकारा पाना चाहती थी। महेश बाबू ने न सिर्फ़ उसे उसके पति से ही छुटकारा दिलवाया, भाग-दौड़कर उसके लिए नये पति का जुगाड़ भी किया। लड़की अपने नये घर में जब रम-बस गयी, तभी उन्होंने अपने परिश्रम को सफल माना और अपनी ज़िन्दगी को सार्थक।

ज़रूरतमन्द लड़के-लड़की का सम्बन्ध तय करवाना तब से उनके सामाजिक कार्यों का एक ख़ास मुद्दा बन गया। अपनी ख़ुद की बेटियों की शादियों को तो वह अपना व्यक्तिगत मसला समझते थे, कर्तव्य अथवा सहायता नहीं। इसलिए अपनी बेटियों की शादियाँ बड़ी शान-बान-आन से करके भी उन्हें वह शान्ति और तृप्ति

नहीं मिल पायी थी, जिस प्रकार की तृप्ति वे दूसरे लड़के-लड़कियों की शादियाँ करवा के पाते थे।

उन दिनों नौकर नानू छुट्टी पर गया हुआ था। बिना नौकर के अब दूकान और घर का काम चलना कठिन हुआ तो उन्हें एक दूसरे नये नौकर का इन्तज़ाम करना पड़ा। यह नौकर नेपाली था और घर व दूकान दोनों का काम सँभालने में बहुत चुस्त-दुरुस्त था। नानू के मुक़ाबले यह नौकर अधिक उपयोगी प्रतीत हुआ, इसलिए नानू के लौटने पर उसे एक दूसरी दूकान में लगवा दिया गया। महेश बाबू की व्यस्तता और भाग-दौड़ के सिलसिले में और अधिक बढ़ोतरी उस घटना के बाद ही हुई।

घटना यों घटी कि नानू उस दिन दोपहर को नानबाई की दूकान से रोटी खाकर अपने नये मालिक की दूकान की तरफ़ लौट रहा था कि तभी सड़क पार करते हुए एक ट्रक की चपेट में आकर वह अपनी जान से हाथ धो बैठा। ट्रकवाला पकड़ाई में आ गया और अपनी लापरवाही से एक आदमी की जान लेने के अपराधस्वरूप हिरासत में लेकर मृतक के सम्बन्धी, यानी नानू की पत्नी को मुआवज़ा दिलवाने के लिए ट्रक के मालिक पर मुक़दमा चलवाया गया। न्याय से यह भार नानू के नये मालिक को लेना चाहिए था, पर महेश बाबू ने यह ज़िम्मा अपने ऊपर लिया। सबसे पहले तो नेपाली नौकर के चले जाने के बाद नानू के बेटे चम्पू को अपने यहाँ रखकर नौकरी के अतिरिक्त उसे पढ़ाना भी आरम्भ किया, उसके बाद जब-जब मुक़दमे की तारीख़ पड़ती तब-तब महेश बाबू के लिए कचहरी जाना अनिवार्य हो गया।

शारदा ने तो दूकान का काम सँभाल ही रखा था, मुक़दमे की पेशी पड़नेवाले दिन उसकी ज़िम्मेदारी और अधिक बढ़ जाती। शारदा अपने ऊपर पड़ती अतिरिक्त ज़िम्मेदारियों को सँभालते-सँभालते परेशान होने लगी। परेशानियाँ धीरे-धीरे गठिया का रूप लेती चलीं। इलाज़ भी चला, पर जिस रफ़्तार से इलाज़ बढ़ा उसी रफ़्तार से उसका रोग। और तब एक दिन ऐसा आया जब शारदा ने पूरी तरह खटिया पकड़ ली। अब तो दूकान का पूरा भार महेश बाबू पर ही आन पड़ा। उम्र अब दोनों की ही साठ के पेटे में थी। जब तक हिम्मत थी तब तक घर और बाहर के कामों में उन्होंने तालमेल बैठाये रखा था, पर अब मकान की असुविधाएँ कुछ ज़्यादा ही कष्ट पहुँचाने लगीं। विचार कर देखते तो प्राथमिक सुविधाएँ दोनों मकानों में से एक में भी नहीं थीं।

दरअसल महेश बाबू को मकान की बात सोचने की कभी फ़ुरसत ही नहीं मिली थी। अजयबिहारी ने जब इंजीनियरिंग का कोर्स पूरा किया था तो मन में कहीं छोटे-छोटे सपने उगे ज़रूर थे, पर उन सपनों की मियाद तो अजयबिहारी के रहने तक ही थी; यानी बहुत छोटी—अजयबिहारी के साथ ही वे सपने भी दफ़न हो गये

थे। मकान अब किसके लिए? हम दोनों की ज़िन्दगी तो इसी मकान में कट जाएगी, तब यह नहीं सोचा था कि आदमी की तरह मकान की उम्र को भी देखभाल और मरम्मत की दरकार होती है और आदमी की पुख़्ता-से-पुख़्ता देह भी उम्र के ढलान के साथ दिन के चमकदार बादलों की तरह शाम को धुँधलापा ओढ़ लेती है। जिन असुविधाओं का मुक़ाबला वह अपनी जवानी में भाग-दौड़कर आसानी से करता रहा था, इस उम्र में वे असुविधाएँ झेलना उसके लिए भारी पड़ जाता है।

महेश बाबू के इस मकान में भी दरारें आ गयी थीं। कम किराया होने के कारण मकान की मरम्मत उन्हें खुद ही करवानी थी; पर मकान-निर्माण के अनुभव और वक़्त दोनों का ही पन्ना उनकी ज़िन्दगी की किताब से फटा हुआ था, इसलिए मेमार और मकान पर जो रुपया उन्होंने ख़र्च किया, वह उन उलटे ढलानों में बह गया, जो उस औघड़ मेमार ने तैयार किये थे। महेश बाबू तो अपनी समाज-सेवा और धर्म-कर्म की दुनिया में मुब्तिला रहते थे। इस दुनिया का अनुभव उन्हें तभी हुआ जब उन्होंने देखा कि रसोई धोने पर सारा पानी लौटकर ऊपर ही आ जाता है और धोनेवाले का वहाँ खड़ा रहना मुश्किल कर देता है। छत और गुसलख़ाने के ढालों का भी यही हाल था। छत पर जब बरसात का पानी भरता था तो उस पानी को बाल्टियों में भर-भरकर उलीचना पड़ता था। गुसलख़ाने में बाल्टियों और पटड़े की जगह के अलावा जो पतली बारीक़-सी नाली थी, उसका ढाल भी बेढब था। पेशाब जाने के बाद पानी डालने पर पानी लौटकर पूरे गुसलख़ाने में भर जाता था। इस हालत में मेहमान तो आराम की अपेक्षा कर ही नहीं सकते थे, घरवाले भी इस स्थिति से थके-से रहते।

दोनों स्थान अलग-अलग होने के कारण छोटे-छोटे कामों के लिए भी ऊपर-नीचे भागते-दौड़ते रहना होता। हालाँकि पूरी सावधानी बरती जाती कि ऊपर, यानी रसोईघर में जाते हुए नीचे के कमरे में रखे फ़्रिज से तमाम ज़रूरत की चीज़ें एक-साथ ही ऊपर ले जायी जाएँ; पर एक-न-एक चीज़ नीचे रह ही जाती और तब ऊपर-नीचे भागना ज़रूरी हो जाता था। इसके लिए दो-चार चक्कर तो महेश बाबू के ही लग जाते। चम्पू तो स्कूल की पहली शिफ़्ट में सवेरे सात बजे ही पढ़ने चला जाता था। शारदा अपने रोग के कारण किसी प्रकार एक ही बार ऊपर पहुँच जाती, उसके बार-बार चढ़ने-उतरने का प्रश्न ही नहीं था, बल्कि रोग ने जब ज़ोर पकड़ा और चढ़ना-उतरना छोड़ उसका उठना-बैठना भी मुश्किल हो गया, तो महेश बाबू ने दैनिक आवश्यकता पूरी करने हेतु भी पत्नी को नीचे उतरने से रोक दिया था। लकड़ी की एक कटी हुई चौकी पर बैठकर ही उसे अपना काम चलाना होता। विसर्जन को उठाकर यथास्थान डालने का ज़िम्मा महेश बाबू पर ही था। पत्नी की असमर्थता के कारण महेश बाबू उसके प्रति काफ़ी सदय हो उठे थे—पत्नी की अनुपस्थिति में अपनी असहायता की कल्पना कर वे प्रायः उद्वेलित हो उठते। पत्नी के प्रति अपना कर्तव्य पूरा करने की

दिशा में वे कभी अचेत न हो जाएँ, इसलिए अपने को हर दम स्मरण करवाते रहने की दृष्टि से उन्होंने आर्यसमाज से प्राप्त कुछ सिद्धान्त रसोईघर में सामनेवाली दीवार पर लिखकर टाँग दिये थे; जैसे—

'पत्नी को घर की पूरी अर्थव्यवस्था सौंपी जाए।'

'पत्नी पति के घर की सम्राज्ञी है।'

—अथर्ववेद, 14/1/42

घर में जितनी ईमानदारी-सच्चरित्रता और सेवापरायणता का उनका भाव रहता, उसी अनुपात में सभी विशेषताओं का उद्‌घाटन महेश बाबू दूकान पर भी करते और प्रायः धोखा खाते—उस दिन शाम का धुँधलका छा गया था, जब दो युवा लड़केनुमा ग्राहक दूकान में घुसे, "बाबूजी, आपके यहाँ मोजे बुननेवाली मशीन में डालनेवाला तेल होगा?" उनमें से एक ने शिष्ट स्वर में पूछा।

"हाँ, है। कितना चाहिए?" महेश बाबू का तत्परता से भरा शिष्ट संजीदा स्वर।

"आधा लीटर दे दीजिए।" दूसरे ने बोतल आगे की। महेश बाबू देने के प्रयत्न में थे, तभी पहलेवाला लड़का अदृश्य हो गया, महेश बाबू ने ध्यान नहीं दिया। वही लड़का थोड़ी देर में लौट भी आया, बोला, "बाबूजी, आपका नौकर सड़क पर गिरा पड़ा है, किसी ने उसे मारा है।"

"कौन, चम्पू?" नौकर की स्थिति को सुनकर महेश बाबू, जो लड़के के पचास रुपये का नोट तुड़ाने के लिए गल्ले की ओर घूमे थे, हड़बड़ी में गल्ले को खुला छोड़कर बेसाख़्ता भागे। इस बीच लड़के गल्ले की पूरी राशि (रुपयों के नोट और सिक्के) बटोरकर भाग निकले। महेश बाबू के साथ इस प्रकार का एक वाक़या बहुत पहले ट्रेन में सफ़र करते समय हुआ था, जब उनकी कपड़ों और कुछ रुपये से भरी अटैची चोरी चली गयी थी और दूसरी घटना यह आज घटित हुई थी।

शाम को अपनी दिन-भर की कमाई से हाथ धोकर वे घर लौट रहे थे तो सोच रहे थे, शारदा से वे आज की आमदनी के बारे में क्या कहेंगे, पर उनसे पहले वह ख़बर चम्पू ने ही पहुँचा दी थी। शारदा सुनकर पहले तो हक्की-बक्की रह गयी, फिर पति को हिम्मत बँधाने की दृष्टि से बोली, "बड़े शहरों में तो यह सब चलता है, तुम अपने जी को हलकान मत करो।"

"हम जानते हैं, हलकान होने का सवाल ही नहीं है।" महेश बाबू ने पत्नी को आश्वस्त किया; पर मन-ही-मन वे उस दिन के बेचे माल का हिसाब लगाने लगे, जिसकी क़ीमत उन्होंने गल्ले में इकट्ठी की थी।

यह दिखाने के लिए ही कि सचमुच अपने नुक़सान की बाबत वे कुछ नहीं सोच रहे, उन्होंने पत्नी से एक दूसरी बात शुरू कर दी, "सुनो देवीजी! (तरंग में आकर प्रायः पत्नी को वे देवीजी शब्द से ही सम्बोधित करते थे) हमारी मोटर साइकिल, जो ख़राब पड़ी है उसे हम क्यों न ठीक करवा लें! माल का इन्तज़ाम करने या किसी

दूसरे काम के लिए कहीं जाना होता है तो बस का सहारा ही लेना पड़ता है। उससे क्या होता है, वक़्त की बर्बादी तो होती ही है, शक्ति भी जाया जाती है। अब ये महाशय (मनोरंजन के लिए वे चम्पू को भी महाशय पुकारते थे) तो इतनी देर दूकान सँभालने से रहे। उधर तुम्हें मालूम है, हमारी कोहनी को भी इसी बस की सवारी के कारण ही चोट की चपेट में आना पड़ा।"

"तुम्हारी हर बात सही है, पर हम कहती हैं, इस मोटर साइकिल को ठीक करवाने की बजाय आप इस मोटर साइकिल को बेच क्यों नहीं देते? उसी रक़म से या उसमें कुछ और मिलाकर आप कोई हलकी गाड़ी; जैसे स्कूटर या मोपेड ख़रीद सकते हैं। अब देह में इतनी ताक़त भी तो नहीं रह गयी है कि आप इत्ती भारी मोटर साइकिल खींचें।"

"मोटर साइकिल आदमी को खींचनी पड़ती है या कि मोटर साइकिल खुद-ब-खुद आदमी को खींचती है। यह ख़ूब रही!" और फिर वही छतफोड़ हँसी।

"हमारा मतलब यह नहीं था, हम तो कह रही थीं...।"

"हाँ, जो आप कह रही थीं, देवीजी, वह हम बख़ूबी समझ रहे हैं। पर तुम जानती हो, जिसने हमेशा शेर की सवारी की है वह अब क्या गीदड़ की सवारी करने लगेगा? तुम ही बताओ?"

"ओफ़्फ़ो, हम तो तुम्हारे बुढ़ापे की बात कह रही हैं। बुढ़ापे में आदमी में उतनी ताक़त कहाँ रह जाती है!"

"किस बौड़म ने कह दिया कि हमारा बुढ़ापा आ गया है?"

शारदा को ख़ुशी हुई कि उसका पति इतना हिम्मती है, तब न वह नुक़सान की परवाह करता है और न अपने को बूढ़ा मानता है। पर उसने कहा कुछ नहीं, सिर्फ़ इतना ही जोड़ा, "अब यह बताओ, कितनी देर में खाना खाना है? साढ़े आठ तो बज रहे हैं, हम भी थक गयी हैं। इस रोग ने तो हमारी सिल्या भुला रक्खी है, बस किसी तरह गाड़ी खिंच रही है।"

"अरे भई, हम तुम्हारा इतना ख़याल रखते हैं, तुम्हारी वजह से हमने अपने सब शौक़ छोड़ दिये हैं।" अपने सामाजिक कार्यों को महेश बाबू शौक ही कहा करते थे।

"हम कहाँ कहती हैं कि तुम अपने शौक़ छोड़ो? चलो अब वह बात भी छोड़ो, अभी तो तुम सन्ध्या करोगे न, तब खाओगे, वह बात करो!"

"बस, छोटी सन्ध्या करके हम अभी आए। तुम हमारा और अपना दोनों का खाना लगाओ।"

"क्याऽऽ??" शारदा अब तक रसोईघर में पहुँच चुकी थी, "बताओ लगाऊँ न खाना?" वह अभी भी पूछ रही थी।

"हम छोटी सन्ध्या करके बस अभी आए।" महेश बाबू ने फिर दोहराया।

शारदा सुन पायी तो सन्तुष्ट हुई कि पति संक्षिप्त सन्ध्या कर अभी आ जाएँगे। उसने बड़े मनोयोग से थालियाँ लगायीं। बीच-बीच में वही अपनी छोटी-छोटी बातें, "अपने किसी दोस्त-अहबाब से कहते तो कोई सही-सा मकान मिल ही जाता, आप इतनी सभा-सुसाइटियों के मेम्बर हैं...।"

महेश बाबू इतनी देर में ही आकर खड़े हो गये थे। शारदा की बात उन्होंने सुन ली थी, मुस्कराते हुए बोले, "तुम यह कयास क्यों नहीं लगातीं कि महानगरों में लोग इससे भी बदतर घरों में रह रहे हैं? रहा हमारा सभा-सोसाइटियों का मेम्बर होना, सो इसका मक़सद यह तो कभी नहीं रहा कि हम अपना उल्लू सीधा करने लगें।"

"इसमें उल्लू सीधा करनेवाली क्या बात है? घर में एक मेहमान आ जाए तो तुम्हें या हमें ऊपर रसोईघर में आकर सोना पड़ता है। घर में घरवालों को सोने की जगह नहीं रहती तब। रसोई में पड़ा यह तख़्त भी बस ऐंडा-बेंडा ही है। माघ-पूस की हिबार रातों में तो उस पर पड़े एक पतले से गद्दे पर सोना मरा महानरक है! दूसरा गद्दा बनवा भी लो तो उसे रखो कहाँ? उस दिन जौहरी साहब आ गये और हमें ऊपर सोना पड़ा, तो हमारी तो उसी दिन से कमर अकड़ी पड़ी है, जड़ाए मरे सो अलग।"

"यह ऐंडा-बेंडा' क्या होता है और यह 'जड़ाए मरे'? भई तुम्हारा भी जवाब नहीं है!" महेश बाबू ने सब्ज़ी की कटोरी में फुलके का कौर डुबोते हुए पत्नी के वे छोटे-छोटे जुमले पकड़ लिये, साथ ही जोड़ा, "लफ़्ज़ों को नया रंग देने में तुम सचमुच माहिर हो।"

"अब हमारी खिल्ली उड़ाना है तो उड़ा लो, जितना मन चाहे। कमज़ोर हो गयी हैं अब हम, तो जो ज़ुबान में आता है, उचार देती हूँ।"

"कमज़ोर, कमज़ोर कौन कहता है आपको? आप तो झाँसी की रानी हैं, ख़ूब लड़ी मर्दानी वह तो झाँसीवाली रानी थी! और फिर कमज़ोर होने और शब्दों के उचारने में क्या सम्बन्ध?"

"हाँ, नक़ली बत्तीसी लगाकर हम झाँसी की रानी ही तो बन गयी हैं। अरे साहब, झाँसी के राजा तो आप हैं, जो अभी भी शेर की सवारी करना चाहते हैं।" शारदा ने खाना ख़त्म करके थाली सरकायी। 'कमज़ोरी' और 'शब्दों के उचारने की बात' पर की गयी टिप्पणी को उसने नज़रअन्दाज़ कर दिया।

"अरे हाँ, याद आया, अपने शेर को ही तन्दुरुस्त बनाएँगे अब हम। आज हम अपनी मोटर साइकिल को ओवरहॉलिंग के लिए दे देते हैं। किसी छोटी-मोटी गाड़ी या स्कूटर पर सवारी करना सचमुच अब अपने बस का नहीं है।" महेश बाबू ने अपनी जूठी थाली को उठाते हुए बुलन्द स्वर में कहा।

"जो तुम्हारी मर्ज़ी है, करते रहो; हमारा फ़र्ज़ कहना था, हमने कह दिया।"

शारदा ने निश्चिन्तता की साँस ली कि कम-से-कम अपने पति को उसने चेता भी दिया है और उसके सामने सुझाव भी रख दिया है।

अगले दिन ही अपनी बुलेट मोटर साइकिल को महेश बाबू ने ओवरहॉलिंग और मरम्मत के लिए दे दिया। मैकेनिक ने गाड़ी को जाँचा-परखा और कहा, "साब, इसके कई एक पुर्जे तो बिलकुल बेकार हो गये हैं। पुर्जे बदली किये जाएँगे और इसमें नये पुर्जे पड़ेंगे।"

महेश बाबू कुछ देर पसोपेश में जकड़े खड़े रहे, फिर बोले, "बाबू, कर दे अब तू जो करना चाहे, बस हमारी जेब का ख़याल करना ज़रा।"

"कैसी बातें करते हैं, साब! सब-कुछ एकदम फिट हो जाएगा।"

मैकेनिक की बात पर यक़ीन करते हुए महेश बाबू लौट आये थे। पत्नी को सब-कुछ बताते हुए जोड़ा था, "यक़ीन पर ही दुनिया टिकी है। अब कहीं तुम यह कहो कि सामने खड़े होकर अपना काम करवाना चाहिए था, सो बन्दे के पास न इतना टाइम है और न वह दूकान को लावारिस की तरह छोड़ सकता है।"

"चलो, दूकान के बारे में तुमने इस तरह सोचा तो!" अगली सुबह रोज़ की तरह महेश बाबू दूकान जाने के पहले पत्नी से बतियाने में मशगूल थे।

मोटर साइकिल बनकर आयी तो महेश बाबू ने पत्नी के पूछने पर कुछ डरते हुए बताया कि मैकेनिक ने तीन हज़ार रुपये का बिल बनाया था।

"और तुमने दे दिया?"

"और क्या करते हम, पच्चीस रुपये की कटौती तो उसने कर ही दी है, तीन हज़ार पच्चीस रुपये का बिल था।"

"तीन हज़ार! हमारा तो कलेज़ा काँपता है, तीन हज़ार इसे थमाये, तीन हज़ार अपनी तरफ़ से मिलाते, बाक़ी मोटर साइकिल बेचने के रुपये होते, तो घर में नयी सवारी आ जाती।"

"अब वह बात तो तुम करो मत, तुम जानती हो, आज हमें माल का इन्तज़ाम करने जाना है; सो हमें अपनी इस नयी गाड़ी से ही श्रीगणेश करना है।"

अपनी इसी गाड़ी पर महेश बाबू एक लम्बे अरसे से सवारी करते आये थे, पर शारदा का जी आज जिस क़दर काँप रहा था वैसा इससे पहले नहीं काँपा था। मरम्मत की गयी गाड़ी उस दिन पहली बार सड़क पर उतरी थी।

नाटे नौकर चम्पू ने समझाया, "बाबूजी, ठीक-ठाक आ ही जाएँगे, अब तो गाड़ी की ओवरहॉलिंग हो चुकी है। तीन हज़ार रुपये ख़र्च हुए हैं अपनी बुलेट पर।" चम्पू भी गाड़ी के नाम से परिचित हो चुका था।

"सो तो है।"

पत्नी ने घर में और नौकर ने दूकान पर बाबूजी का बेताबी से इन्तज़ार किया था। महेश बाबू सकुशल लौट भी आये; पर आकर उन्होंने बताया कि गाड़ी ने दो-दो जगह धोखा दिया। हर बार दोनों जगह ठप्प हो गयी, आगे बढ़ने का नाम ही नहीं ले रही थी। हर बार कुछ दूर घसीटकर मैकेनिक की दूकान पर ले जाना पड़ा, तब आगे बढ़ सके हम। यों मैकेनिक की दूकान हर जगह पास ही थोड़े होती है।

"पुरानी गाड़ी का यही हशर होता है जी!" पत्नी ने टिप्पणी के साथ जोड़ा, "पर अगर यही हाल रहा तो आगे क्या होगा, तीन हज़ार रुपये ख़र्च करके भी काम नहीं चला तो!"

"दिखाएँगे उसी मैकेनिक को!"

"उसको क्यों, किसी दूसरे से जाँच करवाओ, इसमें कमी क्या रह गयी है आख़िर?"

"दूसरा फिर पैसे लेगा।"

"पड़े ले, सच्ची बात तो कह देगा वह, पहलेवाला तो टल्ले-मटल्ले लगाता रहेगा।"

इस बार पत्नी के 'टल्ले-मटल्ले' शब्द पर महेश बाबू ने खींचातानी नहीं की। पत्नी के कहे मुताबिक उन्होंने दूसरे मैकेनिक से सम्पर्क किया। "शाम को आ जाइए बाबूजी, बता देंगे गाड़ी में क्या ख़राबी है?"

"शाम को नहीं आ पाएँगे भई, अपना फ़ैसला अभी सुना दो। तुम तो बड़े उस्ताद हो, लोगों का कहना है तुम-सा मैकेनिक इधर दूसरा नहीं है।"

"अगर यही बात है तो गाड़ी को बाबूजी, आप इधर ही लाते।" नये मैकेनिक ने महेश बाबू की पहली पंक्ति सुनते ही गाड़ी को जाँचना-परखना शुरू कर दिया था। चीकट कपड़े और अपने औज़ारों से गाड़ी के अंजर-पंजरों का मुआयना करते हुए बोला, "बाबूजी, इसमें जो पुर्जे डाले गये हैं, वे सबके सब पुराने हैं। आपसे उसने नयों के पैसे लिये या पुरानों के?"

महेश बाबू की समझ में नहीं आ रहा था, वे क्या जवाब दें। अपने पैरों की ज़मीन उन्हें खिसकती महसूस हो रही थी। ग़रीबी में आटा गीला होने की स्थिति थी। गाड़ी को घसीटकर वे किसी प्रकार ले आये। तुरन्त ही एकमुश्त पैसा ख़र्चने की अपनी असमर्थता और पुराने मैकेनिक से कहने-सुनने पर कुछ नतीज़ा न निकलनेवाली बात सोचकर उन्होंने ख़ामोशी से गाड़ी दूकान के पिछले हिस्से में पहले की ही तरह खड़ी कर दी।

दूकान से निबटने पर शाम तक घर पहुँचते-पहुँचते तक उन्होंने न जाने क्या-क्या सोच डाला था। मन तरह-तरह से ख़राब होता रहा था। तीन हज़ार रुपयों की राशि कैसे-कैसे इकट्ठी की गयी थी, भविष्य में किस-किस मद पर कटौती की जाए? उस समय तो वे इसी कतर-ब्योंत में लगे थे, उधर काम भी नहीं बना। शारदा से क्या कहेंगे, खुद को कैसे सँभालेंगे। मन बेहद टूट रहा था। हमेशा का उत्साह और बुलन्दी

ठण्डी पड़ती जा रही थी। घर पहुँचे तो शारदा का पहला सवाल गाड़ी के बारे में ही था। बताएगा वह धीरे-धीरे, एकदम से कोई क्या कह सकता है।

"तो गाड़ी उधर ही छोड़ आये?"

"नहीं, बाबूजी तो गाड़ी ले आये हैं, उधर दूकान के पीछे की बरामदी में ही तो खड़ी है वो।" चम्पू ने बताया।

"सचऽऽ!"

"बताइए न, क्या हुआ?" शारदा बच्ची की तरह ठुनठुनायी थी।

"होना क्या था, पहलेवाले मैकेनिक ने गाड़ी में पुराने पार्ट्स डाल दिये हैं।"

"मैंने क्या कहा था कि गाड़ी को किसी नये मैकेनिक को दिखा दो। हम तो हर जगह ही ठगे जाते हैं!" शारदा बड़बड़ायी थी, "ऐसी ही क़िस्मत है हमारी।"

महेश बाबू ख़ामोश रहे थे।

"बड़े शहरों में लुटेरे ज़्यादा होते हैं। इससे अच्छा तो हम मलीहाबाद में ही रहते, कम-से-कम वहाँ शान्ति तो थी। मकान कितना बड़ा और अच्छा था।"

"महानगर को क्यों कोसती हो इसके लिए? इसके लिए तो हम ख़ुद ज़िम्मेदार हैं हम, हमारे मन, जो महानगर की नियति को स्वीकार नहीं कर पा रहे हैं और बराबर बड़बड़ाते रहते हैं।"

शारदा फिर भी बड़बड़ाती रही थी। अपने क्षोभ में उसकी नज़र पति के हाथ में थमे उस गत्ते की ओर नहीं गयी थी, जिसे महेश बाबू ने अपने ब्रीफ़केस से निकाला था और जिसे वे अब रसोईघर की दीवार पर कील ठोंककर टाँगने की कोशिश कर रहे थे। गत्ते पर जो काग़ज़ चिपका था, उस पर छपा था–

'हमेशा प्रसन्नचित्त रहिए।

–महागायत्री प्रचारक समिति, चण्डीगढ़'

निगाह गयी तो इससे पहले कि वह कुछ टिप्पणी करे, महेश बाबू ठठाकर हँस पड़े थे। उनके मन के विषाद को देखने की सामर्थ्य वहाँ किसी में नहीं थी, न पत्नी शारदा में, न उसके पीछे खड़े नाटे नौकर चम्पू में। महेश बाबू कह रहे थे, "कहो, कैसी रही? ठीक है न!!" और फिर वही छतफोड़ हँसी।

हिरण

अन्त यही होना था, वह जानती थी, फिर भी वह जानबूझकर उस क्यारी में घुस गयी—काँटों से भरी क्यारी। जानबूझकर इस प्रकार करनेवाले व्यक्ति को साहसी ही कहना होगा, पर आज उसका साहस कहीं खो गया था, हृदय जैसे डूबता चला जा रहा हो—उस प्रकार की वेदना को बर्दाश्त कर पाने की उसमें अंश-भर भी सामर्थ्य शेष न रही हो जैसे। कहीं कोई गोद होती, निश्छल स्नेहिल, जिसमें गिरकर वह अपनी समूची व्यथा को उसमें उँड़ेल पाती! पर दूर-पास कहीं कोई नहीं दिखता, इतनी बड़ी दुनिया में उसका एक भी सम्बन्ध अनौपचारिक नहीं।

तुम पागल हो, सब कुछ जानते-बूझते भी इस अन्त के प्रति आश्वस्त होते हुए भी, तुम इतना मलाल कर रही हो। मलाल नहीं, मलाल का अर्थ पछतावा होता है। उसे पछतावा हरगिज़ नहीं है, यह सब-कुछ तो इसी प्रकार होना था...।

इसी प्रकार होना था, तब?

बस हृदय उस सबको सँभाल नहीं पा रहा है। चाहती है, सब-कुछ पहले की ही तरह आज भी उसी की झोली में डाल दे वह, पर वह आता है, तो ज़ुबान मुथरा जाती है, शब्द हल्के पड़ने लगते हैं तब, उससे वह सब-कुछ कैसे कहा जाए? आख़िर उसे जानना तो चाहिए कि...।

तब?

तब लिखना, उसे लिखकर दे देना ही, शायद एक माध्यम है, इसी से त्राण मिले शायद!

छह जून :

दरवाज़ा खटखटाया था उसने धीरे-से। दरवाज़ा खुलने पर वह भीतर आ गया था। रात-भर की यात्रा के कारण शायद थकित था, आते ही सो गया था। नाश्ते पर उसने उसे प्रथम बार ठीक तरह देखा—ललित व्यक्तित्व भरा-पूरा, बड़ी-बड़ी

चमकीली आँखें—इतना ही जनाया था उसने कि उसके व्यक्तित्व में प्रभावित करने की अद्‌भुत क्षमता है, कुछ विशेष ही। मन फिर भी निरपेक्ष रहा था—ऊँह उससे उसे क्या लेना-देना। उसकी अब यह उम्र है क्या? और उम्र हो भी तो वह चारों ओर से बँधी है, उसके पंख कटे हैं...चलो अच्छा ही है, चैन की साँस ली थी उसने।

नौ जून :

अन्यत्र मकान न मिलने तक उसे घर पर ही रहना था। वह उससे खुलने लगी थी, उसकी बातों में उसे रस आने लगा था। उसके व्यक्तित्व का आकर्षण बढ़ता चला था। वह उसे घर-गृहस्थी का ढेर काम करते देखता, तो बेचैन हो उठता—'क्या-क्या करती रहती हैं, आप थक जाएँगी। क्यों इतना कुछ बनाती हैं, अपन तो कुछ भी खा सकते हैं।'

'ऊँह छोड़ो तुम, यहाँ ऐसा बनता भी क्या है।' और वह चुपचाप एक-एक चीज़ रच-पचकर बनाती रहती। वह इतने रच-पचकर खाता कि उसका श्रम सार्थक हो जाता। दिन बीतते चल रहे थे, वह भूल ही गयी थी कि उसे इस मकान से चले जाना है। रेडियो पर अचानक कभी एक गाना घरघराता—'परदेसियों से न अँखियाँ मिलाना' और वह देखती कि वह दीवार से टिका बैठा चुपचाप सुन रहा है—उसके चेहरे पर उदासी की रेखाएँ हैं, हृदय पर कहीं एक बोझ। बिना कुछ कहे वह चुपचाप लौट आती थी। इतने बड़े शहर में मकान मिलना मुश्किल होता है, पर उसने ढूँढ़ ही लिया था।

इतने दिन से सोच रही थी कि वह जिस दिन जाएगा, उसी दिन घर के कामों में व्यवस्था आ पाएगी, चैन की नींद सोएगी वह उस दिन। मेहमान तो मेहमान होता है, चिन्ता तो करनी ही पड़ती है। आजकल उसके कितने काम पड़े रह जाते हैं, उसके बाद तो उतना खटराग करने की ज़रूरत ही नहीं रह जाएगी; पर जिस दिन नमस्ते करके वह अपने नये घर में जाने लगा, तो लगा वह यहाँ से गया नहीं है, वह खुद उसके साथ अपने घर से बाहर हो गयी है।

स्त्री एक बार अपने घर से बाहर जाकर शायद फिर कभी वापस नहीं लौट पाती, वह भी आज तक नहीं लौटी है। उसने उससे फिर भी आकर खाना खाते रहने का आग्रह किया, तो वह सुबह-शाम फिर आता-जाता रहा—सचमुच उस घर से वह अभी तक गया ही नहीं था। वह खाना खाकर जाने लगता और उसका मन करता, वह भी उसके साथ चली जाए, कहीं बाहर घूमे-फिरे, उससे बहुत-सी बातें करे, बहुत-कुछ पूछे, बहुत-कुछ सुने।—वह उसको कितना क़रीब मानने लगी थी—उसने व्यक्त किया था, तो उत्तर मिला था।

"आप किसी दिन आइए न कमरे पर, आपने देखा ही नहीं है, मैं कहाँ रहता हूँ।"

"मैं आऊँगी।"

"मैं अकेला होऊँगा वहाँ।" उसे अचानक ध्यान आया।

"तोऽऽ?"

"तो कुछ नहीं।" वह झेंप गया था।

"मुझे मालूम है, तुम डर रहे हो, पर मुझे तुमसे क़तई डर नहीं लगता, तुमसे डर किस बात का!"

"ठीक है आप आइए!" वह निर्भीक हो गया था।

"मैं आकर ले जाऊँ, कहें तो!"

"नहीं, नहीं, मैं बलबीर के साथ भी आ सकती हूँ।"

"बलबीर मेरा मकान देख चुका है।"

"तब मैं ही आऊँगी अकेली, उन्हें वैसे भी फ़ुरसत नहीं है।"

तीसरे पहर पहुँची तो दरवाज़ा अधखुला था। दरवाज़ा खोलकर वह कमरे के भीतर चली आयी थी। वह खाट पर लेटा था। उसने कान में धीरे से फुसफुसाया–

"मैं आ गयी हूँ।"

"ओह!" वह ऐसे उठकर बैठ गया था, जैसे उसके लिए कुछ भी नया न हुआ हो। उसने उसे हाथ थामकर अपनी चारपाई पर ही बैठा लिया था, लगता था, निंदासी हालत में ही वह उसका अभिनन्दन करने के लिए उत्साहित हो।

"नींद बहुत आ रही है?" उसने पास बैठकर उसकी पीठ को थपथपाया था, बच्चों की तरह। उसने उसका हाथ थामकर गोद में रख लिया था–एक ममत्व-अपनापा-आसक्ति–वह उनींदी आँखों से ही मुस्कराया था और फिर उसने अपनी बाँहें फैलाकर उसे अपने और पास कर लिया था। उसे आश्चर्य नहीं हुआ था, वह खिंची चली आयी थी अशक्त-सी, लगा था–जैसे ज़िन्दगी में कभी कहीं मधुधार मिली ही न हो उसे!...

सत्रह अगस्त :

कुछ नहीं हुआ था उस दिन। बस धीरे-धीरे ज़मीनं मज़बूत होती चली जा रही थी, उसे तोड़ने की शक्ति किसी में नहीं थी, वह उस पर छाता चला जा रहा था।

"तुम्हें भय लगता है, तो तुम छोड़ दो यह रास्ता।"

"लगता है, बहुत लगता है, पर हटने की सामर्थ्य नहीं है। लगता है, बहुत दूर चली आयी हूँ।" उसे उत्तर में कहना पड़ा था।

"बहुत दूर कहाँ आयी हो? तुमने मुझे अब तक अपना माना ही कहाँ है?"

"कैसे माना जाता है अपना, बताओ न!"

"तुम समझती हो।"

"पर, उतना सब-कुछ—लगता है, उस दिशा में तो मैं बलबीर के साथ भी कब की मुक्त हो चुकी हूँ।"

"पर मेरे साथ शुरू किया जा सकता है, अगर तुम चाहो तो!" वह दहक उठी थी। बहुत सोचती रही थी—वह सम्भव नहीं है, ऐसा कैसे हो सकता है।

पर वैसा होने लगा था एकाएक। लगा उसके साथ वह एकाकार हो गयी है। एकाकार होने के अर्थ को उस दिन उसने पहली बार जाना था। उसी प्रसंग में वह उससे अपना कितना-कुछ बताने लगी थी, जिसे वह आज तक किसी से नहीं कह सकी थी, फिर उसे डर लगा, क्यों कहा उसने वह-कुछ?

"तुम्हें बताना चाहिए, तुम्हारी एक-एक बात यहाँ सुरक्षित है। यहाँ से कहीं बाहर नहीं जाएगी, कभी भी।" उसने उसका हाथ अपने सीने पर रखकर सहलाते हुए उसे आश्वस्त किया था।

"मैं तुम्हारा और तुम्हारी भावनाओं का हमेशा आदर करता रहूँगा।"

"मुझे आदर नहीं, प्यार चाहिए। आदर पाते-पाते मैं मर-मिटी हूँ।"

उसने उसे गुलमुली बिल्ली की तरह सीने से सटाकर चूम लिया था—उस नरम सहलाहट को वह कभी नहीं भूल सकी थी।...

अठारह अगस्त :

वर्षा ने करवट ली थी। वनस्पतियाँ एक बार फिर से उसी तरह लहलहा उठी थीं। बिजली, हवा और विकराल वर्षा। सड़कें नदी-नाले बनी हुई। वह उतनी मुक्तता से नहीं आ पा रहा था, उसके घर-परिवार ने कठिनाइयाँ उत्पन्न कर दी थीं। वह नहीं जानती थी, कठिनाइयाँ उसी को लेकर हैं।

रात को उसकी आँख खुल जाती, हृदय धड़धड़ करने लगता। ओसारे में लोटती हुई पुरवाई पवन उस लेटी हुई को इधर-उधर धकेलने लगती, सीने पर कहीं एक घन-सा पिटता। बादल पानी से डबाडब भरे दिखते। बादलों की सतह के बीच वह चाँद की एक कोर को टटोलने की कोशिश करती। आसमान से झरते पानी के साथ आँख झरतीं झरझर—भयंकर बेचैनी, पीड़ा, उद्वेलन—समूची देह में रेंगती बिजली की लम्बी-लम्बी लकीरें—उसे दर्द की संज्ञा देना बहुत बेमानी लगता।

पार्थक्य की वह पीड़ा अनाम थी—उसे डसती कुचलती-सी। लगता, वह घर की चारदीवारी के बीच अपने बिस्तर पर नहीं लेटी, उसकी पानी भरी गली में उसके मकान के आगे कटोरा लिये खड़ी है, बन्द दरवाज़े के आगे खड़ी भीख माँगती हुई। दर्द को सहने में असमर्थ हो जाती, तो बलबीर को पुकारकर अपनी अन्तर्वेदना को रोग के माध्यम से प्रकट करती। बलबीर अपना हाथ उसकी छाती पर रखकर उसे सहलाने का यत्न करता, तो लगता, किसी ने भारी मुग्दर रख दिया है छाती पर, मांस-पेशियों के तन्तु चटर-चटर कर टूटते चले जा रहे हैं। हाथ सरकाकर वह किसी

तरह साँस लेने का प्रयत्न करती।...पास लेटा बलबीर भकर-भकर सोता रहता। किसी तरह रात काटकर वह मुँह-अँधेरे उसके घर की दीवारों के चारों ओर चक्कर लगाती होती सचमुच, वह उसके घर के भीतर नहीं जा सकती थी। क्या वह अपने घर के भीतर आराम से सोया होगा? क्षणांश को यक़ीन आ जाता, तो उसकी छाती भीतर-ही-भीतर जलती-उबलती-पिघलती-सी।...

मिलता तो वह उससे अपनी पीड़ा बखान नहीं कर पाती, केवल आँसू बहते रहते। वह अपना रूमाल देकर उसे आँसू सुखा लेने के लिए कहता। बिना कुछ कहे भी उसके सामने मात्र कुछ देर फफककर ही वह हल्का अनुभव करती। लौटते हुए वह उसे घर तक पहुँचा देता। घर पर आकर अपने कामों में रमी हुई भी वह उसी के बारे में सोचती रहती हर क्षण। क्या वह भी उसके लिए इसी तरह सोचता होगा, रोता होगा? क्या चाहते हैं वे दोनों? दोनों का मिलन एक आध्यात्मिक मिलन क्यों नहीं बन पाता? एक-दूसरे के स्पर्श के बिना भी एक-दूसरे में डूबे-भीगे अनुभव कर सकें? उसके स्पर्श के लिए वह दो दिन में ही क्यों मरने लगती है? उन आँखों के नगीनों को देखे बिना क्यों इतनी जलन होती है? कहीं भी घूमती-चलती-फिरती होती और लगता ज़िन्दगी उसके बिना कितनी ख़ाली है?...

"इस तरह हम लोग कैसे रहेंगे?" खुद उसने ही शुरू किया था एक दिन पार्क में।

"तब?"

"तुम क्या मेरे बारे में नहीं सोचती हो?"

उसकी आँखें डबडबा आयी थीं।

"तब सोच लो, हम दोनों अलग-अलग एक-दूसरे के लिए क्यों मरते रहें, कब तक?"

"तब एक साथ मरें यही न?" आँसुओं के समुद्र में हल्की मुस्कान का एक दीया टिमटिमाया हो जैसे बियाबान में।

वह चुप रहा था घूरता-सा।

"तुम छोड़ दोगे अपना घर-परिवार, संगी-साथी?"

"तुम अपनी कहो?"

वह चुप रह गयी थी, गहरे में सोचती हुई।

सत्रह नवम्बर :

सर्दी उभार पर थी, हवा में खुनक थी और वातावरण में मस्ती। पहाड़ों की ऊँची चोटियाँ बर्फ़ से ढँकी हुई। इतनी जल्दी वह सब कैसे हुआ? वह रजाई में लिपटी सोचती रहती। रजाई में चैन नहीं आया था उस रात, देह बलबलाकर जलने-सी लगी थी।—उसकी चन्दन-जैसी बाँहें किसी तरह उसे अपने में समो लें! पर वैसा कैसे सम्भव

होता! आधी रात को उठकर वह नल की ठण्डी फुहार के नीचे बैठ गयी थी, बैठी रही थी। फिर डर लगा था, नल की आवाज़ घर-परिवार के लोगों को न जगा दे। चुपचाप उठकर अपने को तौलिये में लपेटकर वह रजाई में फिर घुस गयी थी, उसके बारे में ही सोचती हुई।...

शुरू-शुरू में उसका साहस नहीं हुआ था। वह उसके बिस्तर पर लेटी रहती तो वह उठा बैठा रहता, वह उठकर बैठती, तभी वह लेटता। लेटता तो वह शिशुवत् दिखता। बड़ी कठिनाई से राज़ी कर पाया था वह उसे और राज़ी वह हुई ही कब थी, धोखाधड़ी का ही मामला रहा हो जैसे वह। सबसे पहले उसने कब-कब कैसे-कैसे छूना चाहा था—वह याद करने लगी। एक बहुत ऊँचा बड़ा-सा गाछ, छोटी-छोटी पत्तियों के बीच से चाँदनी झरती हुई। उसकी बिना इजाज़त या बिना किसी भूमिका के उसने चिकनी मेहराबों के बीच का वह छोटा-सा जंगल अचानक छुआ था—वह एकदम चौंक गयी थी। एक हल्की-सी कीक के साथ उसकी गोद में गिर पड़ी थी। "मैं उजाले में तुम्हें अपना चेहरा कैसे दिखाऊँगी?" उसने फुसफुसाकर पूछा था। वह उसकी गोद में लेट गया था, टाँगें सीधी-सतर घास पर फैली हुई, चेहरे पर चाँद की फ़ीकी रोशनी तैर रही थी—

"तुम मेरा चेहरा देख पा रही हो?"

"हुँ!"

"बस ऐसे ही मैं तुम्हारा चेहरा देखूँगा।" वह उसे गुदगुदाने लगा था।

नहीं, नहीं, शुरुआत यहाँ से नहीं हुई थी। शुरू-शुरू में वह दुपहरी में उसके कमरे पर जाने लगी थी। दो-तीन घण्टे बीत जाते थे, उसे मालूम भी नहीं होता था। वह उसके सिरहाने बैठा रहता या साथ लेटा रहता। उससे कहता, "तुम तो अपने को एकदम आच्छादित रखती हो, खोलो न ये आच्छादन?"

"कौन-से?" वह भोलेपन से पूछती, वह उसकी सिल्कन साड़ी के पल्लू की ओर संकेत करता।

"परत-दर-परत हैं वहाँ!"

वह मुस्करा देती थी, कुछ संकोच-भरी मुस्कान। यों ही उतरे-चढ़े थे वे सीढ़ी-दर-सीढ़ी। सीढ़ियों का नाम याद आया तो वह दूसरी सीढ़ियों को याद करने लगी। पानी में उतरती हुई सीढ़ियाँ, छलछल कलकल करता पानी, पानी पर मचलती बेतरतीब किरणें, साँय-साँय करता पवन, चारों ओर एकदम शान्त। वह खुद मचल उठी थी उस दिन। चीड़ के दरख़्त के नीचे खड़े होकर समर्पण के लिए खुद-ब-खुद आतुर हो उठी थी वह। उसने अपनी गर्दन से उसकी सुगन्धित बाँहों के हार को हल्के से निकाल दिया था, "मैं पागल हो रहा हूँ, हमें यहाँ से चल देना चाहिए।" वह उसे ज़बर्दस्ती वहाँ से ले आया था, उसने उसका आभार माना था उस दिन।

—धीरे-धीरे वह इसरार करने लगा था, उसे कोंचने लगा था, कोंचता रहा था।

"मुझे उससे कुछ नहीं मिला। मेरे पिता एकदम मूर्ख थे वज्रमूर्ख, गलबल करके बोलनेवाली एक नासमझ के साथ बाँध दिया मुझे, सिर्फ़ क्लासें पास कर लेने भर से क्या होता है।"

"यह कोई शर्त है?" उसने पूछा था।

"हाँ, शर्त है। मुझसे सम्बन्ध बनाये रखने के लिए यही शर्त है। मैं कोई लकड़ी का कुन्दा नहीं हूँ कि मुझसे खेलते रहा जाए, जब तक चाहे और मैं चूँ न करूँ।" वह उसके उबाल उसकी मजबूरी को पूरी तरह समझ नहीं पायी थी, बलबीर में इस तरह का उबाल-बेबसी उसने कभी नहीं देखी थी!...मुक्ति मिली थी क्षण-भर की, फिर विचारों का भयंकर झंझावात शुरू हुआ था, खुद को प्रताड़ित करने का एक नया सिलसिला—

'इतना बड़ा भयंकर पाप क्यों किया मैंने? भले घर की किसी भी नारी ने खुद को कभी इस प्रकार टिकठी पर चढ़ाया होगा क्या?' सोच-सोच और सोच—दुर्गाबाई, मदालसा, गोपा, सीता, सावित्री—इन सब अपनी पूर्वजाओं की वह एक निकृष्ट सन्तान! आमन्त्रण पर कहीं पहुँचती, तो मन-ही-मन घुनती-बिनती। महिलाओं की भीड़ में खुद को सबसे गिरी हुई महसूसती। काश, यह सब ऐसा न हुआ होता, काश...! क्या करे, मुक्ति ले ले उससे? पर अब मुक्त हो जाने से भी क्या होगा? वह तो अब मुझे एक गिरी हुई स्त्री मानने ही लगा होगा। उससे उसका एक ही सवाल होता—

"तुम मुझे बुरी औरत समझते हो न?"

"मैं जिसको पहली बार जैसा समझता हूँ, उसको हमेशा वैसा ही समझता रहता हूँ।" उसका संक्षिप्त-सा उत्तर होता।

"पहली बार तुमने मुझे कैसी समझा था?"

प्रत्युत्तर में उसने उसे हल्के से चूम लिया था। उसके उत्तर ने उसके हृदय में मादकता भर दी थी। उसने अपनी कसी हुई बाँहें उसके सीने पर फिर बिछा दी थीं।

"तुम पागल हो, न जाने क्या-क्या सोचती रहती हो। आख़िर तुमने जो कुछ किया है, मेरे साथ ही तो किया है।"

"तुम मेरे कौन हो?"

"सब-कुछ।"

वह उससे चिपट गयी थी भावाविष्ट-सी।

बीस जनवरी :

नया वर्ष आरम्भ हुआ था फिर दुबारा। नववर्ष का नूतन समारोह। अपने प्यार की वर्षगाँठ मनायी थी दोनों ने। आरम्भ में तुम मेरी हर चीज़ की तारीफ़ करते,

मेरे हर अंग-रंग तथा स्वर की। मैं मदविभोर हो उठी थी। आँख मूँदती तो तुम्हारी प्रशंसित दृष्टि हर दिशा से बींधती हुई-सी दिखती। मेरे कानों ने अपने शारीरिक सौन्दर्य की तारीफ़ कभी नहीं सुनी थी, तुमने तारीफ़ की, तो मुझे अपने हर अंग में लुनाई और नूतनता नज़र आने लगी। तुलनात्मक या सापेक्ष भाव से देखने पर किसी भी दूसरी स्त्री के अंगों में मुझे अपनी-जैसी सुडौलता दिखनी समाप्त ही हो चुकी थी उन दिनों। सोचती, हो सकता है, मुझमें कोई अलग-सी ही बात हो, जिसने मुझे तुमसे और तुम्हें मुझसे बाँधा है!

पर वह मात्र मेरे शारीरिक सौन्दर्य से नहीं बँधा था, वह मेरी सृजनात्मक शक्ति पर भी मुग्ध था शायद। 'ए वर्सेटाइल पर्सनैलिटी!' कहकर वह बहुत बार अपनी सम्मति भी व्यक्त करता। इस अपनी सृजनात्मक तथा कल्पनात्मक शक्ति के बल पर ही संगीत के क्षेत्र में मैं क्या-क्या रचती रहती—नयी धुनें, नये गीत, नयी तालें। दूसरों के बनाये पुरानी तर्ज़ों के गीत अपने होठों से निकालना मुझे रुचता ही नहीं था। नये वर्ष में मैंने नयी धुनें तैयार की थीं, जिनमें बेहद रस घुल आया था, एक नयी तरह का लोच—हृदय में जो प्यार का एक बृहद् कनक-कुण्ड बनकर तैयार हुआ था, शायद उन सब पर उसी का रंग चढ़ गया था। रियाज़ करने के लिए मैं सवेरे के दो घण्टे रखती, पर उन पूरे दो घण्टों में तैयार हर धुन के रंग में वही समाया रहता। जब धुनें तैयार नहीं कर रही होती, तो मैं अपने में डूबी बादलों को देखती होती, बादलों की दराज़ों के बीच मुझे वही दिखता, उतना ही गुलमुला-श्यामल-मोहक सिर्फ़ वही—लगता राधा किसी दिन कृष्णमय हुई थीं, मैं भी आज वही राधा हूँ और मेरा आलोक वही कृष्ण।

इस बारीक़ सम्बन्ध की गन्ध फैलने लगी थी धीरे-धीरे। वह लोगों को न देखती, पर लोग उसे देखते, वह अपने में डूबी रहती। उसे कुछ पता ही न लगता कि लोग उसे कब-कब देख रहे हैं, क्या-क्या कह रहे हैं। प्रेम अन्धा तो होता ही है, शायद बहरा और बौराया भी होता है। वह उसके और उसके परिवार पर सब-कुछ उँड़ेलने के लिए आतुर रहती, उसका परिवार उसे बुहार फेंकने के लिए आकुल। उधर उसके कारण उसे न जाने क्या-क्या सुनना पड़ता, इधर उसके कारण बलबीर ने सब-कुछ कहना-सुनना ही समाप्त कर दिया था। सिर्फ़ एक दिन जब उसने बलबीर के कपड़े धोकर सुखाये थे और साथ में कभी की पड़ी आलोक की बनियान को भी बड़े जतन से वह प्रेस करने लगी थी, तो बलबीर ने सिर्फ़ एक वाक्य कहा था, "जब स्त्री किसी के पीछे दीवानी होती है, तो उसे संसार की कोई ताक़त नहीं हटा सकती।" उसने सिर्फ़ इतना ही कहा था और वह अपने भीतर-ही-भीतर बेहद संकुचित हो उठी थी। मन-ही-मन सोचा था कि ऐसा भी क्या, जो अपनी स्त्री को किसी के भी हाथ बिक जाने दे और उसे मुक्त करने की शक्ति न रखे। दरअसल वह उससे नहीं, अपनी असह्य पीड़ा से मुक्त होना चाहती थी।

बलबीर मन-ही-मन घुल रहा था, शायद वह भी किन्हीं उपायों के सम्बन्ध में गुथता रहता, जिसकी जानकारी खुद उसे भी नहीं थी। उसने मनोविज्ञान-कामशास्त्र तथा शरीर-विज्ञान की पुस्तकें पढ़ना आरम्भ किया था, जिनके आधार पर वह यहीं तक पहुँचा था कि स्त्री कामप्रधान वृत्ति की होती है, उसमें पुरुष से छह गुना काम अधिक होता है। वह उसे जब-तब उस रीति से प्रसन्न करने की कोशिश करने लगा था। पर वह इसकी कल्पना भी नहीं कर सकता था, कि इस क्षेत्र में भी उसे प्रतिद्वन्द्विता और तुलना का सामना करना पड़ेगा और वह हर दृष्टि से आलोक से उस क्षेत्र में भी अधूरा ही रहा आएगा।

अपनी असाधारण सहिष्णुता से ही सहा था बलबीर ने वह सब-कुछ। उसकी जगह कोई दूसरा होता, तो अभी तक न जाने कितने तूफ़ान घट जाते। आलोक शायद इस दुनिया में रहता भी न। बलबीर में उस तरह की प्राणवान शक्ति थी अवश्य, पर अपने असामान्य पत्नी-प्रेम के कारण ही वह अपने को घुलाता-गलाता हुआ निरपेक्ष ही रहता आया था। पत्नी की प्रकृति और उसके उस आरम्भ की अन्तिम सीमा को शायद वह जान भी नहीं पाया था।

पच्चीस फ़रवरी :

दोहराव-दोहराव और दोहराव। शायद करने के लिए उन दिनों और कुछ रह भी नहीं गया था। वे दिन कुछ और हो गये थे। दोनों मिलते तो बातें कम होतीं, एकान्त मिलते ही आरम्भ वह 'वहीं' से करता। उन दिनों बातें चुकती चली थीं, पास बैठते और बात शुरू करते तो बातें घूम-फिरकर वही होतीं, जिन्हें उन्होंने शुरू से शुरू किया था। वह अपने संशय रखती, वह उसके बारे में क्या सोचता होगा, कब तक प्यार करता रहेगा, कितना किस तरह का प्यार करता है वह उसे? पत्नी को करता है या उसे?

"मैं इन सब बातों का उत्तर तुम्हें एक-सौ-एक बार दे चुका हूँ।" वह मुस्कराने की कोशिश करता। उसे प्रोत्साहन मिलता, वह उसकी बाँहों में गिरकर उसे फिर झकझोरती। वह सब-कुछ भूले बिना किसी प्रत्युत्तर के अपनी बात शुरू कर देता—कुछ गिनी-चुनी बातें—किसी दूसरे शहर में बसे अपने दोस्तों की बातें, उन लड़कियों की बातें, जिनसे वह उससे पहले मिला था, उन वेश्याओं की बातें जिनके कोठों पर उसके दोस्त उसे घसीटकर ले जाते थे, पर वह एक तरफ़ घोंचू-सा बना बैठा रहता—उन सबके अंग-प्रत्यंगों की बातें और दूसरी ढेर सारी बातें।

बोरियत दूर करने दोनों शहर से बाहर विभिन्न यात्राओं के बहाने निकल पड़ते, बाहर जाकर परिवेश, लोग और वातावरण उन्हें नया लगता। वे खुद भी अपने को बदला हुआ महसूस करते। बाहर जाकर वह एकदम स्वच्छन्द हो जाता—होठों से सीटी बजाता, गुनगुनाता और इधर-उधर चलती लड़कियों पर टिप्पणियाँ देता चलता। वह

सोचती कैसा हो गया है वह, फिर भी अन्तर में कहीं विश्वास जमा रहता कि इस सबके बावजूद वह चाहता उसे ही है। उसके चापल्य की वह उपेक्षा कर देती, वह अपनी हरकतों को मर्द की ख़ासियत बताता।

नदी की धारा के किनारे उस दिन उसे प्रतीक्षा करने के लिए बैठा छोड़ जब कुछ देर में वह वापस लौटा, तो उसने पीछे से आकर उसे दबोच लिया था। वह पहले सचमुच डर गयी थी, फिर हँस पड़ी थी खिलखिलाकर। कुछ नयापन महसूसा था उसने—मुक्तता सरीख़ी कोई चीज़, जो कमरे-कोठरी के बँधे-बँधे वातावरण में कभी सम्भव नहीं थी। डराते समय उसकी मुख-मुद्राएँ बिलकुल एक स्कूली शैतान बच्चे की तरह लग रही थीं, वह बेहद प्यारा निर्दोष खुला-खिला ज़िन्दादिल दिख रहा था। रूमानियत-भरी उसकी नन्ही चुहल ने उसे सचमुच खिला दिया था।

लौटे थे तो थककर बेहद चूर हो गये थे। खाने-पीने और तरह-तरह के खिलवाड़ करने के अतिरिक्त उन्हें वहाँ किसी दूसरी प्रकार की सुविधा नहीं मिल पायी थी। लौटते हुए वह इसी बात से खिन्न था। वह उसे तब बात-बात पर झलकारने लगा था—सामान जल्दी न समेट पाने पर, बस मैं ऊलजलूल ढंग से चढ़ने-बैठने पर, यानी तब उसे उसके चढ़ने-बैठने के ढंग में भी ऊलजलूलपन नज़र आने लगा था। मौक़ा न मिल पाने की स्थिति में वह प्रायः बुरी तरह खौंखियाने लगता था—कभी-कभी वह महसूस करती, वह उसकी पत्नी है और उसके लिए उसकी उस प्रकार की धौंस सहना अनिवार्य है।

यानी सब-कुछ के बाद बात उसी बिन्दु पर आकर ठहर गयी थी—उस क्रिया के सम्भव हो जाने के बाद फिर दोनों का कार्यक्रम एक प्रकार से समाप्त हो जाता। वह उसकी तरफ़ से करवट लेकर लेट जाता और वह अकेली रह जाती। उसकी विशाल देह को मोड़कर वह अपनी तरफ़ करने की कोशिश करती तो वह कहता, "नींद आ रही है बुरी तरह।"—वह कुछ सोचती रह जाती आँखें फाड़े। वह आँखें फाड़े उसकी अच्छाइयों को याद करने लगती—पुराने प्रकरणों में उसे उसकी स्मृति बहुत मासूम, रहमदिल, शिष्ट, मधुर प्रतीत होती। तब अब उसे क्या हो गया है, थक गया है मुझसे क्या? वह पूछ बैठती तत्क्षण।

"हाँ, कुछ ऐसा ही-सा है।" वह अरबराता-सा उत्तर देता। वह विस्मित रह जाती—यही अन्त होना था इस मारधाड़ संघर्ष का? बेचैन-व्यथित हो किसी तटस्थ व्यक्ति से अप्रत्यक्ष रूप से वह इस विषय पर चर्चा चलाती, किसी दूसरे के सन्दर्भ में—अनुभवी व्यक्ति उत्तर देता—

"ये कुछ दूसरी अगली सीढ़ियाँ हैं इस क्षेत्र की।"

"यानी ऐसा व्यक्ति एक दिन अपनी प्रेमिका को छोड़ देगा, निरपेक्ष हो जाएगा?"

"न होने न छोड़ने का सवाल ही नहीं उठता। यह तो प्यार के रास्तों की नियति ही है।"

तितलियाँ-सी उड़ी थीं उसकी आँखों के आगे। वह गुम्म होकर सोचने लगी थी, जैसे किसी तीसरे पुरुष के बारे में विचार रही हो।

"ऐसा क्यों होगा, वह अपना सब-कुछ समर्पित कर देगी उस व्यक्ति के लिए। उस स्त्री की प्रकृति ऐसी ही है जनाब!" वह अपनी नायिका के बचाव-पक्ष में कहती।

"समर्पण, कैसा समर्पण!! क्या अब तक समर्पण नहीं करती आयी है वह उस अपने प्रिय के लिए?"

वह फिर सोचने लगी, सामने बैठा वह फिर बोलने लगा, "बात यही सही है, जो मैं आपको बता रहा हूँ।"

"चार दिन की रफ़ाक़त भी क्या कम है दोस्त। तमाम उम्र भला कौन साथ देता है!!"—ग़ालिब का यह शेर सुनाया उसने अपनी बात के सन्दर्भ में।

"नहीं नहीं, ऐसा नहीं हो सकता।" वह अन्धकार में डूबती होती सीढ़ी-दर-सीढ़ी नाक तक।

"चलिए छोड़िए, वे दोनों जानें उनका काम जाने। आप बताइए, आपने इन दिनों कौन-सी नयी धुनें तैयार की हैं?"

"आपको धुनों का शौक़ है?"

"जी हाँ, ज़बर्दस्त। आपको नहीं मालूम, मैं संगीत की प्रायः हर गोष्ठी, हर बैठक में सम्मिलित होता हूँ, एक नहीं छोड़ता। डींग नहीं हाँकता, पर इसने मेरे ज्ञान में बहुत वृद्धि की है। आप तो ख़ुद कलाकार हैं, आपके लिए तो इस तरह की गोष्ठियों-सम्मेलनों में सम्मिलित होते रहना आवश्यक ही है। ज्ञान का परिष्कार इसी प्रकार होता है। नया प्रकाश मिलता है। यहाँ आप अपने में ही गुम्म इस अपने (बृहद् होते हुए भी मैं आपके इस मकान को छोटा ही कह रहा हूँ। बुरा तो नहीं मान रहीं आप!) छोटे से कोटर में बैठी हैं। कुछ नया सृजन कीजिए, सबसे मिलिए-जुलिए। बोरियत मिटाने और अपने अनुभव के आकाश को विस्तृत करने के लिए इस प्रकार का क़दम उठाना आपके लिए आवश्यक है।"

"जी!"

"अगली संगीत-गोष्ठी शास्त्रीय संगीत के सम्बन्ध में होगी दत्तात्रेयजी की स्मृति में। शायद कुछ हल्के-फुल्के संगीत का कार्यक्रम भी हो। हाँ, याद आया, रेडियो-आर्टिस्ट लक्ष्मण माणिक भी आ रहे हैं। कहिए ले जाऊँ आपको आकर, मुझे तो उधर जाना ही है।"

वह सोचने लगी, फिर बोली, "मैं आऊँगी ज़रूर, पर आप तकलीफ़ न करें, मैं ख़ुद आ जाऊँगी।"

"पर आपको क्या आपत्ति है? अच्छा समझा, आपको हमारी कम्पनी पसन्द नहीं है।" एक बड़े ठहाके के साथ हँसा वह सामने बैठा अतिथि।

"नहीं नहीं, ऐसी बात नहीं है। बात यह है कि बलबीरजी का कार्यक्रम मुझे

मालूम नहीं है। मैं उनकी सुविधा के अनुसार उन्हीं के साथ आ जाऊँगी।"

किसी तरह उसने अपनी जान छुड़ायी थी। कैसे कहती कि उसका सब-कुछ उसके आलोक पर ही निर्भर है। आलोक नहीं चाहता कि उसकी मृदु कहीं किसी ग़ैर पुरुष से मिले, बात करे। उसकी उस प्रकार की हरकतें उसके मन में शक जैसी बात पैदा कर देती हैं, वह नहीं चाहती कि...।

"सुनिए, एक बात पूछता हूँ आप कुछ अन्यथा तो नहीं लेंगी, कुछ व्यक्तिगत-सी बात है, आपके हस्बैण्ड के बारे में ही है, यानी आपके साथी के बारे में।" उस सामने बैठे व्यक्ति ने कुछ गहरी बात कहने की मुद्रा में अपना दायाँ पैर बायें पैर पर रखते हुए कुछ घूरती दृष्टि से देखा और फिर उसकी इजाज़त के बिना ही शुरू कर दिया।

"मैं जानना चाहता हूँ कि आपके पति आपकी इस असाधारण प्रतिभा को विकसित करने में कुछ योग देते हैं या नहीं। मैं समझता हूँ कि सच्चे और सही साथी या प्रेमी की सबसे बड़ी पहचान यही है कि आप यह जानें कि वह आपकी मूलभूत प्रकृति और रुचियों को कहाँ तक झेल पाता है, उन रुचियों के विकास में किस-किस ढंग से सहायता करता है? सार्त्र और बउबा का ही उदाहरण लीजिए—वे परम्परागत अर्थ में हस्बैण्ड-वाइफ़ नहीं थे, सिर्फ़ साथी थे और ज़िन्दगी-भर वे एक-दूसरे को निभाते रहे।"

वह चुप रही थी सोचती-सी— बलबीर ने तो उसे हमेशा प्रोत्साहित किया है। कभी कोई बन्दिश नहीं रखी, किसी प्रकार की भी। वह उसकी प्रतिभा का क़ायल है, वह उस पर विश्वास करता है, भयंकर विश्वास। यों मानव-सुलभ कमज़ोरियाँ तो सभी में होती हैं, पर यदि किसी पर उनका कोई विशेष प्रभाव नहीं पड़ रहा है तो वे अनुचित नहीं कही जा सकतीं। यह उसका प्रेमी ही है, उसका आलोक, जो उसे बाँधकर रख लेना चाहता है। उसे उसकी प्रतिभा और उसके विकास से कुछ लेना-देना नहीं है, वह सिर्फ़ उसे एक औरत समझता है, मात्र एक औरत। उसे याद आया, पहले उसे उसके इस औरत समझने की भावना से खुशी हुई थी, उसने उसके सौन्दर्य को सराहा था, सराह कर उसकी ख़ूबसूरती में चार-चाँद उगाये थे, पर वह जन्मजात प्रतिभा से सम्पन्न औरत धीरे-धीरे अपने सिर्फ़ औरतपने से क्षुब्ध हो उठी थी।

"सुनो मृदु, तुम तो कल अपने घर आये उन स्वरूप साहब पर न जाने क्या-क्या न्यौछावर किये डाल रही थीं?"

"क्यों, कैसे अन्दाज़ लगाया तुमने?" उसे आश्चर्य हुआ था।

"तुम उसकी हर बात का जवाब हँसकर देती थीं, कैसे देखता था वह तुम्हारी तरफ़ और तुम निहाल हुई चली जा रही थीं। उतनी अच्छी स्वीटडिश तुमने उसी के लिए तैयार की थी न?"

"तुम पागल तो नहीं हो गये हो, क्या-क्या सोचते रहते हो। मैं मात्र तुम्हारी हूँ—सिर्फ़ तुम्हारी ही। वह सब तो औपचारिक होता है—तुम इतनी-सी बात नहीं समझ सकते!"

"मैं अन्तर्यामी नहीं हूँ, जो तुम्हारे भीतर का सब-कुछ जान लूँ।"

"और तुम्हें मेरे शब्दों से कुछ लेना-देना नहीं है। मैं ग़लत कह रही हूँ सब-कुछ?" वह रुआँसी हो उठी थी।

इस तरह के बन्धनों से वह ऊबने लगी थी। मुक्त होकर चिड़िया की तरह बहुत ऊँचे उड़ जाने का मन होता था उसका।

सामने बैठा व्यक्ति इतनी देर से सामने मेज़ पर रखी पत्रिका में खो गया था। वह डर रही थी, कहीं इस बीच आलोक आ गया तो? बलबीर की अनुपस्थिति में एक ग़ैर मर्द का स्वागत! उसने उसे खुद ही ठकठकाया था—

"सुनिए पाण्डेजी, मुझे अचानक याद आया कि मुझे इस समय ज़रा बाहर जाना है। मैं तो भूल ही गयी थी कि आज हमारे यहाँ एक बहुत ज़रूरी आमन्त्रण आया पड़ा है। बलबीरजी की अनुपस्थिति में मुझे ये सामाजिक कर्तव्य वहन करने होते हैं।"

"ओह ठीक!"

"चाय?"

"छोड़िए, चाय तो पीते ही रहते हैं।"

वह यही चाहती थी।

"तो चलिए मैं छोड़ दूँगा, किस तरफ़ जा रही हैं आप?"

"जी धन्यवाद, मुझे अभी समय लगेगा।"

वह समझ गया था, वह इस समय उससे मुक्ति चाहती है। वह गेट खोलकर बाहर चला गया था। वह मनाती रही थी, रास्ते में आलोक से इस आदमी की मुलाक़ात न हो जाए। आलोक फ़ौरन समझ जाएगा कि वह शख़्स इसी कोठी से बाहर गया होगा। इधर इस दिशा में यही तो अन्तिम मकान है।

अपनी उस प्रकार की बेबसी पर उसे गुस्सा आया था। सब बन्धन तोड़कर वह उससे मुक्त क्यों नहीं हो जाती, जो उसके उत्थान में उसकी कलात्मक रुचियों के बीच शक-शुबहा के ख़ंजर लिये हुए एक महाबाधा बना खड़ा है? पर तब उसका पौरुषभरा स्पर्श, उसकी मुग्ध कर लेनेवाली बातें, उसकी उस सांकेतिक मधुर मिठासयुक्त दृष्टि का क्या होगा? कैसे रह पाएगी वह उन सौग़ातों के बिना, जो अपनी मानकर वह उस पर जब-तब उँड़ेलता रहता है, निरन्तर? वह तब कहाँ जानती थी, शायद वह भी नहीं जानता था कि वह सिर्फ़ सुविधा की बात है, वे किसी अद्भुत चमत्कार या संयोगवश यहाँ मिल गये हैं, इसलिए अपने-अपने ढंग से एक-दूसरे पर मरे-मिटे जा रहे हैं। जब समय और स्थान की दूरी पाटने को होगी, दोनों के बन्धन या लगाव की असली परीक्षा तभी होगी।

उसके उन दिनों के प्रश्नों में यह एक नया प्रश्न तब और जुड़ गया था, "क्या तुम मुझे हमेशा-हमेशा याद रखोगे?" वह स्वर उसके ज़हन में उस समय भी टकरा रहा होता—'तमाम उम्र भला कौन साथ देता है!'

"क्या लाजवाब सवाल पूछा है आपने भी। हम समझ रहे थे आप अपनी कुशाग्र बुद्धि का परिचय देंगी।" वह बौड़म-सी दिखने लगी थी।

"सुनो, अपना हाथ लाओ।" उसने उसका हाथ अपनी जबर मुट्ठी में अपने आप दबोचकर अपने सीने के साथ चिपटा लिया था, "तुम यहाँ हो मेरे पास, हरदम यहीं रहोगी, हमेशा याद रखोगी न!" उसके हाथों को उठाकर उसने अपनी आँखों से छुला लिया था। हृदय की रुँधन ने आँखों की राह ढुलकर उसकी उँगलियों के पोरों को भिगो दिया था। उससे उसे इसकी ही अपेक्षा थी, इतना कुछ सोचती रहती है वह, अपने कलुषित विचारों के लिए अपने को कभी माफ़ नहीं कर सकती, कभी नहीं। क्यों सोचा था उसने उतना कुछ वैसा? वह क्या जब-तब उससे उसके गीतों के लिए आग्रह नहीं करता? लोगों के मुँह से उसकी प्रशंसा सुन क्या वह ख़ुश नहीं होता? भले ही उसे चिढ़ाने के लिए वह कहता रहे कि वे सब मेरे 'राइवल' हैं। और कितना कुछ करेगा वह मेरी प्रगति के लिए? आख़िर इस क्षेत्र में उसका दख़ल ही कितना है, जो कुछ करना है, मैं ख़ुद करूँगी न अपने लिए!

फिर अगर वह उस तरह का बन्धन-दावा-धक्का रखता है, तो यह तो उसका अपनत्व है, अपना मानता है, तब न रखता है इतने बन्धन! फिर वह स्वयं भी तो उस पर कम बन्धन नहीं रखती। वह कहाँ गया था, क्या किया था, किन-किनके साथ मिला-बैठा था, कोई महिला भी थी क्या उनमें? क्या-क्या बातें होती रही थीं, कितनी बार ठहाके लगाये थे उसने? अपनी लच्छेदार बातों से किन-किन को रिझाया था? कितने ही प्रश्न वह सोच-सोचकर लड़ी की तरह निकालती चलती इस ढब से कि उसे पता ही न लगे कि वह 'क्रॉस-क्वश्चनिंग' क्यों चल रही है। वह झल्ला नहीं जाता था तब?

हाँ, तुम ख़ूब झल्ला जाते थे, तुम बुद्धि के धनी जो ठहरे! सूक्ष्म बातों की तह तक घुसने की सामर्थ्य तुममें थी, तुम्हारे बहुत से गुणों पर ही तो रीझी थी मैं। ऐसे-वैसे व्यक्ति से प्रभावित होने की ही बात होती तो अब तक ज़िन्दगी में न जाने कितने व्यक्ति तो आये थे, जिनमें से किन्हीं-किन्हीं ने प्रत्यक्ष-अप्रत्यक्ष रूप से उसकी मैत्री भर की कामना की थी, पर वह उनसे बचती रही थी, अपने वाणी-कौशल से उन्हें सूखा टरकाती रही थी...।

दो जनवरी :

अगला नया वर्ष चक्रवत् घूमता हुआ अपनी नयी छटा के साथ फिर आरम्भ हुआ था। दोनों के मध्य का व्यापार अब भी वहीं टिका खड़ा था—शरीर की नोचा-खसोटी में अब कोई नूतनता नहीं रह गयी थी। वह सब-कुछ नये सिरे से नया चाहती थी, शायद वह भी। उस अवसर पर गुदगुदा डालनेवाले संवादों की स्थिति अब एकदम फटीचर हो गयी थी। उन कथोपकथनों और क्रियाओं से वे दोनों ही

ऊब उठे थे। कहीं नयी जगह पहुँचकर भी वे क्रियाएँ, वे संवाद ज्यों-के-त्यों रहते। शायद दोनों ही कुछ नया घटने की प्रतीक्षा में थे, यों ख़ुद-ब-ख़ुद एक-दूसरे से मुक्त हो जाने की कल्पना भी दोनों को असह्य थी। वह ताश का महल, जिसे उन्होंने दिनों-बरसों में इतने श्रम से बनाकर खड़ा किया है, कहीं सचमुच ढह ही न जाए। वह ताश का महल है, यह सोचने का साहस दोनों में से किसी को भी न था। दोनों भावुक थे और शायद उन दिनों एक-दूसरे के प्रति समर्पित भी। फिर भी एक-दूसरा एक-दूसरे के प्रश्नोत्तरों से इतना परिचित हो चुका था, कि दोनों को ही मालूम होता था कि अमुक प्रश्न के उत्तर में दूसरे पक्ष से क्या कहा जाएगा—कानों ने लगभग रट लिया था।

तभी एक दिन वह कुछ घट ही गया, जिसकी उन दोनों को आशंका थी। उसकी बदली हो गयी थी दूसरे शहर में। क्या वह सचमुच यही चाहती थी? ख़ुद को कोसती रही वह घण्टों। किसी क्षणांश के किसी अर्द्धांश भाग में ही वैसा सोच लेने का वह प्रतिफल न घटित हुआ हो कहीं! अब इस मरण-तुल्य स्थिति को कैसे जीएगी वह?

"तुम मेरे फिर भी क़रीब रहोगी हमेशा-हमेशा! मैंने क्या कहा था—शारीरिक रूप से न सही, भावनात्मक रूप से तो हम दोनों को कभी कोई भी पृथक् नहीं कर सकता।"

ख़ंजर-तुल्य उस स्थिति को झेलना था तब उसे—पहले भी वह बाहर आता-जाता रहा है, कब भुलाया है उसने उसे? पत्रों की एक विशाल गड्डी, एक अप्रतिम निधि, उसके प्यार की स्मृति अब भी उसके पास सुरक्षित है।

किसी प्रकार उसने उसे विदा दे ही दी थी, उसकी याद अब उसका सम्बल थी। बर्फ़ीली हवा के झोंकों में, लुओं-लपटों में, बरसते मूसलाधार पानी में—उसकी बहुत-सी बातें बहुत से क्रिया-कलाप उसकी याद को आ-आकर कुरेदते रहते। उसने उसके साथ हर स्थिति, हर मौसम को जिया था। पुराने प्रकरण नये रस से लबरेज़ हो उठे थे उन दिनों। प्रतीक्षा-प्रतीक्षा और प्रतीक्षा—कब आएगा वह दिन जब वह उसके सामने होगा—ऊँचा दबंग, धमनियों में भावुकता की लहरों को समेटे, वही सौम्य नटखट-सी आकृति, नीलम की घाटी में तिरता वह मनमोहक अनमोल सपना। वह कभी-कभी उसे ख़ुद आने के लिए लिखना चाहती—

"तुम किसी दिन मुझे बुलाओगी तो मुझे अच्छा लगेगा।" उसका किसी दिन का कहा हुआ वह फुसफुसाता वाक्य, इस वाक्य के साथ-साथ दूसरी ढेरों बीती बातें टकराने लगतीं : घर पर वह आता और वह उसे जाने न देती तो वह फुसफुसाता, "मुझे जाने नहीं दोगी तो मैं आऊँगा कैसे? मैं चाहता हूँ मैं बार-बार आऊँ, बार-बार तुम्हें देखूँ।" और तब वह लस्त-सी हो उसकी बाँहें छोड़ देती...। फिर दिन उगता, प्रतीक्षा की किरण सूरज की लक़ीर के साथ-साथ फिर दीर्घ होने लगती। जब तक

नहीं आता, हर क्षण मनाती, चुपचाप रोती कलपती, आने पर आँखों-ही-आँखों में सारी शिकायत पुरो देती—यह स्थिति शुरू से आख़िर तक रही थी। उसके व्यक्तित्व की यही तो सिफ़त थी कि वह न जीने देता था न मरने!

चाहती है भावना की डोर से बँधकर वह स्वयं ही आ जाए। कैसे लिखे कि अपने वेतन का एक तृतीयांश ही सही, ख़र्च करके वह चला आये, आख़िर क्यों? बीच में अपने से ही जब कभी आया, कुछ भी सम्भव नहीं हो पाया। कभी किसी प्रकार सम्भव हुआ भी तो वही बासीपन। ताज़गी मर ही गयी हो जैसे, फिर भी एक उम्मीद बनी रहती। भावुकता में धीरे-धीरे आदर्श घुलने लगा, दो व्यक्तियों के मिलन की यात्रा का अन्त क्या यही होना चाहिए? मैं अपना प्यार निर्बाध भाव से उसे देती ही रहूँगी निरन्तर। वह 'देने' के पारिभाषिक अर्थ से अलग हटकर दूसरे लाक्षणिक अर्थों के बारे में सोचने लगती।

पन्द्रह सितम्बर :

उस दिन वह अचानक आकर खड़ा हो गया था, मन-ही-मन गुनगुनाती वह किन्हीं पंक्तियों में नये सुर भर रही थी। उन दिनों उसका एकमात्र मनोरंजन यही तो रह गया था। वह हकबकाकर उठकर खड़ी हो गयी थी 'तुऽऽम!!' चुपके से उसने उसे झुकाकर उसके खसखसे गाल पर अपने होठ रख दिये थे, "सुनो मैं समझ रही थी, तुम अपनी किसी दोस्तन के साथ होगे, मुझे तो भुला ही दिया होगा, इसीलिए इतने दिन से इधर आने की बात ही ध्यान में नहीं लाये कभी!"

"शिः ऽऽ!" उसने हल्के से उसके गाल पर अपनी चौड़ी बड़ी-सी हथेली रखकर दबा दिया था, "पगली, बहुत दूर से सिर्फ़ तुम्हें देखने-भर के लिए ही चला आ रहा हूँ।" आहट सुनकर बलबीर आकर खड़ा हो गया था। दो दोस्तों की आपसी लपेट में 'बात' एक बड़े वात्याचक्र में खो गयी थी। नये सिरे से भावनाओं, बातों और हँसी-मज़ाक़ का नया बहाव आया था। लग रहा था, सुगन्ध का एक रेला बह आया हो अचानक। वासनात्मक जीवन से हटकर छिपाव-दुराव के बिना सामान्य जीवन जीने में भी कभी-कभी कितना आनन्द आता है, कितना सुख-रंग। तीनों बैठे देर तक बातों के सैलाब में तिरते रहे, चाय-कॉफ़ी और ढेरों व्यंजनों के साथ-साथ। कहीं भी नहीं लगा कि वह अलग है, अलग हो गया है—लगा समय और स्थान की दूरी सम्बन्धों को नहीं रौंदती।

अठारह सितम्बर :

उसके नाम का पत्र आया पड़ा था, लिफ़ाफ़े का मुँह एकदम खुला, आश्चर्य! किसका होगा देख लूँ न? उसका मुझसे कुछ भी तो छिपा नहीं रहा है। उँगलियों ने खुले लिफ़ाफ़े से निकालकर कापी से फाड़े गये तीन-चार पृष्ठों पर लिखे उस पत्र

को पढ़ा—प्यार का सोता बहाती हुई बहकी-बहकी बातें, साथ-साथ खेले गये खिलवाड़ों का उच्छृंखल वर्णन, याद बनाये रखने की विनम्र याचना, आगामी कार्यक्रमों की लड़ी—सब-कुछ ख़ूब खुले ढंग से पिरोया गया था उसमें—इस प्रकार का पत्र और खुला हुआ! सचमुच प्रेम-प्यार की दुनिया व्यक्ति को इतना ही मदहोश बना देती है। बिहारी की नायिका ने तो बिना लिखा पत्र ही सखी के हाथ अपने प्रेमी के पास भिजवा दिया था।

क्या करे अब वह इस पत्र का? कहीं इस प्रकार के रंगीन-बेकल बनानेवाले पत्रों को पाने के लिए ही तो वह यहाँ चलकर नहीं आया? उसे ज़रूर मालूम होगा कि उसके नाम यह पत्र आएगा। इस पत्र को पाने के लिए वह कितना अधीर हो रहा होगा। वह ख़ूब समझ सकती है। उसने ही बताया था, उसके पहले पत्र की उसने कितनी प्रतीक्षा की थी और पा लेने पर पूरी रात जगा था। प्रत्युत्तर में उसने जो पत्र लिखा था, वह स्वयं उस पत्र को घण्टों अपनी छातियों के दुबीचे में छिपाकर रखे रही थी...तमाम देह की नस-नाड़ियों को काटती हुई एक चकरी-सी घूम गयी। वह समझती है, वह उससे विरक्त हो गयी है, पर इस तरह के पत्र ने तो उसे मथ कर ही डाल दिया है—पत्र को देकर वह उसके चेहरे पर चढ़ते-उतरते हावभावों को देख सकेगी क्या? फिर भी देखा था उसने।

पत्र को हाथ में थामते ही उसके चेहरे पर बिजली की कौंध फैल गयी थी। हृदय में एकाएक उठा स्पन्दन जैसे आँखों के डोरों में लहका हो—पत्र को देखते ही उसने पैण्ट की जेब में डाल लिया था और निश्चिन्त-सा हो खाने की टेबल पर बैठ गया था।

"किसका है?" होठों ने जैसे जानबूझकर उसे पहचानने के लिए ही पूछा हो।

"मालूम नहीं।" पैण्ट की दूसरी जेब से रूमाल निकालकर हाथ पोंछते हुए उसने कन्धे उचका दिये थे।

एक सागर फटा हो जैसे और ज्वालामुखियों ने सब-कुछ खण्ड-खण्ड कर डाला हो। भयंकर भूचाल आ जाने के कारण शरीर की समस्त शिराएँ तम्बू के बन्धनों की तरह जैसे टूटकर टुकड़े-टुकड़े हो गयी हों और सब-कुछ धराशायी हुआ पड़ा हो। प्रसन्नता की लहर में डूबे अनर्गल बोलते हुए उसको वह एक क्षण तकते चुपचाप बैठी रही। भीतर का हर पुर्ज़ा चिन्दी बनकर जैसे इधर-उधर उड़ गया हो।...उसके चेहरे पर की तमतमाहट बढ़ती चली जा रही थी। मन किया, इतनी देर से रच-पचकर बनाये गये सब व्यंजनों को उलट वह उठकर चली जाए, पर फिर हाथ बेजान बने परोसते रहे।

"कहिए कहाँ हैं आप?" उसके भीतर खुशी का गुब्बारा फूला हुआ था।

पत्र को अपने से सटाये हुए धैर्य कैसे रख पा रहा होगा वह? स्फुरित-अनुभूति की आरी ने उसे फिर काटना शुरू किया बड़ी बेरहमी से।

"कहीं नहीं हूँ, यहीं हूँ आप खाना खाइए!" व्यंग्य के एक पैने दाँत को बेमालूम ढंग से चुभो देने की कोशिश की थी उसने। बरसों से पुरे मीठे-मीठे सम्बन्धों के ताने-बानों की ख़ुशबू ज़िन्दगी की 'सनोलाइट' की बोतल का ढक्कन खुलते ही जैसे भक्क से उड़ गयी हो समूची ही। कॉर्क उड़ने का एक विस्फोटक शब्द देह की दीवारों को चारों ओर से भड़भड़ा गया था।

"बड़ी ज़ोर से सिर में दर्द हुआ है न जाने कैसे।" सिर को दबाती कहती आँखों की पलकों को बन्द करके अन्दाज़ से ही उठकर वह अपने कमरे में चली गयी।

"आप लोग खाइए, अभी ठीक हो जाएगा।" अपने पीछे किसी के दौड़कर आने की शंका ने ही उससे कहलवा दिया। बिस्तर पर गिरी तो लगा अब ज़िन्दगी-भर बिस्तर पर लेटी अपनी इस स्थिति से वह ऊपर नहीं उठ पाएगी। कोरों से जुड़ी-मुँदी पलकों के बीच रेशमी पल्लू झिलमिलाया था किसी का—इसी की ख़ुशबू ने उसे मुझसे छीन लिया है। अब तक की प्रेम-प्यार की शृंखला के समस्त रूप-खण्ड जैसे गड्डमड्ड होकर एक-एक कर नीचे लुढ़के पड़े हों। देह सचमुच तच गयी बेतरह। पूरा ज्वर अकेले भीतर-ही-भीतर झेलने में असमर्थ होने के कारण देह ने जैसे सत्याग्रह कर दिया हो—बेहद तीव्र ज्वर, अन्तर में जमे ददोड़े छोटे-छोटे दनदानों के रूप में पूरी देह पर खील-खील बनकर फैल गये थे अचानक, आश्चर्य!!

खाना खाकर दोनों उसके पास आये थे।

"कैसी तबीयत है?" वह चुपचाप खड़ा था, अलग जाकर पत्र पढ़ लेने की आतुरता हो उसे शायद।

"ठीक है अब!" उसने कह दिया, क्या वह सब-कुछ समझ रहा होगा?

"आराम से सोओ, थोड़ी देर में सब ठीक हो जाएगा।" दरवाज़ा उड़काकर चले गये थे दोनों।

बीच में एक बहुत बड़ा समुद्र लहरा रहा था पानी से भरा हुआ लबालब—दूर-दूर तक कहीं धरती का नाम-निशान नहीं। आँखों ने हथेलियों की गोलाकार दूरबीन से दृष्टि गड़ाकर झाँका, बहोऽऽत दूर एक बिन्दु भर बना खड़ा था वह, इसी किनारे पर वह पड़ी थी कुचली हुई।

कितने दिन हो गये, सब-कुछ यही नहीं चल रहा था क्या? सम्बन्धों में कितनी शिथिलता आयी पड़ी थी, वह भूल गयी थी शायद...। भयंकर तनाव, अलातचक्र पर बैठकर मथती हुई वेदना। एक बड़ा-सा कन्दील फिर सामने आकर लटक गया गोल-गोल घूमता हुआ—

वह उसके यहाँ थी, वह बाहर गया था। तभी वे दोनों आये थे, जिनसे उसका

कभी किसी संगीत-गोष्ठी में परिचय हुआ था (संगीत-गोष्ठियों में उसने उसके जाने के बाद ही जाना शुरू किया था)।

"आलोक साहब का पता पूछते-पूछते कितनी मुश्किल से आपसे मिलने आये हैं, पता चला था आप यहाँ ठहरी हैं।"

"आलोक साहब तो इस समय घर पर हैं ही नहीं।" मन में मनाया था, अच्छा है जो वह नहीं है।

"हम तो आपसे मिलने आये हैं फ़िलहाल।" उसकी पत्नी के सामने दोनों ने समझदारीपूर्ण औपचारिकता बरती थी।

"तो फिर?" वे अगले दिन का कार्यक्रम तय करने लगे थे।

"जाइए चाय ले आइए!" उसने उसकी पत्नी को किसी तरह ठेला था।

"हाँ, अब? बात यह है कि मैं उनके सामने कुछ तय नहीं करना चाहती थी।"

"हम समझ रहे थे।"

"तब?"

अगले दिन दुपहर के तीन बजे का कार्यक्रम बना था।

"कहाँ जा रही हैं इतनी धूप में?" अगले दिन वह सवेरे के चार घण्टे बाहर बिताकेर लौटा था।

'तुम कहाँ गये थे?' उसने पूछना चाहा था, 'आज छुट्टी थी और मैं आयी हुई थी, फिर भी।'

"बस थोड़ी देर में ही आ जाऊँगी।" उसने अपने लौटने के सम्बन्ध में आश्वस्त किया था। उसका मन रो रहा था, यहाँ अस्पृश्य की तरह पड़ी हूँ। कोई बोलने-बात करनेवाला नहीं, तभी न वह सुख, कहीं बाहर तलाश करने का प्रयत्न कर रही हूँ।

क्या वे लौट रहे थे?

हाँ-हाँ, अपनी परिधि-रेखाओं में वे लौटे चले जा रहे थे। अब तक सटे हुए दो चुम्बक-खण्ड, किसी अप्रत्याशित योग से एक-दूसरे से सरकते हुए जैसे दूर खिसकते चले जा रहे हों।

लू-लपट वाली उतनी तचती दुपहरी में वह उस घर से उस दिन पूर्व नियोजित कार्यक्रम के अनुसार बाहर चली गयी थी। वह उस समय अपने ठण्डे कमरे में सोया पड़ा था। ऐसी कई दुपहरियाँ बहुत पहले वह उसके लिए समर्पित करती रही थी।

वह उस दिन उसके ही घर से उन दोनों से मिलने बाहर चली गयी थी, आज वह उसी के घर में अपनी प्रेयसियों के ख़त-पर-ख़त प्राप्त कर रहा है—कितनी विडम्बना है!

कुमुदिनी के फूल चाँदनी के बीचोंबीच कुम्हला चुके थे। सब-कुछ ऐसा ही

होना था, वह जानती थी, फिर आज इतनी बेकली-भस्मसात् कर डालनेवाली इतनी बेचैनी, क्यों? अवशिष्ट तन्तुओं के एक बारीक़ रेशे के छिन्न हो जाने की सम्भावना मात्र ने जैसे उसे गरम लावे में डुबो दिया हो...।

टूटना क्या जुड़ने से भी ज़्यादा कठिन होता है?

तकिये से सिर उठाकर दरवाज़े की दरार से मापा—दिन-ढले का सन्नाटा आँगन में चारों ओर पुर गया था। कितनी देर हो गयी उसे यहाँ इस बिस्तर पर? इस बीच एक दफे भी कोई इधर नहीं आया। स्मृति की एक दूसरी बेलाग करवट—

"मृदु, अब इतने दिनों बाद मेरी ग्रिप अब उतनी मज़बूत तो नहीं ही हो सकती न!" उसने कुछ दिन पहले किसी प्रसंग में अपने बचाव-पक्ष में कहा था।

"सुनो-सुनो, तुम मुझे कोई यंग अच्छी-सी इन्नोसेण्ट लड़की दिलवाओ न!" बहुत दिन पहले की उसकी विनोद-प्रियता का एक फ़िकरा।

"तुम बीच में हो न, इसीलिए न मैं किसी नये माल से वंचित हूँ।" स्वच्छन्दतापूर्ण क्षणों में उसके मस्त और रस्टिक मूड-प्रदर्शन का एक नमूना।

अब वह सब-कुछ उसे मिल गया है।

साहस और आवेग—प्यार की दोनों बैसाखियों के बिना वह आज बिस्तर पर श्लथ पड़ी है।

आज इतने दिन बाद वह घिसटकर आँगन में बाहर आ बैठी है—देह अब भी श्लथ तचती हुई। आँगन में पिढ़िया पर बैठकर उसकी आँखें क्यारी में खिले उस अद्भुत फूल को टटोलने लगीं। वह फूल गर्दनतोड़ बुख़ार से ग्रस्त अपनी डण्डी समेत गमले से नीचे लटका पड़ा था। उसकी जड़ से एक नया कल्ला फूट रहा था, चोये-सा हरा, एक छोटा-सा नया पत्ता। यह फूल प्रेम के अस्त होने और नये निकोर प्रेम के उदय होने की ही कहानी नहीं है क्या?

आँखें मूँद लीं उसने कसकर और पिढ़िया से उठकर पास ही बिछी बान की झोला खाट पर औंधी हो गयी। पपोटों में एक पहाड़ मुँद गया—पहाड़ की छाती को चीरकर झरते कुछ छोटे-छोटे ठण्डे झरने, एक-एक झरने के नीचे बैठा चुल्लू भर-भरकर प्यास बुझाता वह कोई एक। क्या बुरा है, एक ही झरने के नीचे बैठा इनसान खुद को आख़िर कितनी देर तक तर करता रह सकता है—अलग-अलग स्रोतों के पानी में कोई अलग ही बात होगी न!

मर जाए क्या वह इनसान बासा होकर? मन की स्लेट पर खिंचे रूप-खण्ड धीरे-धीरे फिर उजलाने लगे, वेदना की अग्नि जैसे खुद फूटकर बही हो। समूची दृश्य

शृंखलाओं को वह मिटा क्यों नहीं पा रही? काश, वह उस बीते हुए को अपने मस्तिष्क के बीच से जड़ से खोद पाती। नहीं खोद सकी, तभी न सोच रही है कि वह जो उसने पाया है, वही कुछ दूसरा उसी रूप में क्यों पाने लगे? क्यों ऽ ऽ ऽ ??

दीपावली की रात को छूटनेवाली अनार की चिनग़ारियाँ आकाश को छूकर जैसे ज़मीन पर आकर फिर बिखर गयी हों। पस्त-असहाय-निष्प्राण होकर क्यों जलूँ मरूँ कटूँ मैं? लुटाकर ख़ुद को समाप्त क्यों नहीं कर पा रही हूँ? अगर आलोक उसे इतना प्रिय है तो वह आलोक की ख़ुशी को क्यों नहीं सोच पाती? देना ही क्या प्यार नहीं है। देना, देना और सिर्फ़ देते रहना? घुलना-गलना-घुलते जाना? प्रेम के जंगल में घुस जाने पर इस नियति को भुगतना तो अनिवार्य ही है न? और फिर वह आलोक से किस-किस रूप में कितना कुछ पाती रही है, उसकी तुलना में वह उसे कुछ भी तो नहीं दे पायी है—आँसू आँखों के कोरों से गल-गलकर बहते चले जा रहे थे।

इतना कुछ उसने आलोक के लिए लिखा था, पर क्या होगा अब उसे यह देकर? मन मर-सा गया। क्या करेगी उससे कुछ कहकर, उसे रोककर? अपने प्रेमी को बन्धनमुक्त कर देना ही तो सामीप्य है, प्यार है—बैठी सोचती रही देर तक—

इस प्रकार ख़ुद को उदार बनाकर तुम ख़ुद मुक्त हो जाना चाहती हो या उसे मुक्त करना चाहती हो? भीतर बैठा कोई धीरे-धीरे फुसफुसा रहा था, तुम समझ रही हो, तुम दान दे रही हो कुछ। तुम्हारे पास देने के लिए है ही क्या? बहला रही हो न ख़ुद को? अपनी क्यारी में तुम उस बड़े पत्ते को देख रही हो न, पीला होकर कितना झिरझिरा हो गया है। तुम ख़ुद को बलिदान करने का सुख पाना चाहती हो न, तुम्हारा भुलावा है यह—तुम्हारे पास अपने को बहलाने का कोई दूसरा हल नहीं है न, इसीलिए।

अन्त यही होना था, वह शुरू दिन से जानती थी, पर कलेजे की हर नस जैसे इस समय कटती चली जा रही हो। क्यों सोच रही थी वह कि उस गुलमुले हिरण को वह अब भी दबोचे हुए है—क्यों नहीं जानी थी कि वह हिरण उस गहन बियाबान में कब का लुप्त हो चुका है, उन ख़ूनी कँटीली झाड़ियों के पीछे—कऽऽबका!

तलहटी

आँखों की जाँच करवाने के लिए ललितशंकर को तीन दिन लगातार डॉक्टर के पास जाना पड़ा, उसके बाद फिर दो दिन और फिर एक दिन। डॉक्टर ने नये चश्मे के लिए नम्बर दे दिया था, खाने और आँखों में डालने के लिए भी दवाएँ तय करके लिख दी थीं।

"अब शायद आपको कुछ-कुछ दिखना शुरू हो जाए।" डॉक्टर ने उसे विदा देने के स्वर में कहा था।

"कुछ-कुछ। डॉक्टर साहब अगर नहीं दिखेगा, तो क्या होगा? वैसी हालत में तो मैं ज़िन्दा ही नहीं रह सकता।"

"आपको रहना पड़ेगा, शंकर बाबू! अपने देश में हज़ारों-लाखों लोग इसी तरह की ज़िन्दगी जी रहे हैं। आप भी जिएँगे।"

"पर मेरा काम...।" ललितशंकर अटक गया था।

"आप मैग्निफाइंग ग्लास से पढ़-लिख सकते हैं, जी हाँ चित्र भी बना सकते हैं, लिख भी सकते हैं।" ललितशंकर के अगले प्रश्नों की सम्भावना डॉक्टर ने अपने-आप ही कर ली थी।

'मैग्निफाइंग ग्लास से चित्र बनाना, लिखना-पढ़ना-मैग्निफाइंग ग्लास का हैण्डिल काग़ज़ पर अक्षर या रेखाएँ बनानें के लिए शीशे को जगह-जगह चलाते रहना, कितना कठिन होता होगा? कैसे करेगा वह यह सब-कुछ?' ललितशंकर कल्पना करने लगा था। प्रकट में बोला, "डॉक्टर साहब, मगर यह हुआ कैसे? आँखों के आगे एकाएक धुँधलका आ कैसे गया? इससे पहले मैं अपना काम कर ही रहा था।"

"हो जाता है, कभी-कभी ऐसा भी हो जाता है।" डॉक्टर ने जान छुड़ाने की कोशिश की थी, मन में सोचा था—"ऐसे-ऐसे खप्ती मरीज़ भी मिल जाते हैं कभी-कभी, अरे भई, दवा लिख दी, कभी का इलाज बता दिया और क्या चाहिए?'

ललितशंकर सोच रहा था—काश! हर डॉक्टर रोग-विशेषज्ञ होने के साथ-साथ

एक मनोविश्लेषक भी हुआ होता, होना ही चाहिए। रोगी से उसे आगे-पीछे का पूरा ब्यौरा लेना चाहिए और तब उसका इलाज़ करना चाहिए। सिर्फ़ लक्षण देखकर दवा दे दी, यह भी कोई बात हुई। पर इस तरह तो एक डॉक्टर को एक मरीज़ को लेकर दिनों-दिन बैठना होगा, जबकि भारत में अस्सी करोड़ लोग हैं और हर व्यक्ति को एक-न-एक रोग तो है ही।

डॉक्टर की चुप्पी ने ललितशंकर को उठ जाने की हरी-झण्डी दिखा दी थी—तो चलो राम उठो, डॉक्टर की योग्यता में तो कोई कमी है नहीं, तो दवा लगेगी ही, मुझे ज़रूर फ़ायदा होगा, यानी आँखों का धुँधलापन कटकर फिर दिखने लगेगा—ललितशंकर उठकर खड़ा हो गया था।

सच, क्या सचमुच, मुझे फिर से दिखने लगेगा, अगर दवाएँ इतनी ही कारगर होतीं तो इतने ढेर मरीज़ जो यहाँ बैठे दिख रहे हैं, सबके सब अच्छे हो जाते, पर कई तो अपनी आँखें खो ही बैठते हैं, क्या उसकी भी...? असहाय-सा बना ललितशंकर सड़क पार कर दूसरे कोने पर आ गया, जहाँ इतने सारे ऑटोरिक्शा खड़े थे। रिक्शा लेकर वह घर आ गया और तब बेटे को दवा लाने के लिए भेजकर वह चारपाई पर पसर गया।

ज़िन्दगी के पैंतालीस वर्षों में ललितशंकर ने न जाने कितना कुछ भुगता झेला था, एक धक्का तो उसे उस समय लगा था, जब तस्वीरें बनाना उसने शुरू ही किया था। कितनी मेहनत करता था वह तब। एक-एक चित्र के साथ वह घण्टों मेहनत करता, अपनी तूलिका से चित्र की रेखाओं को बहुत बारीक़ी से उरेहता, उनमें रंग भरता। उसके काम ने उसके नाम को फैलाया था। लोग उसकी तस्वीरों को पहचानने लगे थे। उन्हीं दिनों उसका रुझान कविताओं की ओर भी हुआ था। अब हर कविता के साथ उसका रेखांकन भी होता—कविता और उसका स्वरूप-चित्रण, भावुकता और कलात्मकता की पराकाष्ठा! क्या वह भी कभी उन महीयसी महादेवी की तरह का स्थान पा सकेगा, जिनके सृजन में यह ख़ूबी रही थी। क्या वह भी...?

तभी उन दिनों उसके शहर में एक दूसरी विभूति आ विराजी थी। लोग अब उसको भी पहचानेंगे, हो सकता है दोनों की तुलना भी की जाए, वह स्वयं तो अभी तक एक नया कलाकार ही है, उसकी ख़ामियाँ उभरकर सामने आने लगेंगी और तब? मन को उन दिनों क्या-क्या कचोटने लगा था—काम कम सोच ज़्यादा।

इसी तरह बीत रहे थे दिन। तब वह भूल गया था कि हर कलाकार का अपना एक स्वतन्त्र व्यक्तित्व होता है, किसी के आने-जाने से उसकी पहचान न घटती न बढ़ती, उसका निज का काम ही उसका स्थान निर्धारित करता है। तब? तब उसके मन में उस तरह की टुच्ची बात आयी ही क्यों कि किसी दूसरे के आगमन से उसका मान-आदर घटेगा। उसे तो अपने काम से काम रखना चाहिए। हर कलाकार को अपने-अपने क्षेत्र में उन्नति करने का अधिकार है, उस दिशा में समाज और सरकार की तरफ़ से हर तरह की सुविधा मुहैया की जानी चाहिए, जिससे कलाकार चिन्तामुक्त

होकर काम कर सके। कलाकार का स्वयं का हृदय भी कला का विशाल प्रांगण हो, जिससे कितने ही लोग कितने ही अनुभव, भावनाएँ उसमें आकर समाती चलें, अपनी शुभेच्छाएँ करने में वह किसी के लिए भी दरिद्र न बने।

इतनी ढेर बातों का ज्ञान होते हुए भी ललितशंकर को न सन्तोष मिल पा रहा था न राहत। जलता, मरता, कुढ़ता अपनी देह को तुचाता वह दिनों-दिन क्षीण होता जा रहा था। एक ज़माने की उसकी हाथी-जैसी भारी-भरकम मज़बूत देह सिकुड़कर पिद्दी बनती चली जा रही थी और यों ही उस दिन एक धूमिल शाम को जब वह अपनी छत की मुँडेर पर बैठा आकाश में उड़ते पक्षियों की पाँत को देखते हुए कुछ ग्रहण करने का प्रयत्न कर रहा था, उसका दिमाग़ एक अजीबोग़रीब झुनझुनी से भर गया था और फिर उसे चेत ही नहीं रहा था कि कहाँ है, क्या कर रहा है, उसे क्या हो गया है! नीचे काम करती उसकी माँ, जो छत पर सूखती बड़ियों को उठाने आयी थी, बेटे को उस हालत में देख परेशान हो गयी। उसका हर अंग बड़ी तेज़ी से मुड़ता-तुड़ता चला जा रहा था। चीख़-चीख़कर माँ ने पड़ोसियों को बुला लिया, उसे फ़ौरन अस्पताल ले जाया गया, जहाँ पर उस पर पड़े दौरे को नर्वस ब्रेकडाउन घोषित कर दिया गया था। सप्ताहान्त तक उसे अस्पताल से छुट्टी मिल गयी थी, पर दवाओं से मुक्ति उसे दो-तीन महीने बाद ही मिली थी—बिस्तर पर लेटे-लेटे वह उन दिनों उस पराशक्ति के बारे में सोचा करता, जिसका नाम वह पहले भी रटा करता था; पर उसका उन दिनों का वह रटना मात्र तोता-रटन्त था। इस रोग के पश्चात् यानी पूरी तरह असहाय होने के बाद ही, वह उस शक्ति से गहराई से जुड़ा था, उस स्थिति में न कोई उसका मित्र था, न दुश्मन। उसके लिए सब अपने थे, अपने से जुड़े, उनकी उन्नति उसकी अपनी थी, अपना अस्तित्व उन दिनों उसे बेहद बौना प्रतीत होता, अपनी प्रगति के लिए एकमात्र उसी शक्ति पर निर्भर उस महाशक्ति के बल पर ही टिका हुआ। उसके मन में तब प्रेम-उदारता-सौजन्य-सौहार्द के सोते बह निकले थे। उसने वह सब कुछ पा लिया था, पर किस क़ीमत पर? उसकी देह झुरझुरा उठी थी, अपनी नित्य नैमित्तिक दिनचर्या को सम्पादित करने की स्थिति में आने के लिए उसे एक लम्बा अरसा लगा था। पर उसे ख़ुशी थी, वह किसी ढब उसके पास पहुँच सका है और अब वह उस जानलेवा अन्तर्द्वन्द्व से मुक्त हो चुका था, जो उसे अब तक बेतरह कचोट रहा था। कहाँ समझे थे डॉक्टर कि उसके तथाकथित नर्वस ब्रेकडाउन की पृष्ठभूमि की नली में ईर्ष्या-द्वेष का कचरा फँसा पड़ा था। ज्यों-ज्यों वह कचरा छटा, त्यों-त्यों वह रोग से मुक्त होता चला।

प्रथम धक्के की स्थितियों को गुज़रे भी एक लम्बा अन्तराल गुज़र चुका था। इस बीच उसके हिस्से में धन-यश-शोहरत-स्वास्थ्य-सुविधाएँ—सब-कुछ आया था अपने

प्रतिद्वन्द्वी के रहते हुए भी। दरअसल वह व्यक्ति उसका प्रतिद्वन्द्वी था ही नहीं, वह तो उसे अपना अपकारक यों ही समझ बैठा था—वह व्यक्ति का मन ही तो है, जो ज़बर्दस्ती किसी को अपना मित्र और किसी को अपना दुश्मन मान बैठता है। अगर व्यक्ति मन को समदर्शी बनाने की आदत डाल ले तो फिर दुनिया में झगड़े-टण्टे बहुत हद तक हल हो सकते हैं—इस दिशा में ललितशंकर उन दिनों बहुत कुछ सोचने लगा था। धीरे-धीरे यह बात भी आयी-गयी हो गयी थी। पर ज़िन्दगी सपाट-सम भला कैसे रह सकी है—नाना उतार-चढ़ावों और घटनाओं का नाम ही तो ज़िन्दगी है। उसके दो बेटों में से एक के पुत्र हुआ था, यानी वह दादा बन गया था, उसे ख़ुश होना चाहिए था! ख़ुश वह हुआ भी, पर पौत्र-जन्म से एक सप्ताह के भीतर ही उसकी पत्नी और पिता दोनों चल बसे थे, माँ तो पौत्र जन्म के पहले ही गोलोकवासिनी हो चुकी थी। अब ललितशंकर पचास वर्ष का एक प्रौढ़ व्यक्ति नितान्त अकेला रह गया था। पुत्र-पौत्र-पौत्रियों के होते हुए भी अकेला-विचित्र लगता था, अनेक के बीच में एक व्यक्ति अकेला कैसे हो सकता था, पर सच्चाई यही थी। एक कलाकार का हृदय और कला का ख़ज़ाना पास होते हुए भी उन दिनों वह स्वयं को एकदम अकेला और कंगाल सरीख़ा अनुभव करता, तब अपनी दुनिया में फिर से लौट आने के लिए उसने जो उपाय खोजा था, वह काफ़ी कठिन और भयावह होते हुए भी उपाय तो था ही, वह मार्ग उसने पीछा सोचे बिना ही चुन लिया था।

उसने निश्चय किया, वह कश्मीर जाएगा। कुछ समय उस घाटी के सौन्दर्य के बीच बिताएगा, वहाँ कुछ समय उस तरह और एकाकी रहकर शायद वह शक्ति संचित कर सके, जिससे वह फिर से अपनी कला की दुनिया में लौट सके। पर पैसा? वहाँ तक पहुँचने, वहाँ स्थापित होने और तत्पश्चात् ख़र्चा चलाने के लिए पैसा कहाँ से आएगा? बेटों से कुछ माँगना उसे उचित प्रतीत नहीं हुआ, बेटे उसके प्रस्ताव को उसकी सनक करार देंगे, कहेंगे, "घर छोड़कर आप बेकार भटकने की बात सोच रहे हैं। जो कुछ करना है, यहीं कीजिए न! आपके पास तो दिल लगाने के लिए...।"

"बहुत कुछ है।" वह स्वीकार करेगा, पर असलियत वही जानता है न! अपने दिल की भीतरी परतों को अपने अंश से उत्पन्न सन्तति के सामने तक खोलकर बिछा देना कभी-कभी कितना कठिन होता है, यह बताना भी आसान नहीं हुआ करता कि एक कलाकार का अकेलापन साधारण अकेलापन नहीं होता, और कला कोई मोतीचूर का लड्डू नहीं है कि जब चाहे जहाँ कहीं बैठकर बना लिया। यह तो उस शक्ति की मेहर है, जो कलाकार के अन्तस् में छिपे हुए प्रतिभा नाम के मोती की आब को अपनी इच्छा से ही चमकाती-दमकाती है और तभी कलाकार के भीतर से इलहाम होता है, यानी अनुभूति को रूप मिलता है। ख़ुद उसकी इच्छा और प्रयत्न से कुछ नहीं हुआ करता, इसलिए किसी से बिना कुछ कहे-सुने ही अपने कब के

पड़े प्लॉट को बेचकर उसने पैसे का जुगाड़ बैठा लिया और अपनी मंज़िल की ओर प्रस्थान कर दिया।

उसे आश्चर्य हुआ था, अगर वह किसी से कुछ माँगता तो उससे पूछताछ की जाती, उसे निरुत्साहित किया जाता। कोई माँग प्रस्तुत करने पर उससे मात्र उस स्थान का नाम पूछा गया, जहाँ वह जा रहा था और नाम, पता मालूम हो जाने पर कोई आपत्ति नहीं की गयी थी। पहलगाँव के आगे एक सुनसान किन्तु भव्य प्राकृतिक सौन्दर्य से लबरेज़ जो स्थान था, वहीं पर उसने एक रम्य कॉटेज किराये पर ली थी। वहाँ उपस्थित प्रकृति के अद्‌भुत करिश्मों ने उसके रास्ते की थकान, व्यय और श्रम सबको विस्मृत करवा दिया। विचारों का ऊहापोह यहाँ पहुँचकर एकदम तिरोहित हो गया। उसे लगा, यहाँ तो उसे बहुत पहले आ जाना चाहिए था। जितने दिन उधर रहकर तपता-घुलता रहा, उतने दिन भी वह यन्त्रणा उसने क्यों भुगती भला?

छल-छल बहता, उछल-कूद मचाता लिद्दर दरिया, किनारे पर खड़ी वृक्षों की पाँत और उस सबसे ऊपर खड़ी हरियाली से आच्छादित पर्वत-शृंखलाएँ, पक्षियों के रंगों की तरह ही उनके भिन्न-भिन्न स्वर, उनकी ललित अठखेलियाँ—सबने उसे मुग्ध कर दिया। रात के एकान्त में पानी का स्वर अकेले व्यक्ति को प्रायः और अकेला कर जाता है। यहाँ का ठण्डापन, सन्नाटा और बीहड़पन रात में यहाँ और अधिक बढ़ जाता था; पर उस सबसे उसे अब भय नहीं लगता था। वह सब उसके लिए नयी-नयी संवेदनाओं का स्रोत बनने लगा था। अपने बिस्तर पर घण्टों पड़ा रहकर वह चुपचाप लिद्दर के स्वर को सुनता रहता, इससे उसे शान्ति मिलती थी। अपने आसपास के परिवेश और जनजीवन को पहचानने और अपने को नित्य नैमित्तिक क्रम से बैठाने की कोशिश वह कर ही रहा था कि तभी अपने बेटे कृपाशंकर का तार पाकर वह स्तब्ध रह गया। तार के काग़ज़ पर केवल चार ही शब्द थे, 'पापा, प्लीज़ कम सून।' पर वह दहल गया था।

वहाँ क्या घटित हुआ होगा, जो उसे इतनी दूर से तार देकर बुलाया जा रहा है?

किसी अदृश्य घटना की आशंका से ही वह वहाँ पहुँचा था। तामझाम जो वह अपने साथ लाया था, और वह जो वहीं इकट्ठा किया गया था उसे उसने वहीं छोड़ा था। उसे पूरी उम्मीद थी कि वह वहाँ लौटेगा और अपनी योजना को पूरा करेगा। अभी तो वह वहाँ से प्रकृति-सौन्दर्य के एक अंश का आनन्द भी अनुभव नहीं कर पाया था। बड़ी साध लेकर वह वहाँ पहुँचा था कि वह वहाँ सृजन भले ही न कर पाए, पर कम-से-कम अपनी इच्छाशक्ति का पुनः सृजन तो वह कर ही पाएगा, पर यहाँ तो 'प्रथमग्रासे मक्षिकापातम्' वाली कहावत चरितार्थ हुई।

वापस पहुँचने पर उसका विशेष स्वागत हुआ, उसे देखकर बहू-बेटे सब आह्लादित हो उठे थे, चर्चा खाने-पीने के बाद प्रारम्भ हुई।

"पापा, पता चला है आपने कोई प्लॉट ख़रीद रखा है?"

"प्लॉट।"

"हाँ, राघव चाचा कह रहे थे कि प्लॉट के लिए बयाना आपने उन्हीं के सामने दिया था।"

स्मृतिकक्ष आलोकित हो उठा था, तो बुलाने का राज यह है– ठीक है, ज़मीन का बयाना राघवेन्द्र के सामने ही दिया गया था, पर उसे यह बात कहने की क्या पड़ी थी?

बेटे कृपाशंकर ने उसके मन को टोह लिया था, तुरन्त बोला था, "पापा, आप सोच रहे होंगे, कि राघव चाचा ने यह बात हमसे क्यों कही? दरअसल बात यह है कि हम लोगों ने यहाँ एक दूसरा मकान ख़रीदने की बात सोची है। वह मकान इस नवीकरण किये मकान से काफ़ी अच्छा है। वह आधुनिक ढंग का बना हुआ है और संयोग से वह सस्ता भी मिल रहा है।"

"सस्ता, कितना सस्ता है।"

"अपने प्लॉट की जो पैमाइश राघव चाचा ने दी है, जितने में वह बिकेगा, क़रीब-क़रीब उतने में ही यह मकान हो जाएगा।"

"पर वह प्लॉट तो बेटा बिक चुका है। तुम्हें मालूम नहीं, अपने काश्मीर जाने-रहने का इन्तज़ाम मैंने उसी राशि से किया था।"

"अरे!!" दोनों बेटों के मुँह खुले-के-खुले रह गये। "और आपने हम दोनों से कहा तक नहीं?"

"उसका भी कारण था।"

"हम लोग आपको रोक लेते, यही न।"

"नहीं, वह बात नहीं है, अब तुम्हारी यह बात सुनकर तो मुझे ख़ुद ही अफ़सोस हो रहा है, बेचने पर नहीं, बेचने में धोखा खाने पर।"

"कैसा धोखा?"

"वह प्लॉट काफ़ी सस्ते में चला गया, यही बात इस समय मुझे खा रही है।"

"और वह राशि भी आपने ख़र्च कर दी, यह भी तो कहिए।"

"अभी ख़र्च नहीं हुआ है, जो बाक़ी बचा है, उसे तुम ले सकते हो।"

"पर उतने से क्या बनेगा। पापा, नया मकान ख़रीदने का हमारा कितना मन था।"

"तुम अपना मन मत तोड़ो बेटे, बाक़ी बचा धन तो है ही, यह नवीकरण करवाया गया मकान भी है, जिसमें तुम आजकल रह रहे हो। तुम इसे भी ले सकते हो, जिस पर मैंने अपना पूरा प्रॉविडेण्ट फण्ड ख़र्च कर दिया था। कहाँ पता था, वह नवीकरण

करवाना भी बेकार रहेगा। पर ख़ैर, शायद इस नवीकरण के कारण ही यह मकान अच्छे दामों में चला जाएगा और तब नये आधुनिक मकान को लेने की तुम्हारी साध पूरी हो जाएगी।"

उस मकान को बेचने के बाद स्वयं ललितशंकर की स्थिति क्या होगी, इस ओर उसका ध्यान गया ज़रूर था, पर अपने अपराध के कारण बच्चों की बिना सलाह प्लॉट बेच डालने का प्रायश्चित्त करने हेतु ही उसने कुछ भी दूसरी बात सोचने से अपने को रोक लिया था।

और मकान बिक गया था, ललितशंकर की योजना के धराशायी हो जाने की यातना का अनुभव कोई नहीं लगा सकता था। रह-रहकर उसे अपने मकान की याद आती, अगर उसके बाहर जाने का कार्यक्रम रद्द हो गया था, तो कम-से-कम इस अपने मकान में तो वह ठीक-ठीक रह ही सकता था। मकान बेच देने का प्रस्ताव जिस समय उसने बेटों के सामने रखा था, उस समय उसने इस वेदना का अनुमान नहीं लगाया था, पर वह यन्त्रणा तो घाटे में प्लॉट बेच डालने की यातना से भी कहीं अधिक क्रूरतम सिद्ध हुई। काश, वह पहले वह सब-कुछ सोच पाता, जिसका अनुभव वह उस समय कर रहा था। बेटों-बहुओं ने उसके लिए नये मकान में एक पृथक् कमरा निर्धारित कर दिया था। कलाकार के लिए एकान्त अपेक्षित है—जब-तब उचारे गये ललितशंकर के इस वाक्य ने ही सम्भवतः घर के सदस्यों को उसे सबसे कटकर अलग-थलग एक अकेला कमरा देने के लिए प्रेरित किया हो। पर यह स्थिति उसके लिए दिन-ब-दिन भयंकर होती जा रही थी। एकान्त अनुभव करने के स्थान पर वह खुद को निष्कासित अनुभव करता, वह स्वयं को तरह-तरह से सन्तोष देने की कोशिश करता, पर मानसिक शान्ति शायद वह अब हमेशा के लिए खो बैठा था। उसका यह शरीर दिन-रात तचता, आधी-आधी रात को वह उठकर बैठ जाता, नींद उससे कोसों दूर भाग चुकी थी। रात को नींद नहीं आती, तो सवेरे किसी तरह आँख लगती और वह दिन चढ़े तक सोता पड़ा रहता। कभी-कभी उसे डर लगता, पहले धक्के के समान कहीं वह इस बार भी नर्वस ब्रेकडाउन का शिकार न हो जाए। उन दिनों की अपनी हड़ियारी देह को याद कर-करके वह डरता। उन दिनों तो किसी तरह पत्नी ने सँभाल लिया था, अब अगर कहीं वही स्थिति हुई तो उसे कौन सँभालेगा, यही सोच-सोचकर वह रातोंरात जगता। यह उसके लिए दूसरा बड़ा धक्का था। इन दिनों वह फिर से उससे जुड़ गया था, जिसके सम्बन्ध में उसकी याददाश्त कच्ची पड़ती जा रही थी और उसकी स्थिति फिर से तोता-रटन्तवाली हो चली थी, यानी वह रामायण-गीता पाठ अब भी करता था, पर सिर्फ़ एक यान्त्रिक क्रिया की तरह, बिना सोचे-समझे।

इसीलिए शायद कवि ने सुख के माथे सिल पड़ने की बात कही हो। कुन्ती

ने भी भगवान कृष्ण से दुःखों की शायद इसीलिए याचना की हो, क्योंकि दुःखों में मनुष्य ईश्वर से जुड़ा रहता है, उसे सतत स्मरण करता रहता है। ऐसे दिनों में कण्ठ और हृदय में नाम का वास होना स्वाभाविक होता है। ललितशंकर भी उस आध्यात्मिक शक्ति से संयुक्त हो गया था, जिसको अपने सामान्य दिनों में वह विस्मृत कर चुका था।

चैन फिर भी नहीं मिल पा रहा था, अपने को भूलने के लिए वह स्वयं को कई कामों में उलझाने की कोशिश करता। सृजन-कार्य भी उनमें से एक था, पर जब-जब वह काम से हटता ध्वंसात्मक विचार उस पर फिर हावी होने लगते—काश, उस शक्ति ने उसे बुद्धि दी होती, तो वह अपने को संयत रख पाता, न बाहर जाने की ललक जगती, न पैसे की तरफ़ उसका ध्यान जाता, धन-प्राप्ति के लिए तब प्लॉट के बेचने की नौबत ही न आयी होती। बाद में प्लॉट अच्छे दामों पर बिकता, तो मकान को हाथ लगाने का फ़ैसला भी न किया जाता। विचारों का क्रम-दर-क्रम, उबाल-दर-उबाल उसे झुलसाकर छोड़ देता, जैसे समुद्र की छाती पर उत्पात मचाती किनारे की ओर लपलपाती लहरें किनारे पर खड़े व्यक्ति के पैरों को भिगोने के अतिरिक्त उन पर रेत और मिट्टी भी चढ़ा जाती हैं। विचारों का आक्रमण मस्तिष्क को सोच और चिन्ता के चूरे से बराबर आच्छादित रखे चलता। उसे लगता इस अपने नये कमरे में उसे बन्धक बनाकर रख दिया गया है। उसका अस्तित्व-अधिकार दोनों समाप्त हो चुके हैं। उसे अपनी दादी की उक्ति याद आती—अपने ठीये पर पड़ा-पड़ा तो पत्थर भी भारी हो जाता है। ठीया छोड़ देने की ग़लती उसने क्यों की? मैं तो पत्थर नहीं था, चेतन प्राणी था, तब उस प्रकार की बुद्धि उसमें क्यों नहीं जगी? सोच, सोच! उबाल, उबाल, उबाल। कोई उसे सान्त्वना देनेवाला नहीं था। मानसिक तनाव मस्तिष्क को कुचलता हुआ देह पर फिर आक्रमण कर बैठा था। उसका शरीर छीजने लगा था, धुनन-बिनन आकुलता। अपनी मानसिक आकुलता के उन्हीं दिनों में ललितशंकर को वह पुस्तक हाथ लगी थी, जिसकी शब्दावली ने उसके मन को अतुलित आनन्द और समर्पण-भाव से भर दिया था। उस शब्दावली को वह कई-कई बार पढ़ता—

"...जो कुछ कर रहा है, वही कर रहा है, जो तुम कर रहे हो या तुमने किया है, वह भी उसी ने किया है, तुमसे खुद करवाया है। सब-कुछ उसकी इच्छा से ही होता है—संकट आते हैं, तो टल भी जाते हैं, अपने को उसी के हवाले कर दो, छोड़ दो अब तर्क-वितर्क द्वन्द्व..., द्रौपदी ने भी चीर-हरण के समय सबसे निरर्थक याचना करने के उपरान्त अपने को कृष्णार्पण ही कर दिया था और तब ही...।"

एक-एक वाक्य इतना चुनिन्दा प्रतीत होता, मानो वह सब ललितशंकर के लिए ही लिखा गया हो और जो पृष्ठ संयोग से उसकी आँखों के सामने आया था, वह भी मानो उसी के लिए खुला था। धीरे-धीरे ललितशंकर शान्त हो चला था। अपने

को समेटकर उसने अपने को अपने में केन्द्रित कर लिया था और तब अपने दुःख को वह भूलने लगा था। उस स्थिति को भी अभी कुछ ही दिन गुज़रे होंगे कि तभी अचानक एक दूसरी नहीं तीसरी घटना घटित हो गयी...

फ़ोन उस समय कृपाशंकर ने ही उठाया था, “आपका फ़ोन है पापा।”

“मेरा फ़ोन?” ललितशंकर ने अभी-अभी एक नया स्केच बनाकर ख़त्म ही किया था और दो घण्टे के परिश्रम के बाद अब कमर सीधी करने पलँग की तरफ़ जा रहा था।

फ़ोन पर सुमना थी। “आप मुझे पहचानते नहीं न?” उधर से आवाज़ उठी थी।

“आप पहचान ली गयी हैं सुमना जी। पूरी तरह पहचान ली गयी हैं। आपसे मिलने का सौभाग्य मुझे पोरबन्दर के अधिवेशन में मिला था...।”

“आपकी याददाश्त क़ाबिले-तारीफ़ है। मैं तो समझी थी आप मुझे भूल गये होंगे।” उधर से खिलखिलाहट का स्वर उठा था, “बाप रे, आपको सब-कुछ याद है।”

“क्यों याद नहीं रहना चाहिए था?”

“अरे, वह बात नहीं है, आपकी बहुत-सी चीज़ों ने मुझे बहुत प्रभावित किया है। अब इस याददाश्त ने भी।”

“उन बहुत-सी बातों के अलावा कुछ और भी बातें हो सकती हैं, जिनसे आप प्रभावित हो सकें।”

“इसलिए इतनी दूर आपके नगर में आकर आपसे मिले बिना लौटने की बात मैं सोच भी नहीं सकती। मैं देखना चाहती हूँ, आप कैसे काम करते हैं?”

“आप घर ज़रूर आइए, पर इस दृष्टि से नहीं कि मैं कैसे काम करता हूँ, कहाँ काम करता हूँ, ब्रश कैसे पकड़ता हूँ, कलम और काग़ज़ कहाँ रखता हूँ, कैसे उठाता हूँ, कैसे रेखाएँ बनाता हूँ, यह सब-कुछ नहीं; क्योंकि कलाकार भी एक सामान्य जीव होता है, उसे भी दुःख-सुख व्याप्त हैं, सामान्य प्राणी की तरह वह भी जीता-मरता है। हाँ, पर पहले मैं आकर मिलूँ, कहाँ ठहरी हैं आप, बताइए न।” ललितशंकर ने यह तरंग में डूबकर कह दिया था। पर भीतर-ही-भीतर वह कुछ कम्पित हो उठा था। यह कम्पन क्यों था, किस प्रकार का था, वह कुछ समझ ही नहीं पा रहा था। उधर से पता, सड़क की संख्या, सब बताई गयी थी, आग्रह किया गया था कि अगर वह तकलीफ़ महसूस न करे, तो ज़रूर आए।

ललितशंकर को याद आया, पोरबन्दर में भी वह महिला काफ़ी शिष्ट-सम्भ्रान्त दिखती थी। उसने उससे खुद बढ़कर बात की थी, शायद उस सम्मेलन में वह प्रथम बार आयी थी, इसलिए उसका उत्साह कुछ अधिक ही बढ़ा-चढ़ा दिखाई दे रहा था। वहाँ आये लगभग सभी लोगों ने उसे पसन्द किया था। उसके साथ का वह परिचय उन दिनों घनिष्ठ प्रतीत होता था। शायद वहाँ आये हर व्यक्ति ने वैसा ही महसूस

किया हो। पर समय के लम्बे अन्तराल और जीवन में घटित विविध वांछित-अवांछित घटनाओं ने उस परिचय की स्मृति को अब तक काफ़ी धुँधला कर डाला था। यों ललितशंकर आसक्ति की हद तक किसी से जुड़ता ही नहीं था। आज एकाएक फ़ोन पाकर जैसे पुरानी बातें नये सिरे से फिर नयी हो गयी थीं।

ललितशंकर ने कब कल्पना की थी कि वह उसके नगर में आएगी और वह भी इस ललक के साथ कि वह कहाँ रहता है, कैसे काम करता है वग़ैरा भी जानना चाहेगी। उसने उसे समझा दिया था कि वह कलाकार को एक विशेष जीव न माने, पर भीतर-ही-भीतर चिन्तित था कि वह उसके आतिथ्य को कैसे निभा पाएगा। यों घर में सब-कुछ था, हवा-पानी के अलावा विभिन्न प्रकार के खाद्य पदार्थ भी, पसन्द की चीज़ें भी तैयार की जा सकती थीं—फिर भी भीतर-ही-भीतर वह परेशान था। बच्चों के दूसरे कमरों से उसका कमरा अलग-थलग पड़ता था, दूसरे कमरों से वह इस अर्थ में भी भिन्न था, कि फ्रिज़, टीवी, कूलर जैसी ज़िन्दगी की बहुत-सी सुविधाएँ उधर नहीं थीं। कमरा भी कुछ अधिक सज्जित तड़क-भड़कवाला नहीं था। अपनी कला-सामग्री के साथ वहाँ पर वह बहुत सीधे-सादे ढंग से अपने दिन गुज़ार रहा था—सुमना की बात ने उसे चिन्ता में डाल दिया था। उसने तो कभी सोचा भी नहीं था कि एक दिन एक धनाढ्य सम्भ्रान्त कला-प्रेमी महिला उसका कक्ष और काम देखने की इच्छुक बनी उसके घर पधारेगी।

चिन्तित अवस्था में ही वह उसके ठिकाने पर पहुँचा था।

"मैं बस आपका इन्तज़ार कर ही रही थी।"

"सच!" ललितशंकर कृतकृत्य हुआ। बड़े आदर-भाव से वह उसे भीतर ले गयी थी, भीतर पहुँचकर वह हक्का-बक्का रह गया था। उस ठिठुरन-भरी शीत ऋतु में भीतर पहुँचते ही सर्दी तिरोहित होती चली थी। पूरी कोठी वातानुकूलित थी। सुमना की प्रसन्नता और स्वागत का आर-पार नहीं था। ललितशंकर से उसने बेहद सहज ढंग से बात करना शुरू किया था, पर ललितशंकर भीतर-ही-भीतर डूबता चला जा रहा था, अभी तक तो वह अपने घर की सामान्य चीज़ों के कारण ही परेशान था, अब इस असामान्य घर (जिसके सामने उसका अपना घर, जिसे आधुनिक क़रार देते हुए ख़रीदा गया था) के सामने कहीं था ही नहीं, इस वस्तुस्थिति ने उसके चित्त को और अधिक आन्दोलित कर डाला था। उसकी आँखों के सामने एक मामूली मकान था, उसके अपने कमरे के पलँग पर बदरंग चादर थी और मेज़ पर किताबों और चित्रों का ढेर, इधर-उधर बिखरे-छितरे ब्रश और रंग। उसका अपना सामान तक तरतीब से नहीं लगा था; और लगा भी रहता तो क्या, वहाँ के सौन्दर्य में कोई बढ़ोतरी हो जाती? उसकी आँखें इस समय दूरावस्थित अपने घर में हर चीज़ में अव्यवस्था देख रही थीं।

यह सुमना नाम की ऐशो-आराम सुख-सुविधाओं में रहनेवाली महिला उसके घर में आकर क्या देखेगी?

"सुनो, कलाकार की ज़िन्दगी तो एक फक्कड़ ज़िन्दगी होती है, बेआरामी और अव्यवस्था के जंगल में ही उगता है उसकी महत्त्वाकांक्षा का फूल। उसे अपना सही स्वरूप दिखाने में झिझक क्यों होनी चाहिए?" भीतर बैठा कोई उसे समझाने लगा था।

मुलम्मा चढ़ाकर अपनी ज़िन्दगी को तुम क्यों पेश करना चाहते हो? तुम्हारा असली रूप तो तुम्हारी कला है। श्रम से अर्जित समय की धार पर पैनी हुई तुम्हारी अपनी कारीगरी ही तो तुम्हारा असली रूप है। निरर्थक चमक-दमक, सुविधाएँ, ऐशो-आराम तो एक कलाकार के लिए बहुत छोटी बातें हैं। जैसे कोई उसे जमा-जमाकर समझा रहा हो। कॉफ़ी का प्याला थामे हुए काजू की प्लेट से काजू कुटकुटाता हुआ उसका मन क्या-क्या धुनता-बिनता रहा, फिर भी स्वयं को सहज रखना उसके लिए मुश्किल पड़ रहा था। कला और साहित्य से सन्दर्भित ढेर बातें करता हुआ भी वह न जाने कितनी दूर पहुँच चुका था, काश वह भी अपने घर आने पर उसका इसी प्रकार स्वागत करता। उसका मन ढेर अधकचरी और टुच्ची बातें सोचने लगा था, फ़ोन पर सुमना का स्वर सुनकर कहाँ तो उसने सोचा था कि वह अपनी त्रासदायक दुनिया से कुछ समय के लिए त्राण पा जाएगा, यहाँ उल्टे एक नये मानसिक द्वन्द्व में फँस गया।

"तो कब आ रही हैं आप?" कुछ क्षणों में स्वयं को साधकर उसने इसे औपचारिकतापूर्ण वाक्य बनाया।

"बस कभी भी आ जाऊँगी, वैसे आप काम कब करते हैं?" सुमना ने बड़े चलताऊ किन्तु स्निग्ध स्वर में पूछा।

"क्यों, आपको मुझे काम करते हुए भी देखना है कि मैं कैसे ब्रश पकड़ता हूँ, कैनवस को किस दिशा में रखकर ब्रश कैसे चलाता हूँ, कैसे बैठता हूँ...यही सब न?" अन्तःतल में रची-बसी अपनी चिन्तापूरित आशंका को भी उसने सहज उल्लसित ढंग से प्रस्तुत किया।

"अजी नहीं, मैं तो यही जानना चाहती थी कि अगर मुझे आपके काम का समय मालूम हो जाए तो मैं उस समय आऊँ, जब आप ख़ाली हों, आपके काम में व्यवधान न बनूँ?"

"तब आप कभी भी आ जाइए।" सुमना के लिए एक दिन ख़ाली ही चला जाएगा तो क्या?—उसने मन-ही-मन विचारा था, पर हृदय के कम्पन से वह अब भी मुक्त नहीं हो पाया था। अपने पुत्र के सज्जित ड्राइंग-रूम में बिठाकर भी वह उसे क्या दिखा सकता है। अपने मकान की तस्वीर इस समय उसे काफ़ी गँवारू और बदरंग नज़र आ रही थी—अगर पहलेवाला मकान होता तब तो उसे न जाने कितना कुछ सोचना पड़ता—सोच के बगूले उसे इस समय भी बेतरह घसीट रहे थे।

सुमना कह रही थी, "यह कोठी मेरे ताऊजी की है, हमारे दादा-परदादा कपूरथला में बड़ी-बड़ी जाग़ीरदारों के मालिक थे, यह कोठी वहीं की ज़ायदाद से बनी है। हमारे ताऊ चाचा अब पंजाब से इधर आकर ही बसना चाहते थे, इसीलिए इस कोठी के अलावा उन्होंने यहाँ दो कोठियाँ और अपने फार्म भी तैयार करवाये हैं। यहाँ से क़रीब दस मील के फ़ासले पर उन्होंने कई एकड़ ज़मीन ख़रीदी है, वहीं उनकी पैदावार भी होती है और उधर फलों के बाग़ीचे भी हैं। आपका शहर वाकई ख़ूबसूरत है, इसीलिए न लोग यहाँ बसना पसन्द करते हैं।"

"वह तो है।" और आपका जो यह सरंजाम है, वह भी आपके कहे बिना ही नज़र आ रहा है। दूसरा वाक्य ललितशंकर बचा गया। उसका मन कगारों तक उठी हुई जलराशि में और अधिक ऊब-डूब करता चला जा रहा था। इधर तो उसके दादा-परदादा की पूरी कहानी ही क़िल्लतों का इतिहास रही है। बच्चों से कुछ उम्मीद बाँधी थी, तो वे भी अपने पुरखों की ख़ून-पसीने की कमाई पर ही किसी तरह खड़े हैं। अब उसके पास गर्व की कोई वस्तु रह गयी है तो वह है उसकी कला, पर इस समय वह भी उसका साथ छोड़ती चली जा रही थी।

"आप आइए तो सही।" किसी सन्दर्भ में उसने फिर से बात उठायी थी, "वैसे कलाकार भी एक सामान्य प्राणी हुआ करता है, ('निरीह' शब्द वह बचा गया था) उसके बाबत कोई बड़े-बड़े कुलाबे न बाँधिए–" उसने साथ ही जोड़ दिया था, पता नहीं अपने को या फिर सुमना को ही समझाने के लिए। उसी क्षण उसे अपने पर क्रोध मिश्रित आश्चर्य भी हुआ था। बार-बार वह एक ही बात क्यों दोहराने, सोचने लगता है और अगर दोहराना है, तो खुद क्यों नहीं समझता कि ये प्रदर्शन की ऊपरी चीज़ें बहुत छोटी हैं, सचमुच बहुत गौण। उसे इन पर ध्यान नहीं देना चाहिए। पर वह था कि न तो कुछ समझ पा रहा था और न अपने सोच से मुक्ति पा सक रहा था। उसके किसी कथन के जवाब में सुमना ने ही कहा था–

"आप कुछ मत सोचिए शंकरजी, कलाकारों की ज़िन्दगी से ज़्यादा मुझे उनकी कला में रुचि है।" सुमना के उस वाक्य ने उसे राहत दी थी। पर लौटते हुए सड़कों और चौराहों को लाँघते हुए उसका मस्तिष्क उसे फिर रेतने लगा था। सुमना के घर आने पर वह उसे क्या-क्या दिखाएगा? अपने कमरे के अलावा वह पूरा घर तो दिखा ही देगा, पीछे बने छोटे से किचन गार्डन में भी ले जाएगा, पर उसके ताऊजी के बड़े-बड़े फ़ार्मों क़े आगे उसके घर का वह किचन गार्डन...सुमना मन-ही-मन हँसेगी...। हीन भावना ललितशंकर को फिर से दबोचने लगी थी, घर लौटते-लौटते वह बुरी तरह पस्त हो चुका था। एक रम्य और भव्य कोठी को देख आने और एक प्रबुद्ध महिला से बात करने का सुख-आनन्द उसे कहीं से भी स्पर्श नहीं कर पा रहा था। उसका मन तो अपनी धुनाबिनी में रमा हुआ था। कमरे का ताला खोल अपने पलँग पर वह आज की तरह ही अगले दिन भी लमलेट हो गया था। देह

धीरे-धीरे फिर तचने लगी थी, भयंकर सिरदर्द और आँखों के आगे अँधेरा। उस महलनुमा मकान की भव्यता को वह भूलना चाहता था या अपने घर के दारिद्र्य अभावों को...? इस बार उन ध्वंसात्मक विचारों ने उसकी देह और आँखों दोनों को रौंदा था–तो फिर उसकी हर बीमारी क्या उसके विचारों और भावनाओं का ही प्रतिफल है? काश, उन टुच्ची निरर्थक बातों ने उसके मस्तिष्क को उस प्रकार अपने शिकंजे में न जकड़ा होता। काश, यह सब वह डॉक्टर से इस रूप में बता पाता!

काश...!

मंज़िलों ऊपर

"बाई, बेबी को मरीज़ के कमरे में लाना ठीक नहीं, ले जाओ इसे वापस!" कुछ-कुछ निर्ममता भरे स्वर में बेबी को बाहर ले जाने का आदेश दे सिस्टर लवी मरीज़ का बिछौना ठीक करती रहीं—पहले उन्होंने अमर बाबू को एक करवट दिलाकर दूसरी तरफ़ की चादर ठीक की—सफ़ेद झक्क चादर, सफ़ेद झक्क तौलिये, नैपकिन, पलँग के पाये, चिलमची, सनमाइका की मेज़ें, अलमारी, दीवारें, पार्टिशन—यहाँ तक कि दरवाज़े तक सब झक्क सफ़ेद—कोठी का यह हिस्सा यानी कमरा किसी छोटे-मोटे अस्पताल-सा ही नज़र आ रहा था। वज़न लेने की मशीन, ग्लुकोस देने, ख़ून चढ़ाने, ऑक्सीजन देने और ब्लडप्रेशर लेने के उपादान—अस्पताल सरीख़ी सभी चीज़ें यहाँ मौजूद थीं। सिस्टर लवी काम में लगी रहीं। कमरे में एकदम सन्नाटा। सिस्टर लवी की इज़ाज़त के बिना खुद ठाकुर साहब भी इस कमरे में नहीं आ सकते थे। इस कमरे की समूची धुरी जैसे सिस्टर लवी के आदेश पर ही घूम रही हो। कितने मुश्किल से सिस्टर लवी की सेवा नसीब होती है, भाग्यशाली हैं वे लोग, जिनकी परिचर्या के लिए सिस्टर लवी की सेवा उपलब्ध हो जाती है। कुछ सम्पन्न लोग तो उस शहर में सिस्टर लवी की सेवा पाने के लिए ही बीमार पड़ना चाहते हैं।

अगर सिस्टर लवी न आती तो...? अमर आँखें मूँदे सोच रहा था। उस समय की मरणासन्न स्थिति की पूरी तस्वीर उसके ज़ेहन में इस समय ज्यों-की-त्यों अंकित थी, जैसे अभी भी वह इस धरती से उठकर भयंकर बगूलों के बीच कहीं दूर उड़ा चला जा रहा है—भयंकर घुटन, तेज़ जानलेवा दर्द—सिस्टर लवी के हाथ के स्पर्श का एहसास कितना मधुर था, कितना शान्तिप्रद—पूरे तीन दिन से सिस्टर लवी रात-दिन जगती रही है, उसके चेत में एक मिनट को भी उसके पास से नहीं हिली हैं—सिरहाने कुर्सी पर उसकी एक-एक नस-नाड़ी के स्पन्दन पर नज़र रखती हुई उसके सिर पर हाथ फेरती रही हैं।

सिस्टर लवी इन तीन दिनों से सचमुच जैसे इस लोक में हों ही न। इस बच्चे

की आवाज़ के साथ ही जैसे उन्हें बोध हुआ हो कि वे कहाँ हैं। तभी उन्हें महसूस हुआ कि वे इस दुनिया में हैं और इस ज़मीन के दु:ख-दर्दों में ही पिस रही हैं।

नहीं नहीं नहीं, अब मैं सचमुच अपने को नहीं रोक सकती। बहुत दिन सब्र कर लिया है मैंने, पर सब्र करने के अलावा तब चारा ही क्या था? निर्माण की प्रक्रिया में व्यक्ति को खुद को तोड़ना ही पड़ता है। उस समय चारा नहीं था, पर अब? अब तो मैं कोशिश कर सकती हूँ। पर मन की चाह ही तो कोशिश नहीं कही जा सकती...अपने खुद के द्वन्द्वों से भिड़ रही हों सिस्टर लवी जैसे।

"सिस्टर, भइया का जी कैसा है अब?"

दहलीज़ पर आकर खड़े हुए उस ललक-भरे स्वर ने अचानक उस पर रोक लगा दी।

"जी ई ई ऽ ऽ?" प्याले में दूध और हॉर्लिक्स मिलाती सिस्टर लवी का हाथ ठहर गया।

"हाल ठीक है। अमरजी पहले से बहुत अच्छे हैं। भीतर आ जाइए माँ जी।" अमर की दादी सिहर उठीं, कानों पर विश्वास नहीं हुआ, सिस्टर लवी ने उन्हें आने की इज़ाजत कैसे दे दी? फिर भी क्षणांश को वे ज्यों-की-त्यों खड़ी रहीं?

"भीतर आइए न। अमर बाबू अब अच्छे हैं। आपकी बात समझ सकते हैं। आपसे बोल सकते हैं।"

ठकुरानी माँ भीतर लुढ़क-सी आयीं, "बेटी, तुमने मेरे बच्चे को नयी ज़िन्दगी दी है रानी!" तकिये पर सिर रखे सीधे-सपाट लेटे अपने पोते के माथे का स्पर्श करने से पहले ठकुरानी माँ ने सिस्टर लवी के हाथ को अपनी मुट्ठी में दबोच लिया, "बेटी, तुम सुखी रहो, तुम्हारे मन की मुराद पूरी हो, तुमने हमें जिला लिया।" और फिर वे आगे बढ़कर अपने पोते को दुलारने लगीं।

मन की मुरादऽऽ! सिस्टर लवी मानो फिर आसमान में तैर गयीं—खुला-फैला-फूटा दूर तक चला गया सीमातीत नीला-नीला आसमान नन्हे बच्चे का छोटा-सा रुदन...सिस्टर लवी ने इतने छोटे बच्चे के इस प्रकार के रुदन को क्या आज पहली बार सुना था? अपने भाई-भावज के नन्हे बच्चों के रोने-चीख़ने की आवाज़ों को सुनते-सुनते, उन्हें पलते, बड़ा होते देखते पूरे दो युग बीत गये हैं।

"अमर बाबू, यह थोड़ा-सा दूध ले लीजिए।" सिस्टर लवी ने मरीज़ को दुलराया-सा और फिर सिर को बहुत सावधानी से थामकर दूध का प्याला होंठों से लगा दिया। ठकुरानी माँ, अमर की दादी, सामने रखी कुर्सी पर बड़े आश्वस्त भाव से देखती बैठी रहीं।

"कहा न बेटी, तुम तो हमारे लिए दुर्गा भगवती सरीख़ी बनकर आयी हो। हम तुम्हारा ऋण इस जन्म में नहीं चुका सकेंगे। ठाकुर साहब भी तुमसे मिलना चाहते हैं।"

"मुझसे मिलना चाहते हैं, अपने बेटे से नहीं?"

"आज सुबह तुमने बिट्टू को भीतर नहीं आने दिया न, शायद इसीलिए सोचते हों कि सिस्टर ने भीतर आने पर अब भी पाबन्दी लगा रखी हो।"

एक तड़कन कलेज़े में फिर जगी।

"ओह, आई ऐम वेरी सॉरी, पर मरीज़ के पास बच्चों का रोना ठीक नहीं है न, इसीलिए कहा था मैंने, किसका बच्चा है यह?" इधर-उधर कमरे को व्यवस्थित करती हुई सिस्टर लवी अपने को फिर नहीं रोक सकीं।

"बच्चा इसी अमर का है बेटी। अभी तो पूरे छह महीने का भी नहीं हुआ है। इसी की बहू थी वो। यह मेरा पोता है, इसके माँ-बाप नहीं हैं। अपनी ही कार-ऐक्सीडेण्ट में दोनों एक साथ चले गये।" फुसफुसाते-से स्वर में ठकुरानी माँ ने बताया और पल्लू से आँखें पोंछ लीं।

"ओह!" कुछ अधिक पूछने का अवसर नहीं था, सिस्टर लवी के कान उस रोते हुए बच्चे की आवाज़ को फिर सुनने लगे, कैसी थी वह आवाज़, उस आवाज़ ने उन्हें ऊपर से नीचे तक हिला दिया था। कितने बरस हो गये हैं उस सुनी हुई आवाज़ को। फिर भी उस आवाज़ से आज की यह आवाज़ कितनी मेल खाती हुई थी! क्या करूँ? नहीं नहीं नहीं, उस आवाज़ को मैं नहीं सुन सकती थी—वही स्वर मस्तिष्क को फिर झँझोड़ने लगा।

"सुनो बेटी, मैं ठाकुर साहब को बुलाने भेज दूँ किसी को? बच्चे की ख़बर पाने के लिए वे रात-भर से बेचैन हैं।" ठकुरानी माँ ने किसी प्रकार अपने को स्वस्थ किया।

"जी बुलवा लीजिए। पर ठहरिए, कहाँ हैं ठाकुर साहब, मैं उन्हें ख़ुद जाकर बुला लाती हूँ। आप तो यहाँ हैं ही। अभी आती हूँ बस एक मिनट में।"

"अच्छा बेटी, इससे अच्छी और क्या बात होगी! यहीं पास ही तो हैं वे, बराबर वाली बैठक में..."

सिस्टर लवी ख़ुद को सन्तुलित करने के लिए तौलिये को स्टैण्ड पर टाँगकर कमरे से बाहर निकल गयीं।

भयंकर शीत के बावजूद सिस्टर लवी चल दी थीं। बस झपाटे से दौड़ी चली जा रही थीं। पीछे की सीट पर बैठे यात्री ने खिड़की के पूरे शीशे को धीरे से चढ़ा दिया—धुन्ध से काँच बार-बार धुँधला जाता था—सिस्टर लवी को कुछ सुध नहीं थी। मौसम और हवा के तेज़ थपेड़ों से बेख़बर वे अपनी दुनिया में खोयी बैठी थीं—कितनी-कितनी बातें आज चित्रपट की तरह उनके मन-मष्तिष्क की आँख के बीच खिंचती चली जा रही थीं और उन सबके ऊपर अभी कल की बात—ठाकुर साहब ने उन्हें कितनी

मुश्किल से छुट्टी दी थी, तब जबकि अस्पताल के बड़े डॉक्टर चटर्जी ने उन्हें अपने हाथ से लिखकर दे दिया कि उनका मरीज़ अब बिलकुल अच्छा है। सिस्टर लवी की सेवा की अब उसे क़तई ज़रूरत नहीं है—तभी छोड़ा था उन्होंने उसे। प्राणों से बढ़कर भी क्या कोई चीज़ होती है? ठाकुर साहब इसीलिए चिन्तित थे, प्राणों को बचाने की आकांक्षा ही तो सिस्टर लवी को इक्कीस बरस पहले उस घर से भगाकर ले आयी थी। काश, उस समय उन्होंने अपनी जान की चिन्ता न की होती। तब इतने बरस उन्हें तपते-सुलगते तो नहीं बीतते इक्कीस बरस! बड़े-बड़े युग—इतना अरसा कैसे बीत गया!

आम, झरबेरी, बबूल, कीकर के ऊँचे-ऊँचे पेड़ों की क़तारवाली तारकोली सड़क पर बस रपटती-सी चली जा रही थी, धुन्ध के बीच कभी-कभी शीशे में से दीख पड़ती पारदर्शी सड़क—एक-एक तस्वीर मस्तिष्क में उचालती हुई : एक कोमलांगी-सलोनी-कमसिन बड़ी-बड़ी आँखों और तीखे नाक-नक़्शवाली तरुणी को उस दिन उसने धक्का दे दिया था, उस आततायी बिजार सरीखे जानवर आदमी ने, "सुन, मैं तुझे माँ बनने के लिए मोल-भाव करके नहीं लाया हूँ।"

"पर पर, अब तो मैं माँ बन ही चुकी हूँ।" मोल-भाव करने की बात उसने उस समय किसी तरह लील ली थी—भयंकर मानसिक आवेग में उसकी ज़बान इसी तरह उल्टा-सीधा बकने लगी थी—व्यर्थ की बेसिर-पैर की बातें। वह भूल जाता था कि उसकी सीधी-सादी, नासमझ माँ से वह खुद इसे इसरार करके लाया था और माँ ने अपनी उस हालत में भी जितना कुछ बन पड़ा था, उसके साथ बाँधा था।

"माँ बन चुकी है, पर तेरा माँपन मैं बर्दाश्त नहीं करूँगा। तुझे सही ढंग से रहना होगा, ख़बरदार जो तू उस पिल्ले के पास गयी। सुन रही है!"

"पिल्ला!! क्या कहा? मेरे कलेजे का टुकड़ा, जिसे मैं पाँच महीने से रात-दिन एक करके पालती रही हूँ उसे तुम...!"

"हाँ-हाँ, पिल्ला है वह, पिल्ला, मैंने उसका इन्तज़ाम कर दिया है।"

"मैं सब समझती हूँ तुम्हारी चालें, तुम औरत की सिर्फ़ एक चीज़ के ही प्यासे हो! कामुक भावना के लिजलिजे कीड़े, लोभी...! ख़बरदार जो तुमने मेरे बच्चे को छुआ!"

प्रत्युत्तर में गाल पर एक मज़बूत तमाचा पड़ा था और उनका सिर घूम गया था। उस दिन मस्तिष्क के उस अन्धड़ में सिर्फ़ एक जानलेवा चीत्कार—बालक का क़ातर स्वर ही वे सुनती रही थीं...दुबारा चेत आया था तो उनके कलेजे का कतला वहाँ नहीं था।

"मैंने उसे उस तिवारी सेठ को दे दिया है। वहाँ तेरा बच्चा सुख से रहेगा।" फटी-फटी आँखों से उन्होंने उस आदमी के उस निर्विकार स्वर को सुना था।

रोना-पीटना, पछाड़-मूर्च्छा—फिर सिर्फ़ एक अन्तर्वेदना गुम्म चोट—चीख़ता, रुदन

करता एक नन्हा-सा स्वर। अनचाहे ही उस आदमी को झेलते डेढ़ बरस और बीत गया था। दूसरी औरतों के पास जाकर वह अपने को गरम करे—उन्हें यह पसन्द नहीं था, इसलिए उसके सुख के लिए वे खुद को ध्वस्त करती रही थीं—निरर्थक।

दूसरे बच्चे के आगमन के सम्बन्ध में उन्होंने साँस भी नहीं ली थी और इससे पहले कि वह व्यक्ति कुछ जान पाए, उन्होंने चुपचाप घर छोड़ दिया था। उन्हें विश्वास था, वह उनके किसी भी बच्चे को नहीं बख़्श सकता, ऐसा ही बहशी जुनून सवार था उस पर। धुन्ध धीरे-धीरे साफ़ होती चली थी। अपने बेटे को वे एक दिन भी नहीं भूली थीं। आज इक्कीस बरस बाद भी नहीं। अपने व्यस्ततम क्षणों में भी वे कभी-कभी उसके माँऽऽ! स्वर को सुनती रही थीं। पर उस दिन अमर बाबू के बेटे के स्वर ने तो उन्हें झकझोर ही डाला था।

एक बड़े दचके के साथ बस रुकी खड़ी थी—

"आपको मुजफ़्फ़रनगर उतरना है न?" पास बैठे सहयात्री ने चेताया।

"जी हाँ, मुझे वहीं उतरना है।" लवी सिस्टर ने हड़बड़ाये स्वर में कहा।

"मुजफ़्फ़रनगर तो आप पहुँच चुकी हैं, यही है वह जगह।"

"मुजफ़्फ़रनगर आ गया? इतनी जल्दी?"

"आपको जल्दी मालूम दे रही है, यहाँ बैठे-बैठे कमर पिरा गयी।" एक प्रौढ़ महिला ने गाड़ी से उतरते हुए कहा।

"आप तो पूरे रास्ते सोती रहीं।" सहयात्री उनकी तन्द्रा को सोना समझ बैठा था, "आपने तो यह भी महसूस नहीं किया कि हवा कितनी सर्द है। पानी की हल्की-हल्की बौछारें आपको खिड़की की राह आ-आकर भिगो रही थीं तो हमने शीशा चढ़ाया, आपको तो यह भी होश नहीं था। चलिए अच्छा है, अब पानी रुक गया है।" सुसभ्य-से दिखते यात्री ने अपना सामान घसीटा।

"जीऽऽईऽऽ!" सिस्टर लवी हड़बड़ायी-सी उठीं और बस के नीचे उतर आयीं। सामान कुछ नहीं था, सिर्फ़ एक छोटी-सी अटैची और कन्धे पर बैग। उतरकर एक क्षण याद किया, उन्हें कौन से मोहल्ले से जाना है। याद आया तो रिक्शा ले लिया।

"कहिए किसे खोज रही हैं आप?" सिस्टर लवी रिक्शे से उतरी खड़ी थीं। आसपास के कुछ बच्चे भी घिर आये थे।

"जी, इधर कोई सेठ लछमनदास तिवारी रहते हैं? यहाँ उनका मकान था।" अटकते-से स्वर में पूछा सिस्टर लवी ने।

"इटारसी वाले?"

''जी ई ई हाँऽऽऽ" बिना जाने-बूझे ही कह दिया वैसा, शायद उसी से कोई सुराग़ मिले।

सुननेवाला कुछ सोचने लगा।

"अरे मिस साहबजी, जहाँ की आप बात कर रही हैं, उहाँ अब कोई नहीं रहता। सिरिफ लड़कों का कालिज है अब उहाँ। हमने आपसे कहि दिया था पहिले ही।" रिक्शेवाला इन्तज़ार में रिक्शे से टिका खड़ा अब बीड़ी सुलगा बैठा था।

"जी हाँ, यहाँ तो कॉलेज ही है। यह ठीक कह रहा है मिस साहिब।"

बार-बार के इस मिस साहिब शब्द ने सिस्टर लवी को झटका दिया—क्या वे मिस साहब-सी दिखती हैं अब? ओह हाँ, करारे ढंग से बँधी उनकी सफ़ेद रेशमी साड़ी और ऊँची एड़ीवाले जूतों को ही देखकर देखनेवालों को शक़ हुआ होगा, पर उस दिन भी क्या वे मिस साहब ही थीं? एक सीधी, भोली दबी-ढँकी-सी स्त्री हुआ करती थीं वे उन दिनों—परिस्थितियाँ व्यक्ति को क्या से क्या बना देती हैं!

सिस्टर लवी थोड़ी देर तकती रहीं, फिर पूछा, "कॉलेज कब बना?"

"हो गये क़रीबन सोलह-सत्रह बरस। उससे भी ऊपर हो सकते हैं।" व्यक्ति ने सोचकर बताया।

"उससे पहले वहाँ क्या था?" सिस्टर लवी खोज करने पर तुली थीं।

"उससे पहले अलबत्ता वहाँ कुछ मकान थे।"

लाला भानुमल अपने थले से उतर आये। बहुत देर कुतूहल दबाये बैठे रहे थे थले पर।

"कितने पहले?"

लाला भानुमल मूँछों-ही-मूँछों में मुस्कराये, फिर सिस्टर लवी की ओर नज़र डाल पूछा, "आप किससे मिलना चाहती हैं?"

"जी कहा न, सेठ लछमनदास तिवारी से। उनका यहाँ इमारती लकड़ी और फ़र्नीचर बनाने का बिज़नेस था। और भी न जाने क्या करते थे वे..."

"वे गढ़ीवाले सेठ लछमनदास तो नहीं?" मुसद्दीलाल ने बात स्पष्ट करनी चाही।

भीड़ धीरे-धीरे छँटने लगी थी।

"जी।" आशा फिर बँधी, गढ़ीवाले ही सही, शायद वे ही हों, सिर्फ़ नाम ही तो टकराता रहा है आज तक।

"वे सेठ तो सहारनपुर चले गये हैं। यहाँ की जायदाद उन्होंने बेच दी है। असल में कॉलेज बनवाने के लिए सरकार ने उनसे ज़बर्दस्ती उनकी ज़मीन हथिया ली थी, सो उन्हें मुआवज़ा लेकर चले जाना पड़ा।"

"वहाँ सहारनपुर का पता क्या आप बतला सकते हैं?" सिस्टर लवी ने पर्स से अपनी नोटबुक निकाल ली थी।

"जी हमें और कुछ नहीं मालूम, नामी-गिरामी आदमी हैं, आप पूछ रही हैं तो मिल ही जाएँगे।" लाला भानुमल ने धोती की लाँग को ठीक करते हुए आँख मिचकायी। सिस्टर लवी मुड़कर वापस चल दीं।

"औरत मारू रही होगी!" लाला भानुमल पंसारी और मुसद्दीलाल पानवाला खड़े

तकते रहे—छरहरी देहवाली, चुस्त-दुरुस्त एक शिष्ट-सम्भ्रान्त महिला-दृष्टि बहुत देर तक जुड़ी रही, "इस औरत का पता ले लेना चाहिए था यार!" दोनों लुटे-पिटे-से खड़े रह गये, हाथ में आयी एक बड़ी सोन मछली ने जैसे अचानक पानी में डुबकी लगा ली हो।

सहारनपुर बस अड्डे पर पहुँचते ही सिस्टर लवी ने रिक्शेवाले से पूछताछ शुरू कर दी थी। फिर छाबेवालों से, आगे बढ़कर बैण्ड-बाजेवालों की दूकान और फिर ड्राइक्लीनर की दूकान पर जाकर पूछताछ की—चलते-चलते वे आर्यसमाज वाले इलाक़े में पहुँच गयीं—सुबह से कण्ठ में अनाज का एक दाना भी नहीं पड़ा था, बीच में एक टी-स्टॉल से एक कप चाय-भर पी ली थी।

सन्तलाल सेवक वहीं मिल गये थे। सेवासमिति के कर्मठ सदस्य, पूछताछ करते ही स्वागत-सहायता करने के लिए उद्यत हो गये।

"आप भीतर चलिए, मेरी पत्नी भी सामाजिक कार्यकर्त्री हैं, हम दोनों आपकी सहायता करेंगे, पहले आप कुछ खा-पी लीजिए।" बैठक से ही उन्होंने पत्नी को पुकारा—आवाज़ के साथ ही जिस महिला ने बैठक में प्रवेश किया, वे एक वज़नी किन्तु सौम्यरूपा महिला थीं।

"देवी जी, पहले आप इनको जलपान करवा दें, ये सुबह की चली हैं और अभी तक इन्होंने कुछ नहीं खाया है। न आराम किया है, आप इन्हें भीतर ले जाइए।"

कहीं किसी दूसरे कुचक्र में तो नहीं फँसने जा रही हूँ मैं? मन के अन्देशे के बावजूद सिस्टर लवी विवशभाव से ही अपनी अटैची को लिये हुए भीतर चली गयीं। कभी-कभी व्यक्ति का सौम्यभाव और एक अनदेखा ममत्व व्यक्ति को बाँधता चलता है यों ही—सिस्टर लवी भी बँध गयीं।

खाना खाने के बाद ही पति-पत्नी से अपनी लम्बी बात आरम्भ कर सकी थीं सिस्टर लवी।

"जिन सज्जन को मैं खोज रही हूँ, उन्होंने मेरा बच्चा गोद लिया था। आज से ठीक इक्कीस साल पहले। जी हाँ, सन् रहा होगा..." कुछ हिसाब लगाते हुए सिस्टर लवी ने जोड़ा।

"जी हाँ, शुरू से ही बताइए आप, एकदम बेखटके। आपकी बात कहीं नहीं जाएगी। हम आपकी मदद करेंगे।" सेवकजी ने फिर आश्वस्त किया।

"मैं बरेली की रहनेवाली हूँ। इस समय वहीं से आ रही हूँ। अपने बच्चे को एक बार देखना चाहती हूँ।"

"पर आपने तो उसे गोद दे दिया था, अब आपको उससे क्या लेना-देना और वह भी इतने लम्बे अरसे बाद।"

"जी, गोद मैंने नहीं दिया, मेरे पति ने दिया था जबरन।"

"जबरन, क्यों?" पति-पत्नी दोनों की आँखों में आश्चर्य झूला।

सिस्टर लवी वही कहानी बहुत धीरे-धीरे दोहराने लगीं, जिसको उनका अन्तर्मन बस के दचकों के बीच चुपचाप पिरोता रहा था। उन्हें लग रहा था, जैसे कहानी सुनाते-सुनाते ही वे किसी भी धक्के के साथ औंधे-मुँह गिर पड़ेंगी—फिर भी सँभल-सँभलकर वे सुनाती रहीं, जैसे किसी तीसरे के बारे में बता रही हों वे।

"...तू इस पिल्ले को अपना दूध नहीं पिलाएगी और न उसको गोद में लेगी।" कहानी सुनाते हुए उन्होंने उसी की शब्दावली का प्रयोग किया था।

"क्यों, माँ होकर उसे दूध क्यों न पिलाऊँ?" उसके मज़बूत तमाचे के बावजूद उस समय उनकी चेतना ने किसी प्रकार बबला था।

"दूध पिलाने से तेरा हुस्न जो बर्बाद हो जाएगा।"

"अपने हुस्न की रक्षा के लिए माँएँ बच्चों को देश-निकाला नहीं दे देतीं।"

"पर तुझे देना पड़ेगा। मैं तुझे सिर्फ़ सुन्दर देखना चाहता हूँ। हुस्न की परी, जवानी से लबरेज़। बच्चे पैदा कर-करके तू क्या रह जाएगी, एक चुसी हुई गुठली, भिनकती हुई ज़िन्दा लाश !" पुरुष की आदिम वासना से वह उबला पड़ रहा था।

"मैं यह सब-कुछ नहीं जानती, मुझे अपना बच्चा प्यारा है। ख़बरदार, उसके लिए तुमने एक बात भी कही तो...!" और वह लपककर उस कमरे में चली गयी, जहाँ उसका बच्चा रो-रोकर जान दिये दे रहा था। पर उस बेरहम ने वहीं पहुँचकर उसके बालों के जूड़े को पकड़कर खोल दिया था और उस पर एक अत्यन्त बेदर्द वार किया था। उस स्त्री पर, जिसे माँ बनकर एक ख़ुशनुमा गुलाब की अनुभूति हो रही थी और फिर दो और थप्पड़। उस गुम्म चोट ने उसकी चेतना को समाप्त कर दिया था और उन्हीं चरणों में उस निर्दयी ने उस बच्चे की आवाज़ को हमेशा हमेशा के लिए ख़त्म कर दिया था।

"क्या उसने बच्चे को मार डाला?" पति-पत्नी दोनों सकते की हालत में बैठे थे।

"नहीं, मैंने कहा न, उसने उसे तिवारी सेठ को गोद दे दिया था।" घूसों-लातों की मार के बाद वह जब चेत में आयी तो बच्चा वहाँ नहीं था। दूसरा बच्चा पेट में आने पर वह उसके पास से खुद भाग आयी थी। उसे डर था, कहीं उस दूसरे बच्चे का भी वही हाल न हो।

"वह दूसरा बच्चा आपके पास है?"

"जी नहीं।" एकाएक चौंक गयीं सिस्टर लवी, वे तो अपनी ही कहानी सुना रही थीं। "वह बच्चा तो होने के साथ ही ख़त्म हो गया। वह होता तो शायद..." सिस्टर लवी फिर अटक गयीं।

"शायद?"

"शायद तब मैं अपने पहलौटी के बच्चे के लिए इतनी पागल न हुई होती।"—सामने

बैठी सिस्टर लवी के गालों पर आँसू धार बनकर बहने लगे, "मैं उसे ही ढूँढ़ने निकली हूँ, सिर्फ़ उसकी एक झलक पाने के लिए। अपने को माँ कहलाने की कितनी बड़ी ललक अचानक मेरे मन में जग उठी है, आप कल्पना कर सकें। क्यों जगी? ख़ैर उसकी भी एक कहानी है, वह फिर कभी।"

"कभी सोचती हूँ, मैंने उस बच्चे को क्यों जाने दिया? उस आततायी जानवर के हाथ-पैर नकोटकर पुलिस में उसकी रपट क्यों नहीं कर दी? अगर जाने भी दिया तो उस जल्लाद के पास क्यों रहती रही, शायद इसलिए भी कि मैं अपनी माँ को वह सब-कुछ बताकर दुःख नहीं देना चाहती थी, जिसका अनुभव मैं स्वयं कर रही थी और जिससे बचाने का माँ के पास कोई जरिया नहीं था।"

"माँ अभी ज़िन्दा हैं बहन?" सेवकजी ने बीच में बाधा दी।

"नहीं, माँ अब नहीं हैं। भाई-भावज हैं, भाभी अकसर बीमार रहती हैं, उन्हीं की सेवा-चाकरी करके इतने बरस काटे हैं मैंने, पर अब..." सिस्टर लवी फिर फफक उठीं।

"...तो अब आप सब-कुछ समझ गये होंगे!" सिस्टर लवी ने आँसू सूत लिये।

"समझ रहा हूँ बहन पर चुप इसीलिए हूँ कि जिन लछमनदास तिवारी की आप बात कर रही हैं, उन्होंने संन्यास ले लिया है।"

"संन्यास ले लिया है!" सिस्टर लवी का सिर घूम गया। तिवारीजी के संन्यास ले लेने की बात तों उनके मन में कभी आयी ही नहीं थी। घर के मुखिया के संन्यास लेकर चले जाने के बाद तो उनकी अनुपस्थिति में किसी से कुछ कहा ही नहीं जा सकता। थोड़ी देर वे ज्यों-की-त्यों बैठी रहीं, फिर शुरू किया, "जी, मैं उस घटना के बाद बहुत दिनों तक भइया-भाभी के घर का खाना बनाती रही। भाई, भतीजे-भतीजियों और भाभी की सेवा-चाकरी में लगी रही—फिर ख़याल आया, इस तरह नहीं चलेगा। मुझे अपने पैरों पर खड़े होने की शक्ति हासिल करनी चाहिए। इसीलिए इण्टर किया, शादी के समय मैं सिर्फ़ दसवीं तक पढ़ी थी। उम्र मुश्किल से सत्रह-अठारह होगी। इण्टर करने के बाद दिल्ली जाकर मैंने नर्सिंग कोर्स किया। अब प्राइवेट नर्स के तौर पर काम करती हूँ। मरीज़ों की सेवा ही अब मेरी इबादत है, मेरा धर्म है। लोग कहते हैं, मेरे हाथ में शफ़ा है—बात यह है जिसकी सेवा करती हूँ, तन-मन उलीच देती हूँ। मुझे इसमें आनन्द आता है। सब समझते हैं, मैं कुमारी हूँ किसी को क्या मालूम..."

"बेटा मिल जाने के बाद लोग क्या कहेंगे?"

"कुछ भी कहें, मैं अब किसी बात की चिन्ता नहीं करती, मैं अपने बेटे से मिलना चाहती हूँ बस। उसके मिल जाने पर मैं लोगों से सब-कुछ कह दूँगी, किसी से कुछ नहीं छिपाऊँगी, सिर्फ़ वह मिल भर जाए।" कलेजे पर हाथ रखकर सिस्टर लवी ने अपनी विकट ललक को दर्शाते हुए दोनों हाथ प्रार्थना की मुद्रा में जोड़ लिये।

"तो ऐसा कीजिए बहनजी, आप अपना पता छोड़ जाइए। कुछ भी पता लगने पर मैं आपको पत्र लिख दूँगा।"

"उन महाशय ने संन्यास ले लिया है, पर उनका वह बेटा तो घर में ही होगा?" सिस्टर लवी 'बहनी जी' सम्बोधन सुनकर आश्वस्त हुईं।

"मैं सब-कुछ पता करूँगा और आपको लिखूँगा, इस भावना से कि आप अपना पुत्र वापस चाहती हैं। आपका कहीं एकाएक पहुँचना ठीक भी नहीं है।"

"जैसा आप ठीक समझें, सबसे पहले तो मैं उसे देख भर लेना चाहती हूँ कि वह सुखी है या नहीं। मैंने उसके प्रति अपने कर्तव्य का पालन नहीं कियां है, इस बात का मेरे मन में कितना मलाल है, यह मैं ही जानती हूँ।"

"बहन, आपको कुछ धैर्य रखना पड़ेगा।"

"धैर्य ही रख रही हूँ मैं सेवकजी। इतने वर्षों से धैर्य ही रखा है मैंने। अब नहीं सहा जाता। मैं आपकी सचमुच बड़ी शुक्रगुज़ार होऊँगी।" सिस्टर लवी सेवकजी के आगे फिर घिघिया उठीं।

"आप अपना पता लिखकर छोड़ जाइए, मैं पूरी कोशिश करूँगा और कुछ भी पता लगते ही आपको तुरन्त इत्तला कर दूँगा।" सेवकजी ने अपनी बात फिर दोहरायी।

"हाँ हाँ, पता लिख दीजिए आप।" इतनी देर से चुपचाप बैठी सेवकजी की पत्नी उनकी नोटबुक उठा लायीं, "इसमें लिखिए।"

सिस्टर लवी ने अपना पता लिखकर दे दिया तो सेवकजी चौंके, "यह आपका नाम है? सिस्टर लवी?" चश्मे को उतारते हुए उन्होंने आश्चर्य व्यक्त किया।

"जी, मेरा ही नाम है। लोग अब मुझे इसी नाम से पहचानते हैं। यहाँ तक कि पोस्ट ऑफ़िस में भी मेरा यही नाम दर्ज है। मुझे अपने पुराने नाम से नफ़रत हो गयी है। नाम बदलकर मैं अपना चोला ही बदल देना चाहती थी। बहुत-कुछ बदल भी दिया। नाम-काम, रहन-सहन, बोली-बानी। यानी जब मैं ड्यूटी पर होती हूँ तो बहुत-कुछ वही हो जाती हूँ—एक पेशेवर नर्स। यह सब मैंने अपने को भुलाने के लिए किया था, पर लगता है, कुछ भी नहीं भूल पायी हूँ मैं।" सिस्टर लवी ने एक लम्बी साँस ली। "अपने बचपन के लावण्य नाम से मुझे सचमुच बेहद घृणा हो गयी है, मेरा रूप देखकर ही माँ को यह लावण्य नाम सुझा दिया होगा किसी ने। कौन जानता था यह रूप ही मुझे ले डूबेगा।"

सिस्टर लवी पता लिखकर बाहर निकलीं तो इतना कुछ हो जाने पर भी मन डूबा-डूबा-सा हो रहा था। देह में तनिक-सी स्फूर्ति नहीं थी। सिर्फ़ पता लिखने भर से ही क्या हो जाता है, ऐसे बहुत से लोग होते हैं, जो दूसरों की कहानी सिर्फ़ उत्सुकतावश ही सुन लेते हैं। शायद सेवकजी ने भी ऐसे ही सुन लिया हो। पर मैं इतनी उतावली क्यों हो रही हूँ? इतने साल पहले एक नादान बच्चे को किसी को सौंप दिया

और अब उसे देखने के लिए बेकल हूँ। पहले तो उसको ढूँढ़ लेना ही मुश्किल है, एकदम कल्पनातीत और अगर किसी तरह उसका पता मिल भी गया तो क्या वह पहचान लेगा मुझे? कितना तो बड़ा हो गया होगा अब तक। एक नन्हे शिशु की आकृति सिस्टर लवी की आँखों में फिर घिरने लगी, स्लाइड पर सरकते हुए इश्तहार की तरह।

उस दिन का उसका वह झबला और ऊनी जाकेट का रंग क्षणांश के लिए अचानक दहलीज़ पर आ खड़ी हुई तरुणी की गोद में ठुमकते-रोते अमर बाबू के बच्चे के झबले की बनत और रंग के साथ जा झिलमिलाया। मोजे की डोर खुल जाने के कारण दोनों ऊनी मोजे उसकी चिकनी गोरी गोल-गदूली पिण्डलियों से नीचे सरककर आ गये थे और चेतनाविहीन हो जाने से पहले पति के साथ ही खींचातानी में उसका मोजा उनकी हथेली में ही दबा रह गया था और वह...उस दिन का नन्हा मोजा आज भी उनके पास वैसा ही सुरक्षित है। कलेजे में उठती हूक ने उनकी देह में इस समय फिर एक सिहरन भर दी—उतने छोटे शिशु को कलेजे से सटाकर भींच डालने की एक विचित्र तालाबेली।

घर की दहलीज़ में घुसीं तो थकान और मानसिक संघर्ष ने सिस्टर लवी को बुरी तरह तोड़ डाला था। मन किया, घुसते ही खाट पर गिर पड़ें और फूट-फूटकर रोने लगें, एकदम बेलाग होकर। पर घुसते ही भाई नरेश ने पूछा, "कुछ पता लगा?"

"नहीं, अभी कहाँ!"

"मैं कहता हूँ, तुम बेकार इधर-उधर दौड़ती फिर रही हो। कोई पागल समझेगा। मैं यह भी कहे देता हूँ कि अब वह तुम्हें मिलने से रहा।"

"मैं जानती हूँ।"

"जानती हो तो भागी-भागी क्यों फिर रही हो? तुम उधर गयी थीं तो तुम्हारे लिए दो जगह से सन्देशा आया था। क्यों अपनी रोटी-रोज़ी को ख़त्म करने पर तुली हो। मैं पूछता हूँ, इस सबसे क्या मिलेगा तुम्हें?"

"न मिले, पर कोशिश तो मुझे करनी ही है। इसी संकोच, हताशा और हालातों में डूबी हुई मैं उसे आज तक नहीं ढूँढ़ सकी।" सिस्टर लवी कपड़े तहा रही थीं।

"और इसी कोशिश में तुम्हारी आमदनी चौपट हो गयी तो क्या करोगी?"

"हो जाने दो। मुझे कुछ नहीं चाहिए भइया। कुछ नहीं चाहिए। मैं कहती हूँ कि मुझे कुछ नहीं चाहिए!" सिस्टर लवी एक बार को बुरी तरह चीख़ उठीं। "मुझे कुछ नहीं चाहिए! मैं 'माँ' कहलाना चाहती हूँ, तुम यह क्यों नहीं समझते?" हलक़ से अन्तिम दो वाक्य निकलते-निकलते रह गये।

"मैं सब समझता हूँ, इसीलिए समय रहते मैंने तुमसे कहा था..."

"उस हादसे के बाद फिर से घर बसाना मेरे लिए कितना मुश्किल था, तुम यह क्यों नहीं समझते हो! अब तो जो मुहिम मैंने उठा ली है, उसको आख़िर तक ले जाना है मुझे, अपनी रोज़ी-रोटी के इन्तज़ाम की कोशिश करते हुए ही इतना वक़्त निकल गया।"

"ठीक है, तो जो तुम ठीक समझती हो, करो।" भाई कहकर भीतर चले गये थे। उनके भीतर पहुँचते ही बीमार पत्नी की आवाज़ सुनाई दी, "क्या ज़रूरत है तुम्हें सिर गुड़ाने की? कुछ कहने से पहले यह तो सोच लिया करो कि तुम्हारी कहाँ चलेगी? वे तो बौरायी फिर ही रही हैं और उन्हें इस तरह बौरा कौन रहा है, उनका पैसा! पैसा पास में हो तो आदमी उसे उलीचेगा ही। वे भी यही कर रही हैं। ख़बरदार तुमने जो आज पीछे एक बात भी मुँह से निकाली तो...!"

उस धूसर साँझ में कुछ पक्षी गोल बनाये हुए दूर उड़े चले जा रहे थे। आँगन में उस समय सिस्टर लवी बैठी थीं। अकेली अपनी बीमार भाभी के बोल चुपचाप सुनती हुई।

बीमार पत्नी के कहने-सुनने के बावजूद नरेश भाई ने एक बार फिर कोशिश की। सहारनपुर से चिट्ठी आयी थी। सिस्टर लवी उसी चिट्ठी को थामे खड़ी थीं।

"सुनो नरेश भाई, मैं आज सहारनपुर जा रही हूँ। सेवकजी की चिट्ठी आयी है। बोनू का पता लग गया है।"

"किसका पता लग गया है?" बौखलाहट में नरेश भाई विश्वास नहीं कर पा रहे थे।

"कहा न बोनू का, यानी विनय का। मैं तुरन्त जा रही हूँ। मुझे एक-एक पल भारी पड़ रहा है। जब तक जाकर देख नहीं लूँगी, मुझे चैन नहीं मिलेगा।"

"पागल हो तुम! जानती हो आजकल दुनिया-ज़हान में कितनी ठगी चलने लगी है। तुम्हें वे कोई भी लड़का दिखा देंगे और कहेंगे, यह तुम्हारा बेटा है। तुम्हारे उन सेवकजी ने कुछ गुण्डों को मिला लिया होगा, कहा होगा कि एक औरत अपने बेटे की तलाश में है, तुममें से कोई उसका बेटा बन जाओ और जितना ऐंठते बने, ऐंठ लो, आधा हिस्सा हमारा। अरे भई, सिनेमा के पर्दे पर इस तरह के कई वाक़यात तुमने ख़ुद देखे होंगे।"

"पाँचों उँगलियाँ एक बराबर नहीं होतीं भइया। मेरी आत्मा मुझे सब-कुछ सही-सही बता देगी, मुझे यक़ीन है। मुझे रोको मत नरेश भाई।" सिस्टर लवी गिड़गिड़ायीं।

"मैं रोकनेवाला कौन हूँ! बताना-समझाना हम लोगों का फ़र्ज़ था, सो हमने कर दिया। बाक़ी जो तुम चाहे करो।" नरेश भाई ने मुँह टेढ़ा करके छुट्टी ले ली।

"सुनोऽऽ!" सिस्टर लवी कुछ कहने जा रही थीं, नहीं कह पायीं। भाभी के पास उन्हें ख़ुद जाकर समझाना पड़ा, "भाभी, मैं बहुत जल्दी लौट आऊँगी, घबराना मत। अगर मेरा बच्चा मिल गया तो ताउम्र तुम्हारी सेवा करूँगी।"

"मैं तुम्हारी सेवा के बिना भी जी लूँगी, तुम अपना माँ कहलाने का शौक़ पूरा करो।" भाभी ने करवट ले ली।

सन्तराम सेवक ने सिस्टर लवी को हाथों-हाथ लिया तो वे रास्ते के सोच-ग़म सब भूल गयीं—भाई-भावज के ताने-रिसने, रास्ते की थकान, भूख-प्यास।

"बहन, आपके विनय का पता चल गया है—वह यहीं दफ़्तर में क्लर्क है। नाम है, विनय तिवारी।"

"क्लर्क!!" वह एक अकेला शब्द छाती में गड़-सा गया, उन्होंने कहाँ सोचा था कि उनका बेटा कमा रहा होगा। अभी मुश्किल से इक्कीस बरस का है, सो किसी ऊँची क्लास में पढ़ रहा होगा—बस इतना ही अन्दाज़ा लगाया था उन्होंने। फिर भी बिना कुछ कहे वे चुप ही रहीं।

"और सुनो बहन, तिवारीजी भी मौजूद हैं, कुछ ग़लतफ़हमी हुई थी मुझे।"

"तिवारीजी मौजूद हैं! यह तो बहुत अच्छा है। मैं उन्हें अच्छी तरह पहचानती हूँ। भाई साहब, आपके ऋण से मैं कैसे उऋण होऊँगी!" सिस्टर लवी की आँखों में आँसू भर आये थे, "पर वे मुझे पहचान लेंगे? कहीं ऐसा न हो कि..." सोच और ख़ुशी के आइसबर्ग धीरे-धीरे फिर टकराने लगे थे।

"वह बाद की बात है। आओ बहन, पहले तुम कुछ खा-पी लो। इतनी दूर से थकी-हारी आ रही हैं आप। फिर मैं साथ चलूँगा और आपके बेटे से आपको मिलवा दूँगा।" सेवकजी का स्वस्थ-संयत स्वर।

"अब चिन्ता की कोई बात नहीं है, बहन। आओ।" सेवकजी की पत्नी ने सहारा दिया।

"मैं उनसे चिरौरी करूँगी..." खाना खाते हुए सिस्टर लवी कहने लगीं, तो सेवकजी ने सलाह दी, "तिवारीजी से पहले मिलना ठीक नहीं रहेगा। लड़के के हित में भी शायद यह न हो। पहले आप अपने बेटे के दिल में अपना प्यार जगाएँ।"

"तब हमारे हित में होगा यह कि मैं तिवारीजी से मिलकर सच्चाई न जानूँ।" नरेश भाई की चेतावनी की एक लड़ी कहाँ से आकर टकरायी—सचमुच कहीं यह कोई जालसाजी ही तो नहीं। पर मुझे मालूम है, मेरी आत्मा झूठी गवाही नहीं दे सकती। चलें, वह भी देख लिया जाएगा।...सिस्टर लवी खाना खाकर निवृत्त हो चुकी थीं।

"कुछ आराम करेंगी बहन?" सेवकजी की पत्नी ने प्रस्तावित किया।

"नहीं, अभी कुछ नहीं। पहले ही मैंने इतना समय अपने सुख-चैन में बिता दिया है। और हाँ, बहन, ये कुछ मिठाई-फल लायी थी मैं, इन्हें रख लें।"

"क्यों लायीं आप यह इतना कुछ? पहले बेटा तो मिल जाए आपका।"

"अब आपकी शुभकामना-सहायता साथ है तो बेटा भी मिल जाएगा। यह तो प्रसाद भर है, इसे आप इसी भावना से स्वीकार करें।" सिस्टर लवी ने आग्रह किया।

विनय तिवारी के दफ़्तर पहुँचते-पहुँचते साढ़े पाँच बज गये।

"दफ़्तर तो अब बन्द हो गया होगा।"

"हो गया होगा, पर विनय बाबू ने साढ़े पाँच के बाद ही मिलने के लिए कहा था।"

"क्या आपने उसे बता दिया था कि...?" सिस्टर लवी सेवकजी से पूछ रही थीं।

"जी हाँ, कुछ कहा तो है, पर उतना कुछ नहीं। बस यों ही मामूली-सा।"

"क्या कहा उसने?"

"उत्सुकता तो उसे भी है ही।"

सिस्टर लवी ने मौन दृष्टि से सन्तोष व्यक्त किया।

दफ़्तर सामान्य ज़मीन से कुछ ऊँचे स्थल पर था। आसपास शाम को धुँधलका और सर्द हवा—एक-एक क़दम पर सिस्टर लवी का कलेजा डूबता चला जा रहा था—एक विचित्र प्रकार की धड़कन, क्या होगा? क्या सचमुच मेरा बेटा मुझे दिखेगा? मेरा वही लाल, जिसे मैंने नौ महीने अपने में सँभालकर रखा था। कुछ महीने अपने कलेजे से सटाकर पाला था—इक्कीस वर्ष पहले के उस नन्हे से बच्चे के मुलायम होठों की एक फड़कन सिस्टर लवी के कलेजे में फिर गड़ने लगी—वही सूआ-सी नाक, बड़ी-बड़ी आँखें, छोटी-सी गोल ठोड़ी और क्या-क्या—कभी-कभी वे बच्चे को नहलाते हुए उसके पेट में अपना मुँह गड़ाकर उसे बुरी तरह गुदगुदा दिया करती थीं। उस समय की उसकी वह किलक, खिलखिल करती हुई आवाज़—इस समय उन्हें फिर दीखने लगी। तभी किसी ने भीतर से कहा, "अब अगर तू अपने छह महीने के बच्चे के रूप को ही देखती रहेगी तो इक्कीस वर्ष के युवक को इस समय कैसे पहचान पाएगी?"

"बहन, यही है वह जगह। उसका ऑफ़िस।" सेवकजी खड़े कह रहे थे।

"ओह अच्छा!" स्वप्न से उतरकर धरती पर आ गयीं सिस्टर लवी।

"पर यहाँ तो एकदम सन्नाटा है। लगता है, सब चले गये। दफ़्तर बन्द हो गया है। आपने ग़लत सुना होगा। साढ़े चार बजे आने के लिए कहा होगा।" बड़े नम्र स्वर में सिस्टर लवी ने निवेदन किया।

"नहीं-नहीं, ऐसी ग़लती कैसे हो सकती है?"

सेवकजी खुद सोचने लगे। तभी दूसरे बरामदे से घूमती हुई ठक्क ठक्कऽऽ की आवाज़ क़रीब आ गयी। भारी बूटों के साथ कोई उधर ही चला आ रहा था।

"साहेब, आप किसको तलाश रहे हैं?"

"भई, वे विनय तिवारी बाबू इधर काम करते हैं न, उन्हीं को देख रहे थे।" सेवकजी ने पूछताछ की।

"तो अइसा कहिए न। तिवारी बाबू कहि गये हैं कि वे जैंती सलीमाघर में मिलेंगे, जो आये उनसे कह दें हम।"

"कौन-सा सिनेमा बताया?"

"जैंती सिनेमा घर—जैंती। आप इते के हैं या किते और ते आये हैं?" बूढ़े पुरबिया चपरासी ने चीख़ते स्वर में कहा, शायद वह खुद कम सुनता था।

"अच्छा, अच्छा, 'जयन्ती'। समझ गये, आओ बहन, मैं आपको उधर ही लिये चलता हूँ। मैंने कहा था न, कि मैंने ग़लत नहीं सुना था। वह तो तुम्हारे बेटे ने ही सोचा होगा कि जिसको गरज होगी वह कहीं भी आ जाएगा। फिर जयन्ती पिक्चर हाल तो बहुत दूर भी नहीं है।"

"जी ईऽऽ!!" कुछ सोचती-गुथती सिस्टर लवी पीछे-पीछे चलने लगीं। भाई ने कहा था...नहीं, मैं धोखा नहीं खाऊँगी। ठीक है, दुनिया में धोखा देनेवाले भी हज़ारों की तादाद में बसते हैं, पर मुझ ग़रीब को ठगकर कोई क्या ले लेगा? हाँ, विनय की यह बात तो ठीक नहीं कि समय देकर वायदा करके इस तरह चले जाना...मेरे पास रहा होता तो आज यह कुटेव न पड़ती।

पिक्चर बस, अभी आरम्भ ही हुई थी, अब यहाँ बैठकर इन्तज़ार करना पड़ेगा—सिस्टर लवी ने सोचा, अभी मध्यान्तर में बहुत देर है। अच्छा है, सेवकजी अब चले ही जाएँ, वह खुद इन्तज़ार कर लेगी। कम कष्ट उठाया है, इन्होंने मेरे लिए? उसी समय बग़ल में मुट्ठियाँ बाँधे पास खड़े सेवकजी अचानक चीख़ उठे, "लीजिए, ये रहे विनय जी!"

"ओह!" सिस्टर लवी के हृदय की धड़कन तेज़ हो गयी। सेवकजी उन्हें रोककर विनय तिवारी के पास गये और कुछ बतियाने लगे। तभी सिस्टर लवी खुद जाकर सामने खड़ी हो गयीं। सेवकजी बिना कुछ कहे-सुने एक तरफ़ हट गये। उनके लिए वहाँ एक अपूर्व दृश्य था। माँ-पुत्र का संगम—कलाबत्तू से कढ़ी रेशम की नरम सफ़ेद साड़ी पहने एक स्त्री सामने खड़ी थी—सीधी-सतर-मोहक-भव्य व्यक्तित्व वाली। इक्कीस बरस का बिछड़ा उसका बेटा उसके ऐन सामने खड़ा था। कुछ-कुछ अटपटी स्थिति में। संकोच-शालीनता की मुद्रा में दोनों हाथों की उँगलियाँ एक-दूसरे में फँसी हुई। एकदम किसी अप्रत्याशित झटके से उस क्षण की कोशिश में कि उसकी स्मृति में एक कौंध-सी जगे और वह उस सामने खड़ी भद्र महिला को पहचान ले—संशय-द्वन्द्व-दुविधा-आतुरता-उत्सुकता-बेचैनी से उबरने की एक विचित्र छटपटाहट, कशमकश। उस छटपटाहट से उबरने का कोई मार्ग नहीं। सिस्टर लवी ने दृष्टि स्थिर की, केवल उस एक नन्हे-से पल में विनय की दृष्टि अचानक उस दृष्टि से जा टकरायी, उसमें

डूबी और फिर बँधकर रह गयी—केवल एक पल की दृष्टि की वह अटकन, वह ऊब-डूब, वह गहराई—एक-दूसरे के तल में जाकर छुआ हो जैसे, एक-दूसरे की दृष्टि की चुभन ने—तभी उजागर हुआ था बीस वर्ष पूर्व का वह नन्हा-सा चेहरा, उसमें जड़ी हुई वे दो भूरी चमकीली आँखें सब-कुछ वही।

"बेटे!" सिस्टर लवी अपने को बाँध नहीं सकी थीं—लम्बा-ऊँचा विनय नीचे क़द की अपनी माँ की बाँहों में जुड़कर खड़ा हुआ था। आँसुओं की रुधन ने आँखों की नज़र को धुँधला दिया था। बादलों के उस धुँधलके में अपनी माँ की नन्ही-सी गोद उड़नखटोला बनी जैसे उसे कहीं दूर उड़ाये लिये जा रही हो। अभी तो माँ की बाँहों का स्पर्श मात्र ही हुआ था उसे। काश वह सिनेमाहाल की इस बारादरी में न हुआ होता। उस समय वहाँ एकान्त हुआ तो क्या, माँ-पुत्र के इस निश्छल-धवल मिलन के लिए तो वह स्थान निश्चित ही उपयुक्त नहीं था। वह कहाँ जानता था कि अपने गुमान और उच्छृंखलता की रौ में वह अपनी माँ को ही छोड़कर भागा फिर रहा है। सचमुच उसने कोई पुण्य किये होंगे कि भीतर हाल में बैठकर भी उसे जैसे किसी ने बलात् ठेलकर बाहर भेज दिया। उसे चेत आ गया कि जब तक न्यूज़रील चल रही है, तब तक वह बाहर देख ही आए। कहीं सेवकजी सचमुच उस महिला को लेकर चले ही न आये हों, जिसके सम्बन्ध में वे क्या-क्या बता रहे थे...हिल्की को किसी तरह गले में ही थामकर रह गया वह।

अब?

"चलें, हम लोग कहीं और चलें।" इतनी देर बाद विनय अपने से मुक्त हुआ किसी प्रकार। आवेग में क्षणांश को अपनी बाँहों में समेट लेनेवाली सिस्टर लवी खम्भे से टिककर खड़ी अपने बेटे की तरफ़ फिर देखने लगी थीं, उसके समूचेपन का जायज़ा लेती हुई।

"मैं आपके बारे में बहुत पहले से जानता था। तिवारी चाचा ने बताया था।" चलते हुए विनय ने आरम्भ किया।

"तिवारीजी ने बताया था।" आश्चर्य हुआ सिस्टर लवी को। एक आदमी, जिसने किसी के बच्चे को गोद ले लिया है, वह उसे उसके माता-पिता की ओर फिर से उकसाएगा, आश्चर्य!

"क्यों, कब बताया था?"

"सब बताऊँगा मैं आपको, मेरी अन्तरात्मा तो आपके लिए कब से भटक रही थी।"

अमृत बिन्दु ढुल रहे हों जैसे सिस्टर लवी के कर्णकुहरों में, ऐसे में कोई दूसरा उनका भागीदार क्यों बने? वर्षों बाद वे अपने घर पहुँची हैं। घऽऽर। जहाँ उनका पुत्र है, वे हैं और उनका...नहीं नहीं, उस आदमी को वे अब भूलकर भी याद नहीं करना चाहतीं।

"तो मैं चलूँ बहन, आप जब चाहें आएँ, घर तो आपको मालूम ही है।" छोटी-सी बाधा दी सेवकजी ने।

"जीऽऽ!" सिस्टर लवी ने आँखों-ही-आँखों में ढेर-सा आभार व्यक्त किया।

सिनेमा के पास पार्क था। पार्क में कुछ बेंचें ख़ाली पड़ी थीं, जिन पर से धूप उठकर जा चुकी थी। उन्हीं दो आमने-सामने की बेंचों पर दोनों आकर बैठ गये।

"अब कहो बेटे, सब-कुछ। मुझसे सुनना चाहो तो मैं सुनाऊँ।" सिस्टर लवी ने आरम्भ किया।

सिस्टर लवी एकटक देख रही थीं, उन्हें लगा सामने बैठा उनका बेटा कितना मासूम है, कितना निश्छल, पर उसका स्वर रुँधा हुआ था—आँखें एकदम कोरी-सपाट, सिर्फ़ एक जवाब माँगती हुई।

"यही सवाल मैं खुद अपने से पूछती हूँ बेटे। जवाब मिलते हैं, पर वह सब-कुछ तुम्हें बताने का नहीं है। तुम अभी छोटे हो। मैं ख़ुद सोचती हूँ कि तुम्हें लेकर मुझे कहीं चले जाना चाहिए था, पर वह मैं क्यों नहीं कर सकी—इसका भी जवाब है मेरे पास। पर वह सब कुछ जानती हुई भी ख़ुद को मैं कभी माफ़ नहीं कर सकी, इसीलिए तुम्हें ढूँढ़ती-खोजती फिरी—इन इक्कीस वर्षों के कितने ही दिन-रात और क्षण हैं, जब तुम्हारी नन्ही मुट्ठियाँ मुझे जकड़े रहीं..." सिस्टर लवी की आँखों में आँसू बहने लगे थे।

"आप तिवारी चाचा से मिलेंगी?" विनय इस स्थिति को झेल नहीं पा रहा था।

"वे मुझसे मिलना चाहेंगे?" सिस्टर लवी ने बैग से रूमाल निकालकर आँखें पोंछी।

"आपसे मिलकर शायद वे ख़ुश ही हों, क्योंकि स्थिति अब बहुत बदल गयी है।"

"ओह!" आह्लाद और करुणा से सिस्टर लवी फिर रुँध गयी थीं।

तिवारीजी को देखकर सिस्टर लवी को आश्चर्य हुआ। उनकी उस प्रकार की कल्पना तो उन्होंने नहीं ही की थी। कोठी के एक अलग से भाग में अपने कमरे में एक झोला बनी खाट पर लेटे हुए वे बुरी तरह खाँस-कराह रहे थे। सिस्टर लवी को देखकर उन्होंने उठने की कोशिश की, पर सिस्टर लवी ने ही उन्हें उठने से रोक दिया, "आप लेटे रहिए, आपकी तबीयत तो लगता है, काफ़ी ख़राब हो गयी है।"

"मिसेज़ लाल, ख़राब नहीं हो गयी है, ख़राब कर दी गयी है।"

"कैसे?" आश्चर्य हुआ सिस्टर लवी को। इस अपने विस्मय में ख़ुद को एक पुराने सम्बोधन द्वारा पुकारे जाने की थरथराहट से वे पृथक् ही रहीं।

"सुनाऊँगा आपको, पर पहले यह बताइए कि आपने अपने बेटे को पहचान कैसे लिया?"

"बेटे ने भी तो मुझे पहचान लिया।"

"समझ गया मैं, ख़ून का वेग सबसे प्रबल होता है। ठण्डा वह भले ही हो जाए, पर वक़्त आने पर उबलना वह नहीं छोड़ सकता। ख़ैर, बच्चे को बिना बताये ही मैं ईश्वर से प्रार्थना कर रहा था कि आप दोनों में से कोई भी कहीं से आ जाए और अपने बच्चे को सँभाल ले।"

"क्या कह रहे हैं आप?" सिस्टर लवी ने इतने बड़े लाभ की कल्पना नहीं की थी।

"मैं यही चाहता हूँ। विनय सब जानता है, आपसे कह नहीं सका होगा।"

"जी, आपसे मिलने की सलाह उसी ने दी थी।"

"कहा न आपसे, बीमार मैं बना दिया गया हूँ।" तिवारीजी ने पहला वाक्य नहीं सुना।

"जी, आप कह रहे थे...?"

"हाँ, विनय का अब एक भाई भी है।"

"भाऽऽई!!" सिस्टर लवी आसमान से गिरी हों जैसे।

"हाँ, इस दुनिया में सब-कुछ मुमकिन है, लेटे-लेटे वही देख रहा हूँ। मुजफ़्फ़र नगर से सरकार से मकान का मुआवज़ा लेकर मैंने यहाँ यह कोठी बनवा ली, तो कोठी बड़ी होने के कारण ही इसका एक पोर्शन सरकारी दफ़्तर में काम करनेवाले एक जाट महाशय को दे दिया था। सोचा, मेरा काम तो बाहर आते-जाते रहने का है। चलो अच्छा है, मकान की सुरक्षा ही रहेगी। किराया मिल जाना मेरे लिए बड़ी बात नहीं थी–बस वही आदमी मेरे घर को सचमुच घर बनाकर बैठ गया। मुझे बेटा होने की उम्मीद होती तो मैं विनय को रखने के लिए क्यों तैयार होता। अब आप ही सोच लीजिए।..."

"उस लड़के को आप देखेंगी तो खुद समझ जाएँगी। चलिए, यह भी हुआ। पर दोनों लड़कों में बुद्धि के लिहाज़ से ज़मीन-आसमान का अन्तर है, तभी न विनय इतनी छोटी उम्र में ही नौकरी पा गया और वह ऊत का ऊत अभी आठवीं में ही पड़ा है। जो सींक और भाले का फ़र्क़ नहीं जानता, उसके लिए चार-चार मास्टर लगाये जाते हैं। पर वह भी पट्ठा मरदूद एक हरुफ़ पढ़के नहीं दे रहा है। भैंस के दूध के लम्बे-लम्बे गिलास चढ़ाता जाता है और..." तभी पिछला दरवाज़ा ठेलकर भीतर आया जवान थोड़ी देर तक तो शून्य दृष्टि से खड़ा कहीं शून्य में ही तकता रहा, फिर बोला, "अम्मा इनको भीतर बुला रही हैं।"

"ये हैं हमारे राजकुमार!" सिस्टर लवी के लिए इतना परिचय पर्याप्त था। वे उठकर भीतर चली गयीं।

"हो आइए।" तिवारीजी भी पीछे से कह रहे थे।

सिस्टर लवी पूछना चाहती थीं कि क्या उनका बोनू भीतर होगा? पूछ नहीं सकीं, उनकी आँखें उस लम्बे-चौड़े बनमानुस जैसे हाथ-पैर वाले जीव को देखकर चकित-सी थीं—अपरिष्कृत भावमुद्राएँ, भारी बोल, अशिष्ट अन्दाज़। इसके सामने अपना बच्चा पूरा मर्द होकर भी कितना बच्चा-सा है। चेहरे और हाथ-पैर की बनत पुष्ट होते हुए भी कितनी सौम्य है, बोलने-बतलाने का ढंग कितना सरल-शिष्ट है—प्यार-अपनत्व का गोला-सा रुँध गया कण्ठ में—बबलकर आते दूध से नयी माँ की छातियाँ जकड़ गयी हों जैसे।

"जी, तो मैं देख लेती हूँ।" फिर अटक गये कई प्रश्न।

"आप लौटकर आइए।" पल-भर के लिए जगे तिवारीजी के अहं ने उन्हें आश्वस्त कर दिया और वे भीतर चली गयीं।

भीतरे पीढ़े पर बैठी तिवारिन सूत अटेर रही थीं। अटेरन की गति को रोककर उन्होंने खुले मन से सिस्टर लवी का स्वागत किया—बैठे-बैठे ही।

"आओजी, बलाय दिन हो गये आपसे मिले हुए तो।"

"जी!" इस घर-वातावरण में पला है मेरा बच्चा! सिस्टर लवी ने कितना-कुछ एक दृष्टि में भाँप लिया। रसोई के उढ़के हुए किवाड़ों की सन्द के बीच से उन्होंने पुरानी चाल के स्टोव के ऊपर रखी कालिख-पुती पीतल की पतीली को भी देख लिया—खूँटियों पर जहाँ-तहाँ टँगे मैले-कुचैले कपड़े, अरगनी पर झूलती लुंगी-धोती-कमीज़ें, लकड़ी की दो-एक खूँटियों पर टँगे छाज-छलनी—एक कोने में गरण्डवाली चक्की—मोज़ाइक के चमचमाते फ़र्शवाले कमरे की तिवारिन ने रेड़ कर रखी थी।

"बहनजी, ज़रा मैं हाथ-मुँह धोऊँगी, आपका गुसलख़ाना किधर है? गर्मी का मौसम नहीं है, फिर भी चलने के कारण ही गर्मी बेहताशा महसूस हो रही है।" सिस्टर लवी ने इधर-उधर देखा।

"अजी गुसलख़ाना तो थारे सामने ही है, चली जाओ बोब्बो।" अदब-क़ायदेवाला तिवारिन का यह पहला वाक्य था। सिस्टर लवी भीतर चली गयीं, यहाँ का माहौल पिछले माहौल की अपेक्षा बहुत बदबूदार था—ऊपर से कटी लोहे की नाँद सरीख़ी आधी बाल्टी में कपड़े न जाने कब से भीग रहे थे। उनमें से ही यह गन्ध फूट रही थी। पहिये मार्का साबुन बिना साबुनदानी के ही बाटनुमा लकड़ी के फट्टे पर सजा था। नल में उस समय पानी नहीं आ रहा था। तिवारिन ने अँधेरे कोने में रखी बाल्टी के पानी से ही मुँह-हाथ धो डालने का सुझाव दिया था। सिस्टर लवी से नहीं बन पड़ा तो वे बिना मुँह धोये ही बाहर निकल आयीं।

"विनय को तो आपने काम पर भी लगा दिया?" तिवारिन का मन लेने के लिए लौटकर बात को बेबात ही शुरू किया सिस्टर लवी ने।

"हाँज्जी, छोरे हुशियार हों और उन्हें काम-धाम न हो तो फेर को वो गन्दी सोहबत में पड़ जाया करे हैं, यो ही सोचकर..."

"जी वह तो है पर उसे आगे भी तो पढ़ाया जा सकता था?"

"क्यूँ नहीं जी। पढ़-लिख तो उसने यों ही बलाय का लियो है। पर अब मेरे आग्गे तो यो दूसरो भी है। एक पढ़े दूसरा न पढ़े तो इब यों भी तो सोचना पड़े है, तुम जानो कि..."

जो कुछ तिवारिन कहने जा रही थीं, सिस्टर लवी ने वह संकेत से ही समझ लिया। वे उठकर खड़ी हो गयीं, "अच्छा, तो मैं चलूँ। आपका बच्चा है। आप जानें आपका काम जाने।"

तिवारिन ने चाय के लिए नहीं बैठाया, वैसी गन्दगी में चाय पीना सिस्टर लवी के वश की बात थी भी नहीं। बाहर ड्योढ़ी में निकलकर देखा तो तिवारीजी ने संकेत से ही बैठा लिया, "कुछ चाय-वाय पी मिसेज़ लाल?"

"जी, कुछ भी पीने का मन नहीं था, इसीलिए..."

"नहीं, मैं जानता हूँ। ख़ैर वह सब छोड़िए। हाँ, मिस्टर लाल कहाँ हैं आजकल?"

"कहीं भी हों, अब उनसे मेरा कोई सम्बन्ध नहीं रहा है। विनय को आपको सौंप दिये जाने के कुछ समय बाद ही मैं अपने पति के पास से चली गयी थी। हम दोनों उसके बाद नहीं मिले। उन्होंने मेरे सम्बन्ध में कोई ख़ैर-ख़बर भी नहीं ली...आप तो जानते ही होंगे सब।"

"हाँ, कुछ सुना था वैसा।"

"आप निश्चिन्त होकर मुझसे बात कर सकते हैं। विनय के साथ मेरा भी कुछ नाता है। जिसे अपने बेटे से कभी कोई लगाव नहीं रहा, उसे अब भी उससे क्या लेना-देना है। मैं अब आत्मनिर्भर हूँ।"

"ठीक है, तो अब मेरी सलाह आपसे यही है कि...चूँकि अब आप आ ही गयी हैं...गो कि आपने अपने मुँह से उस सम्बन्ध में कोई ख़ास बात नहीं की है, पर खुद अपने से ही और कुछ सेवकजी की बातों से मैं समझता हूँ कि आप अपने बच्चे के मोह में बँधी हुई ही इधर आयी हैं।"

"जी!" सिस्टर लवी बीच में ही हुमक उठीं।

"हाँ, तो क्या कर रही हैं आप आजकल?" पहली बात को बीच में ही छोड़कर तिवारीजी ने एक दूसरी बात शुरू की, जैसे अघिया-अघियाकर ही वे किसी निर्णय पर पहुँचना चाह रहे हों।

"आजकल मैं अपने भाई-भावज के पास हूँ। मेरे पति का रवैया आप जानते ही हैं। नर्सिंग का डिप्लोमा दिल्ली से लेकर अपने शहर में ही आजकल प्राइवेट नर्स के रूप में काम कर रही हूँ।"

"प्राइवेट काम क्यों?"

"जी मेरी भावज स्थायी रूप से बीमार रहती हैं, जब-तब उनको मेरी ज़रूरत पड़ती रहती है। सरकारी ड्यूटी बहुत कड़ी होती है। समय की पाबन्दी का सवाल वहाँ पहला है—इस हालत में वह नहीं सध-निभ सकता। यों मुझे अपने प्राइवेट काम से भी काफ़ी आमदनी हो जाती है। किसी का झगड़ा-टण्टा नहीं। मन किया, काम लिया, मन किया, नहीं लिया।"

"क्या आमदनी हो जाती होगी?" बालक को गोद देने के लिए नये माता-पिता से उसकी ज़मीन-जायदाद के सम्बन्ध में जाँच-पड़ताल जैसे की जाती है—दोनों के मध्य कुछ-कुछ उसी प्रकार का इण्टरव्यू चलता रहा कुछ देर—इस समय गाड़ी नाव पर लदी थी।

"जी, दिन की नर्सिंग के लिए मैं पैंतालीस रुपये लेती हूँ, रात को मरीज़ की सेवा के लिए उसके पास रहने के पचास-पचपन तक..."

"इतना!! ठीक है, तो श्रीमती लाल अब आप ऐसा कीजिए," क्षण-भर ठिठककर तिवारीजी ने फिर शुरू किया, "अपने बच्चे को अब आप अपने से लगाइए। यहाँ इसका भविष्य कुछ अच्छा नहीं दिखता। आप और मैं भले ही सच्चाई को जानते हों, पर दुनिया की निगाह में तो अब मेरे दो बेटे हैं—एक औरस और एक गोद लिया हुआ। क़ानूनन मेरी अधिकांश सम्पत्ति पर अब औरस का ही हक़ बनता है। गोद लिये हुए का भी कुछ हिस्सा होगा पर विनय को लेते हुए कुछ लिखत-पढ़त नहीं हुई—इसलिए कुछ कहा नहीं जा सकता है। हालाँकि मेरे लिए औरस कौन है, यह आप जानती हैं। मेरी ममता पूरी तरह विनय की तरफ़ है। उस हराम के पिल्ले की तरफ़ मैं देखना भी नहीं चाहता। तिवारिन यह बात जानती हैं और मैं यह भी अच्छी तरह जानता हूँ कि अपने बेटे और अपनी ख़ातिर वह मुझे बीच से हटा देने में भी कोई हिचक नहीं करेगी। विनय भी, हो सकता है, उसकी आँख का काँटा हो।"

रूह काँप गयी सिस्टर लवी की। घबराकर बोलीं, "नहीं नहीं, तिवारीजी, विनय को आपका कुछ नहीं चाहिए। आपने उसे पाल-पढ़ाकर इतना बड़ा कर दिया, मेरे लिए यही बहुत है।"

"वह सब ठीक है। जो हमारा फ़र्ज था, हमने किया। पर मैं यह भी तो नहीं चाहूँगा कि विनय को कुछ न मिले और वह मेरे पास से ख़ाली खुख्खल चला जाए। हाँ, उसके सिर पर एक धनीधौरी मैं अब अलबत्ता चाहने लगा हूँ, जो मेरी ग़ैरहाज़िरी में उसकी देखभाल करे। उसके प्रति अपना फ़र्ज अदा करे। उसके लिए भगवान ने आपको भेज दिया है। विनय को आपको सौंपकर मैं निश्चिन्त हो जाऊँगा। यों मैं शायद यह सब कुछ पसन्द नहीं करता—यानी आपकी दख़लन्दाज़ी, पर अब हालात ने जो मोड़ लिया है, उसमें आपका बीच में आना ठीक ही रहा। आप विनय से जब चाहे मिल, भेंट कर सकती हैं।"—किसी गहराई में डूबे बूढ़े तिवारीजी कहते चले जा रहे थे।

सिस्टर लवी पल्लू से ढँके गर्दन झुकाये सुनती रहीं। हृदय किसी स्वर्णलोक में उड़ा जा रहा हो जैसे—हर्ष-आनन्द-उल्लास की मिश्रित अनुभूति। चलने को उठकर खड़ी हुईं तो उनका गला सूख रहा था, आँखें आँसुओं से लबरेज़—नमस्कार के लिए सिर्फ़ हाथ भर जोड़ सकीं वे। कण्ठ से स्वर नहीं फूटा। तिवारीजी ने एक बार फिर आश्वस्त किया, "आप निश्चिन्त रहें, मुझसे जो बन पड़ेगा विनय के लिए करूँगा।"

तिवारीजी से मिलने के बाद सिस्टर लवी सेवकजी के घर गयीं ज़रूर, पर उस सम्बन्ध में कुछ विशेष कहना उन्होंने उचित नहीं समझा। यों भी तिवारीजी ने विनय को साथ ही भेज दिया था, कि वह उन्हें बस पर आराम से चढ़ाकर आए। विनय के सामने कुछ कहने की गुंज़ाइश यों भी नहीं थी, बस कृतज्ञता के डोरे पुरे थे उनकी आँखों में।

बस चलने के साथ ही उन्हें लगा कि वे अपनी कोई बड़ी निधि पीछे छोड़ चली जा रही हैं। इतनी देर से वे न जाने किन-किन सोचों में डूबी हुई थीं। कभी उस भव्य हवेली के अन्दर एक कोने में पड़ी तिवारीजी की झोला खाट उनकी आँखों के सामने आ-जा रही थी, कभी तिवारिन के द्वारा फैलाया वह रौरव नरक तथा जमदूत सरीख़ा लम्बे हाथ-पैरोंवाला तिवारीजी का वह औरस पुत्र—दोनों के सम्बन्ध और उस सम्बन्ध से उठते ढेरों प्रश्न-प्रतिप्रश्न, तर्क-वितर्क—विनय के सम्बन्ध को बिन्दु बनाकर सोचने का अवकाश ही नहीं मिल पाया था। विनय उसे मकड़ी के जाले में फँसा हुआ एक नन्हा जीव प्रतीत हो रहा था। मकड़ी का भोज्य पदार्थ और जिस प्रकार उस अनाम, लगभग अगण्य कीड़े को न देख व्यक्ति बड़ी पच्चीकारी से बने हुए रेशमी बारीक़ जाले के तन्तुओं को ही देखता रह जाता है, उसी तरह सिस्टर लवी भी अभी तक विनय के चारों ओर घिरे उस जाले को ही देखती-परखती रही थीं।

उस सबसे मन हटाया तो अब विनय की भोली-सी तस्वीर उभरकर सामने आने लगी—उस समय सब कुछ औपचारिक-सा लगा था। विनय का हाथ जोड़कर विदा देना, खुद उसका उसके सिर-पीठ पर हाथ फेरना, पर अब उन्हें अपने हाथों पर विनय के हाथों की जकड़, जकड़ बनकर चिपट महसूस हो रही थी। किस क़दर मासूम है उनका विनय—वे सोचती रहीं। बेटे को उन्होंने आमन्त्रित किया था, "दीवाली अब पास ही है। छुट्टियाँ छोटी दीवाली से ही शुरू हो जाती हैं। तुम छोटी दीवाली के एक दिन पहले ही आ जाना। मन तो कर रहा है कि तुम्हें अपने साथ ही ले चलती, पर अभी तिवारीजी की इज़ाज़त नहीं है। फिर तुमने भी अभी अपने दफ़्तर से छुट्टी नहीं ली है।" सिस्टर लवी खुद को या विनय को—किसको समझाती रही थीं, वे खुद नहीं समझ पा रही थीं। बाहर जाने के लिए सजी-धजी खड़ी माँ ने मिट्टी में सने हाथोंवाले अपने बच्चे को अपने ऊपर चढ़ने से हल्के-से रोका हो जैसे। मन

में एक कचोट जगी थी। माँ होकर ख़ुद अपने बच्चे को अपने पास कर लेने के लिए दूसरे की इज़ाज़त! नियति का एक विचित्र खेल!

"उधर कौन-कौन हैं?" विनय पूछ रहा था।

"कहाँ?"

"जहाँ आप रहती हैं।"

"तुम्हारे मामा-मामी, मामा-मामी के बच्चे यानी तुम्हारे भाई-बहन।"

"हुँ!" सन्तोष-आह्लाद की एक नन्ही पुलक ने विनय के चेहरे को रँग दिया था। एक ललक कि वह उनको कब देखेगा।

"बेटे, मैं सब धीरे-धीरे ही करना चाहती हूँ, एकदम शुरू-शुरू में ही गड़बड़ हो जाए, कुछ ठीक नहीं लगता।" सिस्टर लवी बेटे को समझाती रही थीं। बस की गति और रास्ते के मोड़ों के साथ-साथ उनके कान उस वार्तालाप के खण्ड-खण्ड फिर सुनने लगे थे—बेटे की अपलक दृष्टि उन्हें अब भी घेरे खड़ी थी।

घर आकर सिस्टर लवी उदास हो गयी थीं। वे ख़ुद नहीं समझ पा रही थीं, वे ख़ुश हों या उदास। उदासी ने ही उन पर आक्रमण कर दिया था अचानक।

"बेटे से मिलकर आ रही हो, अब काहे की उदासी?" नरेश भाई और भाभी, दोनों ने प्रश्न किया था।

"हाँ, होनी तो नहीं चाहिए।" दीवाली पर आएगा वह।

"भइया आएँगे?" भतीजे-भतीजियों ने किलककर पूछा तो सिस्टर लवी को अच्छा लगा।

"अब तो विनय काफ़ी बड़ा हो गया होगा!" नरेश भाई पूछ रहे थे।

"हाँ, बड़ा ही है, इस दिसम्बर में पूरे इक्कीस का हो जाएगा।"

"चलो ठीक है, तुम मिलना चाहती थीं, मिल लीं। कुछ कहा उन लोगों ने?"

"कुछ ख़ास नहीं।"

"तुम्हें देखकर उन्हें अचरज़ हुआ होगा?"

"हुआ होगा, मैं नहीं जानती। सेवकजी ने शायद तिवारीजी को पहले से बता दिया था।"

"पर तुमने उसे ढूँढ़ ख़ूब निकाला। तुम्हारी हिम्मत की तारीफ़ की जानी चाहिए। हाँ, सुनो, तुम्हारे पीछे कुछ लोग तुम्हें बुलाने आये थे।"

"देख लूँगी।" लवी ने झुककर छोटे राजुल को गुदगुदा दिया।

घर की दिनचर्या में सिस्टर लवी ने ख़ुद को फिर व्यस्त करने का यत्न किया। वे अपने को खपा डालना चाहती थीं। पर जब कभी विनय का ध्यान आता, पूरी देह में एक लहर-सी दौड़ जाती। मन ढेर सारे ताने-बाने बुना करता—पहली बार आएगा

तो एक सूट तो विनय को दिया ही जाना चाहिए। आख़िर आज-तक मैंने उसके लिए किया ही क्या है? कितने में तैयार होगा सूट? वे शहर की ऊँची, नामी दूकान पर जाकर हिसाब-किताब करतीं।

"दो सौ, तीन सौ, चार सौ, पाँच सौ—कितने का भी सूट सिला जा सकता है।" दूकानदार बताता।

"उसके साथ शर्ट भी होनी चाहिए।" प्रत्युत्तर में वे बात आगे बढ़ातीं, उसी अनुपात से मीजान बढ़ने लगती।

विनय के साथ तिवारीजी के लिए भी कुछ भिजवाना चाहिए, एक बार किसी का बेटा लेकर कौन फिर से इतना अधिकार देता है, जितना उन्होंने मुझे दिया है। उनके लिए कुछ ज़रूर भेजूँगी।

और तिवारिन के लिए? मन के भीतर बैठा कोई पूछता। हाँ, उसे भी ख़ुश करना ज़रूरी है। उसके सम्बन्ध में क्या-क्या सुना था। कहीं सचमुच जल्लाद न बन जाए वह! मैं दुबारा जाऊँगी, उससे हाथ जोड़कर कहूँगी, मेरे विनय को आपका कुछ नहीं चाहिए, कुछ भी।—और उनका वह औरस पुत्र, उसके लिए?...

एक लम्बी तालिका बनती चलती और उस तालिका की पूर्ति के लिए फिर एक लम्बी तालिका, कि वे कहाँ-कहाँ काम करेंगी, कैसे जुटाएँगी उतना कुछ?

तिवारीजी को उन्होंने बेटे को दिवाली पर भेजने के लिए पत्र लिखा था। उनका कोई जवाब अभी नहीं आया। पर सिस्टर लवी जानती थीं कि उनका बेटा ज़रूर आएगा। उनके चलते कितना हिरासा हो उठा था वह—उसका कुम्हलाया मुँह, आँखें उन्हें फिर मथने लगतीं।

उनकी मंज़िल क्या यहाँ तक थी? गुमसुम बैठी सिस्टर लवी प्रायः सोचने लगतीं। गुमसुम बैठने का यों समय ही कहाँ मिल पाता था, रात-बिरात मरीज़ के सो जाने पर सिरहाने या पायताने बैठे-बैठे कभी वे ऊँघ जातीं तो तरह-तरह के ढेरों विचार उन्हें मथने लगते। गत-आगत की तस्वीरें यों ही बनने-मिटने लगतीं। वे फिर चेतन होकर बैठ जातीं, सब-कुछ को भूलने का यत्न करतीं, पर लड़ी थी कि बँधती ही चली जाती—अभी तो इतने दिन और गुज़ारने हैं, क्यों नहीं उन्होंने तिवारीजी से उसी समय प्रार्थना की कि विनय को उनके साथ ही भेज दिया जाए। वे ज़रूर भेज देते। उस समय वे कितने दयार्द्र थे। कितने प्रसन्न कितने अच्छे मौक़े पर पहुँची थीं। पर तब शायद तिवारिन कुछ कहतीं। अच्छा हुआ, उस समय उन्होंने कुछ नहीं कहा। सब कुछ धीरे-धीरे ही होगा।

सवेरे कुछ घण्टों के लिए मरीज़ को छोड़कर घर आतीं—खाना बनाना, बच्चों को टिफ़न देकर विदा करना, भाभी-भइया को नाश्ता देना—सबसे बाद में ड्यूटी पर लौटकर जाने से पहले वे निवृत्त होकर कुछ देर के लिए भाभी के पास स्टूल पर बैठ जातीं और अपने मन की पिरोने लगतीं।

"भाभी, विनय दीवाली पर तो सिर्फ़ दो-तीन दिन के लिए ही घर आएगा, पर जैसे कि बानक बने दीखते हैं, लगता है, विनय मुझे मिल ही जाएगा।"

"मिलने में मुझे तो लगता नहीं, अब कुछ अड़चन है, जैसा कि तुमने सब-कुछ बताया है।" बीमार लुचपुच देह उन्हें आश्वस्त करती।

"यहाँ उसे कोई नौकरी मिल जाएगी? मैं ठाकुर साहब से भी कह सकती हूँ। जे.जे. ट्रेडिंग कम्पनीवाले भी हैं ही। वाटरवर्क्स के बड़े इंजीनियर साहब से भी मेरी वाकफियत है। काम वहाँ भी हो सकता है। नौकरी तो उसे मिल ही जाएगी, पर एक बात सोचती हूँ मैं, भाभी, अभी तो उसकी उमर इक्कीस बरस की ही है। नौकरी तो वह मज़बूरीं दर्जे ही कर रहा है। क्यों न वह पहले अपनी पढ़ाई ही पूरी कर ले। पच्चीस पर तो उसकी शादी भी करनी होगी।"

और फिर भाभी की ओर से किसी भी प्रतिक्रिया की प्रतीक्षा किये बिना ही वे कहतीं, "मैं एक बात और सोचती हूँ, शादी हो जाएगी तो विनय की एक अलग-सी जगह भी होनी ही चाहिए। पिछली तरफ़ जो कोठरी है, जिसमें आजकल बेकार का अंगड़-खंगड़ भरा है, उसे ही साफ़ कर दूँगी मैं। हम लोगों ने अच्छी-ख़ासी जगह को बिगाड़कर छोड़ रखा है। और हाँ—कितनी पागल हूँ मैं, इतनी आगे की बात सोच रही हूँ। उसके रहने-बसने का इन्तज़ाम कर रही हूँ। पर पहले तो हमें विनय के लिए लड़की भी तो खोजनी होगी। हमारी मनचाही लड़की विनय को भी पसन्द आ जाए, तब बात है।"

खाट पर पड़ी ठठरी बनी भाभी के चेहरे पर निरपेक्षता का भाव न देखकर सिस्टर लवी का उत्साह और बढ़ जाता। अचानक उन्हें कुछ ध्यान आता तो बीच में ही तार तोड़कर पूछतीं, "भाभी, तुम्हारे लिए दूध तो गरम कर दूँ। गरम पानी तो थर्मस में तुम्हारे सिरहाने रखा ही है। मुझे तो आज सचमुच देर हो गयी है।" सिस्टर लवी अपनी ड्यूटी की याद कर हड़बड़ा उठतीं।

"हाँ, तुम तो शेख़चिल्ली की तरह न जाने कितनी दूर की बात सोचने लगीं, फ़िलहाल अब उसके यहाँ आने पर तो उसकी देखभाल का प्रबन्ध करो। और सब तो बाद की बात है।"

"सच, मैं तो भूल ही गयी थी कि विनय के आने में अब कुछ गिने-चुने दिन ही रह गये हैं। पर इस समय तो मैं जो सबसे ज़रूरी बात भूल रही हूँ वह है कि मुझे तुरन्त गणेशीलाल पैट्रोमेक्स वालों के यहाँ पहुँचना है। सेठानीजी तो छोड़ ही नहीं रही थीं, बड़े हीले-हवाले करके आयी हूँ।" सिस्टर लवी ने चटर-पटर घड़ी देखी और आँगन के दरवाज़े पर लगे टीन की चादर के दरवाज़े को ठेलकर दुबारा भेड़ती हुई वे बाहर चली गयीं—स्कूटर से उतरकर गली की सूखी नालियों को फलाँगती हुई सिस्टर लवी सेठानीजी के पास पहुँचीं तो वे पड़ी-पड़ी टुसुर-टुसुर रो रही थीं?

"आप रो रही हैं?"

"..."

"बताइए, क्यों रो रही हैं, मुझसे कुछ कुसूर हुआ क्या?" सेठानीजी को गले तक चादर उढ़ाकर उनकी बाँह पर हाथ रख पास पड़े स्टूल पर बैठकर सिस्टर लवी बड़े दुलार से पूछने लगीं।

"मैं विश्वास दिलाती हूँ, आप जल्दी अच्छी हो जाएँगी, मेहरबानी करके आप दुःखी मत होइए। मैं हूँ आपके पास।" सिस्टर लवी ने सेठानीजी के बालों पर धीरे-धीरे हाथ फेरा।

"कहाँ रहती हो तुम मेरे पास? अब गयी हो तो पूरे तीन घण्टे बाद लौटी हो!"

"ओह अब समझी मैं। मैंने सोचा, आपके बहू-बेटे सभी तो हैं। थोड़ा समय मुझे भी मिल जाए तो क्या बुरा है?"

"कोई नहीं है मेरा सिस्टर, तुम्हारे सिवा मेरा कोई नहीं है। मैं कहती हूँ, कोई नहीं है!" सेठानीजी बुरी तरह बिफर उठीं।

"चिन्ता मत कीजिए, अब मैं जल्दी आया करूँगी, आपके पास पूरे टाइम रहूँगी, अब तो खुश! हँस दीजिए अब तो। परमात्मा आपको जल्दी सेहत दे। डॉक्टर साहब तो अभी देखने नहीं आये होंगे?" सिस्टर लवी हटकर कमरे को तरतीब देने लगीं। थोड़ी देर बाद सेठानीजी को दवा देकर डॉक्टर को फ़ोन करने चली गयीं। फ़ोन करके लौटीं तो बोलीं, "डॉक्टर साहब ने कहा है, वे आज शाम के समय आएँगे, आज उनका 'ऑपरेशन डे' है न। कह रहे थे, अब चिन्ता की कोई बात नहीं है। अब आप पूरी तरह स्वस्थ हैं। आपको आज मैं खुद अच्छी-सी मूँग की दाल बनाकर दूँगी। डॉक्टर साहब ने बताया है।" बच्चों की तरह दुलारती, ढाँढस बँधाती सिस्टर लवी बहुत देर तक सेठानीजी के साथ उलझी रहीं।

उन दिनों सिस्टर लवी ने सुख-ही-सुख की कल्पना की थी—इस छिदन के बारे में उन्होंने कब सोचा था जो बेटे से मिलने के बाद विलग हो जाने पर उन्हें झेलनी थी—कलेजे से मुट्ठी-भर मांस नकोटकर ले गया हो कोई जैसे। सन्तान की ममता क्या इतनी विकट होती है? उन लोगों को अपने उस सुख का अन्दाज़ा क्या होगा जो उन्हें यों ही बैठे-ठाले मिल रहा है। विनय हरदम उनकी आँखों के आगे रहता है—आता-जाता, खाता-पीता, सोता-जागता। किसी को क्या मालूम, वह सब मेरे लिए एक ख़्वाब है, एक सतरंगी इन्द्रधनुष जो मेरे आँगन में न जाने कब उगेगा।

"बुआजी, आज आपने हमें चाय तक नहीं दी। हमने खुद बनाकर पी है। आप क्या करती रहती हैं, आपका कुछ पता ही नहीं चलता।" छोटी सरो ने कहा

तो भीतर बिस्तर पर लेटी भाभी चीख़ी, "दुनिया में लड़के-बच्चे सबके देखे हैं, पर इस तरह का पागलपन हमने पहली बार ही देखा है। बाहर के मरीज़ों का सब कुछ करेंगी, घर का मरीज़ चाहे चूल्हे-भाड़ में जाए, बस काग़ज़ काले करने में लगी रहती हैं।"

"कुछ तो ख़याल करो, आख़िर इतने दिन बाद बेचारी का बेटा मिला है"—भाई दफ़्तर से घर में घुसते हुए पत्नी को समझाते तो मरीज़ा भाभी की आवाज़ और ऊँची हो जाती, "ठीक है, बेटा मिला है, कोई यार तो नहीं मिल गया है जिसे खर्रे पर खर्रे लिखे जाएँ। यह तो हालत तब है, जब वह आने ही वाला है। हमने माँ-बेटे के ऐसे ढंग कभी नहीं देखे। आज यह ख़बर घर में है, पर अगर यही रंग-ढंग रहे, तो ख़बर उठकर पास-पड़ोस के घरों में बैठने लगेगी। अच्छा लगता है यह कुछ? कुछ दुनिया का भी सोचना पड़ता है।"

सब ओर सन्नाटा पुर गया था उस दिन। एक तनिक-सी बात कहने पर पत्नी का रूप इतना विकराल हो उठेगा, भाई नरेश ने इसकी कल्पना नहीं की थी। वे सहम-से गये, नाहक कुछ कहा। बीमार की हालत इतनी ही नाज़ुक होती है, जो मुँह में आया बक दिया। उसमें इन्तज़ारी की ताब ही कहाँ होती है!

सिस्टर लवी भाभी के इस बदले रूप पर चकित थीं। अभी कल सब कुछ कितनी सहानुभूति से सुन रही थीं और आज यह स्वरूप! भाई से उन्होंने दबे स्वर में कहा, "अगर किसी को मेरे कारण तकलीफ़ होती है तो मैं अलग मकान लेकर रह लूँगी। जो सेवा-चाकरी बनेगी, वहीं से आकर कर जाया करूँगी। उस हालत में मेरे कारण क्लेश तो नहीं होगा कम-से-कम!"

"अरे भई नहीं, तुम ग़लत समझ रही हो। तुम्हारी भाभी की वह मंशा कभी नहीं है। तुम आराम से इधर रहो। किसी की बात पर कोई ध्यान न दो।"

"ध्यान देना नहीं पड़ता, ख़ुद-ब-ख़ुद चला जाता है। अब तुम सोचो कि..." तभी मरीज़ा भाभी पलँग से उठकर ख़ुद बाहर आ गयीं। बाहर पड़ी खाट पर बैठती हुई कँपकँपाती आवाज़ में बोलीं, "बीबी, जो बात मैंने अभी कही, वह सही है। मैं तुम्हें फिर समझा रही हूँ कि तुम ऐसी चाल चलो जिससे कोई तुम्हारी तरफ़ उँगली न उठा सके। दुनिया की ज़बान नहीं पकड़ी जाती। दुनिया की आँखों पर पर्दा पड़ा होता है। वह ग़लत-सही नहीं देखती। रही तुम्हारे जाने-आने की बात, सो बीबी, अब इस घर की सँभाल-सुधारी तुमको ही देखनी है। मैं तो चार दिन की मेहमान हूँ, तुम्हारे भइया और भतीजे-भतीजियाँ तुम्हारे ऊपर ही हैं। तुम्हें मेरी क़सम जो कहीं चले जाने की बात तुमने सोची भी।"

"पर भाभी..." सिस्टर लवी की आँखें गीली हो उठीं, उन्हें जर्जर खड़ी अपनी भाभी पर बेहद तरस आया। भरे कण्ठ से वे उसे थामकर भीतर उसके पलँग पर ले गयीं और बहुत सावधानी से लिटा दिया।

मरीज़ा इतने में ही बुरी तरह हाँफ गयी थी। उसकी दुर्बल देह बुरी तरह लड़खड़ा-सी गयी।

भाई ने इस मोड़ की कल्पना नहीं की थी। बहन को वे अपने कौशल और ज़ोर-ज़बर्दस्ती से ही रोके रखना चाहते थे। मरणासन्न पत्नी की चिन्ता और भावुकता ने उन्हें छुआ—ईंटों छबे आँगन में पड़ी कुर्सी पर वे पसर-से गये। जेब से रूमाल निकाला। रूमाल के कोने से पिघलते आँसुओं को सूँता और फिर वे गुसलखाने में जाकर मुँह पर छप्पे मार-मारकर धोने लगे।

उस दिन भाभी और भाई के अन्तर्द्वन्द्व ने सिस्टर लवी को उबार लिया था। उसी घर में उनकी गाड़ी पूर्ववत् सम ढर्रे से खिंचने लगी थी। उनकी अपनी असहमति से बहती दिनचर्या—कोई भी, कहीं से भी, कभी भी बुलाने आता और सिस्टर लवी बिना किसी नानुच के जाने के लिए तैयार हो जातीं—मन में एक ही धुन सवार रहती, विनय अबके आएगा तो यह दूँगी, वह दूँगी...उधर के लोगों के लिए यह भिजवाऊँगी ...विनय की दिशा में देनेवाली चीज़ों की लम्बाई बढ़ती चलती।

बड़े-बड़े पैसेवाले लोगों के यहाँ काम करने के कारण विनय को उन्हें जब-तब फ़ोन करने की भी सुविधा रहती—कभी विनय फ़ोन पर मिल पाता, कभी नहीं। इस क्रम में प्रायः उल्टा-सीधा होता रहता। जिस दिन बेटे से बात न होती, उस दिन एक विचित्र बेकली उन्हें घेरे रहती। बात हो जाने पर लगता, उन्होंने एक निधि प्राप्त कर ली है। दिन-भर किसी-न-किसी की सेवा में हाड़ तोड़ता उनका पीला-चुचका चेहरा एक अजीब उल्लास से भर जाता।

दिन बीतने के साथ-साथ भाभी के बहुत-कुछ समझाने के बावजूद सिस्टर लवी के सिर-आँखों पर एक पागलपन सवार होता चला जा रहा था। सिर्फ़ बात कर लेने-भर से क्या होता है, उनकी बाँहें विनय को अपने में घेरे रखने के लिए आकुल-व्याकुल बनी रहतीं। दीपमालिका का समय पास खिंचता चला आ रहा था। सिस्टर लवी के कान कुछ नये कोमल स्वर सुनने लगे थे। आँखों के आगे रंगीन ताना-बाना पुरा हुआ। कार्यक्रमों और तीन-चार दिनों की योजनाओं की लम्बी लड़ी पुरती चली जा रही थी। सिस्टर लवी ने दो नये घरों की ड्यूटी और पकड़ ली थी। यह दीवाली वे इक्कीस बरस के बाद अपने बेटे के साथ मिलकर मनाएँगी। एक विचित्र प्रकार का आवेश उन्हें घेरे रहता।

घर में बीमार भाभी की परिचर्या भतीजे-भतीजियों की सेवा-चाकरी और फिर ड्यूटियों को सँभालना, सिस्टर लवी में न जाने कहाँ से हाड़ तोड़ते रहने की हिम्मत आ जुटी थी, सिस्टर लवी ख़ुद नहीं समझ पा रही थीं। उन दिनों मरीज़ों को लवी सिस्टर के हाथों के स्पर्श में एक अजीब से मैस्मेरिज़्म का भान होता। उनके परिवेश के साथ एक विचित्र गन्ध लिपटी चली आती। वात्सल्य और स्नेह से मरीज़ का रोआँ-रोआँ भीगा रहता।

छोटी दीवाली के आगमन का सिर्फ़ एक दिन शेष रह गया था– इसे ही नरकचौदस कहते हैं। आज उनका नरक भी समाप्त होगा। वे इस बार विनय को पूरी तरह समझा लेंगी कि अब उसे उन लोगों के प्रपंच में नहीं पड़ना है। हो लिया बहुत। उनके बेटे को किसी का पाई-पैसा भर नहीं चाहिए। वह किसी तरह उनके पास आकर रहने लगे, बस वे इतना-भर चाहती हैं। चलो वह भी हो जाएगा। तिवारीजी को तो अब किसी तरह का एतराज़ है ही नहीं–वे प्रायः सोचती रहतीं।...

सिस्टर लवी आज ड्यूटी से जल्दी आ गयी थीं। आख़िर उन्हें आज अपने घर की साज-सँवार भी तो करनी थी। उनकी दीवाली तो आज इतने बरसों बाद पहली बार मनने जा रही है। इस अवसर पर उन्होंने दो दिन की छुट्टी लेने का कार्यक्रम बना लिया था। वे सोचने लगीं–और दूसरे तरह की कोई बीमारी होती तो किसी तरह सब निभ ही जाता, पर समस्या सिर्फ़ उन जुड़वाँ बच्चों की है, जो ठठरी हुए पड़े हैं। जयराम संगल को विश्वास था कि बच्चों को सिस्टर लवी की बाँहों में सौंपकर वे निश्चिन्त हो सकते हैं–इसलिए सिस्टर लवी की किसी तरह की माँग के लिए उन्होंने नानुच नहीं की थी। सिस्टर लवी ने दिन के साठ और रात के पचहत्तर रुपया के लिए कहा था और संगल साहब राज़ी हो गये थे। बड़े घरों की माया निराली होती है और फिर जान से बढ़कर भी क्या कोई चीज़ है इस दुनिया में? दोनों बच्चों की परिचर्या का अलग-अलग इतना मेहनताना संगल दम्पती के लिए कुछ भी नहीं था।

साधारण व्यक्ति के प्राण इतनी बड़ी राशि सुनकर नसों में समा सकते थे, पर माता-पिता का कलेजा परमात्मा कितना बड़ा बनाता है–इतना नाज़ुक मौक़ा ज़िन्दगी और मौत के हिण्डोले में डोलती दो बच्चों की नाज़ुक साँसें–माता-पिता पूरी तरह फिर भी आश्वस्त थे। सिस्टर लवी की साधना, तपस्या, प्रेम और ईमानदारी के कारण लोगों ने सिस्टर लवी के नाम के साथ चिराग़ और ज़िन्दगी का मुलम्मा जोड़ दिया था। मरीज़ सिस्टर लवी की तीमारदारी में है–सुनते ही समझनेवाले लोग शान्ति और सन्तोष को व्यक्त करनेवाली मुड़िया हिला देते।

सिस्टर लवी ने कुछ समय के बाद दो दिन की छुट्टी के लिए कहा तो बच्चों के माता-पिता सहम उठे। सहमे-सहमे ही कहा, "सिस्टर, आपको हमने इसी कठिन समय के लिए रखा था। आप पर हमें इतना विश्वास है।"

"वह सब सही है, पर आप यह तो समझें कि कभी सिस्टर लवी की अपनी भी कुछ ज़रूरतें-मुश्किलें हो सकती हैं, कुछ उसकी भी टूटी-फूटी ख़्वाहिशें–" सिस्टर लवी ने भरे कण्ठ से कहा था, "अच्छा हो कि आप इन कुछ दिनों किसी दूसरी नर्स का इन्तज़ाम कर लें। इतने दिनों से मैं इन बच्चों को अण्डों की तरह से रही थी। अब मेरे आगे मजबूरी है।"

दरअसल विनय के आने पर उन दिनों इस तरह सुबह से शाम तक अपनी ड्यूटी पर जुटे रहने की कल्पना सिस्टर लवी नहीं कर पा रही थीं—इसलिए समझाने लगीं, "मेहमान के आ जाने पर (बेटे की बात कहना उन्हें ठीक नहीं लग रहा था) मेरा एक पैर यहाँ रहेगा, एक पैर उधर घर में। आपको सन्तोष उस तरह नहीं होगा, मैं जानती हूँ, इसलिए मेरी गुज़ारिश है कि फ़िलहाल आप कोई दूसरा इन्तज़ाम कर लें, प्लीज़! दूसरी नर्स आपके लिए सस्ती भी पड़ेगी..."

"प्लीज़ सिस्टर, आप और कुछ न कहें। हमें आपका सब-कुछ मंजूर है। आपका एक पैर इधर और एक पैर उधर रहना—आप सुविधानुसार जब आ सकें, जितनी देर को भी आ सकें, आती रहें। पर इन बच्चों को, जिन्हें आपने किस-किस तरह जिलाया है, आप इस तरह नहीं छोड़ेंगी।"

सिस्टर लवी का उस दिन की तरह का परिवर्तित स्वर किसी ने पहली बार सुना होगा। सिस्टर लवी के कण्ठ से तो हमेशा मधुधार बहती थी, आँखें हरदम प्यार छलकाते प्याले, हाथ और बाँहें सामने फैली हुई, हर बीमार-दुःखी को अपने में समेट लेने के लिए आकुल-व्याकुल सिस्टर लवी के उस समय के स्वर पर संगल दम्पती को अचरज हुआ था, फिर मन को समझा लिया था— सिस्टर लवी भी आख़िर इनसान हैं। वे भी अव्यवस्थित-असंयत हो सकती हैं।

बेचैनी-आकुलता-तिक्तता किन्हीं क्षणों में उनमें भी व्याप सकती है। कुछ भी हो, सिस्टर लवी एक बार थामकर अपने मरीज़ को अधबीच में नहीं छोड़ सकतीं कह-सुन चाहे कुछ भी लें—उनकी प्रसिद्धि पर विश्वास करते हुए संगल दम्पती ने सिस्टर लवी को उस प्रकार की छूट दे दी थी।

छोटी दीवाली की साँझ। विनय अभी तक नहीं पहुँचा था। तीन दिन की छुट्टियाँ थीं। पिछली शाम भी आ सकता था वह। दोनों शहरों में दूरी भी तो कुछ ज़्यादा नहीं थी। मकान के अन्दरूनी कमरे में भी सिस्टर लवी के कानों को हर आहट खटखटा जाती। गुदगुदाहट, एक सिहरन अंगों को ऊपर-नीचे तक सिहरा-सिहरा दे रही थी। विनय की आहट पाने के लिए अभी उन्हें और प्रतीक्षा करनी थी—प्रतीक्षा-बेचैनी और अकुलाहट, सब-कुछ धीरे-धीरे झुँझलाहट में परिवर्तित होता चला जा रहा था। सुबह से शाम तक के निश्चित कामों की तालिका से वे कब की निवृत्त हो चुकी थीं और अब मात्र प्रतीक्षा करते रहने के सिवा उनके पास करने के लिए कुछ भी नहीं बचा था।

"सुनो, दिलू, मिली, सरो, राजुल, जो कोई भी भइया के आने की ख़बर सबसे पहले देगा, उसे ही मैं एकदम पाँच रुपये का खर्रा नोट दूँगी!" हर बच्चे को उसने दड़बड़ा दिया था। पाँच रुपये हथियाने की होड़ में हर आहट और बेआहट पर घर

में भागादौड़ी मची हुई थी। व्यक्ति नहीं, व्यक्ति के सम्बन्ध में ढेर सटपटाहट–उसी से अब जी रही हों सिस्टर लवी जैसे। वे जानती थीं, बीमार भाभी अपने कमरे में पड़ी-पड़ी झुँझला रही होंगी, पर इस समय उन्हें किसी की चिन्ता नहीं थी। क्यों करें वह चिन्ता? बहुत सुन लिया है उन्होंने। आख़िर इस घर पर उनका भी कुछ अधिकार है। क्या नहीं किया है उन्होंने इस घर के लिए? बच्चों की हगामूती से लेकर उन्हें दुलारने-पालने तक सब कुछ किया है उन्होंने। अब एक दिन अपने मन की ही कर लेंगी, तो क्या क़हर ढह जाएगा इस घर पर?

रसोई में जाकर वे एक बार फिर सब चीज़ों को सँगवा आयीं। साबुत गोभी की सब्ज़ी, दो शोरबेदार तरकारियाँ, पूरी-पकौड़ियाँ-मिठाई–क्या-क्या नहीं तैयार कर लिया था उन्होंने? सब कुछ दबा-ढँका गरम रखा हुआ था। बस अभी भइया आते होंगे, तभी सब साथ बैठकर खाएँगे न! भइया को सबके साथ खाने में अच्छा लगेगा, नहीं तो वे कहेंगे नहीं, कि छोटे भाई-बहनों ने मेरा इतना भी इन्तज़ार नहीं किया। किस-किस तरह समझा-बुझाकर उन्होंने छोटे बच्चों को रोक रखा था। कमरे में आकर वे दीवार पर बनी दीवारी को अगोरने लगी थीं। सामने पुरे सतिये और चौक पर रखी मोमबत्तियाँ। अगले दिन दिवाली-पूजन की तैयारियाँ उन्होंने आज के दिन से ही कर डाली थीं। फिर वे अपने सन्दूक़ की ओर गयीं। देनेवाले कपड़े वहाँ सँगवाये रखे थे। रुपयों की गड्डी, तरह-तरह की चीज़ों के ढेर-सारे डिब्बे...सब कुछ उलटती-सलटती रहीं वे चुपचाप। तभी दरवाज़ा हल्के से चरमराया और फिर धीमी-सी ठकठकाहट।

"भइया होगा!" बच्चों के पीछे ऊलंजलूल भागीं सिस्टर लवी।

"जी, मेमसाहब ने आपको सिर्फ़ एक मिनट के लिए बुलाया है। सिर्फ़ एक मिनट को जाकर देख आइए। बस आइए और आइए, मैं गाड़ी लाया हूँ।" जयराम संगल का ड्राइवर दयालराम उन्हें देखते ही न जाने किस-किस तरह चिरौरी करने लगा था। शायद मेमसाहब ने उसके सामने बिछकर ही समझाया होगा, उतना कुछ।

"दयालराम तुऽऽम!" सिस्टर लवी को निराशा हुई थी।

"जी, मुझे संगल मेमसाब ने भेजा है। हाथ जोड़कर कहलाया है, मोनू बाबा की तबीयत बहुत ख़राब है।"

"तो डॉक्टर को बुलाओ न, नर्स वहाँ क्या करेगी!"

"डॉक्टर साहब आये थे। वही आपकी बाबत बोल गये थे कि इस समय बढ़िया तीमारदारी की ज़रूरत है।"

सिस्टर लवी चुप रहीं। कुछ क्षण एक अधबुना-सा सन्नाटा–"सुनो!" ड्राइवर ने आगे के हामी भरनेवाले सुरों की कल्पना की, पर सिस्टर लवी कुछ और ही कह रही थीं, "दयाराम, मैं तुम्हारी मज़बूरी जानती हूँ। पर तुम कुछ मेरी मज़बूरी भी तो समझो। मेरे यहाँ आज जो आ रहा है, मैं चाहती हूँ वह मेरे सामने ही आए। मुझे नहीं देखेगा तो वह हिरासा हो जाएगा।"

"तुम नहीं हो और वह यहाँ आ जाए, तुम यह बर्दाश्त भी तो नहीं करना चाहतीं। यह कहो न!" सीने में बैठा कोई धीरे-धीरे फुसफुसाने लगा।

"पर मेमसाब ने..."

"मेमसाब को मैं आकर समझा दूँगी। ईश्वर बच्चे पर अपनी रहमत बरसाए। वह ज़रूर अच्छा हो जाएगा। मेमसाब को जाकर समझा दो। मैं जानती हूँ, मेमसाहब को दुःख होगा। तुम मेमसाहब के कारण ही यहाँ ठिठके खड़े हो। पर मैं भी क्या करूँ दयालराम, मेरी भी कोई ख़ास मज़बूरी नहीं होती तो मैं बैठी रहती यहाँ?" एक तरह से धक्का ही दिया उन्होंने ड्राइवर को। चलते-चलते कहा, "सोनू बाबा तो ठीक है न?"

"जी, सोनू भइया ठीक हैं।"

"कोई दूसरी नर्स बुलायी?"

"अभी तो नहीं, सबसे पहले आपके पास ही भेजा है उन्होंने मुझे।"

"हाँ, तो ठीक है। मैंने जैसा कहा है, मेमसाब को अच्छी तरह बोल देना।"

ड्राइवर बेबस-सा चला गया तो सिस्टर लवी बैठकर फिर प्रतीक्षा करने लगीं। कभी खड़े-खड़े, कभी आँगन में चहलक़दमी करती हुई। वे बार-बार दरवाज़े के पास पहुँच जातीं। दरवाज़ा सिर्फ़ उढ़का भर था, उसी की झिर्री से बाहर गली की रोशनी आँगन में बिछ-बिछ जा रही थी। बाहर पटाखों की चटर-पटर आवाज़ों ने कानों को फोड़ना शुरू कर दिया था। अनार, चकई और हवाई जहाज़ों की रंग-बिरंगी मीनारें और पटखनियाँ—आसमान तक पहुँच रही थीं—सुर्रऽऽसुर्रऽऽ घड़म भड़ऽऽभड़्ड़ऽऽ चुटुर मुटुर चुट्ट चुट्टऽऽ और क्या-क्या! घर के बच्चे सभी दौड़कर बाहर की दीवाली में शरीक होने चले गये थे। उनके घर में सन्नाटा था। अपनी-अपनी जगह सिर्फ़ चालीस वॉट के बल्ब धुँधली-पीली रोशनी फैला रहे थे।

दरवाज़ा फिर खटका।

"अब आये हैं राजकुमार! मैं भी देखूँगी, इतना किलसा-किलसाकर..." घरू शब्दों का प्रयोग करती हुई सिस्टर लवी दरवाज़े की तरफ़ झपटीं। उढ़का हुआ दरवाज़ा अपने-आप ही खुल गया।

"मेमसाब ने बुलाया है आपको, सिर्फ़ थोड़ी देर के लिए।" ड्राइवर दयालराम घिघियाता-सा फिर सामने खड़ा था।

"ओह, अब कैसी तबीयत है मोनू बाबा की?"

"अच्छी नहीं है, इसलिए आपको याद किया है, शायद आप ही उन पर कोई रहमत बरसा दें।"

"मैं कोई नबी-औलिया तो नहीं हूँ। टूटी को बूटी नहीं हुआ करती दयालराम।"

"मेमसाब ने बुलाया है आपको।" ख़ुद की ज़िम्मेदारी से बरी हो गया हो जैसे ड्राइवर।

"देखो, जिसका मैं इन्तज़ार कर रही हूँ, वह किसी भी मिनट आ सकता है। मुझे तो बल्कि यह डर लगने लगा है कि कहीं कुछ घट तो नहीं गया। रात-दिन क्या-क्या हादसे सुनने में आ रहे हैं आजकल। मैं तो इतनी फ़िक्र में डूबी हुई हूँ कि...ठीक है दयालराम, तुम चलो, उनके आते ही मैं तुरन्त पहुँचूँगी।"

"जी, मैं गाड़ी लाया हूँ।"

"मुझे मालूम है, तुम चलो तो सही।"

ड्राइवर रुआँसा-सा फिर लौट गया। सिस्टर लवी अपनी निर्ममता के बारे में सोचती चुपचाप खड़ी रहीं, क्या करें वह?

रात उस दिन न जाने कैसे कट गयी थी। एक धुँधला-सा सवेरा फिर उगा, सिर्फ़ एक धुन्धभरी आशा के साथ। कितने सुख-दुःख काटे थे सिस्टर लवी ने; पर प्रतीक्षा की ऐसी रात उन्होंने कभी नहीं काटी थी। रात को दस बजे उन्होंने बच्चों को खाना दिया था। बीमार भाभी के लिए रोटियाँ सेंकी थीं। पर अपने लिए? कुछ भी नहीं। पानी की बूँद भर नहीं। जैसी निन्हें मुँह बासी वे उठी थीं, वैसी ही उस रात वे सो भी गयी थीं। न जाने कितने आँसू झरते रहे थे चुपचाप। आँसुओं से चिपकी आँखें सवेरे बमुश्किल तमाम खुली थीं, किसी तरह।

आज का दिन बड़ी दीवाली का दिन—क्या हुआ होगा न जाने मोनू बाबा का? इतनी देर बाद उन्होंने मोनू बाबा के बारे में सोचा। अभी तक तो विचार के ताने-बाने विनय के इर्द-गिर्द ही पुरते रहे थे—कब छोड़ा था उन्होंने अपने किसी भी मरीज़ को इस तरह? फिर ये दोनों तो बिलकुल दूध के फायों के समान थे—सतमासे, बेहद, कमज़ोर, पर माता-पिता के बारह बरस सूने रह रहे घर की आख़िरी उम्मीद—न जाने मोनू बाबा की कैसी तबीयत रही होगी? एक तरह का ममत्व घिरने लगा था चारों ओर से। किसके लिए छोड़ा उन्होंने मोनू बाबा को? अपने बच्चे के लिए न? ज़रूर कुछ घटित हुआ होगा विनय के साथ!...

कम-से-कम तार तो कर ही सकता था, समझदार-समर्थ है, घर के बाहर आने-जाने पर किसी ने उस पर बन्दिश तो नहीं लगा दी होगी...आज भी आ जाए तो ग़नीमत है—मन की कताई फिर शुरू हो गयी : बड़ी दीवाली तो आज ही है। बच्चा क्या जानता होगा कि माँ ने उसकी ख़ातिर अपने सब काम छोड़ दिये होंगे! बिस्तर से उठने का मन नहीं कर रहा था। देह लस्त हुई-सी पड़ी थी। ख़ून चुसी, श्लथ-शिथिल। प्रतीक्षा ने देह का टाँका-टाँका उधेड़कर रख दिया हो जैसे। आये वह, उनका बेटा और उनकी कौली भरकर वह यहीं उठाकर बिठला दें। बिस्तर पर ही नुची-खुची-सी, अपने बेटे को वे यहीं बैठी अपने चुम्बनों से नहला दें—बेटे के आने की कल्पना में वे पूरा नाटक आँखों में फिर पिरोने लगीं, पिरोती रहीं।

भाई गयी रात आये थे। उसे विनय का ही भुलावा हुआ था। विनय को न पा उसने भाई से भी बात नहीं की थी। दरवाज़ा खोलकर ठुठुर-मुटुर बिस्तर पर आकर पड़ गयी थीं। सवेरे भाई उठे तो पास आकर खड़े हो गये, “सुना, तुमने कल विनय का काफ़ी इन्तज़ार किया?”

“इन्तज़ार तो हम सब तुम्हारा भी कर रहे थे। आपको ही घर की कौन-सी फिकिर है कि भाभी कैसे मरती-जीती रहती हैं।”

“मैं जानता हूँ, पर वह गर्ग का बच्चा कल माना ही नहीं, बाँधकर बैठा लिया।”

“ठीक है, जैसा जी आए कीजिए।”

भाई ने उसकी बात पर ध्यान नहीं दिया, कुछ दबे सुर में समझाने के लहज़े में बोले, “तुम मस्त रहा करो। ठीक है, तुम्हें यही सन्तोष होना चाहिए कि तुम्हारा बेटा मिल गया है और राज़ी ख़ुशी है। और तुम्हें क्या चाहिए! उसे भी ऐसी क्या पड़ी है तुम्हारी...”

“ऐसा मत कहिए। विनय को मैं इतने ही समय में पूरी तरह पहचान गयी हूँ। वह उन लड़कों में से नहीं है। वह मुझे कभी नहीं छोड़ सकता। आख़िर मेरा ख़ून उसकी रगों में बह रहा है। ज़रूर कुछ...” अनिष्ट अनर्थ की बात वे पूरी तरह नहीं उचार सकीं।

भाई ने ही बाधा दी, “चलो, अब उठो और कुछ हमारे लिए भी ले आओ। बच्चे रसोई में लगे हुए हैं।”

“सुनो, तुम लोग हटो। मैं आ रही हूँ, तुम्हें नाश्ता तैयार करके दूँगी।” एक नयी आशा की किरण फिर जग गयी गहराई में।

“बुआ, आज तुम्हें भइया के आने की ख़बर दी तो तुम हमें पाँच रुपये दोगी न?”

“चुप करो दिलू, राजुल, मुझे पागल न बनाओ!” सिस्टर लवी बच्चों पर बेबात ही खौंखिया उठीं। रोनी-सी सूरत बनाये हुए नाश्ता देकर रसोई में बैठी वे खाने का जोड़-तोड़ बैठाने लगीं। कोई-कोई दिन कितना उदास होता है। अभी विनय आ जाए तो घर-भर में एकदम खिलखिलाहट फैल जाए। पल-भर में सब-कुछ बदल जाए। घर झाड़ा-बुहारा-सँभाला और अब वे दुबारा खाने से सम्बन्धित रोज़ का काम निबटाने रसोई में घुसने को ही थीं तभी दरवाज़े पर थपथपाहट हुई। बच्चों के साथ वे भी लपझप भागीं। इतनी ही देर में न जाने कितने उलाहने, डाँट-डपट के कितने टुकड़े, कण्ठ में आ अटके थे। दरवाज़ा खोला तो डाकिया सामने खड़ा था।

“विनय की चिट्ठी!!” पते के अक्षर पहचान लिये सिस्टर लवी की आँखों ने। बच्चे आँखों में उत्सुकता भर इधर-उधर घिरे।

“मैंने कहा था न! ज़रूर कोई बात होगी, तभी नहीं आया होगा कल वह। शायद आज आए। चिट्ठी भेज दी, जिससे आते ही माँ की डपट से बच जाए।”

"क्या लिखा है भइया ने?"

"बताऊँगी, पहले पढ़ तो लेने दो। तुम लोग नुक्कड़ की दूकान से कुछ खाने की चीज़ ख़रीद लाओ।" एकान्त में आराम से पढ़ने के विचार ने उन्हें पत्र के प्रति क्षण-भर के लिए निरपेक्ष बना दिया। पत्र को मेज़ पर पटककर पर्स में से पैसे निकाले और बच्चों से मुक्ति पा लीं कुछ देर के लिए—लिफ़ाफ़े का मुँह चीरकर पत्र के दो पन्नों को बाहर खींचा किसी प्रकार और फिर सर्राटे से यहाँ-वहाँ नज़र डाल अनबूझ-सी सिरे से पढ़ने लगीं—पहली-दूसरी-तीसरी-चौथी पंक्ति—पंक्ति-दर-पंक्ति।

माँ,

मैं तो आ ही रहा था, आप मेरी उत्सुकता और घर पहुँचने की बेताबी का इन्तज़ार लगा पा रही होंगी, पर ऐन मौक़े पर ही तिवारिन अम्मा के गाँव से तार आ गया था—नानाजी की बीमारी की गम्भीरता का समाचार था। ऐसे में आपके पास आना मुश्किल था। कारण आप जानती हैं, तिवारी चाचा ख़ुद बीमार हैं। वे तो अपनी खटिया से हिल भी नहीं सकते हैं। रहा छोटा भाई, उसे छोटा जानकर माँ नहीं ले जाना चाहती थीं। बड़ा होने के नाते मुझे ही जाना था। मैं यहाँ गाँव से ही यह ख़त लिख रहा हूँ।

मैं जानता हूँ, मेरे समय पर न पहुँचने पर आपको बुरा लगा होगा। पर मैं सोचता हूँ, इन लोगों के प्रति भी मेरा कुछ कर्तव्य है और सबसे बड़ा कर्तव्य है। आपने तो मुझे सिर्फ़ जन्म ही दिया है, पर इन लोगों ने तो मुझे पाल-पोसकर बड़ा किया है। मेरे दुःख-दर्द में तिवारिन अम्मा बराबर मेरी खाट से लगी बैठी रही हैं। कभी उन्होंने मुझे डपटा-फटकारा भी होगा, पर उनके प्यार-भरे दिल का एहसास मुझे है। जब मैं वह सब याद करता हूँ तो एक अजीब उलझन में फँस जाता हूँ। दो नावों में पैर रखने-जैसी हालत हो जाती है मेरी। जो कुछ मैंने आपके सामने कहा था—वह भी सही है, सिर्फ़ भावुकता नहीं है, मैं सचमुच परेशान हूँ। मैंने अपनी परेशानी तिवारिन अम्मा को बतलायी। तिवारी चाचा के नज़रिये की बात कही, तो वे रोने लगीं। बोलीं, "उनका भाग कितना खोटा है, उन्हें कोई नहीं समझता।" तिवारिन अम्मा का कहना है, वे मुझे छोटे भाई से भी ज़्यादा प्यार करती हैं और वे मुझे अपने पास से कभी नहीं जाने देंगी। आपके लिए वे कह रही थीं, "वो पाले की ममता को क्या समझ पाएगी, जिसने..."

सिस्टर लवी आगे नहीं पढ़ सकीं, अधूरा पत्र उनकी उँगलियों में ज्यों-का-त्यों अटका रहा कुछ देर, फिर छूटकर फड़फड़ाता हुआ दहलीज़ के पास जा पहुँचा। सिस्टर लवी को कुछ चेत नहीं था। वे बुत बनी बैठी थीं, 'पाले की ममता...' उनके होठ उनके अनजाने में ही धीरे-धीरे बुदबुदा रहे थे। वे उठकर खड़ी हो गयीं। ऊनी शॉल उन्होंने कन्धे पर डाला और दरवाज़ा खोलकर हड़बड़ायी-सी निकल गयीं। सामने जाते थ्रीव्हीलर को हाथ से रोका और संगल साहब की कोठी का नाम बताकर वे सीट

से पीठ टिकाकर बैठ गयीं। किराया चुराकर फाटक को बेचेत खोलती हुई वे भीतर पहुँची तो श्रीमती संगल पागल-सी खड़ी थीं। इससे पहले कि सिस्टर लवी के होठ खुलें, वे बुरी तरह चीख़ उठीं—

"क्यों आयी हो अब यहाँ? किसलिए? निकल जाओ अभी यहाँ से। आ गया तुम्हारा वह प्यारा जो तुम्हारे पास आनेवाला था? हमारे मोनू को खाकर तुम यहाँ क्यों आयीं, क्योंऽऽ!!"

सिस्टर लवी ने बिना कुछ कहे-सुने झपटकर दूसरे ठठरी हुए बच्चे सोनू को उठाकर कलेजे से चिपटा लिया। अकबकाकर उठ खड़ी दूसरी नर्स उन्हें अनबूझ-सी देख रही थी।

टूटी हुई लकीरों की धूल

वीरेश्वरजी से कुछ कहने-सुनने की गुंजाइश ही कहाँ रह गयी थी। अमला का स्वर सुनते ही वे न जाने कब गाड़ी में जाकर बैठ चुके थे। रणधीर ने पीछे मुड़कर देखा तो वे जेब से रूमाल निकालकर आँखें पोंछ रहे थे। रणधीर को देखकर उन्होंने हाथ हिलाया और गाड़ी गेट से निकालकर बाहर ले आये। उस दिन उन्हें मालूम नहीं हुआ कि वे किस सड़क पर कितनी देर तक कितनी दूर बढ़ते चले जा रहे हैं। तेज़ी से दौड़ती हुई गाड़ी और आँखों के आगे पुरी हुई अमला की तस्वीर—आँखें अब भी वही सब-कुछ देख रही थीं—कमरे के पारदर्शी काँच में से बाहर स्पष्ट दिखती हुई ईजीचेयर पर लेटी-सी, पत्रिका हाथों में थामे अमला और ड्रेसिंग-टेबल के सामने खड़ा टाई की नॉट ठीक करता हुआ प्रभात। होटल-मैनेजर रणधीर के दरवाज़े पर 'नॉक' करने के प्रत्युत्तर में भीतर से उठा हुआ अमला का सहज स्निग्ध स्वर 'कम इन' और उसके बाद रणधीर द्वारा उसके कृत्य पर अफ़सोस प्रकट किये जाने पर अमला के बुलन्द शब्द—"रणधीर साहब, प्रभात मेरे मित्र हैं, मित्र को अपने साथ ठहराने की मुझे पूरी स्वतन्त्रता होनी चाहिए...।" नहीं-नहीं, उस सबके बाद अमला को देखने की सामर्थ्य वीरेश्वरजी में बची ही नहीं थी। गेट से बाहर निकलकर गाड़ी को उन्होंने पूरी स्पीड पर छोड़ दिया था। दिल्ली जानेवाली सड़क पर मुड़े तो उन्हें ध्यान आया कि इतने लम्बे समय वे यों ही निरुद्देश्य घूमते रहे हैं।

दिल्ली अपने घर पहुँचे तो भी उत्तेजना ज्यों-की-त्यों बनी थी। मस्तिष्क थककर चकनाचूर हो चुका था। आज पहली बार उन्होंने सुमिता से कुछ भी बात करने से साफ़ इनकार कर दिया। काश, इससे पहले भी किसी दिन इसी स्वर में, इसी तीखे ढंग से वे अमला के सामने सुमिता को इसी प्रकार डपट पाते! काश! पर वे अब भी वह सब कहाँ जानते थे। उनका मस्तिष्क तो बुरी तरह भन्ना रहा था—कब, कैसे, क्यों...? जाने वे क्या-क्या सोचे चले जा रहे थे। उन्हें आश्चर्य हो रहा था—उनकी कार के साथ आज कोई दुर्घटना क्यों नहीं घटी? इतनी तेज़ स्पीड से दौड़कर कार

ज्यों-की-त्यों वापस कैसे आ गयी? ऐक्सीडेण्ट हो जाता तो उन्हें शान्ति तो मिल जाती! अब यह ज़िन्दगी-भर की तचन, कुरेदन और पीड़ा—कहाँ जानते थे वे कि अमला ने इससे कई गुना तीव्र तचन और दर्द सहा था, सहती रही थी और जब वह बर्दाश्त से बाहर हो गया था, तब...

"पर तुमने यह सब किया क्यों?" वीरेश्वरजी की कार के चले जाने के बाद तो रणधीर का स्वर और भी बौखला उठा था, "वीरेश्वर कितने भले हैं। उनकी जगह कोई और होता तो!" रणधीर अमला के पास ही कमरे में आकर कुर्सी पर बैठ गया था।

"कोई और होता तो मुझे क़त्ल कर देता, फाँसी पर चढ़वा देता, आप यही कहना चाहते हैं न!" अमला के होठों पर मुस्कराहट थी, शब्दों को वह चबला-चबलाकर बोल रही थी।

प्रभात इस बीच जाने कब बाहर जा चुका था।

"नहीं, मेरा यह मतलब नहीं है, मिस अमला। मैं तो यह कह रहा था कि शरीफ़ लड़कियों के लिए यह कहाँ तक ठीक है कि..." रणधीर बीच में ही रुक गया, अमला की व्यंग्यपूर्ण मुद्राओं ने उसे सन्तुलित कर दिया। रणधीर को बीच में ही रोकते हुए अमला ने कहा, "आप ठीक कह रहे हैं। सचमुच मुझे ऐसा नहीं करना चाहिए था, पर...।"

"पर क्या? कहिए न! सब-कुछ जानने के लिए मैं बहुत उत्सुक हूँ।" रणधीर के स्वर में चिरौरी थी।

"मुझे कुछ नहीं कहना रणधीर साहब, आप मुझे एक ग़ैर-शरीफ़ लड़की समझते रहें, मेरा कुछ नहीं बिगड़ता है। मुझे आपके होटल में अब नहीं रहना। आप भी तो यही चाहते हैं न!"

"यह तो बाद की बात है। अभी तक तो मैं यही चाहता था, पर अब मुझे आप पर तरस आने लगा है।"

"तरस दिखाने की ज़रूरत नहीं है रणधीरजी! लोगों की इस तरस दिखलानेवाली भावना से मैं घबरा चुकी हूँ।"

रणधीर ने एक क्षण अमला को घूरकर देखा, उसका चेहरा किसी भयंकर पीड़ा से विकृत-सा हो रहा था। इस बार वह सहलाने-जैसे कोमल भाव से बोला, "मिस अमला, मेरा इरादा आपको किसी प्रकार की ठेस पहुँचाने का नहीं है। मैं सिर्फ़ यह जानना चाहता हूँ कि आपने मेरे मित्र वीरेश्वरजी के प्रति यह अन्याय किया क्यों? आपको शायद नहीं मालूम, वीरेश्वरजी मेरे गहरे मित्र हैं। कॉलेज में हम दोनों साथ पढ़ते थे। यह होटल का काम तो...। बहरहाल वे मुझसे कभी कुछ नहीं छिपाते। आपके साथ उन्होंने क्या किया, यह भी वे मुझे बता चुके हैं। मुझे इसीलिए घमण्ड है।"

"ओह! तो वीरेश्वरजी अपनी दयानतदारी का ढोल भी पीट चुके हैं।" अमला के स्वर में तिलमिलाहट थी। वह कुछ देर तक रणधीर के चेहरे की ओर ताकती रही। उसने देखा उस चेहरे पर याचना थी, विश्वास था, अपनत्व था।

"सच कहता हूँ मिस अमला, सब-कुछ जानने के लिए मैं बहुत अधीर हूँ।" रणधीर ने एक बार फिर कहा। इस बार उस स्वर में न जाने क्या था कि अमला पिघल उठी, स्वर को सुदृढ़ बनाकर बोली, "जब आप मेरे प्रति इतने सदय हैं, तो आपने फ़ोन करके दिल्ली से डॉक्टर साहब को क्यों बुलाया?"

"बुलाया नहीं, बुलाना पड़ा। हमारा होटल होटल ज़रूर है, पर इसकी कुछ अपनी ख़ासियतें हैं। साधारण चालू होटलों की तरह इसमें धन्धा नहीं किया जाता। इसलिए आप देख रही हैं, यह होटल इतना चलता भी नहीं। पिछले तीन साल से यानी जब से यह शुरू किया गया है, होटल बराबर घाटे पर चल रहा है। पर इसके अपने उसूल हैं, अपने नियम-बन्धन हैं। इतने वेल फर्निश्ड, खुले, टाइल्ड फ़र्शवाले कमरों का कोठीनुमा होटल इस शहर में दूसरा नहीं मिलेगा। पर उस प्रकार की सुविधाएँ यहाँ नहीं हैं, जिनको आम लोग पसन्द करते हैं। इसीलिए जब हमने आपको एक बार अपने डॉक्टर साहब और दूसरी बार कुछ दिनों के बाद ही इस दूसरे शख़्स के साथ यहाँ देखा, तो कुछ-न-कुछ क़दम उठाना ज़रूरी हो गया। अच्छा होता कि आप अपना नाम ही बदल लेतीं, शक्ल बदलना तो चलिए कुछ हद तक मुश्किल भी कहा जा सकता है और फिर मैंने ही नहीं, मेरे बेयरे ने भी आपको पहचान लिया, उस हालत में कुछ भी छिपाकर नहीं किया जा सकता था।"

"ठीक है, नाम बदलने की मैंने ज़रूरत नहीं समझी। जो कुछ हुआ, मैं वही चाहती थी।"

"वही चाहती थीं? कितनी जिल्लत उठानी पड़ी आपको!"

"ओऽह, वह कुछ नहीं मेरे दिल के दर्द के सामने, वह कुछ भी नहीं रणधीर साहब, आपको कैसे बताऊँ..."

"बताइए मिस अमला, मैं बहुत बेचैन और परेशान हूँ। चलिए बाहर चलें, पीछे लॉन में बैठेंगे, इस समय यहाँ घुटन है, बाहर अच्छा रहेगा।"

अमला शायद इतना नहीं चाहती थी, यानी इतना खुलना, पर मैनेजर रणधीर की याचनामय दृष्टि, ईमानदार स्वर और सीधे-सरल व्यक्तित्व के आगे अब कुछ भी छिपाना उसके लिए कठिन हो गया। एक लम्बे अरसे से सब-कुछ अपने में भरे बैठी थी, अब उँड़ेलने लगी तो उँड़ेलती ही गयी।

दोनों उठकर बाहर आ गये थे। लॉन में पीछेवाले चौकोर ख़ाली मैदान में बेंत का हल्का बर्मी कुर्सियों का सेट लगा था, इन्हीं दो कुर्सियों पर अमला और रणधीर दोनों आमने-सामने बैठ गये।

शाम धुँधला रही थी। सामने की पहाड़ियाँ न जाने कब चाँदनी में तैर गयी

थीं। अक्टूबर मास की ढुलकी-ढुलकी हवा, आसमान में इक्का-दुक्का धुँधियाता तारा। कभी-कभी दो-एक छोटी चिड़ियाँ अपने घोंसलों में जाने के प्रयत्न में चिचिया-चिचियाकर एक-दूसरी के ऊपर गद्द-गद्द गिरती-पड़ती फुर्र से उड़कर इधर-उधर अदृश्य होती चली जा रही थीं।

अँधेरा झुकता चला जा रहा था। अच्छा ही है, अँधेरे में अमला रणधीर का चेहरा नहीं देख सकेगी और तब खुलकर सब-कुछ कह सकेगी। कभी-कभी 'खुलना' व्यक्ति के लिए कितना ज़रूरी हो जाता है!...सब-कुछ याद करके गला रुँधने लगा, स्वर पर नियन्त्रण रखकर अमला ने शुरू किया, "रणधीर बाबू, कभी-कभी ज़िन्दगी इतने आश्चर्यजनक ढंग से मोड़ लेती है कि व्यक्ति को मालूम भी नहीं होता कि उसने मोड़ ले लिया है और कोई अनचीन्हा-अनजाना प्राणी इतनी गहराई से उसके हृदय में घर करके बैठ गया है। मेरे साथ यही हुआ। कैसे? यह आप बाद में जानेंगे, पहले आपको अपनी प्रकृति बताऊँ तो आप हैरान होंगे, जैसी हल्की-फुल्की नाजुक-कोमल मैं दिखाई देती हूँ, वैसी दरअसल मैं हूँ नहीं। ढुलमुल प्रकृतिवाले व्यक्ति से मुझे सख़्त नफ़रत है, इसलिए खुद के व्यक्तित्व में भी यह कमज़ोरी मैं कभी नहीं आने देना चाहती। किसी के प्रति अति की श्रद्धा, प्रेम-जैसी चीज़ें मुझे व्यर्थ की भावुकता लगती हैं। और भावुकता मुझे एकदम पसन्द नहीं। किसी के व्यक्तित्व को अपने पर हावी हो जाने देने की मुझे आदत ही नहीं है। यानी इन मानों में मैं अपनी उम्र की दूसरी लड़कियों से भिन्न हूँ—व्यर्थ का लुकना-छिपना, इधर-उधर मुड़ना-तुड़ना, लजाना, मुस्कराना, पल्लू से उँगली को लपेटना-खोलना, तिरछी निग़ाहों से देखना-दिखवाना, गरज यह कि जितनी भी लड़कियाना आदतें हैं, रोमांस के जितने भी ढंग हैं, वे सब मुझे बहुत छिछले-बचकाने लगते हैं। खुलकर रहना-जीना मुझे पसन्द है। यानी भावुकता की रौ में बह जाना, बहते रहना मुझे बहुत इम्मेच्योर्ड प्रतीत होता है। वीरेश्वरजी के साथ मेरा व्यवहार इसीलिए बहुत खुला निर्द्वन्द्व रहा।

"वीरेश्वरजी से मेरा परिचय माँ की बीमारी के दौरान हुआ। घर में अन्य किसी व्यक्ति के न होने के कारण माँ की ज़िम्मेदारी मुझ पर ही थी। उन दिनों मुझे प्रायः अस्पताल जाना होता था। वहीं हम दोनों के व्यक्तित्व ने एक-दूसरे को प्रभावित किया और धीरे-धीरे यह सम्बन्ध बढ़कर दो परिवारों की मैत्री में परिवर्तित हो गया। वीरेश्वरजी माँ को देखने कभी-कभी घर भी आने लगे। माँ भी डॉक्टर साहब से ख़ूब खुल गयी थीं। बात मेरे सम्बन्ध में भी चलती, 'डॉक्टर साहब, (माँ प्रायः नाम नहीं लेती थीं) आप देख रहे हैं इस लड़की को, इसकी नज़र में कोई चढ़ता ही नहीं। जहाँ इसने किसी में राई-रत्ती नुक़्स देखा—और इसने रिजेक्ट किया।'

"माँ ठीक कहती थीं। किसी में रत्ती-भर भी दरार मेरे द्वारा पसन्द किये जानेवाले व्यक्तियों की लिस्ट से उसे काट देती थी। मैं एम.ए. के अन्तिम वर्ष में थी और माँ को यही सबसे बड़ी चिन्ता थी। वे अपने सामने ही मेरी ओर से निश्चिन्त हो

जाना चाहती थीं। मुझे तो इस सम्बन्ध में वे कोंचती ही रहती थीं। वीरेश्वरजी से भी यह बात उन्होंने इसीलिए कही होगी कि वे जानती थीं कि उनकी बात मैं प्रायः मान लेती हूँ। माँ बस इतना ही जानती थीं। इतना वे भी नहीं जानती थीं, कि वीरेश्वरजी ही एक ऐसे व्यक्ति हैं, जिनमें मेरी आँखें कोई न्यूनता नहीं देखीं...

"आप जानते ही होंगे, वीरेश्वरजी के ज्ञान की परिधि कितनी विस्तृत है। चिकित्सा-क्षेत्र के अतिरिक्त दूसरे क्षेत्रों में भी उनका प्रवेश है। प्रवेश-भर ही नहीं, वे उन क्षेत्रों के अन्तर से परिचित हैं। मैं इस सबसे प्रभावित थी। उनकी लेखन-शक्ति, भाषा का प्रवाह, बोलने की कला, व्यावहारिक चातुर्य, दबंगपन, स्मार्टनेस और सबसे अधिक उनकी उदारता—मुझे उनके सामने प्रायः बौना बनाये रखती। मुझे आश्चर्य होता, वीरेश्वरजी के सामने विरोध और प्रतिक्रिया व्यक्त करने-जैसी मेरी सामान्य आदत कुन्द क्यों पड़ जाती है। उनकी विद्वत्ता और विनोद-प्रियता असामान्य थी और उसके समक्ष मेरी विनम्रता और शालीनता असाधारण!

"वीरेश्वरजी मेरे संरक्षक सदृश हो गये थे। उनकी पत्नी (जिन्हें मैं उनके कहने से ही तमिल भाषा में बड़ी बहन के लिए प्रयुक्त शब्द 'अक्का' से सम्बोधित करती थी) बड़ी ही मिलनसार, मितभाषिणी और मनोरम थीं। उनका श्यामल रंग, किन्तु सलोने अंग, उनकी सरल, भावपूर्ण, करीनेदार मुद्राएँ और हाव-भाव उन्हें हमेशा अभिजात कुल की एक विशिष्ट गरिमा से मण्डित रखते। उनका परिष्कृत-परिमार्जित स्वर, शिक्षा के झूठे दम्भ से उन्हें सदा मुक्त रखता। एक बच्चे की माँ होकर भी उनमें एक अनूठी लोच थी, एक सुरुचिपूर्ण गाम्भीर्य।

" 'अक्का, तुम कितनी सुन्दर हो!' मैं ख़ुद को शीशे के सामने खड़ा करके कभी कह उठती। मेरी आँखें मानो स्वयं को अक्का के देह-लावण्य से तोल रही होतीं। इतना कहने पर भी मेरे अन्तर में एक तुष्टि का भाव रहता। अक्का से पृथक् मेरे तारुण्य का सलोनापन दूसरा ही था। किन्तु अपने प्रति यह सौन्दर्य-चेतना अथवा अक्का के सौन्दर्य से अपने सौन्दर्य की तुलनात्मक भावना मेरे मन में कुछ क्षणों के लिए ही जगती। मैं प्रायः पढ़ने-लिखने में डूबी रहती और वह सब-कुछ भूले होती। वीरेश्वरजी के घर पहुँचकर मैं प्रायः उनकी लाइब्रेरी में पहुँचकर पुस्तकों को खखोलती रहती। आप तो यह जानते ही होंगे कि वीरेश्वरजी कितने अध्ययनप्रिय हैं। घर में ही उन्होंने कितनी किताबें एकत्र कर ली हैं, एक अच्छी-ख़ासी लाइब्रेरी है।"

कुछ पल रुककर अमला फिर कहने लगी, "अक्का मेरी चाय कभी लाइब्रेरी में ही पहुँचा देतीं, कभी वीरेश्वरजी मुझे ख़ुद बुलाने चले जाते। उस समय मुझे बहुत संकोच होता, भले ही वीरेश्वरजी से मैं खुलकर बहस-मुबाहसा कर लेती, पर अन्तर में उनके प्रति मेरे मन में एक शालीनता-मिश्रित संकोच हमेशा बना रहता और मैं उस रूप में उनसे कभी खुल नहीं पाती, जिस रूप में मित्र मित्र से खुलता है—यानी अपने विचारों को मैं भले ही व्यक्त कर लूँ, पर अपनी संवेदनाओं को उनकी आँखों

से मैं दूर ही रखती। यों भी व्यक्तित्व पर भावनाओं के हावी हो जाने को मैं टुच्चापन समझती थी। वीरेश्वरजी के प्रति तो यों भी मेरे मन में पूज्य भावना ही थी, कम-से-कम किसी और प्रकार की भावना तो थी ही नहीं, इसलिए एम.ए. कर लेने के बाद जब मेरी नियुक्ति यहाँ नैनीताल में हुई तो वीरेश्वरजी और अक्का से विदा लेते हुए मैं उस रूप में भावुक नहीं हो सकी, जिस रूप में मैं माँ के सामने हो उठी थी।

"इतना सब-कुछ होते हुए भी नैनीताल से मैं जब भी लौटती, वीरेश्वरजी मुझे स्टेशन पर लेने आते। यह एक अदृश्य-सा समझौता था कि मैं नैनीताल से अपने आने के बारे में वीरेश्वरजी को लिखूँगी, वे अपरिहार्य रूप से स्टेशन पर मुझे मिलेंगे ही। तब हम दोनों कार में बैठकर बातें करते हुए घर तक आएँगे। वीरेश्वरजी माँ के पास बैठेंगे, तब तक मैं उनके लिए कॉफ़ी का प्याला तैयार करके लाऊँगी और तब कुछ देर बात करने के उपरान्त वीरेश्वरजी मुझे आमन्त्रित करने के बाद अपने घर जाएँगे।

"वीरेश्वरजी सिर्फ़ डॉक्टर होते तो सम्भवतः मुझे इतना न खींच पाते, यह निश्चित था। उनके ज्ञान और विद्वत्तापूर्ण स्तर ने ही मुझे उनके इतने समीप खींचा था, यह मैं आपसे पहले ही बता चुकी हूँ; पर यह खिंचना-अटकाव भिन्न प्रकार का था। यानी हमारे सम्बन्धों की पृष्ठभूमि में रोमांस-रोमांच की कोई गन्ध नहीं थी। फिर भी वीरेश्वरजी से मैं कहीं बहुत गहरे जुड़ी थी—यह मुझे उस दिन मालूम हुआ, जब वीरेश्वरजी मुझे विदा करने स्टेशन पर आये। गाड़ी चलने से पूर्व वे मुझे अपने ऊपर चलते हुए एक मुक़दमे की बात सुनाने लगे थे, जिसमें उन पर एक मरीज़ को ग़लत दवा देकर मार डालने का आरोप लगाया गया था। एक डॉक्टर के प्रति इस प्रकार का आरोप अकल्पनीय तो था ही, लज्जाजनक भी था और फिर वीरेश्वरजी द्वारा तो इस प्रकार के व्यवहार की बात कोई सोच भी नहीं सकता था। इस आरोप से वीरेश्वरजी ऊपर से समूचे दिखते हुए भी कहीं भीतर से बहुत टूट गये थे। अपने इस मानसिक सन्ताप को वे अब तक चुपचाप पी रहे थे। स्टेशन की उस भीड़ में उस दिन अपनी उस यन्त्रणा का वर्णन उन्होंने मुझसे ही शायद पहली बार किया। इससे पहले वीरेश्वरजी को इतना कमज़ोर मैंने कभी नहीं देखा था। उन्होंने बताया कि सहारे के लिए वे मुझ पर कितना अधिक निर्भर थे।

"मुझ पर।—मैंने आश्चर्य-भरी दृष्टि से उन्हें देखा था। इस सम्बन्ध में उन्होंने उस समय अधिक कुछ नहीं कहा, पर गाड़ी चल देने पर भी उनके नेत्रों की भावपूर्ण स्मृति मेरे मस्तिष्क में बहुत देर तक कौंधती रहती थी। उस दिन पहली बार वीरेश्वरजी के प्रति मेरे मन में एक विचित्र संवेदन जगा था। मैं सोच रही थी, आदमी कितना भी बड़ा क्यों न हो, कहीं-न-कहीं वह बहुत निरीह होता है। अपने दुःख-दर्द में वीरेश्वरजी मुझसे इतने संलग्न हैं, इस अनुभूति ने मुझे बेहद तुष्टि और सुख दिया। मैं वीरेश्वरजी से जुड़ती गयी। एक-दूसरे के कमज़ोर क्षण दो व्यक्तियों को कितने निकट ले आते

हैं, इस सत्य को मैंने उसी दिन जाना। उस क्षण का वीरेश्वरजी की उँगलियों के पोरों का अपनी बाँह पर एक हल्का सुखद स्पर्श महसूस कर—मैं भावना में तिरती चली!...मैं, जो नितान्त भावुकताविहीन, व्यावहारिक और सिद्धान्तवादिनी थी—भावना की रौ में बहती चली गयी और तब मैंने अनुभव किया कि वीरेश्वरजी की व्यक्तिगत ऊँचाई मुझे कितने गहरे तक घेरे हुए थी। नहीं तो कितने मौक़े आये थे, जब लोगों ने मुझे फिसलाना चाहा था और मैं अटूट रही थी, सुदृढ़। किन्तु इस प्रसंग ने मेरी सुदृढ़ता को पिघला दिया। मुझे लगा मैं एक नयी दिशा की ओर बड़ी तेज़ी से बढ़ी चली जा रही हूँ—एक मीठी-मीठी सिहरन, एक सुखद तृप्तिकर अनुभूति—मैं किसी को अपने सान्निध्य से इतना सुख दे रही हूँ, कोई मुझे इतना मानता है, इतना समझता है...!

"कभी-कभी मेरे मन में एक प्रश्न उठता—अक्का को छोड़कर वीरेश्वरजी को एक-दूसरे नारी-व्यक्तित्व के सामीप्य की आवश्यकता क्यों पड़ी? और तभी मेरे मन में यह विचार उगा कि वीरेश्वरजी के जिस दाम्पत्य-जीवन को मैं बड़ी स्पृहा से देखती रही हूँ, क्या कहीं भीतर से वह खोखला तो नहीं? क्योंकि मुझे अपने अनुभव में बहुत से घर इस प्रकार के देखने में आये हैं, जहाँ एक छत के नीचे रहना पति-पत्नी के लिए एक विवशता ही होती है। वहाँ दाम्पत्य जीवन की दीवारें ऊपर से मज़बूत दिखती हुई भी भीतर से एकदम फुफ्फस होती हैं। पर अक्का की ओर देखती तो वे एकदम तुष्ट पतिपरायण दिखाई देतीं। किसी बड़ी-से-बड़ी बात पर भी कोई गिला-शिक़वा नहीं। नारी का जो सबसे बड़ा अस्त्र होता है, सौन्दर्य—अक्का उससे तो विभूषित थीं ही, यह मैं आपसे पहले ही बता चुकी हूँ और आप ख़ुद भी जानते हैं। अक्का में कुछ भी तो ऐसा नहीं था, जिसके कारण वीरेश्वरजी के मन में उनके प्रति कोई वितृष्णा जगती या कुण्ठा जड़ पकड़ती। वे सुखी थे, बेहद सुखी, पत्नी से, सन्तान से। फिर सुखी व्यक्ति भी कभी-कभी कितना अकेला हो जाता है...शायद यही बात रही होगी अन्यथा उनके वैवाहिक जीवन में मुझे कहीं कोई छिद्र नहीं दिखाई दिया।"

कहते हुए अमला सहसा कुर्सी से उठी और सामने चली गयी। लौटी तो उसके पीछे-पीछे बेयरा कॉफ़ी ला रहा था। रणधीर इतनी देर शून्य में ताकता अकेला बैठा रहा। बीच में पड़ी बेंत की टेबल पर बेयरे ने कॉफ़ी लगा दी।

"यह सब क्या?" रणधीर ने चौंककर देखा तो अमला बोली, "मुझे लग रहा था, आप ऊँघने लगे हैं इसीलिए...। मैं तो अब आपके होटल से परिचित हो चुकी हूँ न! आपने मेरी बात सुननी आरम्भ की है, तो अब सब-कुछ सुनाकर ही जाने दीजिए मुझे, ऐसे नहीं। अपने लिए यह सजा मुक़र्रर भी तो आपने ही की है। 'सुनना' सचमुच मुश्किल होता है।"

अमला की ओर कॉफ़ी का प्याला सरकाते हुए रणधीर ने कहा, "और सुनाना?"

"सुनाना भी मुश्किल है, हर किसी को आदमी अपनी व्यक्तिगत बातें सुनाने भी नहीं लगता। आप भाग्यशाली हैं कि..." अमला कॉफ़ी का प्याला उठाते हुए खुनखुन हँसी। उस हँसी के साथ आँखों में जो आँसू कुलबुला उठे थे, अँधेरे के कारण रणधीर उन्हें नहीं देख सका। लॉन के पार गेट पर रोशनी के मोटे-मोटे लट्टू चमचमा उठे थे और लॉन के मध्य खड़ी होटल की दुमंज़िला बिल्डिंग के ढेर सारे कमरों की रोशनियाँ खिड़कियों के काँचों से बाहर झिलमिला रही थीं। शरद ऋतु का निरभ्र, सुखद, सितारों-जड़ा आकाश!

अमला ने कॉफ़ी का प्याला समाप्त करके खट्ट से मेज़ पर रखा तो रणधीर ने कहा, "हुँ!" यह उसके सचेत होकर बात को आगे शुरू करने का संकेत था। अमला कहने लगी, "हाँ, उस दिन यात्रा में और उसके बाद भी मैं वीरेश्वरजी के बारे में ही सोचती रही थी। और तब मैंने अनुभव किया था कि वीरेश्वरजी इससे पूर्व ही मेरे हृदय में कहीं गहरे धँसे बैठे थे। मैं उस ओर से यों ही अचेत थी। किसी से मानसिक रूप से बहुत गहरे जुड़ जाना कभी-कभी कितना तृप्तिकर होता है, यह मैंने तभी जाना। भावात्मक रूप से मैं उस समय तक ठूँठ ही थी। अब ठूँठ पर फूल आये थे और मैं सुवासित हो उठी थी। कहीं कोई रोक-टोक नहीं, कोई विरोध-बाधा नहीं। माँ के बीमार रहने पर और लम्बी बीमारी के उपरान्त उनके चले जाने पर भी वीरेश्वरजी सब जगह मेरे संरक्षक ही समझे जाते थे, किन्तु अब नैनीताल से दिल्ली आने पर वीरेश्वरजी के घर मेरी पहुँच की संख्या बढ़ चली थी। छुट्टियों के दिनों में और बर्फ़ पड़ जाने पर नैनीताल छोड़ना आवश्यक हो जाता था।

"वीरेश्वरजी मेरे घर कम ही आते थे, हालाँकि माँ के बाद उन्होंने मुझे जितना सहारा दिया, उतना अन्य कोई नहीं दे सकता था। इसमें दया नहीं, स्नेह की भावना ही प्रबल थी। वीरेश्वरजी और मेरा सम्बन्ध सुदृढ़ होता गया, किन्तु यह सब-कुछ छिछला सस्ता नहीं था। मैंने आपको बताया, वीरेश्वरजी मुझसे बड़े होकर भी या मैं उनसे छोटी होकर भी एक विशेष स्तर पर समान थे—समान समवयस्क। और वह बिन्दु था—बौद्धिक चेतना का बिन्दु। इसके माध्यम से हम अब रस-सरिता में बहने लगे थे। लाइब्रेरी से बाहर कोठी के लॉन में ईज़ी चेयर पर आमने-सामने या बराबर-बराबर लेटे-बैठे हम दोनों मोटी-मोटी किताबें पढ़ते रहते, कभी बीच-बीच में उठ आये किसी भी विषय को लेकर हम दोनों में विवाद छिड़ जाता, तो घण्टों बीत जाते और हमें पता भी न चलता कि क्यारियों में पसरी धूप कब कोठी की चहारदीवारी के साथ-साथ खड़े मौलश्री के पेड़ों की फुनगी पर जा बैठी है। कभी शतरंज में उलझ जाते, तो घण्टों उसी में सिर गड़ाये बैठे रहते। अक्का भी साथ रहतीं। पर उनका रहना बेमानी था। घूमने निकलते तो अक्का-बिलू दोनों साथ। कभी-कभी बिलू घर पर नौकर के पास ही रह जाता, पर वीरेश्वरजी बातें प्रायः मुझसे ही करते। मैं भी

बातों में डूब जाती, थोड़ी देर बाद सोचती तो लगता, अक्का बिलकुल पृष्ठभूमि में पड़ गयी हैं और चुपचाप चली आ रही हैं।

"मुझे आश्चर्य होता, अक्का को क्या हम दोनों के सम्बन्ध से कोई असन्तोष आपत्ति नहीं? या वे इस सम्बन्ध को इस दृष्टि से देख ही नहीं पा रहीं? नैनीताल से लिखे हुए अपने पत्रों में मैंने वीरेश्वरजी से अपनी भावना को कई बार व्यक्त भी किया, पर वे यह बात उड़ा ही देते थे। उनकी ओर से इस सम्बन्ध में मुझे कोई जवाब नहीं मिला। हर बार नैनीताल से दिल्ली जाते हुए मैं रास्ते में सोचती जाती, इस बार अक्का भरी बैठी होंगी, इस बार अक्का मेरी उपेक्षा करेंगी, इस बार घर में ज़रूर संघर्ष मचा होगा, पर ऐसा कुछ भी कभी देखने में नहीं आया। वीरेश्वरजी के घर की ज़िन्दगी मैं हरदम सम पर बहती हुई ही पाती—शाम को अक्का के साथ-साथ घूमने जाना, शतरंज खेलना और अक्का का वही समर्पित भाव, उसी प्रकार से मुस्कराना, हँसना-बोलना, मुझे हैरानी होती, विचित्र लगता, यह त्रिकोण कैसा?

"वीरेश्वरजी के उस मुक़दमे की तारीख़ एक बार मेरे सामने ही पड़ी। देखा अक्का भी कार में बैठी हुई उनके साथ ही जा रही हैं—इतना अपनत्व, एकात्म और तल्लीनता!...क्या वीरेश्वरजी अपनी यातना के सन्दर्भ में दो स्त्रियों से जुड़े हैं? क्या अक्का भी उन्हें मेरी तरह ही सुख दे पा रही हैं? जिस दिन से वीरेश्वरजी ने मुझ पर अपनी निर्भरता की बात कही थी, उस दिन से स्वयं को उनके अनुरूप ढालने की लालसा मेरे हृदय में प्रबल रूप से उठ खड़ी हुई थी। किन्तु अब जब मैं देखती कि अक्का भी उसी रूप में सहयोग दे रही हैं या वीरेश्वरजी उतना उसी रूप में अक्का से भी पाने लगे हैं, या पाते रहे हैं, तो मुझे अपनी सार्थकता में सन्देह होने लगा। वीरेश्वरजी के लिए मैं कुछ विशेष कर पा रही हूँ। यह भावना तिरोहित होने लगी और अपने अस्तित्व के प्रति मेरे मन में एक ग्लानि जग उठी।"

"रणधीर साहब, आप सुन रहे हैं न!" अमला ने रणधीर को ठकठकाया।

"सब सुन रहा हूँ।" रणधीर जैसे किसी गुफ़ा से बोला हो, "सब समझ रहा हूँ।" उसने फिर कहा और वह उसी तरह गिरा हुआ-सा बैठा रहा।

"रणधीर साहब, आप समझ रहे होंगे कि हम दोनों शरीर से एक-दूसरे के निकट आये होंगे।" अमला ने एक लम्बी साँस लेकर कहा, "शरीर वहाँ था अवश्य, किन्तु उस रूप में नहीं, जिस रूप में आमतौर से समझा जाता है। पर वीरेश्वरजी के प्रति मेरी भावनाएँ तब अति सुकोमल हो उठी थीं। अक्का के इतने समर्पित भाव के बावजूद मैं अपने घर में कोई किताब पढ़ रही होती, खाती-पीती, इधर-उधर चल-फिर रही होती, तब लगता—वीरेश्वरजी मेरे आगे-पीछे साथ-साथ चल रहे हैं! प्रेम की टीस, तड़प और बेचैनी मेरे चारों ओर बिखर गयी थी। जहाँ बैठती, वहाँ बैठी ही रह जाती। कुछ सोचती और उस सोच में से न जाने कितने कल्ले फूट निकलते और मैं कहीं-की-कहीं चली जाती। उन दिनों मैं प्रायः एक बात और सोचने लगी थी। हालाँकि

अपने प्रवाह के बीच में वह सब-कुछ सोचने का मौक़ा मुझे मिलना नहीं चाहिए था, पर जब-तब वह दिशा मुझे घसीट ही लेती।—जानते हैं, वह दिशा कौन-सी थी?" अमला ने रणधीर को फिर कुरेदा।

"हूँ!"

"नहीं, आप नहीं जानते रणधीरजी, आप जान भी नहीं सकते, नारी-मन की ग्रन्थियाँ आप क्या जानें!" अमला ने रणधीर के हुंकारे को समर्थन के रूप में नहीं लिया।

"वह थी अक्का की ओर की दिशा। मैं उन दिनों प्रायः अक्का के बारे में ही सोचा करती। उनके मन में कहीं मेरे प्रति कोई कड़वाहट तो नहीं घुल रही है? कहीं वे वीरेश्वरजी के प्रति कटु तो नहीं हो उठी हैं? कहीं वे वीरेश्वरजी के उपेक्षादंश से तो पीड़ित नहीं...किन्तु मैं उन्हें हमेशा समरस ही पाती—सीमित, संयत, शालीन, गम्भीर भाव से घर के कामों में तल्लीन, जैसे उनका कहीं कुछ नहीं खोया है, कुछ नहीं झिर रहा है। सब-कुछ अछूता-समूचा थामे हुए वे सुरक्षित बैठी हैं।...मैं उनको गहरे थहाने का प्रयत्न करना चाहती, पर असफल रहती। अपने और उनके सन्दर्भ की बात उनसे ही कैसे पूछूँ? यही संकोच मुझे हमेशा असमर्थ बनाये रहता। एक दिन मैं वीरेश्वरजी से उस सम्बन्ध में साक्षात् उलझ ही तो पड़ी, 'सच बताइए वीरेश्वरजी, अक्का को कुछ बुरा नहीं लगता कि...' वीरेश्वरजी, जो इतने दिनों से इस सम्बन्ध से हमेशा गुम्म रहते आये थे, पहले तो हड़बड़ा-से गये, फिर कुछ देर विचारते हुए बड़े शिष्ट गम्भीर स्वर में बोले, 'तुम्हारी अक्का सब-कुछ जानती हैं, पर मेरा सुख उनके लिए सबसे बड़ा है।'"

"सच!" मेरी आँखें फट गयीं।

"तभी तो मैं कहता हूँ...।" वीरेश्वरजी ने वाक्य पूरा नहीं किया और उस दिन मैं बीच में ही बात छोड़ उठकर चली आयी, वीरेश्वरजी ने भी मुझे रोकने की चेष्टा नहीं की।...

"घर आकर बिस्तर में घुसी तो मुझे लगा, वीरेश्वरजी की बात में सच्चाई थी और मैं बुरी तरह सन्ना गयी। बीते हुए दृश्य-व्यापार एक-एक कर आँखों के आगे उड़ने लगे। ताश खेलने के बीच में अक्का कई बार उठ-उठकर चली जाती थीं। कई बार उन्होंने बिलू के माध्यम से कोई बहाना ढूँढ़ लिया था और वे घूमने नहीं गयी थीं। उस दिन गयी थीं, तो बगीचे में बेंच पर ही बैठी रही थीं। मैंने उठकर किसी दूसरे स्थान पर चलने का आग्रह किया, तो बोलीं, 'यहाँ से चाँद बहुत अच्छा दिखता है।...या यह बेंच मुझे बहुत ठण्डी, अच्छी लग रही है।...अब बैठ गयी हूँ तो बैठी ही रहने दो।...तुम दोनों जाकर घूम आओ, तुम्हारी बहसों से मेरा सिर दुःखने लगता है।' ऐसा कहते हुए उनके स्वर में व्यंग्य, झुँझलाहट, वितृष्णा कुछ भी तो नहीं दिखाई देती थी। बस इतना ही, जैसे एक अभिभावक अपने अल्हड़ अबोध बालकों

को थोड़ी देर खेलने-कूदने के लिए मुक्त कर दे। पर घूमकर लौटते हुए जब मैं चुपके से दबे पाँव उनकी आँखें मूँदने जाती, तो उन्हें अँधेरे में कहीं दूर टकटकी लगाये देखती, मानो वे किसी गहरे सोच में डूबी हों। मैं देखती और हृदय में कहीं एक गुदगुदी-सी उठती कि वीरेश्वरजी के लिए मैं अक्का से भी बड़ी हूँ—एक नारी-सुलभ आह्लाद।

"नारी की मर्मान्तक पीड़ा को पहचानने का प्रयत्न करने की दिशा में मैं कभी बढ़ ही नहीं पाती। अक्का जब मुझे देखतीं, तो मुस्करा उठतीं, वीरेश्वरजी अथवा मेरे प्रति उनके मन में अथवा वाणी में प्रत्यक्ष में मैंने कभी कोई दुर्भावना या कटुता नहीं देखी।—बात दरअसल यहीं से आरम्भ हुई।"

बात यहीं से आरम्भ हुई—कहकर अमला थोड़ा ठिठकी। रणधीर उसके चेहरे की ओर देखने लगा।

"हाँ कहिए।" रणधीर सहसा सकपका गया, कहीं अमला उसकी इतनी गहरी चुप्पी को अपनी कहानी के प्रति तटस्थता समझकर ही तो नहीं रुकी है; पर अमला का ध्यान इस बार रणधीर की ओर नहीं था, उसकी आँखें कहीं बहुत दूर देख रही थीं। सामने बाड़ के पास खड़े लैम्पपोस्ट में से रोशनी झिरकर अमला के बायें चेहरे पर शहतीर की तरह एक लम्बी रेखा बनाये हुए थी। रणधीर द्वारा सम्बोधित किये जाने पर उसने फिर आरम्भ किया। स्वर वही, पर स्वर में बोझिलता और उदासी चुपके से न जाने कहाँ से रेंग आयी थी।

"रणधीर साहब, आपको कैसे समझाऊँ, जो स्थिति एक दिन मेरे लिए इतनी अधिक स्पृहणीय बन उठी थी, वही स्थिति मेरे हृदय को धीरे-धीरे डसने लगी।" अमला के स्वर में इस क्षण कुछ सुबकने-जैसा भाव था, रणधीर उस ओर से तटस्थ रहा तो अमला कहती चली, "वीरेश्वरजी के घर कभी पहुँचती, तो उन्हें बिलू के साथ कभी गार्डन में चहलक़दमी करते देखती, कभी बड़े तृप्त भाव से अख़बार के पन्ने पलटते हुए पाती। अक्का मूढ़े में धँसी निटिंग करती हुई दूर से ही कुछ-कुछ कहती-सुनती रहतीं। कभी मुस्करातीं, कभी बिलू को ज़ोर-ज़ोर से पुकारने लगतीं, 'बिलू राजा, ज़ोर से दौड़ो, पापा को हरा दो।' या 'बिलू, पापा से स्कार्फ़ ठीक करवा लो।' या ऐसा ही कुछ—माथे पर चमचमाती लाल बिन्दी, पुरी हुई माँग, निश्चिन्त निर्द्वन्द्व भाव-मुद्राएँ और मूढ़े से गिरता हुआ रेशमी साड़ी का रेशमी फॉल...मेरे हृदय के भीतर की नारी किचकिचा उठती—क्या समझती है यह मुझे? सिर्फ़ एक बच्ची, निरीह, अनुभवहीन। इसे मुझसे कोई आशंका, कोई भय नहीं?...

"मुझे देखते ही मुस्कराकर कहतीं, 'आओ अमला—आओ, तुम्हारे घर में आ जाने से कितनी रौनक़ छा जाती है।' मुझे यह वाक्य सुनकर ख़ुश होना चाहिए था, पर यही वाक्य मुझे कोड़े-सा लगता। प्रत्यक्ष में कहती, 'मुझे अपने पास हमेशा के लिए रख लो न, सदा रौनक़ बनी रहे!' कहकर मैं चुपके से उनकी मुद्राओं को पढ़ने

की कोशिश करने लगती। कहीं कोई गहरी वक्र रेखा पढ़ने को मिल जाए—तीख़ी, कसक से पूर्ण। पर कहीं कुछ नहीं दिखाई पड़ता—चिकने सपाट गाल, मीठी मधुर रसस्नात दृष्टि। उस दिन तो वीरेश्वरजी भी कहीं से आ गये थे।" कुछ याद करती हुई-सी अमला कहती रही, "लड़ियाये स्वर में मेरे सिर पर हाथ रखते हुए बोले, 'इसे अपने पास रख लो सुम्मी, तुम्हें काफ़ी सहारा मिलेगा।'

" 'रहे न मेरे पास, यही तो मैं कह रही हूँ।' अक्का ने मुझे खींचकर अपने वक्ष से लगा लिया था, जैसे मैं एक नन्ही बच्ची होऊँ। मैं कहीं भीतर-ही-भीतर तड़प उठी थी। उन्हें ढकेलकर छूटना चाहती थी, पर किसी तरह स्वयं पर नियन्त्रण रखकर बँधी खड़ी रही, जैसे उन दोनों की उक्ति से मैं भाव-विभोर हो उठी होऊँ! यह कैसा षड्यन्त्र है, दोनों की कैसी मिली-भगत है, दोनों एक अनाथ लड़की को बरगलाये हुए हैं। मैं सोचती रही थी।

"आपको आश्चर्य होगा रणधीरजी, उन दिनों मेरी मानसिक स्थिति ऐसी हो गयी थी कि ज्यों-ज्यों वे दोनों मुझे क़रीब लाने का यत्न करते, मैं उतनी ही दूर छिटकती जाती। उनके स्नेह की छोटी-छोटी थपकियाँ मेरे हृदय में कितना बड़ा सैलाब उत्पन्न करती चली जा रही हैं, इसे वे कहाँ जानते थे। पहले मुझे अक्का के घर को सँगवाना, वीरेश्वरजी के साथ उनका बाहर आना-जाना, साथ खाना, उठना-बैठना, बोलना-बतियाना, कुछ भी बुरा नहीं लगता था। अक्का बिलू को खिलातीं-पिलातीं, तो मैं बिलू को सजाती-सँवारती और अक्का अपने कामों में उलझ जातीं।...पहले यही सब-कुछ चलता था, पर अब इस सबको देखकर मुझे बेहद कुढ़न होती। हृदय के मध्य एक विचित्र कोलाहल मचता और मैं अपने को बुरी तरह अकेला महसूस करती, मुझे लगता चारों ओर से खींचकर मुझे किसी बड़ी भट्ठी में झोंका जा रहा है। मन करता, वीरेश्वरजी को ख़ूब नीचा दिखाऊँ, ख़ूब लताड़ूँ, भीतर से बुरी तरह तोड़ डालूँ, पर किस बात पर? क्यों? मेरा वहाँ अधिकार ही क्या था।

"वीरेश्वरजी या अक्का के साथ रहती, तो ख़ूब खिलकर बातें करती। उनके साथ ढेरों समस्याओं पर बहस करती, पर उनसे पृथक् होते ही मेरा मस्तिष्क बुरी तरह उन्हीं सब बातों से भर जाता, जो मुझे चौबीसों घण्टे छेदती रहतीं—अक्का इस समय क्या कर रही होंगी? नौकर को खाने की मेज़ लगाने का आदेश दे रही होंगी, वीरेश्वरजी आँगन में घूमकर दीवार के किनारे-किनारे रखे गमलों के फूलों को निरखते-परखते हुए दूर से ही अक्का को उनके सम्बन्ध में रिमार्क सुना रहे होंगे या मेज़ पर बैठे बिलू को चम्मच से खाना खिला रहे होंगे या...अब अक्का बिस्तर पर लेटी होंगी, वीरेश्वरजी बराबरवाले पलँग पर होंगे। नहीं-नहीं, इतनी दूर क्यों होंगे? मैं ठीक बात क्यों नहीं सोच पाती? मैं इतनी पागल क्यों हूँ? मैं अपने गालों पर तमाचे जड़ लेती।

"उन दिनों अक्का दस-पन्द्रह दिनों के लिए मेरे पास नैनीताल आ गयी थीं।

वीरेश्वरजी अपने मुक़दमे के सिलसिले में कहीं बाहर गये हुए थे। मुझे अच्छा लग रहा था। बिलू था, अक्का थीं। पर वीरेश्वरजी की स्मृति मेरे मस्तिष्क पर हमेशा छायी रहती। चलते हुए वीरेश्वरजी ने कुछ नहीं कहा था, पर तीसरे दिन ही जब कॉलेज के पते पर अपने नाम मैंने वीरेश्वरजी का इनलैण्ड पाया तो मैं आह्लादित हो उठी। वीरेश्वरजी मुझे अक्का से अधिक महत्त्वपूर्ण मानते हैं, अधिक अनिवार्य, इस विचार ने मुझे भीतर-ही-भीतर गुदगुदा दिया। अपने पर्स में पड़ा हुआ वह इनलैण्ड उस समय मुझे एक अलभ्य-अनुपम निधि-सा प्रतीत हो रहा था। एक विजेता की दृष्टि और पटरानी-जैसा उल्लसित हृदय लिये मैंने घर में प्रवेश किया, दरवाज़े से ही चिल्लायी, 'अक्का, आज हम सिनेमा चलेंगे। 'काग़ज़ के फूल' फ़िल्म की नयी कॉपी आयी है।' अक्का अपने कमरे में थीं, बिलू शायद सोकर उठा था और उनकी गोद में पसरा पड़ा था। अक्का मुस्करा उठीं। उनकी सरल दृष्टि ने मुझे आहत किया। बेचारी के भाग्य में सब-कुछ होते-हवाते भी वह नहीं है, जो मुझे इतने सहज भाव से मिला हुआ है। प्रसन्नता की लहर ने मुझे ऊपर से नीचे तक गुदगुदा दिया। अक्का तैयार होने लगीं। मैं बिलू को तैयार करने लगी। अचानक कंघा उठाने के लिए कार्निस की ओर बढ़ी, तो झटका खाकर पीछे हट गयी, जैसे आँखों ने एक भयंकर सर्प देख लिया हो। हाथ बढ़ा-का-बढ़ा रह गया, मैं सन्न खड़ी रह गयी। अक्का के नाम पर लिफ़ाफ़ा, वीरेश्वरजी के हाथ का लिखा हुआ पता—और इससे पहले मैं कुछ कहूँ-पूछूँ, अक्का ने कहा, 'बिलू के पापा का ख़त है, आज ही आया है।'

" 'ओह!' मैं कंघा उठाकर बिलू के पास बिछौने पर आ बैठी। मुझे भय लगा, अगर अधिक देर खड़ी रही, तो अभी लड़खड़ाकर ज़मीन पर गिर पड़ूँगी। अच्छा हुआ, क्षणांश में घटित मेरे हृदय के महाप्रलय को अक्का नहीं भाँप पायीं, पर लिफ़ाफ़े के खुले मुँह से झाँकते हुए तीन-चार मुड़े-तुड़े पन्नों की गड्डी मेरी आँखों में अब भी तीख़ी चिरमिराहट उत्पन्न कर रही थी, हृदय की जैसे एक-एक नस कट गयी हो!...

"आख़िर मैं क्या चाहती हूँ...? वीरेश्वरजी मुझे प्यार करते हैं, पर अक्का को भी तो करते हैं। तब? तब?...अभी उस दिन दिल्ली में अक्का के सिर में दर्द हुआ। मामूली खाँसी-जुक़ाम और वीरेश्वरजी आधी रात तक खड़े घर में दवाइयाँ टटोलते रहे थे। उसके बाद भी उन्हें अक्का के पलँग की पाटी पर बैठे मैंने स्वयं अपनी आँखों से देखा था और मैं फिर सोचने लगी थी।

"मुझे आश्चर्य होता कि अक्का के मन में कुछ ऐसा ही क्यों नहीं उठता? आशंका, अविश्वास, भयंकर झंझावात। उनका मन क्यों नहीं दुःखता? मध्य में तीसरे प्राणी के होने की पीड़ा उन्हें क्यों नहीं सालती? सुनती हूँ, पति का किसी भी स्त्री के प्रति रंचमात्र भी झुकाव पत्नी को बदहवास बना डालने के लिए काफ़ी होता है। तब अक्का तो उल्टे मुझे थामे रहती हैं। कभी भूलकर भी मुझे कुछ भास नहीं होने

देतीं, तब मुझे यह बेकली क्यों है? उस दिन उसके बाद सिनेमा जाने की मेरी क़तई इच्छा नहीं थी, अक्का को लेकर तो क़तई भी नहीं, पर एक बार कह बैठी थी, फिर अक्का तो आधी तैयार भी हो चुकी थीं। बिलू भी क़रीब-क़रीब तैयार ही था। प्रस्तावित कार्यक्रम को एकएक रद्द करने की बात बड़ी अशोभनीय होती। हृदय पर पत्थर रखकर किसी प्रकार गयी। पर पूरे समय मन में किचकिची उठती रही। क्यों लिये बैठी हूँ मैं इन सबको? क्यों नहीं तोड़ लेती नाता? कौन हैं वीरेश्वरजी मेरे? पर विचार-मात्र ही हृदय को एक विचित्र मसोस से भर देता। पार्थक्य की वेदना का विकट संवेदन, तब कोई भीतर-ही-भीतर तुझे प्रताड़ता—वीरेश्वरजी से मुझे प्यार ही नहीं है। तू उनसे ऊपर-ही-ऊपर से जुड़ी है। ईर्ष्या प्रेम का शीर्षस्थ रूप ही तो है... किसी ने भीतर तक जैसे चाक कर रख दिया हो।

"चलो यही सही—होठ काटकर मैंने आँसू रोके थे उस क्षण। नहीं रखना मुझे किसी से सम्बन्ध, सचमुच नहीं रखना। यहीं पड़ी रहूँगी नैनीताल में ही, कभी नहीं जाऊँगी उनके घर। तभी याद आया, एक दिन पहले कभी कुछ ऐसा ही कहा था वीरेश्वरजी से, तो हल्के से गालों को थपथपाते हुए भर्राये स्वर में बोले थे, 'तुम्हारे बिना मैं रह पाऊँगा? सोच लो।'

"मैंने कहना चाहा था—अक्का के बिना भी तो तुम नहीं रह सकते, फिर मेरा मूल्य? पर कह नहीं सकी थी, ज़बान जैसे ऐंठकर रह गयी हो। वीरेश्वरजी की ऊँचाई और गहराई के सामने मैं कुछ भी नहीं कह सकी थी।"

"ऊँचाई और गहराई!...आप सुन रहे हैं रणधीर साहब!"—अमला ने फिर झकझोरा। बेयरा 'खाना तैयार है' का ऐलान कर गया था। "अच्छा!" कहकर रणधीर कुहनियाँ टिकाकर मेज़ पर फिर झुक गया था।

"मैं वीरेश्वरजी की ऊँचाई और गहराई पर ही रीझी थी।" अमला फिर बढ़ चली, "पर स्वयं को मैं क्या कर लेती। अपने हृदय के भीतर रुके हुए गुबार को दबाये-दबाये मैं पागल हो उठी थी। वह सब-कुछ किससे कहूँ, जिससे मैं बुरी तरह पिस रही थी। वीरेश्वरजी तो मेरे ही थे, तब? यह मेरा-तेरा क्या? पर हृदय में एक हूक-सी उठती। वीरेश्वरजी मेरी बाँह छूते हैं, तो अक्का को भी तो दुलारते हैं। मेरे बालों में उँगलियाँ फेरते हैं, तो अक्का के बाल तो मेरे बालों से भी अधिक कोमल, लहरदार हैं। इनकी गृहस्थी कितने सुख-सन्तोष की है—दो व्यक्ति, दोनों एक मन—एक प्राण! दोनों एक-दूसरे को सँभालते हुए। और मैं? अकेली ही स्वयं को सन्तुलित नहीं रख पा रही हूँ।...

"—यह ख़ूब रही! अपने-आप दोनों मौज में रह रहे है! अक्का जानती हैं, उनके प्राणेश्वर मेरे साथ आनन्दित होते हैं, तो चलो थोड़ी देर यह भी सही। बिना किराये की मुफ़्त की लड़की मिल गयी। छिः, मैं इतनी सस्ती हो गयी? नहीं-नहीं, मैं ग़लत सोच रही हूँ। कोई स्त्री किसी भी मूल्य पर अपने पति को किसी दूसरी

स्त्री के द्वारा ख़ुशी हासिल करने का मौक़ा नहीं दे सकती। तब क्या दोनों मुझ पर दया दिखा रहे हैं? तरस खा रहे हैं कि बेचारी अकेली है, चलो थोड़ी देर इसे भी ख़ुशी दे दें? हाय किससे कहूँ, किसके सामने अपना गुबार उँड़ेलूँ? नहीं, मुझे नहीं चाहिए ऐसा प्यार, जो इतनी सरलता से उपलब्ध हो जाए। फ़रहाद ने शीरीं के लिए दूध की नहर निकाली थी। तब—तब...नहीं-नहीं, मैं कोई भी चीज़ संघर्ष के बिना नहीं पाना चाहती, प्रेम भी नहीं। प्रेम के लिए मैं मरना-काटना, शोर मचाना चाहती हूँ, तब—तब...? उन दिनों मैं बहुत-कुछ ऐसा ही सोचा करती। वीरेश्वरजी से मैं कुछ भी नहीं कह सकती थी, कहने के लिए आख़िर था भी क्या। वे मुझे प्यार करते थे। उन्होंने मुझे हृदय से चाहा था, पर, पर...

"—और तब एक दिन जब अपनी स्थिति मेरे लिए दुर्वह हो उठी तो फिर मेरे सामने एक ही उपाय शेष रह गया था—मैंने वीरेश्वरजी को अपने साथ एकान्त में इस होटल में दो-चार दिन रहने के लिए राज़ी कर लिया। चाँदनी रातें, एकान्त और निर्जन! नारी अपनी ज़िन्दगी में एक फुलफिलमेण्ट पा ले, तो फिर उसे किसी दूसरी चीज़ की ज़रूरत नहीं रहती। ज़िन्दगी में वही फुलफिलमेण्ट पाने के लिए मैं बावली हो उठी। मैंने सब-कुछ पा लिया, सब-कुछ रणधीर साहब, कुछ भी शेष नहीं रहा। यह एक विचित्र मुक्ति थी। कोई ग्लानि, परिताप, पश्चात्ताप, मेरे मन में कुछ भी नहीं था। अक्का से मैं किसी भी दृष्टि से छोटी नहीं रह गयी थी, पर हृदय की आग फिर भी नहीं बुझी। वीरेश्वरजी से अलग होने पर मैं फिर दग्ध होने लगी। इस पार या उस पार—बीच की इस भयावह स्थिति को मैं नहीं झेल सकती। अब तो एक ही उपाय रह गया था। वीरेश्वरजी से पृथक् होने की सामर्थ्य मुझमें नहीं है, तो वही मुझे धक्का देकर बाहर क्यों नहीं निकाल देते? या मुझे सम्पूर्ण क्यों नहीं अपना लेते? मैं जलती रही, सोचती रही और फिर मेरे सामने एक ही रास्ता था—विष-मुक्ति की एक ही युक्ति और वह आपके सामने है।

"मैंने अपने कॉलेज के सहकर्मी प्रभात को अपने साथ इसी होटल में एक दिन और एक रात ठहरने के लिए सहमत कर लिया। आपके इस सम्भ्रान्त होटल में एक अनजान-अपरिचित व्यक्ति के साथ मैं बीस दिन बाद ही इसलिए नहीं आयी कि मुझे उस व्यक्ति से कोई लगाव है, बल्कि इसलिए आयी हूँ कि मुझे वीरेश्वरजी से भयंकर लगाव है। मुझे मालूम था, इतनी जल्दी आप मुझे भूल नहीं पाये होंगे, अपने मित्र वीरेश्वरजी को आप मेरे सम्बन्ध में सूचित कर देंगे। यह भी मैं जानती थी कि तब वीरेश्वरजी को विश्वास नहीं होगा, कि मैं उनसे विश्वासघात भी कर सकती हूँ। मैं यह भी जानती थी कि वे यह सुनकर मुझे देखने अवश्य आएँगे, सोचकर कि मैं न होकर वहाँ कोई दूसरी स्त्री होगी और आपके पहचानने में कोई भूल रही होगी। हर दूसरी स्त्री वहाँ कैसे होती, पीड़ा तो मेरे हृदय को तचा रही थी, रिस-खप तो मैं रही थी।

"—तो यह है मेरे दुश्चरित्रा होने की कहानी रणधीर साहब! कल सुबह मैं चली जाऊँगी। आपसे प्रार्थना करती हूँ, आप मेरी यह कहानी अपने मित्र के सामने इसी रूप में रहने दें। मैं नहीं चाहती, वे मुझे उस अर्थ में छोटा समझें, जिस अर्थ में वे बड़े हैं। इसे वे स्वाभाविक मान लेंगे, कि मैं एक हमउम्र व्यक्ति से प्यार करने लगी हूँ और तब उनके मन में कोई गिला नहीं रहेगी। उनके उदार मन को मैं पहचानती हूँ।" अमला एकाएक चुप हो गयी, जैसे ऊबड़-खाबड़ ज़मीन से फूटकर बहता हुआ झरना सहसा सूख जाए।

रणधीर ने एक लम्बी साँस ली। उसकी बाँहें ऊपर शून्य में फैल गयीं। बहुत-कुछ कहना चाहता था वह, पर कुछ भी नहीं कह सका था। वीरेश्वरजी की ज़िन्दगी का अंश-अंश उसने जाना था। वह जानता था, पति-पत्नी और अन्य घरू सम्बन्धों के ऊपर भी एक दूसरा दृढ़ सम्बन्ध होता है, बेनाम-बेरंग होने पर भी जो बेहद सुकून पहुँचाता है—अमला ने वीरेश्वरजी का वह सुकून अनजाने में ही उनसे छीन लिया था। इसके उपरान्त स्वयं उसने क्या-कुछ पाया था? वह सोचने लगा।

क़यामत की चार तारीख़ें

दो अगस्त :

वे कुछ सहमी-सहमी-सी घर में घुसी थीं, पहले सहमी-सी, फिर हड़बड़ायी-सी। शायद उन्हें विश्वास नहीं हुआ था कि वे ठिकाने पर आ गयी हैं, पर जब उन्हें हाथ थामकर मैंने दरवाज़े के भीतर लिया, तो वे आश्वस्त हो गयीं कि वे सही जगह पर ही पहुँची हैं। वे मुझे पहचान गयी थीं। उनके पीछे वह लड़का भी था, जिसे मेरी आँखें, सहसा नहीं देख पायी थीं—भदभदायी-सी, चौखूँटी, नाटी देह, गोरा रंग, अधमिची आँखें, चेहरे पर एक अजीब उजड़ा-उजड़ापन, होठों पर मुस्कराहट की एक लक़ीर, सफ़ेद पायजामा और चौखानेवाली कमीज़ पहने वह एक बैग को घसीटता-सा ला रहा था।

"इसे मैं उठा लूँगी।" मैंने कहा था, पर मेरे उठाने से पहले उन्होंने ही उसे उठा लिया था और एक दूसरे बैग को भी, जो उनके सामान में शामिल था। "मकान मिलने में दिक़्क़त हुई?" मैंने पूछा, इस बीच वह लड़का रसोईघर में घुस गया था और इससे पहले मैं उनका जवाब सुनूँ, मुझे उठना पड़ा था, "शायद इसे प्यास लगी है।" मैंने सम्भावना व्यक्त करते हुए उसे पानी देना चाहा, पर रसोई में जाने पर मालूम हुआ कि उसे पानी तो पानी किसी चीज़ की भी दरकार नहीं थी, बस वह तो यों ही रसोईघर की अलमारियों के पल्ले खोलने-बन्द करने में लगा था।

मेरे साथ वे भी लपककर आयी थीं और उन्होंने उसे रोकने की कोशिश की थी, "उमेश, राजा भइया, क्या कर रहे हो तुम? तुम्हें क्या चाहिए? अगर तुम ऐसी शैतानियाँ करोगे तो दादी तुम्हें यहाँ से भगा देंगी, अपने घर में नहीं रखेंगी, समझे!" तरह-तरह से समझाती हुई वे उसे रसोईघर से बाहर ले आयी थीं।

"मैं तुम्हारा इन्तज़ार ही कर रही थी, सोच रही थी, तुम आ जाओ, तो उसी हिसाब से खाना बनाया जाए।"

"बनाया क्या है, वही खा लिया जाएगा।"

"फ़िलहाल तो आलू-बड़ियाँ ही हैं। चावल बनेंगे ही, बड़ियों के साथ अच्छे लगते हैं। कहो तो एक सब्ज़ी-दाल और बना लूँ?"

"नहीं, और कुछ बनाने की ज़रूरत नहीं है। पर उमेश चावल खाना पसन्द नहीं करता, इसे फुल्के पसन्द हैं।"

"तो इसके लिए फुल्के बन जाएँगे।" मैंने उन्हें आश्वस्त किया। वे मुझे फिर बताने लगीं, कि वे कब चली थीं और उन्हें आने में कितना समय लगा। इस बीच वह लड़का उमेश फिर रसोईघर में चला गया था और कुछ-कुछ खखोलने लगा था।

"क्या चाहिए तुम्हें?" उनकी बात फिर अधसुनी छोड़कर मैंने उसके पास जाकर पूछा। इस बार उसे एक कटोरी चाहिए थी।

"कटोरी क्यों?" उसकी हरकतें अब परेशानी पैदा करने लगी थीं।

"मुझे साफ़ी पीना है।"

"हाँ, ख़ून साफ़ करने के लिए यह साफ़ी पीता है।" उन्होंने बताया और उसे कटोरी उठाकर दे दी, कटोरी और पानी का भरा हुआ गिलास भी।

"पर साफ़ी तो रात को ली जाती है।"

"यह कभी भी पी लेता है, जब इसकी मर्ज़ी होती है, उस वक़्त इसे कोई नहीं रोक सकता।" उन्होंने समझाने के लहज़े में कहा था।

"चलो ठीक है।" मैंने हँसकर बात ख़त्म कर दी और चावल चढ़ाने के लिए रसोईघर में चली गयी। इसी बीच वह मेरे पास आया और पूछने लगा, "आपकी दवाएँ कहाँ रखी जाती हैं?"

"क्यों?" मुझे आश्चर्य हुआ।

"यह साफ़ी की बोतल मैं उनके साथ ही रख दूँगा।"

इतनी-सी देर में ही मैं उसकी प्रकृति से वाक़िफ़ हो गयी थी। मुझे डर लगा, घर में रखी दवाओं के ठिकाने को देखकर कहीं यह उन्हें उलट-पुलट न करने लगे, मैंने कहा, "तुम साफ़ी की शीशी यहाँ सामने टेबल पर रख दो।"

मुझे ख़ुशी हुई, उसने मेरी बात को मान लिया था।

मैं रसोईघर में सलाद तैयार करने लगी थी और इस बीच वह उनसे कुछ पूछताछ करने लगा था। वह क्या पूछ-कह रहा था, यह तो पता नहीं चला, पर वह उन्हें बार-बार टहोका दे रहा था, "दादी बताओ न! बताओ न!...दादी—दादी बताओ बोलो।" उसने एक रट-सी लगा दी थी, उनसे उत्तर मिल जाने पर भी वह थम नहीं रहा था और बराबर दोहराये जा रहा था।

रसोईघर में खड़ी मुझे झूँझल छूटने लगी थी, यह क्या हो रहा है, मैंने अपनी जगह से ही पुकारकर कहा, "उमेश भइया, तुम्हें समझ नहीं आया, जो दादी ने बताया, क्यों उनके पीछे पड़े हो?"

"आप चुप रहिए!" उसने मुझे डपटा और वहीं कमरे में रखी अलमारी की

दराज़ों को खोलने लगा। मैं डर गयी। उसमें घर की ख़रीदी गयी कई बड़ी चीज़ों के बिल और दूसरे ज़रूरी काग़ज़ात रखे थे, जिन्हें मैं नहीं चाहती थी, वह छेड़े। "क्या कर रहे हो बच्चे?" मैंने उसे प्यार से समझाना चाहा। उन्होंने मुझे सान्त्वना दी कि मैं परेशान न होऊँ, वह सिर्फ़ चीज़ों को देखना चाहता है, ख़राब कुछ नहीं करता।

पर अगले को तो परेशानी हो जाती है। मैंने मन-ही-मन मिसमिसाया। ऊपर से कहा, "चलो तब ठीक है।" इसके बाद खाना खाने की बारी थी, पर उसने कहा कि वह खाना नहीं खाएगा। "क्यों भला? क्या भूख नहीं है?" मैंने नरम स्वर में पूछा।

"क्यों, क्यों नहीं खाओगे?" उन्होंने भी प्यार से पूछा, पर उसका चढ़ा हुआ चेहरा और चढ़ गया था और उसने फिर कुछ पूछा था। जवाब मिल जाने पर भी उसने फिर अपना प्रश्न दोहराया था, उन्होंने फिर जवाब दिया था और उसने फिर पूछना शुरू किया था। लगा था, दूसरे लोगों का खाना भी मुश्किल हो जाएगा। उन्होंने किसी तरह खा ही लिया था, पर मैं नहीं खा सकी थी, लग रहा था, मैं खा नहीं रही हूँ, बस लील रही हूँ किसी तरह।

वह कार्यक्रम भी निबटा था और वह उसी तरह बैठा रहा था। इस बार गुमसुम, चुपचाप, चेहरे पर एक विचित्र उजाड़पन लिये हुए, उसकी कोई घूम गयी कल अलग से ही नज़र आ जाती है, दिमाग़ के ढीले पेंच की गवाही देते हुए। उसके प्रति मेरी संवेदना मरती चली जा रही थी, फिर भी अपना फ़र्ज समझकर कहा था, "उमेश ने तो खाया नहीं, इसके लिए फुल्के भी बनाये, तब भी, आख़िर क्यों?" "खा लेगा।" वे निरपेक्ष थीं, उसकी उन हरक़तों की अभ्यस्त-सी, पर उसकी वे क्रियाएँ उन्हें दुःखी न बना रही हों, ऐसा नहीं लग रहा था। खाने के बाद वे गुड़ीमुड़ी होकर बिस्तर पर पड़ गयी थीं, शायद थकी हों और सोना चाह रही हों या निरपेक्ष होकर उमेश के प्रति अपना गुस्सा जतलाना चाह रही हों, जिससे वह राह-रास्तगी पर आ जाए। उसका खाना परसा हुआ खुला पड़ा था। "खाना उठाकर रख दूँ?" मैंने पूछा तो उन्होंने इशारे से मना कर दिया, उन्हें उसके खाना खा लेने की अभी भी उम्मीद थी।

मैं भी निरपेक्ष होकर अपने कमरे में चली गयी थी। इस धींगामुश्ती ने मुझमें घबराहट भर दी थी। मुझे लगा मैं बीमार होती चली जा रही हूँ, हे ईश्वर, तू भी कैसे-कैसे जीव पैदा कर देता है! इतनी मोहक सृष्टि में इस प्रकार के लोग भी हैं, जिनके दिमाग़ में इस तरह का फ़ितूर जमा है और वे जानते भी नहीं, कि वे किस अलामत की गिरफ़्त में हैं और परमात्मा की किन-किन नियामतों से महरूम हैं। और सबसे बड़ी बात, वे अपनी हरक़तों से दूसरों के लिए कितनी बड़ी खुराफ़ात बने खड़े हैं, इस बात का इल्म भी उन्हें नहीं होता।

इस बच्चे के जन्म पर भी खुशियाँ मनी होंगी। लड़का पैदा हुआ है, समाचार सब जगह भेजा गया होगा। तब कौन जानता होगा कि यह बच्चा ज्यों-ज्यों बड़ा होगा, एक मुसीबत बनता जाएगा, न पढ़ेगा न लिखेगा, पढ़ने-लिखने की इसमें न ताक़त होगी न इच्छा...

"ताक़त नहीं है, पर इच्छा तो इसमें भरपूर है, दूसरे बच्चों को देखता है, तो चाहता है, यह भी कुछ करे, बस कर नहीं पाता।" वे तीसरे पहर उठकर बताने लगी थीं।

"हाथ-पैर सब-कुछ होते हुए भी।"

"अकेले हाथ-पैर होने से ही क्या होता है, जब परमात्मा ने सन्तुलित दिमाग़ ही नहीं दिया है। दिमाग़ भी है, पर दूसरे कामों के लिए, बाज़ार से सौदा-सुलफ़ ले आएगा, कैसेट के गाने सुन लेगा, उन्हें चढ़ा-उतार भी लेगा, अपने कपड़े भी धो लेगा, पानी भर लाएगा, रुपये-पैसे की गिनती भी कर लेगा, बस पढ़ना-लिखना मुश्किल है। अपनी सारी शक्ति वह इस तरह जो ख़र्च कर देता है, तुमने देखा तो है।"

"तब क्यों न इसे टाइपिंग, कटिंग, हलवाईगीरी, बढ़ईगीरी या कोई दूसरा किसी तरह का टैक्निकल काम सिखवा दिया जाए, जो कमाई का ज़रिया भी बन सके और मन-बहलाव का भी।" मैंने प्रस्तावित किया।

"ऐसा ही कुछ सोच रहे हैं, पर यह सब-कुछ भी तब हो, जब किसी बड़े शहर में रहने का ठिकाना हो। अपने छोटे शहर में तो इस तरह के प्रशिक्षण का कोई ठौर-ठिकाना है नहीं, और मामूली लोग इसे सिखा नहीं सकते।"

"यह भी सही है। छोटे शहरों के जहाँ कुछ सुख हैं, वहाँ कुछ दुःख भी हैं। क्या किया जाए!" एक गहरा अन्तराल पुरा रहा दोनों के बीच कुछ देर।

कुछ देर बाद ही वह अचानक दूसरे कमरे से नमूदार हुआ था और उनके पास लेट गया था।

"क्या है इसकी उम्र?" मैंने देखा तो पूछ लिया।

"एट्टीन!" लेटे हुए उसी ने बताया था। मुझे आश्चर्य हुआ था, मेरे ख़ुद के बेटे ने बारह बरस की उम्र से ही मेरे पास लेटना बन्द कर दिया था, बल्कि इसरार करके कहा था, "मैं अब आपके पास नहीं सोऊँगा, मैं अब बड़ा हो गया हूँ।"

शाम धीरे-धीरे ढलनी शुरू हुई और टी.वी. कार्यक्रम शुरू हुए तो उसने अपनी पसन्द का कार्यक्रम लगा दिया, जैसे दूसरे सब भी उसी कार्यक्रम को देखने के लिए आकुल बैठे हों।

"मैं तो चुनिन्दा कार्यक्रम देखती हूँ और उन्हें ही देखने की कोशिश करती हूँ यानी उन्हें मिस नहीं करना चाहती।" वे उसे मेरी कही बात समझाने लगीं, पर वह कहाँ सुननेवाला था, उसने कहा, वह अपना कार्यक्रम ज़रूर देखेगा और वह देखता रहा। मुझमें बेचैनी बढ़ती चली जा रही थी, लग रहा था, शाम को ही बिस्तर पर लेट जाऊँ और कुछ भी न बनाऊँ, न ख़ुद खाऊँ, न किसी को कुछ खिलाऊँ।

पर खाना तो बनाना ही था, बना, सबने खाया भी, पर हँसी ख़ुशी का माहौल गिरा गिरा ही रहा। इतनी देर वह ख़ामोश रहा हो, ऐसा नहीं था, वह बराबर बोलता रहा। वह बहुत ऊँची आवाज़ में बोलता था, उसकी आवाज़ पूरे घर में गूँजती थी,

उस समय भी गूँज रही थी, जैसे न जाने कितने सुननेवाले वहाँ बैठे हों, उन्हें अटपटा लग रहा था, पर वे उसे रोक नहीं सकती थीं। हो सकता है मन-ही-मन सोच रही हों, वे नाहक आयीं।

सोने से पहले उसने अपना कार्यक्रम बताया कि वह ब्रश करेगा, नाइटसूट पहनेगा और अपना ब्रश वहीं रख देगा, जहाँ दूसरे ब्रश रखे हैं। "ठीक है।" उन्होंने कहा पर फिर उसकी रट कि वह रख देगा, "रख देना। ठीक है।" उन्होंने उसका समर्थन करते हुए सन्तोष दर्शाया, पर उसने तो अपनी बात की झड़ी ही लगा दी, "ठीक है न?–ठीक है न?" जितनी बार वे हाँ-हाँ कहतीं, कि हाँ ठीक है, उससे दुगुनी-तिगुनी बार वह पूछता जाता, कि वह ठीक कह रहा है न? उसका पूछना इतनी बार हुआ, कि मुझे लगा कि मैं उसे बुरी तरह झँझोड़ डालूँ और कहूँ घर से निकलो बाहर, अपनी दादी को क्या मारकर ही छोड़ोगे? पर वैसा कहाँ सम्भव था, उसकी रट उस समय भी चालू थी, जब नींद ने मुझ पर पूरी तरह हमला बोल दिया था। उस दिन मैं जल्दी सो गयी थी, बिना ब्रश किये और बिना ख़बरें सुने, पर बीच रात में मेरी नींद खुल गयी और आदत के मुताबिक मैं बाथरूम की तरफ़ बढ़ गयी।

अभी मैं अधबीच में ही थी कि मेरी आँखों ने देखा, कि अचानक वह सामने आकर खड़ा हो गया है, एक तगड़े दैत्य की तरह, "अरे तुम, अच्छा, बस एक मिनट!" मैंने उससे याचना-सी की, पर वह कुछ नहीं सुन रहा था, उसने फिर झड़ी लगा दी थी, "हटो, हटो, फ़ौरन हटो!" "बस एक मिनट बेटा!" मैंने फिर चिरौरी की, पर वह अब भी तना खड़ा था और मुझसे हट जाने के लिए कह रहा था।

"अगर नहीं हटती हो, तो मैं आपके पास ही कोने में खड़े होकर करने लगूँगा, आप बैठी रहिए।" उसने कहा तो मैं भागी और बिस्तर पर आकर गिर पड़ी, मैं थर-थर काँप रही थी, एक दहशत-सी बैठ गयी थी कहीं कि इस तरह कैसे चलेगा। बहुत देर तक मुझे नींद नहीं आयी। सुबह मैं अपने समय पर नहीं उठ सकी थी। उठी, तो भी नींद पूरी नहीं हुई है, ऐसा लग रहा था। उनसे कहा तो वे लज्जित थीं, पर उन्होंने बताया कि उसे ऐसी-ऐसी दवाएँ दी जाती हैं, जिनसे उसको अपने को रोकना मुश्किल हो जाता है।

"कैसी दवाएँ? दवाएँ क्यों दी जाती हैं? क्या हुआ है इसे?" पूछा तो वे बताने लगीं, बताती रहीं अगले दिन तक।

तीन अगस्त

इसकी माँ ने इसके पैदा होने से पहले दो बार अबॉर्शन करवा लिया था। उतनी जल्दी वह बच्चा नहीं चाहती थी। तीसरी बार यह पैदा होने को हुआ तो लेडी डॉक्टर ने कहा, "अगर तुमने इस बार पहले जैसी ग़लती की तो इसका नतीज़ा अच्छा नहीं होगा।" नतीज़ा तो ख़ैर वैसे भी अच्छा नहीं हुआ। इसके पेट में होते माँ को मलेरिया

हो गया, डॉक्टर ने कुनीन देना शुरू किया। बुख़ार उतारने के लिए कुनीन की बेतहाशा डोज़ों ने इस पर जो असर डाला, वह तो डाला ही, इसकी डिलीवरी भी मामूली नहीं हुई, न जाने क्यों डॉक्टरों ने डिलीवरी में देर होने पर ऑपरेशन न कर दर्द को दो दिन तक इंजेक्शनों से रोके रखा। नतीज़ा वही—यह पैदा हुआ तो रोया नहीं, बेहोश हो गया या क्या, औज़ारों से इसे रुलाया गया। इसका सिर नॉर्मल बच्चों के सिरों से काफ़ी बड़ा था, कुछ बेतुका-सा, उसे सँभालने के लिए भी दवाओं का इस्तेमाल किया गया।

इसकी हरक़तें इसलिए शुरू से ही असामान्य रहीं। शुरू से ही यह जो चाहता था, करता था, किसी की बात मानने का सवाल ही नहीं उठता था। डॉक्टरों ने इसके सिर का ऑपरेशन करवा लेने की सलाह दी। वह भी करवाया गया, पर नतीज़ा कुछ नहीं निकला। हालात बद से बदतर होते चले गये। इसकी दिमाग़ी हालत घड़ी की टिक-टिक की तरह हो गयी, जो घण्टों टिक-टिक करती रहती है, कभी नहीं थकती। दूसरे बच्चों को साफ़ बोलते सुनता, तो हीनभावना घर करती चली और यह अटक-अटक कर लड़खड़ा कर बोलने लगा। "अब ज़बान भी साफ़ नहीं है और दिमाग़ी हालत तो तुम देख ही रही हो। अब बताओ इसमें इसका क्या कुसूर है?" उन्होंने पूरी रामकथा सुना दी थी।

"वह तो ठीक है, पर आपके ऊपर इसका क्या उत्तरदायित्व है। जो-कुछ है, इसके माँ-बाप झेलें।"

"उनके पास बहुत से दूसरे दायित्व हैं—दूसरे बच्चों के, कमाई के, अपनी प्रगति के। इसके लिए पूरे चौबीस घण्टे की देखभाल का दायित्व निभानेवाला कोई आदमी चाहिए। वह मेरे सिवा कौन हो सकता है? किसी दूसरे आदमी को भले ही पैसा दिया जाए, पर ममता कहाँ हो सकती है, तुम्हीं बताओ। मेरे पास कुछ पैसा भी है और वक्त भी, फिर मेरे साथ इसका ख़ून का रिश्ता है। अपना सब-कुछ छोड़कर भी मैं इसकी सेवा करूँगी, जितना कुछ कर सकती हूँ। अब तो मेरी ज़िन्दगी का मक़सद भी यही बन गया है।"

वे चुप हो गयी थीं और मेरे समर्थन की प्रतीक्षा में थीं, पर मैंने वैसा कुछ भी नहीं कहा, मेरी आँखों के सामने उसकी रात की तस्वीर थी—दैत्य के रूप में खड़ा वह 'अगर तुम नहीं हटीं तो मैं इधर कोने में खड़ा-खड़ा ही कर दूँगा।'...उसकी मिचमिची आँखें, भदबदी देह, आधी रात में भी उसकी वह आक्रामक मुस्कराहट...भीतर-ही-भीतर मैं फिर आतंकित हो उठी थी, अभी न जाने कितनी रातें शेष थीं, क्या वह आज की रात भी उठेगा?

पर उसी वक़्त क्यों उठेगा, वह तो एक संयोग था, एक विचित्र संयोग, तुम्हें डरने की कोई ज़रूरत नहीं है।—कोई मुझे समझा रहा था।

मैं डर नहीं रही हूँ, मैं घिना रही हूँ। अगर वह उसी समय वहीं करने लगता

तो...! विवाद चल निकला था। उस अन्दरूनी चर्चा में घिरी मैं उनका समर्थन करना भूल गयी थी।

वे भी ख़ामोश रहीं। मैंने उठकर खाना बनाने और खिलाने का काम सँभाला। उस बच्चे ने भी खाया, पर मेरी भूख बिला गयी थी, कुछ खाने की कोशिश की, तो लगा अगर मैंने खाया तो सब-कुछ उलट दूँगी मैं।

"मुझे न जाने क्या हो गया है, मेरा पेट आज सुबह से ठीक नहीं है, मैं आज कुछ नहीं खाऊँगी।"

"कुछ थोड़ा तो खा लो।" वे कह रही थीं। उनके कहने से मैंने कुछ खाने की कोशिश की, कुछ खाया भी, पर अच्छा कुछ नहीं लगा। जैसा किसी अपने परिचित या सम्बन्धी के आने से लगता है, कुछ नया बनाने को मन करता है, कुछ नया बतियाने को मन होता है। उसके कारण बात करना तो मुश्किल ही था, उसकी बात प्रमुख थी। वही उनसे बात करता रहता। जो कुछ बात हुई, वह दो-चार मिनट के लिए उसके घर से बाहर चले जाने पर ही।

दुपहर में मैं अपने कमरे में जाकर फिर लेट गयी, आँखें बन्द होने को हुईं, तो लगा—पीठ-पीछे कोई कुलबुला रहा है। "कौन?" मैंने टटोला तो वही था, वह मेरे साथ लेटने की कोशिश कर रहा था।

"हे भगवान! सुनो! बच्चे, तुम यहाँ नहीं लेटोगे, उठो, भागो यहाँ से, चलो।" इधर की चिल्ल-पों से वे घबरा गयी थीं, मेरे कमरे में आकर वे उसे अपने साथ घसीटती-सी ले गयीं। उसके मन में ममता होगी, वह मेरे साथ लेटने की कोशिश कर रहा था, पर मेरे मन में कुछ भी नहीं पिघला। मुझे लगा अपने पेट की तरह मेरी भावनाएँ भी जड़ होती चली जा रही हैं और अब शायद मैं सो भी नहीं पाऊँगी।

आधी रात को आदत के मुताबिक मुझे फिर उठना पड़ा। मैं खुश थी कि वह नहीं उठा था। पर कुछ क्षण बाद ही नींद में झुकी मुझे महसूस हुआ कि कोई है।—वही खड़ा था—वही कठोर देह, उटंग हुआ उसका पूरा शरीर, वही ऊबड़-खाबड़-सी मुद्राएँ। "ओह!"—मैं चीख़ी थी और उससे पहले कि वह कुछ कहे, कोई हरक़त करे, डर के मारे मेरी घिग्घी बँध गयी थी, "भागो यहाँ से।" और उससे पहले कि वह हटे, मैं खुद हट गयी थी। बीती रात की तरह मैं अपने बिस्तर पर थी और उसके बाहर आने की राह देखने लगी थी। उसको नहीं जाना था, वह नहीं गया, मैं सो चुकी थी, न जाने कब।

सवेरे मैं उठ ही नहीं सकी। लगा, रात को एक मिनट के लिए भी नींद नहीं आयी थी। पेट अब एकदम जड़ हो गया था, मस्तिष्क की मार अब पेट पर पूरी तरह पड़ चुकी थी—मस्तिष्क भी जड़, पेट भी जड़। पेट और मस्तिष्क का क्या इतना

गहरा सम्बन्ध है? मेरे पेट और मस्तिष्क के साथ तो यह है ही—मैं सोचने लगी थी और सोचते-सोचते ही मैंने उनसे ही चाय बना लेने के लिए कह दिया। "लगता है, मैं बुरी तरह बीमार होती चली जा रही हूँ।"

मैंने उनसे बताया, कि मेरे पेट का हाल ठीक नहीं। वह एकदम जड़ हो गया है, तो वे दुःखी हो उठीं। "क्या हो गया है आख़िर?" वे पूछ रही थीं और मैं नहीं बता पा रही थी, कि मुझ पर आज की रात क्या गुज़री है, मेरे दिमाग़ पर क्या कुछ तारी है और कि मेरे दिमाग़ का सम्बन्ध पेट से है—कल का हउआ मुझ पर अब तक हावी था।

चार अगस्त

बीते दिन के कल खाना उन्होंने ही बनाया था, ख़ुद भी खाया था और उसे भी खिलाया था। आज भी उसने ज़िद की थी और एक बात को हज़ारहा बार दोहराया था। वे परेशान होती चली जा रही थीं, "तू अगर इस तरह मेरे साथ बकबक करता रहेगा, तो सच मैं पागल हो जाऊँगी।"

"तुमसे पहले मैं।" मैंने अपने कमरे में लेटे-लेटे बुदबुदाया था। मेरे पेट में दर्द हो रहा था भयंकर और उसी दर्द ने पीठ को तख़्ता बनाकर छोड़ दिया था—"पीठ के दर्द ने मार डाला हाऽऽय!!" मैं चीख़ रही थी। लग रहा था, पेट में कुछ अड़ गया है भयंकर, ज़िन्दगी में लगता था, अब कोई स्वाद नहीं रह गया है और बहुत जल्दी मैं भी पागल हो जाऊँगी, उसकी ही तरह ऐब्नॉर्मल। तभी वह आकर खड़ा हो गया था, "दादी, क्या हुआ है? दर्द कहाँ है? पेट में?" बड़ी अटपटी बोली में, लेकिन बड़ी आजिज़ी से पूछ रहा था वह।

मैंने हाथ हिलाकर उसे दूर करने की कोशिश की, जिसका मतलब था, तुम पीछा छोड़ो, तुम्हारे कारण ही हो रहा है यह सब-कुछ। पर वह कहाँ जानेवाला था, "बताओ न दादी कहाँ दरद है?" जान छुड़ाने के लिए मैंने हाथ हिलाकर इशारे से बताया।

"पीठ में।" "तो मोम लगाओ।" अटपटे किन्तु बड़े संजीदा स्वर में उसने कहा था। सुनते ही मैंने करवट ले ली थी, उपेक्षा के अन्दाज़ में, जैसे कहा हो, "मोम! बेवक़ूफ़!" पर इस बार वह अपनी दादी के पास बाज़ार से मोम लाने की ज़िद पकड़ बैठा था, "दादी के दरद है, मुझे पैसे दो, मैं मोम लाऊँगा।" उन्होंने समझ लिया था, वह मूव कह रहा था। "मूव लेने तुम कहाँ जाओगे, मालूम है तुम्हें यहाँ का बाज़ार?" वे उसे समझाने लगी थीं।

"मैं पता कर लूँगा।" वह आग्रह कर रहा था, मेरे मन में कोई पिघलाँद फिर भी नहीं जग रही थी, मुझे मालूम था, वह मूव से जानेवाला दर्द नहीं है। उनके कष्ट को हल्का करने की दृष्टि से मैंने अपनी जगह से ही कहा, "मूव घर में है, मैं लगा लूँगी।"

"है तो दो न मुझे, मैं मलूँगा।" वह मूव ख़ुद लगाना चाहता था, पर उसकी

आशा पर पानी पड़ गया, जब मैंने कहा, "घर में है, पर इस वक़्त मुझे याद नहीं पड़ रहा, उठूँगी तो ढूँढ़ लूँगी।" दरअसल मैं जानती थी, मुझे मूव की ज़रूरत ही नहीं है।

वह थककर चला गया था। सारे दिन की धमाचौकड़ी के बाद शाम फिर उतरने लगी थी और साथ ही डर भी, कि आज की रात न जाने क्या होगा। पेट को जड़ हुए आज तीसरा दिन था, बार-बार ख़्याल आता कि मानसिक परेशानी सबसे पहले पेट को ही क्यों ले डूबती है और फिर पेट के साथ सब-कुछ तो जुड़ा है, हाथ-पैर-आँख-नाक, पर सबसे पहले मन। पेट गया तो सब-कुछ गया, सब-कुछ—बस यहाँ-वहाँ गिरे पड़े रहो, रोते-झींकते-अरबराते कि हाय मरे, पेट ही ठीक नहीं है। संसार की सब नियामतें अपने लिए रख अक़बर ने बीरबल से दुनिया की सबसे बड़ी खुशी के बारे में पूछा था, तो उसने पेट के स्वास्थ्य पर ही उँगली रखी थी। हम उसी खुशी से महरूम हुए पड़े थे, लाचार थे। बदनसीब हम!...

शाम को वे उसे बाहर घुमाने ले गयी थीं। बेचारी वे! चलने से पहले उसने उपद्रव किया था कपड़े पहनने पर, कि उसके वे कपड़े नहीं लाये गये, जो वह पहनना चाहता था। कहने-सुनने में वह चीख़ा था दसियों बार, तब कहीं दोनों घर से बाहर निकल पाये थे। उनके जाते ही घर में अमन-सा छा गया था। लगा जैसे बरसों से वैसा परिवेश कभी रहा ही न हो। पर दोनों जल्दी ही लौट भी आये थे। उस बीच बस मैं इतना ही सोच पायी थी, कि मैं क्या खाऊँ, जिससे पेट ठीक हो जाए। मुझे लगने लगा था, मैं बरसों की बीमार हूँ, और अगर इस समय शीशा देखा जाए तो चेहरा ज़र्द हुआ मिलेगा।

वह कई कॉमिक्स ख़रीद लाया था और उन्हें उसने मेज़ पर फैला दिया था। मैं किसी तरह उठकर दूसरे कमरे में पहुँची, पूछने के लिए कि बाज़ार से उन्होंने क्या-क्या ख़रीदा और बाज़ार पहुँचने में उन्हें कठिनाई तो नहीं हुई? और साथ ही उमेश से भी मैं जानना चाहती थी कि उसे कैसा लगा? पर मैंने देखा, उमेश उस समय कमरे में नहीं है। उमेश कहाँ है? पूछने पर पता चला कि वह बाहर चला गया है। शायद लॉन में घूम रहा हो, पर दरवाज़े की दरार से दिखा कि वह बराबर वाले पड़ोसी के मकान की सीढ़ियाँ चढ़ रहा है। चढ़ रहा है और उतर रहा है, मानो उस पर एक झक्क सवार हो गयी हो। लौटकर आया तो फिर वही तूफ़ान, ज़ोर-ज़ोर से बोलना, बात को दसियों बार दोहराना, सामने बैठे व्यक्ति का समर्थन चाहना और समर्थन मिल जाने पर भी फिर-फिर झकझोरना कि वह व्यक्ति कहे कि वह ठीक कह रहा है। उसकी मनचाही कर-कह देने पर भी रोने लगना कि व्यक्ति क्यों नहीं कुछ कह रहा है। अच्छे-ख़ासे व्यक्ति को पागल बना देने के लिए उसका वह व्यवहार काफ़ी था।

पाँच अगस्त

आज सुबह से ही बादल थे। लगता था, आसमान बस बरसने को ही है, पर बस कुछ बूँदें ही झरझरा कर रह गयी थीं। अगले दिन उनके जाने की तारीख़ तय थी। मैं मनाने लगी, कल सुबह बारिश न हो, जाने में दिक़्क़त होगी। पूरी रात शंका में ही बीती थी, कि कहीं मेरे टॉयलेट जाने के समय ही वह फिर न उठ बैठे, पर परमात्मा ने न जाने कहाँ की मेहर बरसायी थी कि उस रात वह उठा ही नहीं या उठा होगा तो तब, जब मैं सो रही होऊँ। आज वह अच्छे बच्चे की तरह सोया था, जो एक करवट सोते हैं, तो दूसरी करवट ही उठते हैं। उसकी दादी ने बताया कि वह उठा ही नहीं, शायद बुरी तरह थक गया था, चढ़ते-उतरते, घूमते-फिरते। वह भले नहीं उठा था, पर मैं तो रात भर शंकित ही रही थी और इसलिए रोज़ की तरह बाक़ायदा थक गयी थी।

रोज़ की तरह वह भी गड़बड़ करता रहा था, मुँह धोने नाश्ता करने में, जैसे वह रोज़ देर लगाता रहता था, उसी-तरह वह आज भी मटरगश्ती कर रहा था। पर आज उसने एक दूसरी नयी बात की थी—सुबह से ही वह सोफ़े पर आकर पड़ रहा था। सोफ़े के आगे जो चौड़ी-सी मेज़ रखी रहती थी, उसके लेटने से उस मेज़ को उपयोग करने में कठिनाई हो रही थी, क्योंकि जब सोफ़ा ही घिर गया था, तो बैठा कहाँ जाए और काम कहाँ किया जाए? मैं तो गिरस्ती का आधा काम इसी सोफ़े पर बैठकर ही करती थी—सब्ज़ियों की काटापीटी, दाल-चावल का देखना-भालना, मसालों का नापना-जोखना और खाना-पीना, चाय-कॉफ़ी पीना—टी.वी. देखते हुए सब-कुछ वहीं करना सुकर प्रतीत होता था, किसी मेहमान के आ जाने पर अलबत्ता मेज़ का उपयोग मात्र चाय-कॉफ़ी पीने के लिए किया जाता था।

आज मैं सोफ़े पर बैठकर बहुत से काम करना चाहती थी। अगले दिन उन्हें सुबह ही चले जाना है, तो कम-से-कम आज तो उन्हें कुछ अपने हाथ का बना-खिला दिया जाए। थोड़ी-सी ताक़त भीं थी आज और इच्छा भी, पर सोफ़े पर तो वह लम्बा लेटा पड़ा था। अजीब हालत थी, बिस्तर से उठे तो घर के एक-मात्र सोफ़े पर पड़ रहे। रह-रहकर गुस्सा आ रहा था। कमाल है इतना बड़ा लड़का, अभी तक तो इसे नहा-धोकर तैयार हो जाना चाहिए था, उल्टे यह नेस्ती फैला रहा है, मैंने सोचा। उनसे पूछा तो पता चला, अपने घर में वह वैसा कुछ नहीं करता, सामान्य बच्चों की तरह सब काम करता है, आज इसे न जाने क्या धुन समा गयी है, वह भी यहाँ इस घर में आकर।

मुझे रह-रहकर खीझ जगने लगी थी—क्या लाभ ऐसे प्राणियों से, जो काम के न काज के नौ मन अनाज के, ऐसे बच्चों को रखने से क्या लाभ! क्या हित कर रहे हैं ये लोग जगत् का और समाज का? फिर भी इनको रखा जाता है, सँगवाया जाता है, इनके नख़रे झेले जाते हैं, आख़िर क्यों? सिर्फ़ भारत में ही नहीं, जहाँ चींटी

तक को मारना पाप समझा जाता है, पर समूचे विश्व में ही, अपंग, असामान्य लोगों की सेवा की जाती है, इनके लिए सुख-सुविधाएँ जुटाई जाती हैं। उनकी जैसी भी गिरी-पड़ी क़ाबलियत है, उसे उभारा जाता है, पर क्यों?

अन्धे व्यक्तियों के लिए संस्थान हैं, बहरों के सुनने के लिए उपादान प्रदान किये जाते हैं, गूँगे को समझने की कोशिश की जाती है, उनसे बुलवाने की भी। हेलन केलर ने अपनी प्रमुख शक्तियों से महरूम होते हुए भी कितना-कुछ किया, सिर्फ़ अपने लिए नहीं, दूसरी अपंग जमात के लिए भी, पर क्यों? इस सिड़ी मूडी बच्चे को भी सिर पर उठाकर फिरा जा रहा है। खुद की शक्ति और महत्त्वाकांक्षाओं को दरकिनार करते हुए, नहीं तो क्या इसकी दादी भी क्या-कुछ नहीं करना चाहती होंगी? अब तो अपने निज के बच्चों के दायित्वों से भी उन्होंने मुक्ति पा ली है, तो अब उनके यह बला गले पड़ गयी।

कल ही किसी बात पर इसने कहा था, कि अगर मैं खो जाऊँ तो आप लोग ही ढूँढ़ते फिरेंगे मुझे। मैंने मुस्कराते हुए जैसे मज़ाक़ में कहा हो, कहा था, "हम तो नहीं ढूँढ़ेंगे, उल्टे ख़ुश होंगे कि तुमसे पीछा छूटा।" दूसरा जुमला न जाने क्या सोचकर मैंने नहीं उचारा था। उस समय इसकी दादी के चेहरे पर जो दर्द की रंगत उभरी थी, वह मुझसे अनदेखी नहीं रह गयी थी। बुद्धि से इस कदर घोंचू उस लड़के को पालने, उसकी ज़िदें-नख़रे सहने में उन्हें न जाने क्या सुख मिल रहा था?

ये तो उसकी दादी थीं, उससे उनका ख़ून का रिश्ता है; पर मदर टेरेसा को दुनिया-भर के अनाथ-असहाय बच्चों को अपने आँचल-तले रखने में, क्या शान्ति मिल रही थी, क्यों मरी वे देश-विदेश के अपंग-असमर्थ बच्चों के लिए? मैं सोचती रही थी, मुझे अपने उस सोच से कोई सन्तोष या प्रोत्साहन नहीं मिल रहा था। मेरा पेट अब भी जड़ हुआ पड़ा था, जो मुझे तकलीफ़ पहुँचा रहा था। उसके न हटने पर मैंने उसको दो धौल जमाये और उसे उठाकर बैठा दिया, "तुम आख़िर नाश्ता भी करोगे या नहीं?" मैंने पूछा था।

"मुझे नाश्ता-वाश्ता नहीं करना।"

"तुम्हें तो बस लम्बे पड़े रहना है और दूसरों को खाते रहना है, यही न?" मैंने कहा तो उसने स्वीकार किया, "हाँ, यही बात है।"

उसकी दादी ने लताड़ लगायी तो वह उठकर खड़ा तो ज़रूर हुआ, पर गुसलख़ाने में फिर भी नहीं गया। किसी तरह गया भी तो फिर गुसलख़ाने में ही अटका रहा, "इतनी देर से बाथरूम में यह कर क्या रहा है?" मैंने चिढ़कर पूछा तो उसकी दादी ने बताया कि वह शायद अपनी अनौरियों पर बैण्डेड लगा रहा है। पुरानी उतार रहा होगा, तो नयी लगा रहा होगा। मुझे घिन महसूस हुई। लगा—गुसलख़ाने में बैण्डेड की चिप्पियाँ फैली पड़ी होंगी, उन्हें कौन बीनेगा। पर दूसरा कोई चारा नहीं था। उसे जो कुछ करना था, वह कर ही रहा था, उसे रोकने की ताक़त किसमें थी भला!

वे दुःखी हो आयी थीं, मैं तो दुःखी थी ही। अचानक उन्होंने गुसलख़ाने से उसकी चीख़ सुनी तो वे भागीं। वह तौलिया माँग रहा था और उन्होंने उसे तौलिया थमा दिया था। हे भगवान! आज का दिन कैसे कटेगा? किसी मेहमान के आने से घर में रौनक़ आ जाती है, हँसी-ख़ुशी का माहौल बन जाता है, इसके आने से यह क्या दशा हो गयी। मैंने किसी तरह खाना बनाया, खिलाया, खाया, उसी हालत में पेट को जड़ हुए आज चौथा दिन था, वे भी हैरान परेशान थीं। पेट की जड़ता के साथ पीठ का भयंकर दर्द—लेटना क्या, अब तो बैठना भी मुश्किल हो गया था।

उसका खाना मेज़ पर परसा रखा था और वह अपना कॉमिक खोले बैठा हुआ था। "खाना खा लो गुरू" 'घण्टाल' शब्द मैंने क्या सोचकर बचा लिया था! उसकी दादी उसके प्रति मेरे व्यवहार से दुःखी थीं या सुखी, कौन जाने; पर मैं उसके व्यवहार से दुःखी थी, यह उसकी दादी बख़ूबी जान रही थीं।

तभी उसने एक दूसरी माँग रखी, "आपके पास फ़िल्म का कैसेट है?"

"फ़िल्म का कैसेट!" मुझे हँसी आयी, "मुझे फ़ुरसत है, मैं फ़िल्मी कैसेट सुनूँगी बैठकर। टी.वी. की फ़िल्में देखने की फ़ुरसत तो है नहीं हमें।" मैंने कड़े स्वर में कहा, "नहीं, मेरे पास नहीं है।" पर इतनी ही देर में उसने अलमारी खोल डाली थी और वह मेरा कैसेट प्लेअर और चुनिन्दा गानों के कैसेट निकाल बैठा था। "हे भगवान क्या कर रहे हो तुम, खाना परसा पड़ा है, वह तो खा नहीं रहे हो, लगे हो ऊटपटाँग कामों में।" पर उसे नहीं सुनना था, उसने नहीं सुना। उसने कैसेट प्लेअर लगा लिया था और गाने सुनने लगा था। मुझे ख़ुशी हुई, जब उसे कोई गाना पसन्द नहीं आया और उसने सब चीज़ें वहीं छोड़कर खाना शुरू कर दिया।

शाम को वह बाहर निकल गया, तो मैंने अपनी पसन्द का एक सीरियल देखना शुरू किया। मेरे साथ वे भी देख रही थीं। तभी वह अकस्मात् घुसा और बोला, "मैं न्यूज़ सुन लूँ?"

"कमाल है, हम जो देख रहे हैं, उसकी तुम्हें कोई चिन्ता नहीं है और न्यूज़ देखने पर ऐसे आमादा हो, जैसे संविधान की अगली धारा का निर्माण तुम्हें ही करना है।" वह मेरी बात को क्या समझता, उसने टेलीविज़न की सुई को मोड़ दिया और चुपचाप बैठकर ख़बरें सुनने लगा। ख़बरों में रुचि हमें भी थी, पर इस तरह अपने चहेते सीरियल की क़ीमत पर...। उसकी हरकत देखकर वे उसे डपट रही थीं, पर उनकी डपट से उसे कोई मतलब नहीं था। उल्टे उसने उन्हें ही धमकाया था, जैसे घर का पुरखा बच्चों को शरारत करने पर डपटता है।

आख़िर वह घड़ी आ ही गयी, जब उन्हें विदा लेना था। इतनी सवेरे उसे उठा देखकर आश्चर्य हुआ, शायद वह भी चले जाने के लिए उत्सुक हो। नहा-धोकर वह फिर बिस्तर पर लमलेट हो गया था। उसने आदेश दिया था, कि जब ऑटोरिक्शा आ जाए तो उसे उठा लिया जाए। ऑटोरिक्शा आ गया तो वह उठकर बैठ गया और पलँग के नीचे रखे जूते पहनने लगा।

“चलो सामान उठाकर रखो।” मैंने कहा, तो वह चीख़ा कि उसने पहले ही कह दिया था कि सामान वह नहीं उठाएगा।

“सामान नहीं उठाओगे और गोबर गणेश की तरह चढ़कर चले जाओगे और खाते रहोगे बिना काम किये।” मैंने उसकी दादी की अनुपस्थिति में उसे डपटा था। वह बोला कुछ नहीं था। उसने कोई मदद भी नहीं की थी, बस किसी नवाब की तरह ऑटोरिक्शे के पास खड़ा रहा था। मैंने उससे बैठने के लिए कहा, तो उसने तनकर पूछा, “आप भी चलेंगी?” मेरे हाँ कहने पर कि मैं उन्हें गेट तक पहुँचाऊँगी, वह लाल-पीला हो गया। बोला–तब वह ऑटो में नहीं बैठेगा।

मैं हैरान। परेशान वे भी थीं, पर दूसरा कोई उपाय नहीं था। मैं ज्यों-की-त्यों ऑटोरिक्शे के पास खड़ी रही। वह बैठा, तो लगा कि उसके सिर पर एक धौल जमा दिया जाए, पर फिर न जाने मुझे क्या हुआ, मैंने उसके सिर पर हाथ फेरा। उसके हाथों को थामकर उन्हें चूमने का नाटक किया। ऑटो बस हिलने को ही था कि उसने ही अपनी नादिरशाही आवाज़ से उसे रोक लिया, “रोको!” ऑटो रुक गया था, सीट से उठकर उसने मेरे पैर छुए और उसका वही नादिरशाही आदेश, “चलो।” उसके आदेश पर ऑटो सहज ही हवा में बात करने लगा था और कुछ देर बाद ही अदृश्य हो गया था।

कुछ धूल वह अपने पीछे छोड़ गया था। मैंने नम आँखों से देखा, क्षण-भर बाद ही वह धूल अदृश्य हो गयी थी, अब वहाँ तिड़ी-तिड़ी उड़ते कुछ पत्ते मात्र थे। पत्ते, जो कह रहे थे–तुम्हारे प्यार की एक नन्ही-सी छींट की इस असहाय बच्चे को कितनी ज़रूरत थी, तुमने इसे पहले क्यों नहीं समझा? मूव लगाने के लिए यह कितना उत्सुक था, तुमने इसकी बात नहीं सुनी, इसे अपने पास नहीं लेटने दिया, वह तो बच्चा था, एकदम अनजान मूर्ख़, तुम्हारा वह क्या ले लेता, तुमने उसे नहीं अपनाया, तो वह गुम हो गया, मारने-पीटने पर आमादा, खाने-पीने से नाराज़।

मैं रो रही थी, पर मेरी हिलकियों को तब उन आवारा उड़ते हुए पत्तों के अलावा सुननेवाला और कोई नहीं था, विश्व के तमाम अपंग-असहाय बच्चों की दवा क्या सिर्फ़ इतनी-सी ही है, सिर्फ़ इतनी–इतनी आसान, इतनी मामूली, सिर्फ़ भावना के खोल में लिपटी, प्यार की चाश में पगी, अपनत्व की एक नन्ही-सी रसधार में भीगी, अन्धकार में लौ की तरह चमकीली, ममत्व की ऊष्मा से ढँकी, विश्वास की बयार से झुकी–बस इतनी-सी? प्यार की एक नन्ही-सी छींट-मात्र? मेरे पेट के बल ढीले पड़ने लगे थे। उस वीराने में मैं हकबकायी-सी खड़ी थी–स्तब्ध, सारे संसार के असमर्थ बच्चों को अपनी बाँहों में भर लेने के लिए आतुर–मेरे लिए यह क़यामत की चौथी और आख़िरी तारीख़ थी।

रास्ता

छोटी बहन के श्वसुर मुरारी बाबू के घर आने पर अविनाश के द्वारा उनकी काफ़ी अभ्यर्थना की गयी...सुबह शैया-चाय, फिर भव्य नाश्ता, दुपहर को लज़ीज खाना, तीसरे पहर फिर बृहद् चाय और तदुपरान्त रात्रि-भोज। अविनाश को यह सब करना अच्छा लग रहा था—मुरारी बाबू कब-कब उसके घर आते हैं, यह तो संयोग से उन्हें मसूरी में अपने मित्र के दो बच्चों से मिलने का काम था, सो वे मसूरी जाते हुए बीच में दो दिन उसके यहाँ डोईवाला ठहर गये थे। अपने साथ मुरारी बाबू ने उसे मसूरी चलने की दावत दी, तब भी उसने सहर्ष स्वीकार लिया। मुरारी बाबू की किसी भी बात से इनकार करना या बहाना बनाने का प्रश्न ही नहीं था।

चलते हुए पत्नी ने सलाह दी, "राधे को भी साथ ले जाओ। हो सकता है, तुम्हारे दोस्त के यहाँ, जहाँ तुम बाबूजी को ले जाकर ठहराओगे, इन दिनों कोई नौकर न हो।" पत्नी की बात मान लेना अच्छा ही हुआ। मसूरी में दुर्गानाथ के यहाँ उन दिनों नौकर छुट्टी पर गया हुआ था। पत्नी मैके चली गयी थी और सबसे ऊपर मित्र स्वयं बुख़ार के कारण शैया-ग्रस्त थे।

पहुँचते ही राधे ने चाय तैयार की, नाश्ता सजाया और पहुँचने के एक-डेढ़ घण्टे बाद ही अविनाश मुरारी बाबू को लेकर उनके बताये स्कूल में बच्ची से मिलाने ले चला। यह स्कूल घर के पास पड़ता था, पर इस समय रास्ता लम्बा प्रतीत हो रहा था, क्योंकि पहाड़ों पर अँधेरा जल्दी ही उतर आता है। इस मार्ग में सड़क टूटी हुई थी और खड्ड की तरफ़ नीचे की ओर कुछ नये मकानों का निर्माण चल रहा था।

सामने से आते हुए किसी आदमी से स्कूल के बारे में पूछा तो उसने बताया कि पास ही है।

मुरारी बाबू ने कहा, "पास होगा। हाँ, पहाड़ों में मकानों की यह सिफत होती है कि जगह पास नज़र आती है, पर उस तक पहुँचने के लिए रास्ते बड़े घुमौवल

होते हैं। हमें तजुर्बा है, हमारी काफ़ी ज़िन्दगी पहाड़ों पर ही कटी है।" वे अपनी छड़ी ठकठकाते हुए धीरे-धीरे बढ़ रहे थे।

"ज़िन्दगी की मंज़िल को पाने की भी शायद यही सच्चाई है।" अविनाश होठों-ही-होठों में बुदबुदाया।

"आपने कुछ कहा?" मुरारी बाबू बढ़कर साथ आ गये थे।

अविनाश ने अपनी बात नहीं दोहरायी, कहा, "अब दूर नहीं है, बस आ ही पहुँचा।"

"चलिए अच्छा है। जिस बच्ची से हम मिलने जा रहे हैं, वह क़रीब ग्यारह साल की है।" मुरारी बाबू बच्चों के बारे में बताने लगे थे, "बच्ची शिखा इसी साल आयी है, इसका भाई मसूरी में पहले से ही पढ़ रहा है। बच्ची थाई ज़बान बोलती है। मालूम नहीं, अभी इसने इधर की ज़बान सीखी होगी या नहीं।"

"बच्चों की भाषाई पकड़ काफ़ी तेज़ होती है। अब तक उसने काफ़ी-कुछ सीख लिया होगा, आप देखेंगे।" अविनाश ने यों ही प्रस्तुत किया।

"हो सकता है।" बातें किन्हीं दूसरे मुद्दों पर भी हुईं। और बातों-ही-बातों में दोनों ने देखा, वे स्कूल की बिल्डिंग के दरवाज़े पर खड़े हैं। लैम्पपोस्ट की रोशनी में घड़ी देखी, पौने सात बज रहे थे। पूछताछ करने पर मालूम हुआ कि बच्ची शिखा दो-चार मिनट पहले ही अपनी अध्यापिकाओं और दूसरी लड़कियों के साथ पास की ही एक दूसरी बिल्डिंग में किसी फंक्शन में सम्मिलित होने गयी है।

"आप लोग कल सवेरे नौ बजे आ जाइए, हम लड़की से कह रखेंगे।" चपरासी ने मुरारी बाबू की ढलती उम्र की परेशानी को भाँप लिया था।

अगले दिन सवेरे नौ बजे तक बच्चों के स्कूल फिर पहुँच जाना था, पर मुरारी बाबू आठ बजे तक सोये पड़े थे। जगाने की हिम्मत नहीं हुई। काम उन्हीं का है, उन्हें ही इसकी चिन्ता होनी चाहिए, पर चिन्ता अविनाश को ही विशेष थी, वह सिर्फ़ दो दिन की छुट्टी लेकर आया था और दो दिन में ही मुरारी बाबू का सब काम समाप्त करवाकर उन्हें वापस ले जाना चाहता था। राधे से उन्होंने कुछ नाश्ता बनाने के लिए कह दिया, साथ ही कहा कि वह चुपके से देख ले कि मुरारी बाबू उठे या नहीं। राधे ने देखा कि मुरारी बाबू जगे पड़े थे।

"साहब, चाय लाऊँ?" मौक़ा देखकर उसने पूछ लिया।

"ले आओ।" मुरारी बाबू ने स्वीकृति दे दी तो राधे और अविनाश दोनों को खुशी हुई। आज राधे को भी साथ चलना था। मसूरी देखने का यह उसका पहला साबका था, इसलिए सब काम जल्दी ही निबटाने थे। मित्र को पथ्य इत्यादि देने का काम भी राधे का ही था।

मुरारी बाबू की शय्या-चाय निबटाने के उपरान्त उन्हें नाश्ते से निवृत्त करा लेने के लिए पर्याप्त कौशल और धैर्य अपेक्षित था, क्योंकि किसी भी काम को मुरारी बाबू हड़बड़ाहट में करने के पक्षधर नहीं थे, सब काम वे धीरे-धीरे ही करते। चाय पी लेने के बाद नाश्ता तैयार होता देखने के लिए वे रसोईघर में पहुँच गये और दस तरह की नुक़्ताचीनी करके राधे को नये-नये सुझाव देने लगे।

नाश्ते के समारोह से निवृत्त हो जाने के बाद आज की यात्रा का श्रीगणेश जिस समय हुआ, उस समय दस बजने में दस मिनट शेष थे। सड़क पर पहुँचकर अविनाश ने याद दिलाया, “कल स्कूलवालों ने नौ बजे तक पहुँचने के लिए आपसे कहा था।”

“ठीक है, जल्दी क्या है; पहुँच ही जाएँगे।” क्लबवाली सड़क पर राधे सहित दोनों धीरे-धीरे बढ़ते चले जा रहे थे। राधे के हाथ में थमे झोले में मिठाई के दो डिब्बे थे।

स्कूल पहुँचने पर बच्ची से मिलने की समस्या आज भी उसी रूप में सामने खड़ी थी, यानी नाश्ते के बाद तमाम लड़कियाँ आज चर्च के सण्डे स्कूल के लिए जा चुकी थीं। मुरारी बाबू और अविनाश खेल के मैदान में पत्थर की बेंच पर बैठे इन्तज़ार करते रहे। राधे कुछ दूर पेड़ के नीचे बैठा था। एक घण्टा, दो घण्टा, ढाई घण्टा—प्रतीक्षा करते-करते सूरज ऐन सिर के ऊपर चढ़ आया था और तरह-तरह की बेतुकी बातें करते हुए दोनों बेहद थक चुके थे, तभी बच्ची शिखा हकबकायी-सी भागती आयी और मुरारी बाबू से सट गयी। मिठाई का डिब्बा थामते हुए शिखा ने अँग्रेज़ी में आभार प्रकट कर कहा, “मुझे मिठाई अच्छी लगती है।”

“तुम्हें अँग्रेज़ी में बात करना आ गया है, हिन्दी में भी बोल लेती हो क्या?”

“थोरा-थोरा।” शिखा कहकर मुस्करा दी। मुरारी बाबू ने अविनाश की तरफ़ देखा कि तुमने ठीक कहा था। उसकी पीठ थपथपाते हुए बच्ची से उन्होंने बाज़ार चलने का आग्रह किया, “तुम हमारे साथ चलो, हम तुम्हें बाज़ार घुमाएँगे, चीज़ें खिलाएँगे, दिलवाएँगे।”

“अंकल, आज जूनियर क्लासों का फंक्शन है, आइ वाण्ट टू अटैण्ड दैट।”

“ठीक है, तब कल सही। कल अपनी मिस से परमिशन ले लेना।”

“अंकल, मैंने मसूरी देख ली है। अब नहीं देखूँगी।” शिखा टूटी-फूटी हिन्दी में बोली थी।

मुरारी बाबू हँसे, बोले, “तुम्हारा मन नहीं है तो ठीक है।” बच्ची के सिर पर उन्होंने हाथ फेरा और फिर वे अपने साथियों के साथ मुड़ चले। अपने मिशन में असफल होने पर भी वे निराश नहीं थे।

“अब आपको विनय से मिलना है न?” इतनी देर में अविनाश दूसरे बच्चे का नाम भी जान गया था।

“हाँ, वही तो करना है, अब स्कूल कितनी दूर है?”

"इस जगह से एकदम दूसरी दिशा में—तमाम कुलड़ी बाज़ार पार कर हम मालरोड पर पहुँचेंगे और फिर पूरी माल पर चलकर किताबघर आएगा। वहाँ पहुँचकर मालूम करना होगा कि वह स्कूल कहाँ है।"

"हुँ।" मुरारी बाबू छड़ी टेकते हुए बराबर मुस्तैदी से चलते जा रहे थे। लगता था, अब तक की यात्रा में वे क़तई नहीं थके थे। कुलड़ी बाज़ार पार कर उन्हें एक शॉल की दूकान नज़र आयी। वहाँ शो-केस में कुछ सुन्दर शॉलों का प्रदर्शन किया गया था। मुरारी बाबू वहीं ठिठक गये, "आइए शॉल देखें।" उन्होंने अविनाश को भी सम्मिलित किया।

"क्या देखेंगे यहाँ?" दूकान की सीढ़ियाँ चढ़ते हुए अविनाश ने आश्चर्य प्रकट किया।

"अजी साब, शॉल देखेंगे, कहा न।" मुरारी बाबू ठठाकर हँसे थे। दूकानदार भी मुस्कराया। वह उन्हें सम्मानपूर्वक दूकान में ले आया और तरह-तरह की डिज़ाइन के बेशक़ीमती शॉल दिखाने लगा।

"कहिए कैसे हैं शॉल?" मुरारी बाबू ने शुरू किया।

"अच्छे ही दिख रहे हैं। अभी वाइफ़ दो-तीन शॉल लुधियाने से लायी थी।..." अविनाश अटक गया।

"कैसे हैं वे शॉल?"

"मैंने अभी उन्हें ठीक तरह नहीं देखा है, अच्छे ही होंगे।"

"कैसे शख़्स हैं आप, वाइफ़ उतनी दूर से शॉल लायी हैं और आप हज़रत देख तक नहीं रहे हैं।"

"बात दरअसल यह थी..."

"चलिए बात कुछ नहीं थी, यह बताइए, यह शॉल कैसा लगा?" मुरारी बाबू ने अपने सामने फैलाये गये शॉल को संकेत करते हुए पूछा।

"साहब, यह शॉल आपने ख़ूब पसन्द किया है। यह रिवर्सेबल है, दोनों तरफ़ से ओढ़ा जा सकता है।" जवाब शॉलवाले ने दिया, वह शॉल की ख़ूबियाँ समझाने लगा था।

"देखिए, आप भी देखिए।" अविनाश को फिर समेटा गया। मुरारी बाबू ने बड़ी रुचि से शॉल देखना आरम्भ किया था, फिर वे उसकी क़ीमत पूछने लगे, थोड़ी देर क़ीमत पर बहस हुई और फिर मुरारी बाबू यह कहकर दूकान से निकल आये कि लौटने पर शॉल ले जाएँगे।

कुछ आगे चलकर मुरारी बाबू एक अख़बार की दूकान में घुस गये। अविनाश बाहर लगी पत्रिकाओं को देखता रहा, एक पत्रिका ख़रीद भी ली। राधे रिक्शा खींचनेवाले

किसी पहाड़ी के पास बैठा बतियाता रहा। इस दूकान में मुरारी बाबू ने पच्चीस-तीस मिनट ही लगाये। पोस्ट ऑफ़िस के पास जो सड़क ऊपर की ओर जाती थी, उसी से गुज़रते हुए तीनों मालरोड के बच्चा पार्क पर निकल आये थे। शरदोत्सव के उपलक्ष्य में यह स्थान ख़ूब सजाया गया था। पहाड़ों तक पर चित्र-रचना की गयी थी। तरह-तरह के फ़व्वारे, फूल, पहाड़ के ऊपर-नीचे ले जानेवाली ट्रॉली—कुल मिलाकर दृश्य मनोरंजक था। कुछ देर तीनों देखते रहे, फिर अविनाश ने याद दिलाया, "हम अपना ख़ास मुद्दा (विनय से मिलने का) तो भूले ही जा रहे हैं। चलिए, पहले वह काम निबटा लिया जाए।"

"तुम हमारी उम्र को देखकर सोच रहे होगे कि हम थक सकते हैं, पर आसानी से थकनेवाले जीव हम नहीं हैं।" मुरारी बाबू को अपना रोब ग़ालिब करने का मौक़ा मिल गया था। उन्होंने आगे जोड़ा, "अपनी जवानी में हम बेड-टी की जगह अपने हलक में सवा सेर का लोटा-भर दूध उँड़ेलते थे। नाश्ते में गुड़-चना या तीन-चार मोटी-मोटी रोटियाँ घी-शक्कर से खाते थे और दिन में पूरा खाना तो होता ही था। कभी कोई बीमारी या बदहजमी हमारे पास नहीं फटकी। आजकल के लोग क्या हैं; आधी रोटी ज़्यादा खा ली तो टें बोल गये, हवा के एक-झोंके ने छुआ तो जुक़ाम हो गया; दो झोंके झेलने पड़ गये तो निमोनिया और उसके बाद तो..." मुरारी बाबू हो-हो करके हँस उठे थे।

अविनाश को मुरारी बाबू की टिप्पणी अच्छी लगी, वह भी हँसा। किसी तरह दोनों ने किताबघर के सिरे को पकड़ ही लिया। यहाँ पहुँचकर अविनाश ने किसी से स्कूल की बाबत पूछा तो पता चला, स्कूल क़रीब एक मील दूर और है।

"यहाँ से एक मील दूरऽऽ!! किधर से जाना होगा?" अविनाश ने फिर पूछा तो उसने जिस दिशा की ओर संकेत किया, उस दिशा की ओर ख़ासी चढ़ाई दिख रही थी। "पहाड़ों पर यही दिक़्क़त है कि सवारी मुश्क़िल से मिलती है।" अविनाश ने मुरारी बाबू से कहा तो वे तपाक से बोले, "अपने तो पैर सलामत चाहिए, फिर चाहे कैसी भी चढ़ाई हो, चढ़ ही जाएँगे। वैसे लगता है, अब ज़्यादा दूर नहीं है।" मुरारी बाबू चलते चले जा रहे थे। चढ़ाई धीरे-धीरे ऊँची होती चली जा रही थी, इसलिए बातों का सिलसिला एकाएक टूट गया, सिर्फ़ चढ़ाई और चलाई शेष रह गयी। रास्ता वास्तव में साँस-उखाड़ था, बीहड़ ऊँचा और ऊबड़-खाबड़। राधे के चेहरे पर भी थकान की पर्तें जमती चली जा रही थीं, हालाँकि वह अभी जवान था।

तीनों चलते हुए महाराजा कपूरथला की कोठी के सामने पहुँच चुके थे, जिसकी लम्बी-चौड़ी बारादरी में आठ-सात वर्दीधारी लोग बैठे चिलम-चाय पीते हुए गप्पें हाँकने में तल्लीन थे।

"इन लोगों के भी ख़ूब मज़े हैं। राजा-महाराजा ये लम्बी-चौड़ी कोठियाँ पहाड़ों

पर बनवा-बनवाकर छोड़ गये हैं और उनकी सन्तति ने उनके रख-रखाव के लिए इनका इन्तज़ाम कर दिया है।"

"इसी कोठी में स्कूल हुआ होता तो हमें अपने को इतने ऊँचे न चढ़ाना पड़ता।"

"पर ऊँचे और ऊँचे चढ़ते जाना ही तो ज़िन्दगी का मक़सद कहा गया है।" मुरारी बाबू ने अविनाश को बहलाने का यत्न किया, पर अविनाश का मन किया, उनकी इस बात पर वह बेतरह गुर्रा उठे। मुरारी बाबू के बोलने का लहज़ा अब उसके भीतर एक प्रकार की खीझ उत्पन्न करता चला जा रहा था। उनकी अच्छी बातें भी उसे बुरी लगने लगी थीं। वे एक-एक शब्द पर ज़ोर देते हुए रुक-रुककर बोलते थे, उनका स्वर काफ़ी तीखा और लहज़ा काफ़ी लम्बा होता था। सुननेवाले को उनकी बात समाप्त होने का काफ़ी देर तक इन्तज़ार करते रहना पड़ता था, इसलिए सुननेवाले के मन में अनखनाहट भरती चलती थी; पर वे चाहते थे कि सुननेवाला उनके प्रति पूर्ण सचेत रहे, जो कि स्वाभाविक था। लेकिन मुरारी बाबू को सहन करना अविनाश के लिए इस समय मुश्किल पड़ रहा था।

"भाई, इधर कोई लड़कों का स्कूल है?" मुरारी बाबू किसी से पूछ रहे थे।

"जी हाँ है, क़रीब डेढ़ फर्लांग और होगा।" वह आदमी बता रहा था।

"सिर्फ़ डेढ़ फर्लांग!!" लीजिए अविनाश बाबू, "हम आ पहुँचे।" मुरारी बाबू चहचहाये।

"अभी डेढ़ फर्लांग की दूरी और तय करनी है और आप समझ रहे हैं कि आप आ पहुँचे। आपके उत्साह और आशावादिता की दाद देनी चाहिए बाबूजी!" अविनाश को मन मारकर उल्लसित होना पड़ा।

महाराजा कपूरथला की कोठी के बाद दो-तीन मोड़ चढ़ाई और थी, जिसे चढ़कर वे सब स्कूल की बिल्डिंग में आ पहुँचे। विनय भी मिल गया और उससे मिलकर यह भी तय हो गया कि चूँकि विनय के इम्तहान एक-दो दिन में ही होनेवाले हैं, इसलिए वह बाज़ार घूमने नहीं चलेगा। मुरारी बाबू के आदेश से साथ लाये मिठाई के डिब्बे को राधे ने यहाँ भी विनय को पकड़ा दिया और काफ़िला फिर लौट चला।

मुरारी बाबू अब चाय पीने के लिए छटपटाने लगे थे, "नीचे मेन बाज़ार में पहुँचकर कहीं बढ़िया चाय पी जाए।" उन्होंने प्रस्तावित किया तो अविनाश ने राहत की साँस ली। थोड़ी देर खाते-पीते आराम से बैठेंगे तो कुछ ढंग की बात हो सकेगी, अब तक जो बातें होती रही थीं, वे मनोरंजक और सार्थक कम, उबाऊ अधिक थीं। मेन बाज़ार में पहुँचकर नाश्ते के लिए राधे को अलग से पैसे थमाकर अविनाश ने एक अच्छे रेस्तराँ की तलाश की। मनचाहा रेस्तराँ पास ही मिल भी गया।

दोसा और चाय का नाश्ता करके बाहर आये तो दिन के चार बज रहे थे

और सूरज पहाड़ की चोटी से कलाबाज़ियाँ खाता, गिरता चला जा रहा था। अविनाश का मन था कि अब जल्दी-जल्दी चलकर घर पहुँचा जाए और आराम किया जाए। सुबह पौने दस से वे बराबर चल रहे थे, एक पल के लिए भी आराम नसीब नहीं हुआ था। तभी मुरारी बाबू ने अपनी छड़ी पर दोनों हाथों का भार डालते हुए बड़े गम्भीर स्वर में प्रस्तुत किया, "सुनिए अविनाश बाबू, अब आपने बढ़िया चाय पी ही ली है, अच्छा नाश्ता भी कर लिया है, अब हम लोग आराम से चलेंगे, कोई हड़बड़ी नहीं होनी चाहिए। आख़िर हम मसूरी देखने आये हैं, बच्चों का काम तो निबट ही चुका है और हमारे किसी वैद्य-हकीम ने नहीं बताया है कि हम दौड़ते ही चले जाएँ!" और अविनाश के प्रत्युत्तर का इन्तज़ार किये बिना ही वे सामनेवाली दूकान में प्रविष्ट हो गये। भीतर से ही उन्होंने अविनाश को भी आमन्त्रित किया, "भीतर चले आओ भई, इनके यहाँ बड़ी-बड़ी नायाब चीज़ें हैं।"

अविनाश ने दूकान में घुसते हुए सुना, वे दूकानदार से समझौता कर रहे थे, "अगर हम आपसे कोई चीज़ न ख़रीद सकें तो भी आप नाराज़ नहीं होंगे।" दूकानदार ने हाथ जोड़े, "हम तो आपके बच्चे हैं हुज़ूर!" मुरारी बाबू अविनाश की तरफ़ देखकर मुस्कराये—देखा कैसा दबदबा है हमारा, हमारी शख़्सियत का! आपकी तरह पिद्दी-सी शख़्सियत होती तो हो सकता था कभी यह? मानो यह कहते हुए मुरारी बाबू की छह फुट ऊँची कद्दावर देहवाले चेहरे की आँखें मुस्करा रही थीं।

अब वे दूकान में लगी एक-एक चीज़ को बड़े ग़ौर-से देखने लगे थे। दूकान में काँच, ताँबे, पीतल, काँसे की पुराने समय की ढेर चीज़ें थीं। वे हर चीज़ देखते और उसकी क़ीमत पूछते जा रहे थे, अचानक वे घड़ी के पास जाकर ठिठक गये। ब्रास के दो छोटे नक़्क़ाशीदार खम्भों के बीच टँगी यह घड़ी बहुत पुरानी नज़र आ रही थी। कुछ देर देखते रहे, फिर पूछा, "इसमें चाबी भरने की ज़रूरत पड़ती है?"

"जी नहीं, यह ऑटोमैटिक है।"

"कब से चल रही है यह?"

"जब से यह बनी है साब, तभी से।"

"इतने अरसे से बराबर चल रही है, अजूबा ही कहना चाहिए इसे।" अविनाश और राधे दोनों ने ही आश्चर्य प्रकट किया। मुरारी बाबू इसी बीच दूसरी चीज़ें देखने लगे और फिर बराबरवाली कपड़ों की दूकान में घुस गये। वे वहाँ टँगे शॉल, मैक्सियाँ, कोट और बच्चों के गर्म कपड़ों के बारे में जितनी देर पूछताछ करते रहे, उतनी देर अविनाश और राधे दूकान से बाहर ऊबे से खड़े रहे। मुरारी बाबू के हाव-भाव, मुद्राओं से लग रहा था, वे एक-एक चीज़ का नाप-जोख, मोल-भाव कर रहे हैं।

अविनाश ने सोचा, अगर हर दूकान की पड़ताल इसी तरह होती रही तो उस दिन की तारीख़ में तो वे लोग घर पहुँचने से रहे। अविनाश को घर पर पड़े अपने मित्र दुर्गानाथ की याद आयी। अगर वह साथ हुआ होता तो न रास्ता इतना बोझिल

हुआ होता और वह शख़्स बाबूजी को भी रास्ते पर ले आया होता। पर मुरारी बाबू को रास्ते पर लाना शायद किसी के भी बस का नहीं था। वे उस दूकान से निकलकर पहाड़ के साथ-साथ लगी तिब्बतियों की फ़ुटपाथी दूकानों पर बिछी चीज़ों को बड़ी बारीक़ी और उल्लास से उलटने-पलटने लगे।

तभी उन्हें एक तिब्बती महिला की चारपाई पर सजी उसकी दूकान नज़र आ गयी। उस दूकान में रखा था, जलप्रूफ़ और कई ख़ानों और जिपोंवाला बेहद साफ़-सुथरा नया निकोर एक बैग, जिसे वे हर क़ीमत पर नहीं, हर हालत में लेने के लिए आमादा हो उठे थे। दाम पूछे, एक सौ पच्चीस। पहले वे चौकन्ने हुए, फिर बैग को उलटा-पलटा, उसका मूल्य आँका, फिर बोले, "सौ रुपये का एक बँधा नोट लो और बैग को हमारे हवाले करो।" मुरारी बाबू की बात सुनते ही महिला ने बैग उनके हाथ से छीन लिया, कहा, "बाबा, हमें माफ़ी दो।"

मुरारी बाबू क्षणांश को हतप्रभ हुए, पर हारे नहीं, स्वर में मुलायमियत भरते हुए बोले, "अच्छा, तुम अपना नाम बताओ, तुम्हारा नाम क्या है?" बैग छिन जाने की ज़िल्लत को उन्होंने प्रकट नहीं होने दिया।

"नाम से क्या लेना-देना है बाबू।" महिला जवान थी और कुछ तेज़-तर्रार भी। अपने सिर पर बँधे ऊनी मफ़लर को उसने ठीक किया, काले लहँगेनुमा मैक्सी को सँभाला और ठसके से चीज़ों को व्यवस्थित करने लगी। मुरारी बाबू ने पासा फेंका, "तुम चाहो तो हमारा नाम पूछ लो, इसमें क्या है।"

"हमें आपका नाम भी नहीं जानना।" महिला गले में पड़ी मोटे हरे-काले मनकों की माला को सुधारते हुए हँसी, "नाम पूछकर क्या होने का बाबा। अच्छा चलो—हमने बताया हमारा नाम शेलम है बस्स, पैसा देना हो तो चीज़ उठाओ, नहीं तो छुट्टी करो।"

शेलम नाम कुछ समझ में नहीं आया, नाम से सचमुच मुरारी बाबू को भी कुछ लेना नहीं था, सौ रुपये का नया नोट उन्होंने चारपाई पर रखे उस बैग के पास छोड़ दिया। बोले, "तुम यह नोट भी लो और बैग भी रखो, हम चलते हैं।"

मुरारी बाबू को निस्संग भाव से पैर बढ़ाते देख महिला चीख़ी, "सुनो बाबू सुनो, ऐसा कैसे होने का होता!"

"शेलम, तुम हमें फ़ालतू में क्यों रोकती हो? अगर तुम्हें सौ रुपये और हमारी ढेर सारी दुआएँ मंजूर नहीं हैं तो हम चले। यह नोट रख लो, एक बाप अपनी बेटी को इतना तो दे ही सकता है।"

मुरारी बाबू की इस बार की गोट काम कर गयी। लचकदार स्वर में शेलम ने पूछा, "बाबू, क्या सच में तुम्हारी दुआओं में इतनी ताक़त है?"

"इतनी क्या, इससे भी ज़्यादा है; दुआओं का असर तुम देखना कहाँ चाहती हो!"

"देखेंगे, हम ज़रूर देखेंगे!" महिला ने हाथ जोड़े और बैग मुरारी बाबू को थमा दिया, "लो, पकड़ो बाबू।"

मुरारी बाबू ने बैग राधे को थमा दिया, शेलम से कहा, "अब देखना, तुम्हारी चीज़ें कितनी जल्दी बिक जाती हैं।" शेलम को प्रसन्न मुद्राओं में छोड़ वे आगे बढ़ गये।

आगे चलकर मुरारी बाबू ने बैग खोलकर दिखाया। "यह बैग चीन में बना है, इन जिपों पर देखो कैसी लिपि है। ये जिपें भी कम-से-कम सत्तर-अस्सी रुपयों की होंगी। कपड़ा अलग है, जो न पानी में ख़राब हो, न धूप में।" मुरारी बाबू बैग की ख़ूबियाँ बताने लगे थे।

अविनाश मुरारी बाबू के इन सौदों से ही श्लथ हो उठा था। किसी भी चीज़ को इस तरह के दाँव-पेंच से छीना-झपटी करके ख़रीदने की कला में न वह निपुण था, न उसे इसका अफ़सोस था। अपनी ख़रीदारी में वह कई बार ठगा गया था, पर उसे इसका दुःख नहीं हुआ था। उसकी दृष्टि में दुःख मनाने के लिए देश में इससे बड़ी स्थितियाँ मौजूद थीं।

चीज़ों और प्रायः अपने व्यक्तित्व और वेशभूषा के प्रति भी वह दिन-पर-दिन निस्संग होता चला जा रहा था। पत्नी कभी-कभी उसकी इस आदत पर खीझती थी। थक-टूटकर वह इस समय मालरोड के किनारे बनी एक बेंच पर बैठ गया और नीचे की ओर जाती मुड़ी-तुड़ी लम्बी सर्पीली सड़क को देखने लगा, जिस पर से बस के ज़रिये खिंचकर वह इधर इस जंजाल में फँसने के लिए आ पहुँचा था। विदेशी स्मगल्ड चीज़ों के प्रति पुरानी पीढ़ी के सम्मोहन के बारे में वह सोच रहा था।

मुरारी बाबू इस बीच किसी दूसरी दूकान की पड़ताल करने पहुँच गये थे। उसने राधे से कहा, "हम यहाँ बैठे हैं, बाबू दूकान से निकलें तो हमें बुला लेना। पूछें तो कह देना, हम थक गये हैं।" अपने लिए मुरारी बाबू की दी गयी बूढ़े की उपाधि को ओढ़ लेने में उसे इस समय कोई एतराज़ नहीं था।

वह क्या सचमुच हार गया है? बक़ौल मुरारी बाबू, बूढ़ा हो गया है? मालरोड के किनारे की बेंच पर गिरा-सा होकर अविनाश ख़ुद को विश्लेषित करने लगा—नहीं, नहीं वह थका नहीं है। इस समूची मालरोड को तेज़-तेज़ क़दमों से पार कर वह अभी आध घण्टे में ही लंढोर क्या, लाल टिब्बे तक पर पहुँचने की सामर्थ्य रखता है। पर वह इस समय बुझ चुका है, श्लथ हुआ पड़ा है—एक-एक दूकान में एक-एक घण्टे तक खड़े या बैठे रहकर चीज़ों को मोलभाव करते रहने और रेंगते चलते रहने का माद्दा उसमें बिलकुल नहीं है। अपनी रुचि के अनुसार बात न कर सक पानेवाले व्यक्ति के साथ घिसटना उसमें कोफ़्त भरता चला जा रहा था।... मजबूरी और मुँह

खोलकर कह पाने की विवशता ने उसे अधमरा बूढ़ा बना डाला है।

"उठो बाबू!" राधे कह रहा था। अविनाश ने देखा मुरारी बाबू पास खड़े थे और बहुत ख़ुश थे।

"कुछ और ख़रीदा क्या?" अविनाश ने हड़बड़ाकर पूछा।

"अजी, हर दूकान में हम देखते ज़रूर हैं, पर हर दूकान से ख़रीदारी करने की हिम्मत हम नहीं करते। यह तो अपना 'हॉलिडे मूड' है तो खरामा-खरामा देखते चल रहे हैं।"

"पर किस क़ीमत पर? कुछ जान रहे हैं आप?" अविनाश कहना चाहता था, पर मुरारी बाबू की बात अभी ख़त्म नहीं हुई थी। वे कह रहे थे, "मालरोड ख़त्म होने के बाद कुलड़ी में तो एक-से-एक आला दूकान मिलेगी। आते हुए हम जल्दी में थे।..."

"ठीक है, तो मैं चलता हूँ, आप देखते रहिए।" कहने की धृष्टता अविनाश फिर नहीं कर पाया। मालरोड ख़त्म होते ही एक दूकान से उसने बिना किसी मोल-भाव के जेब को एकदम ख़लास करके एक ट्रांज़िस्टर ख़रीद डाला। दूकानदार से कहा, "ज़रा इस पर गाने लगा दीजिए।" दूकानदार ने बड़े अदब से ट्रांज़िस्टर की सुई की नोक को ऑल इण्डिया रेडियो के बिन्दु पर खड़ा कर दिया—संगीत की सुकोमल दर्दीली स्वर-लहरियाँ फिज़ाँ में गूँजने लगीं। अविनाश ने स्वर को थोड़ा-सा धीमा किया, अपने सुन सकने लायक और फिर ट्रांज़िस्टर को कन्धे पर लटका लिया।

एक के बाद एक नगमे अब उगते चले जा रहे थे और मुरारी बाबू के साथ घिसटने के लिए अब वह बख़ूबी तैयार था, कितनी ही दूर, निरन्तर, बिना थके, बिना रुके—लगा, अकस्मात् वह फिर से जवान हो उठा है।

□□□